Treib gut

AF200521

Petra Mayer

Treib gut

Kriminalroman

Herstellung und Verlag: BoD – Books on De-
mand, Norderstedt
ISBN: 9783749495498

Kannst du nicht allen gefallen durch deine Tat und dein Kunstwerk, mach´ es wenigen recht; vielen gefallen ist schlimm.
Friedrich Schiller

Für meine Eltern

Die Figuren in diesem Roman sind frei erfunden. Ähnlichkeiten mit lebenden Personen sind nicht beabsichtigt und rein zufällig.

Ein Montag im November

Es war ein trüber, nasskalter Novembermorgen. Das Display im Auto des bärtigen Mannes zeigte drei Grad an. Vom Parkplatz aus sah er schon, dass sich etwas Größeres im Rechen seiner Schleuse verfangen hatte.

»Der Tag fängt ja super an«, fluchte er, »Montagmorgen, die Bild-Zeitung noch nicht gelesen und dann diese Sauerei im Wasser.«

Mit hängenden Schultern stapfte er zum Rechen und schaute angewidert auf die langen, blonden Haare, die sich sachte im schmutzig braunen Wasser bewegten.

»Nicht schon wieder«, stöhnte er. Das war schon die dritte Wasserleiche in diesem Jahr.

Der bärtige Mann zerrte sein Handy aus der Jackentasche und wählte 110.

»Hallo, hier ist Jansen, der Schleusenwärter aus Poppenweiler«, meldete er sich. »Ich habe hier eine Wasserleiche, direkt am Rechen neben dem Parkplatz. Ich warte dann am Parkplatz auf euch.«

»Sag mal Dieter, machst du hier eine Sammelstelle auf«, begrüßte ihn Frank Meier, sein Angelkamerad und Schutzpolizist vom Polizeiposten Neckarweihingen, der als Erster an der Schleuse angekommen war. »Du weißt doch, Leichenfund im Morgengrauen kann den ganzen Tag versauen.«

»Ja, ja, klopf du nur deine Sprüche. Ich bin froh, wenn der Rest deiner Belegschaft kommt und ihr die Leiche mitnehmt. Ich brauche das nicht mehr in meinem Alter.«

Der Schleusenwärter und der Schutzpolizist bewegten sich langsam wie zwei Schnecken in einem Schneckenrennen, bei dem keine von beiden als Erste ins Ziel kommen wollte, zum Rechen, an dem die Leiche hing. Jansen zog ein Zigarillo aus seiner Brusttasche und zündete es an. Schweigend starrten sie auf die Tote, die durch die Strömung des Wassers leicht hin und her pendelte, und warteten. Zeit spielte keine Rolle mehr.

Nach und nach trudelten die Einsatzkräfte der Freiwilligen Feuerwehr Poppenweiler, zwei Kollegen der Wasserschutzpolizei, der beleibte Notarzt Dr. Hans Klein vom Notarztdienst, Egon Müller und Frank Selters von der Spurensicherung sowie Hauptkommissar Gerald Waldner und Oberkommissarin Kate Busch von der Kripo Ludwigsburg am Fundort der Toten ein.

Während die Kriminalkommissare den Schleusenwärter befragten, zogen die Feuerwehrleute die Frau mit einem langen Haken aus dem Wasser.

»Die ist tot, da gibt's für mich nichts mehr zu tun«, sagte Dr. Klein zu den Kriminalbeamten, nachdem er die Frau oberflächlich untersucht hatte.

»Ich gehe dann mal wieder und kümmere mich um die Lebenden«, verabschiedete er sich mit einem kurzen Nicken und ging zurück zu seinem Einsatzwagen.

»Wenn ihr fertig seid, könnt ihr die Tote zur Obduktion in die Gerichtsmedizin bringen lassen«, sagte Gerald Waldner zu den Kollegen der Spurensicherung. »Wir treffen uns dann zur Lagebesprechung im Präsidium.«

**

Lydia Mannteufel saß an ihrem Schreibtisch und dachte an den Tod. Denn das war ihr Job. Der Anfang war immer am schwersten. Die Trauer umschwebte die Angehörigen und Freunde der Verstorbenen wie eine große dunkle Wolke, aus der es kein Entrinnen gab.

Was immer ging, aber schon viele Gebrauchsspuren aufwies, war Rainer Maria Rilke: »Der Tod ist groß. Wir sind die Seinen lachenden Munds. Wenn wir uns mitten im Leben meinen, wagt er zu weinen mitten in uns.«

Lydia Mannteufel benutzte diesen Ausspruch gerne bei plötzlichen Todesfällen, vor allem bei jungen Menschen, die unerwartet aus dem Leben gerissen wurden durch Unfälle, Selbstmorde oder tödliche Krankheiten. Aber eigentlich, obwohl passend, war er ihr schon zu abgenutzt.

Ihr war eine persönliche Ansprache lieber. Etwas, das unzertrennbar mit dem Toten zusammenhing, der kleine Aha-Effekt, das heimliche Schmunzeln der Trauergäste, das zeigte, dass sie den Charakter des Verstorbenen samt seiner Eigenheiten gut getroffen hatte.

Aber was sollte sie bei einem achtzehn Jahre alten Kleinkriminellen, der betrunken gegen einen Baum gefahren war und dies nicht überlebt hatte, sagen. Die Beerdigung auf dem Gerlinger Waldfriedhof war für morgen um 14 Uhr angesetzt und sie hatte noch keine Zeile ihrer Trauerrede zu Papier gebracht. Niemand im Ort hatte ihn gemocht. Viele Leute waren der Meinung, dass es den Richtigen getroffen hatte.

Lydia Mannteufel war sich nicht sicher, ob der Mensch das Recht hatte, Todesfälle in richtig oder falsch zu unterteilen. Sie zuckte mit den Schultern. Egal, dachte sie. Sie hatte jetzt keine Zeit für philosophische Gedankenakrobatik, sie musste ihre Rede schreiben. Ihr Anspruch, jeden Toten würdevoll ins

Jenseits zu begleiten, half ihr heute auch nicht weiter.

Lydia Mannteufel stand auf und ging unruhig in ihrem Arbeitszimmer hin und her. Sie wischte mit ihren Fingern über staubbedeckte Bücherregale, dachte kurz ans Abstauben, hob ziellos gerahmte Fotos ihrer Familie von ihrem Platz auf der Kommode, die neben dem Schreibtisch stand, schaute sie blicklos an und stellte sie wieder zurück. Ihre Gedanken schweiften immer wieder ab zu Sophie, ihrer Ex-Geliebten. Obwohl sie sich vor knapp einem Jahr getrennt hatten, waren sie immer noch gute Freundinnen und hatten sich für Mittwochabend zum Squashen in der Gerlinger Squashhalle verabredet. Eigentlich telefonierten sie fast täglich, aber seit letztem Freitag herrschte Funkstille.

Nur schemenhaft erinnerte sie sich an den Freitagabend. Sie wusste noch, dass Sophies Freund, der schöne Jan, wie Lydia Mannteufel ihn insgeheim nannte, keine Zeit gehabt hatte und sie deshalb mit Sophie zu einer Veranstaltung ins Theaterschiff nach Bad Cannstatt gegangen war. Sie hatten sich im Café Klatsch und Tratsch in der Nähe des Theaterschiffs getroffen. Sophie hatte super geheimnisvoll getan und gesagt, dass sie ihr etwas Wichtiges mitteilen wolle, etwas, das ihr Leben für immer verändern würde.

»Ach, hast du endlich gemerkt, dass der schöne Jan nur ein Blender ist und kommst zu mir zurück?«, hatte sie Sophie gefragt.

»Du spinnst wohl. Ich verstehe nicht, warum du ständig an Jan herumkrittelst, schließlich bist du ja selber auch nicht gerade hässlich«, hatte Sophie schon leicht gereizt geantwortet.

»Ja, aber bei mir stimmt Verpackung und Inhalt, während Jan nur gut aussieht«, hatte sie erwidert.

»Weißt du, warum ich dich verlassen habe und mit Jan eine Beziehung angefangen habe?«, hatte Sophie erregt gerufen, sodass es die restlichen Gäste im Café auch hören konnten, »weil er nicht ständig an anderen Leuten herumnörgelt, sondern sie einfach so sein lässt, wie sie sind. Er ist auch nicht begeistert, wenn wir uns treffen, aber er toleriert es. Er sagt immer, wenn es dich glücklich macht, dann triff dich mit Lydia. Ich vertraue dir und weiß, dass du mich nicht verlassen wirst.«

»Ja, ja«, hatte sie unbegeistert gemurmelt, »das habe ich auch mal gedacht.«

Dann hatte sie sich ihren ersten Whisky an diesem Abend bestellt, einen Glenmorangie Wood Finish. Normalerweise genoss sie den rauchigen Geschmack des Alkohols und versuchte die verschiedenen Geschmacksnoten und Düfte herauszufiltern. Aber an diesem Abend wollte sie sich nur betrinken, mit Whisky, wenn schon, denn schon, einem wirkungsvollen, aber nicht ganz billigen Mittel.

Wortlos waren sie die wenigen Schritte vom Café zum Theaterschiff gelaufen und hatten das Stück, eine humoristische Verfremdung von »Warten auf Godot«, über sich ergehen lassen. Lydia Mannteufel hatte einen Whisky nach dem anderen hinuntergekippt. Irgendwann hatte sie mit dem Zählen aufgehört. Sophie hatte ihr Vorhaltungen wegen ihres Alkoholkonsums gemacht und als die Vorstellung endlich zu Ende war, musste sie irgendwann und irgendwie (wohl mit der Stadtbahn) in Gerlingen an der Endhaltestelle angekommen und von dort, mit wessen Hilfe auch immer, zu ihrem Haus gelangt sein. Sie wusste nur noch, dass sie am nächsten

Morgen mit rasenden Kopfschmerzen vollständig bekleidet in ihrem Bett aufgewacht war und sich geschworen hatte, nie mehr so viel guten Whisky so sinnlos in sich hineinzuschütten.

Seitdem hatte sie nichts mehr von Sophie gehört und traute sich auch nicht, sie anzurufen. Sie würde einfach ihre Verabredung am Mittwoch abwarten und dann, wenn Sophie nicht auftauchen würde, bei ihr vorbeifahren.

Zufrieden mit ihrer Entscheidung, das Zusammentreffen mit Sophie auf Mittwoch vertagt zu haben, setzte sich Lydia Mannteufel wieder an ihren Schreibtisch und schrieb eine Trauerrede, in der in der Kürze der Zeit mangels besserer Alternativen auch Rainer Maria Rilkes Zitat Verwendung fand.

**

Jan Möller schlug die Augen auf und schaute auf die kleine Uhr, die auf dem Mahagoninachttisch in seinem Schlafzimmer stand. Durch die Ritzen des Rollladens drang wenig Tageslicht nach innen. Es war kurz nach 9 Uhr. Sein erster Kunde kam erst um 11:45 Uhr. Er hatte noch genügend Zeit.

Zeit wofür?, dachte er. Die eine Hälfte des Doppelbetts lag unberührt neben ihm. Seine Freundin Sophie Landmann hatte sich am Freitagabend mit ihrer Ex-Geliebten getroffen und war seither verschwunden. Das kam ab und zu vor. Sie nannte es ihre kleinen Auszeiten, wenn sie übers Wochenende ins Allgäu fuhr, um zu wandern oder an den Bodensee, um Schiffe und Kormorane zu beobachten. Zu Beginn ihrer Beziehung hatte er sich noch Sorgen gemacht. Eifersüchtig hatte er sie einmal gefragt, ob sie einen anderen oder eine andere, man wusste ja nie, hätte. Seine Freundin hatte nur gelacht.

»Du spinnst doch«, hatte sie zu ihm gesagt, »ich brauche einfach von Zeit zu Zeit meine Ruhe. Mehr als eine Beziehung auf einmal, das wäre mir viel zu anstrengend. Du kannst dich wieder abregen.«

Er hatte ihr nicht ganz geglaubt und war ihr deshalb einmal heimlich hinterhergefahren. Und tatsächlich war sie, wie angekündigt, nach Isny ins Allgäu gefahren und auf den Schwarzen Grat gewandert. Dann hatte sie im roten Ochsen zu Abend gegessen und war anschließend wieder nach Hause gefahren. Seitdem machte er sich keine größeren Gedanken mehr, wenn sie ab und zu übers Wochenende abtauchte.

Jan Möller stand auf und lief fröstelnd zum Wohnzimmertisch, auf dem sein iPhone lag. Sophies Nummer war auf dem Display. Ein Anruf vom Freitagabend, den er nicht mitbekommen hatte.

Bevor er sich mit seinem Kunden in dem kleinen Büro in der Schulstraße traf, würde er noch kurz bei Sophies Arbeitgeber Dietmar Schaller vorbeischauen. Er hatte keine Lust, bei Sophies Ex anzurufen und sich womöglich hämische Kommentare anzuhören. Ihm war es schleierhaft, was Sophie immer noch mit Lydia Mannteufel verband. Sex konnte es nicht sein, das wusste er. Das Einzige, was für Lydia Mannteufel sprach, war ihr Aussehen. Groß, blond, sportliche Figur, geschmackvoll gekleidet. Zu schade, dass sie für die Männerwelt tabu war.

Er hatte vor längerer Zeit beim Abi-Ball versucht mit Lydia Mannteufel anzubandeln und war kläglich gescheitert. Wie konnte er wissen, dass sie schon damals nur auf Frauen stand. Seither ging er Lydia Mannteufel möglichst aus dem Weg.

Jan Möller frühstückte ausgiebig, zog seine Uniform an, wie Sophie Landmann seine dunkelgrauen Anzüge bezeichnete, in denen er gutsituierten Kunden bei der Anlage ihres Vermögens half, und machte sich auf den Weg.

Kurz hatte er geliebäugelt, mit seinem geleasten Mercedes AMG zu Dietmar Schaller zu fahren. Da er aber keine Lust hatte, neben den SUV von gestressten und unaufmerksamen Schwimmmüttern und ihren nervigen Kindern in der Tiefgarage Stadthalle sein wertvolles Auto abzustellen, beschloss er, zu Fuß zu gehen. Von dem kleinen Backsteinhäuschen in der Johannes-Rebmann-Straße, das er von einem Boschmitarbeiter, der vier Jahre nach Indien abgeordnet war, gemietet hatte, zu Sophies Arbeitsstelle war es nicht so weit.

Es fing an zu nieseln, als Jan Möller aus dem Haus trat und das schmiedeeiserne Gartentor zuzog. Er stellte den Kragen seines schwarzen Mantels hoch und ging mit langen, schnellen Schritten am Hallenbad vorbei Richtung Hauptstraße, wo sich gegenüber der Volksbank Strohgäu das Juwelier- und Schmuckgeschäft Schaller befand. Schwungvoll öffnete er die Eingangstür des schon weihnachtlich geschmückten Ladens und schaute sich um.

»Herr Möller«, begrüßte ihn der braun gebrannte Inhaber Dietmar Schaller, »gut, dass Sie da sind. Wo bleibt denn Frau Landmann? Ist sie krank? Sie hat in letzter Zeit etwas blass ausgesehen.«

Jan Möller strich sich verlegen über seine blonden, lockigen Haare.

»Äh, ich weiß nicht, ich dachte, sie wäre bei Ihnen im Laden. Ich habe sie zuletzt am Freitagmorgen gesehen, danach war sie abends mit einer Freundin in Bad Cannstatt bei einer Veranstaltung. Sophie verreist ab und zu übers Wochenende, ich dachte, sie wäre dann vielleicht direkt zu Ihnen in den Laden gefahren. Komisch, dass sie nicht da ist, ich rufe mal auf ihrem Handy an.«

»Der gewünschte Gesprächspartner ist zurzeit nicht erreichbar«, dröhnte es aus Jan Möllers Mobiltelefon.

»Oh Gott, es wird ihr doch nichts passiert sein«, stöhnte der Juwelier, »sie ist doch sonst immer so verlässlich und gerade jetzt in der Vorweihnachtszeit ist sie unersetzlich. Was machen wir denn jetzt?«

Jan Möller überlegte kurz und wählte eine andere Nummer.

»Hallo Jan«, meldete sich eine säuerlich klingende Stimme, »was willst denn du von mir?«

»Lydia, du warst doch mit Sophie am Freitagabend weg, weißt du, wo sie ist?«

Ein paar Sekunden lang hörte Jan Möller gar nichts, dann ein Geräusch, als ob Luft aus einem Luftballon entwich und schließlich Lydia Mannteufels leicht verzerrte Stimme.

»Ich weiß nicht, was Sophie nach der Veranstaltung gemacht hat. Wir hatten uns gestritten. Ich bin dann allein nach Hause gefahren. Hast du schon auf ihrem Handy angerufen?«

»Ja natürlich, gerade eben«, entgegnete Jan Möller patzig. »Aber da meldet sich niemand. Mann, Mann, Mann, was ihr Weiber immer habt. Wenn sie bis heute Abend nicht aufgetaucht ist, gehe ich morgen früh zur Polizei und melde sie als vermisst. Dann gnade dir Gott.«

**

Die Erste Kriminalhauptkommissarin Karin Freund klopfte ungeduldig mit ihrem Kugelschreiber auf die Tischplatte und schaute missmutig auf die ungeschälten Clementinen, die vor ihr lagen.

»Oh je, das kann ja heiter werden«, sagte Gerald Waldner leise zu der neben ihm sitzenden Kate Busch. »Unsere Chefin macht mal wieder Diät, da ist schlechte Laune vorprogrammiert.«

»Dann hoffen wir mal, dass sie mit einem neuen Projekt beschäftigt ist und uns in Ruhe lässt«, erwiderte Kate Busch mit einem schiefen Grinsen.

»Wetten, dass sie wieder von ihrem sechswöchigen Lehrgang bei der Staatspolizei in Mexiko erzählt?«

Karin Freund räusperte sich und blickte die kleine Gruppe, die im funktional ausgestatteten Besprechungszimmer des Polizeipräsidiums in Ludwigsburg zusammen saß, an.

»Bisher haben wir noch nicht viel«, sagte sie schlecht gelaunt. »Eine Wasserleiche, die von einem Schleusenwärter im Rechen der Schleuse Poppenweiler um 7:30 Uhr gefunden wurde. Es ist noch nicht bekannt, wie die Frau zu Tode gekommen ist. Es könnte sich um einen Unfall, Suizid oder Mord handeln. Ich schlage vor, dass wir eine Soko »Wasserleiche« einrichten.«

Karin Freund zog einen goldfarbenen Terminkalender aus ihrer schwarzen Ledertasche, blätterte in dem Kalender und grummelte vor sich hin.

»Das Ganze passt mir jetzt überhaupt nicht ins Konzept«, sagte sie. »Wie ihr vermutlich wisst, war ich sechs Wochen lang bei der Staatspolizei in Mexiko und habe mich über die dortigen Fahndungsmethoden bei Drogen- und Morddelikten informiert und am Freitag kommt eine Delegation aus Leon zu einem Gegenbesuch. Dafür muss ich noch einiges vorbereiten und habe deshalb eigentlich gar keine Zeit für die Leitung der Soko.«

Gerald Waldner lachte kurz auf und warf Kate Busch einen vielsagenden Blick zu. Karin Freund schaute ihn irritiert an und blickte dann in die kleine Runde, zu der neben Kate Busch und Gerald Waldner die drahtige rothaarige Staatsanwältin Suse Schmidt und die flippige Oberkommissarin Nina Herzog, die heute einen Ohrring in Form eines angebissenen Apfels trug, gehörten. Egon Müller und Frank Selters von der Spurensicherung sowie Kommissarin Lena Leuchtle, die Mutter der Kompanie, die die Kollegen oft mit ihren selbstgebackenen Kuchen verwöhnte, und der leicht beleibte Hauptkommissar Fritz Wange vervollständigten die Gruppe.

»Der Fall scheint unproblematisch zu sein«, sagte Karin Freund hoffnungsvoll. »Den müsstet ihr eigentlich schnell aufgeklärt haben. Im Übrigen wäre das auch ganz gut für unsere Statistik. Die könnte dieses Jahr noch ein paar aufgeklärte Fälle vertragen.«

Sie schaute kurz in die Runde. »Ich denke, die jetzige Besetzung müsste erst einmal ausreichen. Fritz leitet die Soko in meiner Abwesenheit, Lena unterstützt ihn im Innendienst bei der Zusammenarbeit mit unserer Pressestelle und der Staatsanwaltschaft sowie bei der Dokumentation. Kate, Gerald und Nina gehen den Ermittlungsspuren nach. Egon und Frank können bei Bedarf von euch hinzugezogen werden. Sofern ihr zusätzliches Personal braucht, gebt mir Bescheid. Die Kollegen von den örtlichen

Polizeiposten und –revieren könnt ihr ja auch noch zur Unterstützung anfordern.«

Karin Freund wandte sich an die Kollegen der Spurensicherung: »Egon und Frank, was habt ihr am Fundort der Toten für Spuren gefunden?«

Egon Müller zupfte ein paar Mal an seinem rechten Ohrläppchen und blickte auf seine Unterlagen.

»Tja«, sagte er leise, »es gibt relativ wenig verwertbare Spuren. Die Tote lag ja im Wasser. Wie lange, konnte der Notarzt vor Ort nicht sagen. Das müsste die Obduktion ergeben. Sie hatte keine Ausweispapiere und kein Handy bei sich. Die Kleidung, die sie trug, war modisch aber unauffällig. Schwarze Daunenjacke von Gil Bret, dunkelblaue Jeans von Mustang, schwarzer Wollpullover von Esprit und Unterwäsche von Mey. Die Frau dürfte zwischen Ende zwanzig und Mitte dreißig sein, genaueres kann wahrscheinlich der Gerichtsmediziner sagen. Sie ist zirka 1,70 m groß und hat langes blondes Haar. Ihre Identität konnte noch nicht geklärt werden.«

Karin Freund nahm ihren Kugelschreiber, klopfte zweimal genervt auf die Tischplatte, legte ihn wieder hin und nippte an ihrem Mineralwasser.

»Viel ist das gerade nicht«, grummelte sie, »Nina, schau mal im INPOL nach, ob da eine vermisste Person zur Fahndung ausgeschrieben ist auf die die Beschreibung der Toten passt. Außerdem sollten wir uns an die Presse wenden. Bereite schon einmal eine Mitteilung mit Foto und Kurzbeschreibung der Toten vor. Die Meldung sollte morgen in den regionalen Zeitungen erscheinen. Weit wird sie ja auf dem Neckar nicht gekommen sein.«

»Okay, ihr habt sicher keine Fragen mehr, oder?«, sagte Karin Freund in einem Tonfall, der sicherstellte, dass niemand auf die Idee kam und sie mit unsinnigen Fragen von ihrer wichtigen Mission abhielt.

Sie erhob sich. »Ich muss dann mal weiter«, sagte sie. »Wir treffen uns morgen früh um 9 Uhr wieder hier. Falls ich verhindert bin, leitet Fritz die Besprechung.«

»Du Gerry, hast du noch Lust auf einen Absacker beim Griechen um die Ecke?«, fragte Kate Busch ihren Kollegen, als sie gemeinsam aus dem Besprechungsraum gingen.

»Nee du, ich muss mich um meine Bohnen kümmern, die müssen unbedingt noch gegossen werden«, antwortete Gerald Waldner.

»Kein Wunder, dass du immer noch Single bist«, ätzte Kate Busch.

»Ach, und was macht denn dein Liebesleben? Man hört und man sieht nichts«, gab Gerald Waldner grinsend zurück.

Dienstag, 1 Tag später

Lydia Mannteufel quälte sich aus ihrem Bett. Sie hatte wenig geschlafen in dieser Nacht. Immer wieder hatte sie von Sophie geträumt. Wie ein Film war die Beziehung zu ihrer Ex-Freundin vor ihr abgelaufen. Kurze Sequenzen hatten sich in ihrem Kopf wie in einem lauten, zu schnell geschnittenen Actionfilm abgewechselt. Der Moment, als sie sich in der Uni in der Cafeteria kennen gelernt hatten. Wie sie sich im Wald während einer Joggingrunde an einem schwülen Augustabend am Gerlinger Kopf hinter einer Schutzhütte leidenschaftlich geliebt hatten. Wie sie sich bei mehreren Gläsern Rotwein auf der Veranda ihres Häuschens das Leben schön getrunken und sich ewige Liebe geschworen hatten. Wie ihr Sophie wie aus dem Nichts mitgeteilt hatte, dass sie mit Jan Möller zusammenziehen würde, weil ein bürgerliches Leben besser für sie wäre und sie eine Familie gründen wolle.

Lydia Mannteufel schüttelte den Kopf, als ob sie damit alles ungeschehen machen könnte und zog ihre Laufschuhe an. Von ihrem Häuschen am Oberen Schlossberg, das sie von ihren Eltern geerbt hatte, bis zum Waldfriedhof, wo ihre Joggingrunde normalerweise begann, waren es nur ein paar Schritte. Der trübe Morgen, der noch unverbraucht vor ihr lag, entsprach ihrer Stimmung.

Mit gesenktem Kopf trabte sie los, ohne sich wie sonst an den im Wald verstreuten, aus Totholz geschnitzten Tieren zu erfreuen. Sie sog die kühle Morgenluft wie eine Ertrinkende ein und stieß sie ächzend wie ein Blasebalg wieder aus. Irgendwo hatte sie gelesen, dass das Körper und Geist reinigen würde. Vielleicht würde es ihr helfen, sich an den letzten Freitagabend zu erinnern.

Ihr war immer noch schleierhaft, wie sie ins Bett gekommen war. Irgendjemand musste ihr geholfen haben, von der Endhaltestelle in Gerlingen zu ihrem Haus zu kommen. Die Strecke konnte sie, so betrunken wie sie war, unmöglich allein hoch gelaufen sein. Und ihren roten Mini hatte sie am Samstagabend, als sie wieder einigermaßen nüchtern war, genau am selben Platz, an dem sie ihn vorher geparkt hatte, nämlich in der Jahnstraße, wieder abgeholt.

Egal, wie hieß es so schön, die Zeit heilt alle Wunden, vielleicht auch einen Filmriss, dachte sie. Wenn sich Sophie mal wieder bei ihr blicken ließ, konnten sie ihre Meinungsverschiedenheiten sicherlich bereinigen. Ermutigt durch diese Gedanken erhöhte sie ihr Tempo und spurtete die letzten Meter ihrer Jog-gingrunde vom Waldfriedhof zu ihrem Haus.

Lydia Mannteufel sang lauthals unter der Dusche, als ihr Telefon klingelte.

»Mist«, fluchte sie. »Wer ist denn das um diese unchristliche Zeit?«

Vor 9 Uhr riefen normalerweise keine Kunden bei ihr an. Da es die Toten nicht mehr eilig hatten unter die Erde zu kommen, konnten die Lebenden auch auf ihre Bürozeiten Rücksicht nehmen.

Nur mit einem Handtuch bekleidet und Tropf-spuren in der Wohnung hinterlassend, rannte sie zum Telefon und hob ab.

»Lydia«, sagte ihr Onkel mit seltsam tonloser Stimme. »Hast du schon die Zeitung gelesen?«

»Nein, wieso? Ist etwas passiert?«, fragte Lydia Mannteufel erschrocken und ließ ihr Handtuch fal-len.

»Lydia«, begann ihr Onkel stockend.
Lydia Mannteufel fing an zu zittern und versuchte ihr Handtuch wieder aufzuheben. In diesem Tonfall hatte ihr Onkel das letzte Mal mit ihr gesprochen, als ihre Eltern bei einem Autounfall ums Leben ge-kommen waren. Sie umklammerte den Telefonhörer und fragte ängstlich: »Was ist passiert? Sag es mir.«

Ihr Onkel seufzte und sagte: »Heute Morgen kam ein Bild von Sophie in der Zeitung. Sie ist tot. Ihre Leiche wurde an der Schleuse in Poppenweiler ge-funden. Die Polizei weiß aber noch nicht, dass es So-phie ist.«

Lydia Mannteufel stieß einen erstickten Schrei aus. »Nein, das kann nicht sein«, protestierte sie un-gläubig. »Ich war doch am Freitagabend noch mit ihr zusammen.«

»Lydia«, sagte ihr Onkel besänftigend, »bleib ganz ruhig, ich bin in zehn Minuten bei dir.«

Lydia Mannteufel legte den Telefonhörer auf die Gabel und ließ sich langsam auf den Steinfußboden sinken.

»Oh mein Gott«, stöhnte sie. Das konnte doch nicht wahr sein. Sie hatte sich doch am Freitagabend noch von Sophie verabschiedet. Da war sie doch, im Gegensatz zur ihr, noch putzmunter, oder etwa nicht?

Lydia Mannteufel verbarg ihr Gesicht in ihren Händen und wiegte ihren nackten Körper hin und her. Ihr Verstand begann das Unglaubliche langsam zu realisieren. Sie fing an zu weinen. Die Tränen rannen ihr Gesicht hinunter wie ein anschwellender Sturzbach und bildeten eine salzige Lache auf dem Steinfußboden.

**

Um 9 Uhr morgens war die Welt für den Schutzpolizisten Arne Fries noch in gewohnter Ordnung. Die Woche hatte, bis auf ein gestohlen gemeldetes Mountainbike am gestrigen Montagabend, geruhsam begonnen.

Genüsslich biss Arne Fries in sein Leberwurstbrot und überlegte gerade, was er seiner Frau zu Weihnachten schenken sollte, als das Telefon klingelte.

»Mann, muss das jetzt sein?«, grummelte er, legte sein Wurstbrot auf den Schreibtisch und hob ab.

»Es ist etwas Schreckliches passiert, Sophie ist tot.«

»Nun mal ganz langsam«, sprach der Schutzpolizist beruhigend auf den Anrufer ein. »Wer sind Sie denn und was ist passiert?«

»Entschuldigen Sie«, kam es schwer atmend aus dem Hörer. »Mein Name ist Jan Möller. Ich habe gerade Zeitung gelesen und da war ein Foto von meiner Freundin abgebildet. Sie soll tot sein. Aber das kann nicht sein.«

Der Anrufer brach ab und fuhr dann verzweifelt fort: »Sophie soll an der Schleuse in Poppenweiler tot aufgefunden worden sein. Ich habe mir schon Sorgen gemacht, weil sie über das Wochenende weg war und bisher nicht nach Hause gekommen ist.«

Arne Fries sprach langsam und ruhig in das Telefon, so wie er es in den psychologischen Seminaren zum Umgang mit traumatisierten Angehörigen gelernt hatte.

»Wo sind Sie denn gerade? Können Sie zu mir auf die Wache kommen oder soll ich bei Ihnen vorbeikommen?«, fragte er.

»Nein, nein«, wehrte Jan Möller ab. »Ich wohne ganz in der Nähe, in der Johannes-Rebmann- Straße. Ich komme gleich vorbei. Ein bisschen frische Luft wird mir gut tun.«

Zwanzig Minuten später stand ein gut aussehender Mann Anfang dreißig mit leicht verstrubbeltem Haar und schräg gebundener Krawatte im kleinen Büro des Schutzpolizisten in der Hauptstraße 31 in Gerlingen.

»Setzen Sie sich doch. Sie müssen Jan Möller sein«, sagte Arne Fries zu dem verzweifelt dreinblickenden Anzugträger und wies mit seiner rechten Hand auf den beigefarbenen Besucherstuhl, der vor seinem Schreibtisch stand.

Jan Möller nickte und ließ sich langsam auf den Stuhl sinken. Er strich sich fahrig über eine widerspenstige Haarlocke.

»Was ist denn mit Ihrer Freundin passiert?«, fragte der Schutzpolizist leise und sah Jan Möller aufmerksam an.

Jan Möller schaute auf den Boden und antwortete zögerlich.

»Meine Freundin Sophie Landmann ist am Freitagabend mit ihrer Freundin zu einer Veranstaltung ins Theaterschiff nach Bad Cannstatt gegangen. Was anschließend passiert ist, weiß ich nicht. Sophie ist am Wochenende nicht nach Hause gekommen und war am Montag auch nicht bei der Arbeit. Ich wollte heute Morgen zu Ihnen kommen und sie als vermisst melden. Dann habe ich Sophies Bild in der Zeitung gesehen.«

Jan Möller stöhnte leise und biss auf seinen rechten Daumen, um seine Tränen zu unterdrücken.

»Und Sie sind sich ganz sicher, dass das Ihre Freundin ist?«, fragte der Schutzpolizist.

»Ja natürlich. Ich weiß doch, wie meine Freundin aussieht, was glauben Sie denn«, antwortete Jan Möller erregt.

Der Schutzpolizist hob entschuldigend seine Hände hoch.

»Okay«, sagte er. »Ich glaube Ihnen ja, dass das Ihre Freundin ist. Versuchen Sie bitte ruhig zu bleiben. Ich sage Ihnen jetzt, was wir tun werden. Sie erzählen mir alles ganz genau der Reihe nach. Ich schreibe dann einen Bericht und leite ihn an die zuständigen Kollegen der Kriminalpolizei Ludwigsburg weiter. Von dort aus werden dann die Ermittlungen weitergeführt.«

Jan Möller nickte leicht mit dem Kopf und blickte den Schutzpolizisten traurig an.

»Haben Sie schon mit jemandem darüber gesprochen? Vielleicht mit den Angehörigen Ihrer Freundin?«

»Nein«, sagte Jan Möller so leise, dass ihn der Schutzpolizist kaum verstand. »Ich bin direkt zu Ihnen gekommen. Ich habe mit den Eltern meiner Freundin noch nicht gesprochen. Ich kann das nicht.«

Der Schutzpolizist schaute ihn voller Mitgefühl an und sagte: »Sie haben das Richtige getan. Überlassen Sie alles weitere uns. Wir werden uns mit den Angehörigen und mit Ihnen wieder in Verbindung setzen. Wenn ich mit dem Bericht fertig bin, können Sie nach Hause gehen. Wenn Sie wollen, kann ich Ihnen auch eine psychologische Betreuung organisieren.«

»Nein, nein«, wehrte Jan Möller ab. »Es geht schon. Ich brauche niemanden. Ich komme allein zurecht.«

Arne Fries wartete bis Jan Möller sein Büro verlassen hatte und wählte dann die Nummer der Kriminalpolizei in Ludwigsburg.

**

Karin Freund fasste in der Soko-Besprechung gerade die spärlichen Erkenntnisse über die Wasserleiche zusammen, als es an der Tür zum Besprechungszimmer zaghaft klopfte.

»Herein«, rief sie schlecht gelaunt.

Schüchtern trat die junge, neu in das Dezernat Tötungsdelikte versetzte Kommissarin Gabriele Manninger ein.

»Was willst du denn jetzt hier? Du siehst doch, dass wir beschäftigt sind«, herrschte Karin Freund sie an.

»Ja, ich weiß«, setzte die junge Kollegin, die ein Blatt Papier in der rechten Hand hielt, vorsichtig an.

»Aber da kam gerade ein Anruf vom Polizeiposten Gerlingen. Der Kollege dort hatte Besuch von einem Jan Möller und der meinte, dass die tote Frau in der Zeitung seine Freundin Sophie Landmann sei. Ich habe den Bericht, den er mir gerade noch zugemailt hat, gleich mitgebracht.«

»Oh, das wäre ja super, wenn das stimmen würde. Dann könnte ich mir die restliche Arbeit mit der Vermisstendatei sparen. Bisher habe ich eh noch nichts Passendes gefunden«, rief Nina Herzog, die heute ganz in schwarz gekleidet war und knallrote Minichristbaumkugeln als Ohrringe trug, begeistert aus.

»Ja, vielen Dank für die Info«, sagte Karin Freund versöhnlich und nahm den Bericht des Gerlinger Schutzpolizisten von der jungen Kommissarin entgegen. Sie überflog ihn kurz und runzelte die Stirn.

»Das klingt plausibel«, murmelte sie.

»Kate und Gerald, ihr fahrt zu den Angehörigen von Sophie Landmann und klärt ab, ob sie unsere Wasserleiche ist. Falls ja, bringt ihr die Eltern der Toten gleich in die Pathologie ins Robert-Bosch-Krankenhaus, damit sie die Leiche identifizieren können.«

Kate Busch und Gerald Waldner nickten mit dem Kopf.

»Ach ja«, fügte Karin Freund süffisant lächelnd hinzu. »Wenn ihr schon dort seid, könnt ihr gleich bei der Obduktion dabei sein. Der Gerichtsmediziner hat mich gestern Abend noch angerufen und mir mitgeteilt, dass er heute Nachmittag die Obduktion der Wasserleiche durchführen würde. Da können wir dann zwei Fliegen mit einer Klappe schlagen.«

Kate Busch und Gerald Waldner sahen sich resigniert an. War ja klar, dass sie wieder die freudige Botschaft überbringen durften und zur Krönung des Tages noch an der Obduktion teilnehmen mussten.

»Augen auf bei der Berufswahl«, stichelte Nina Herzog und klimperte neckisch mit ihren Christbaumkugeln, als sich die kleine Gruppe auflöste und das Besprechungszimmer verließ.

**

Es goss wie aus Kübeln, als Kate Busch mit ihrem unmarkierten Dienstwagen vom Parkplatz des Polizeipräsidiums in die Friedrich-Ebert-Straße einbog. Obwohl die Scheibenwischer auf der höchsten Stufe wie zwei wild gewordene Palmwedel über die Windschutzscheibe schrubbten, konnte sie kaum etwas sehen.

»So ein Mist«, fluchte sie und stieg hart auf die Bremse, sodass der Dienstwagen abrupt zum Stehen kam. Fast hätte sie einen schwarz gekleideten Motorradfahrer, der noch an ihr vorbeifahren wollte, wie einen Stier auf ihre Kühlerhaube genommen.

»Kate, pass doch auf, ich möchte mein Pensionsalter noch erleben«, raunte Gerald Waldner verärgert.

»Ja, ja, immer mit der Ruhe, das nächste Mal kannst ja du fahren«, gab Kate Busch leicht pikiert zurück.

Schweigend reihten sie sich in die Autokarawane, die die B 27 fast zu jeder Tages- und Nachtzeit bevölkerte, ein. Nur im Schritttempo ging es an Kornwestheim vorbei Richtung Stuttgart.

»Du Gerry«, sagte Kate Busch nach einer Weile, »findest du nicht auch, dass die Freund immer unmöglicher wird? Von mir aus kann die wieder nach

Mexiko zu ihren Chicanos gehen. Ich verstehe sowieso nicht, warum für so etwas Geld da ist. Bei jeder Dienstfahrt macht sie Theater, weil das Budget überschritten werden könnte und im Schießtraining waren wir auch schon lange nicht mehr, weil die Übungsmunition zu teuer ist.«

Gerald Waldner zupfte an seinem Ziegenbärtchen, das er sich seit ein paar Wochen wachsen lassen hatte und antwortete: »Im Flurfunk habe ich gehört, dass sie schon wieder ein neues Projekt am Laufen hätte, irgendetwas mit der polnischen Polizei. Irgendwie ist sie an Mittel von der Landesstiftung gekommen.«

Er stöhnte und versuchte seinen massigen Körper in eine angenehmere Sitzposition zu bringen.

Kate Busch schüttelte ungläubig den Kopf und schaltete in den dritten Gang, um an der Kreuzung Heilbronner Straße/Borsigstraße noch bei Orange über die Ampel zu kommen. Der Regen hatte jetzt etwas nachgelassen. Über den Pragsattel vorbei am bläulich schimmernden Bülowtower, den gläsernen Bürogebäuden der Versicherungen und den efeubewachsenen Backsteinmauern des Pragfriedhofs bog sie in die Kriegsbergstraße ab. An der nächsten Ampel am Hölderlinplatz fragte Kate Busch ihren Kollegen: »Du, wo wohnen die Eltern von der Landmann noch mal?«

»In der Klopstockstraße«, antwortete Gerald Waldner. »Das ist nicht mehr weit. Da fährst du die Schwabstraße geradeaus weiter und biegst an der zweiten Kreuzung rechts ab. Seit das Parken hier etwas kostet, kriegst du auch tagsüber immer einen Parkplatz.«

Es hatte aufgehört zu regnen, als die Kriminalkommissare aus ihrem Dienstwagen stiegen. Auf der abschüssigen Straße bahnten sich nur noch einige kleinere Rinnsale ihren Weg bergab.

Kate Busch und Gerald Waldner gingen zielstrebig auf das große, herrschaftliche Haus, in dem das Ehepaar Landmann wohnte, zu. Kate Busch drückte auf den messingfarbenen Klingelknopf und hörte eine leise Melodie erklingen. Kurz darauf öffnete eine geschmackvoll gekleidete Frau Mitte fünfzig die Haustür und schaute sie erwartungsvoll an.

»Ja bitte, was kann ich für Sie tun?«, fragte sie.

»Sind Sie Frau Landmann?«, fragte Kate Busch.

Die ältere Frau nickte.

»Dürfen wir hereinkommen? Wir sind von der Kriminalpolizei. Mein Name ist Kate Busch und das ist mein Kollege Gerald Waldner.«

Kate Busch deutete auf ihren Kollegen, der neben ihr stand. Sieglinde Landmann wurde ganz blass im Gesicht.

»Was ist denn passiert?«, fragte sie erschrocken.

Mit staksigen Schritten ging sie voran in ein riesiges Wohnzimmer, in dem neben einem Kachelofen eine Kommode aus dem 19. Jahrhundert stand. In der Mitte des Raumes befanden sich ein großer ovaler Esstisch und acht Stühle aus Kirschbaumholz. An den Wänden hingen mehrere Landschaftsbilder von Caspar David Friedrich.

Ein großgewachsener, schlanker Mann Ende fünfzig legte die FAZ, die er gerade gelesen hatte, auf den Wohnzimmertisch und kam mit hochgezogenen Augenbrauen auf Kate Busch zu.

»Ewald Landmann«, stellte er sich vor und gab Kate Busch einen kräftigen Händedruck. »Was ist denn passiert?«, fragte er und schaute zu seiner Frau, die sich mit einer Hand am Stuhl abgestützt hatte.

Kate Busch sah das Ehepaar voller Mitgefühl an.

»Wann haben Sie denn das letzte Mal mit Ihrer Tochter Sophie gesprochen oder sie gesehen?«, fragte sie.

«Warum wollen Sie das wissen?«, sagte Ewald Landmann und blickte Kate Busch fragend an.

»Ist Sophie etwas passiert?«

Gerald Waldner, der sich bisher bedeckt im Hintergrund gehalten hatte, antwortete mit leiser Stimme.

»Wir haben eine tote Frau an der Schleuse in Poppenweiler aufgefunden. Wir vermuten, dass es Ihre Tochter ist. Jan Möller, der Freund Ihrer Tochter war bei unserem Kollegen auf dem Polizeiposten in Gerlingen und hat sie anhand eines Fotos in der Leonberger Kreiszeitung identifiziert.«

Ewald Landmann wurde aschfahl im Gesicht.

»Oh Gott«, stöhnte er und fuhr sich mit der rechten Hand über die Stirn. »Das muss ein Irrtum sein. Das kann nicht wahr sein. Was soll Sophie denn dort gemacht haben?«

Sieglinde Landmann fing leise an zu schluchzen und setzte sich mit zitternden Knien auf einen Stuhl. Kate Busch legte sanft eine Hand auf ihre Schulter.

»Ihre Tochter war am Freitagabend bei einer Veranstaltung im Theaterschiff in Bad Cannstatt«, sagte Gerald Waldner. »Seither wird sie vermisst. Sie ist gestern auch nicht an ihrer Arbeitsstelle erschienen. Deshalb gehen wir leider davon aus, dass die tote Frau Ihre Tochter ist.«

Ewald Landmann ging zu seiner Frau und umarmte sie fest. Sieglinde Landmann weinte still vor sich hin. Tränen liefen über ihr Gesicht.

»Können wir unsere Tochter sehen?«, fragte Ewald Landmann nach einiger Zeit und schaute die Kommissarin verzweifelt an. Kate Busch räusperte sich und sagte: »Wenn Sie sich dazu in der Lage fühlen, könnten wir jetzt gleich in das Robert-Bosch-Krankenhaus fahren. Dort liegt sie in der Pathologie.«

»Wissen Sie schon, was passiert ist?«, fragte Sieglinde Landmann mit zittriger Stimme, als sie im Dienstwagen der Polizisten saßen und Richtung Robert-Bosch-Krankenhaus fuhren.

»Nein«, antwortete Kate Busch. »Ihre Tochter wurde am Montagmorgen von einem Schleusenwärter an der Schleuse Poppenweiler tot aufgefunden. Wie und warum sie dorthin gekommen ist, wissen wir noch nicht. Aber wir haben mit unseren Ermittlungen ja erst begonnen.«

Die Eheleute Landmann saßen eng aneinandergelehnt auf dem Rücksitz des schwarzen Dienstmercedes und starrten aus dem Fenster, ohne die Umgebung wahrzunehmen. Das Schweigen im Wagen war erdrückend. Kate Busch fuhr so schnell sie konnte und der Verkehr es erlaubte über die mehrspurige Heilbronner Straße. In der Siemensstraße bog sie vor dem Theaterhaus rechts ab in die Leitzstraße und bergauf zur Auerbachstraße, an der sich das Krankenhaus befand.

»Wir sind da«, sagte sie zu dem in sich zusammengesunkenen Ehepaar, als sie in die Tiefgarage des Robert-Bosch-Krankenhauses einbog.

Sieglinde und Ewald Landmann liefen ganz langsam, wie in Trance, hinter den zwei Polizisten über das weitverzweigte Krankenhausgelände, um das Unvermeidliche so lange hinauszuzögern, wie es nur ging.

Der glatzköpfige Rechtsmediziner Arnold Stümper erwartete sie, ganz in grün gekleidet, in der Pathologie. Behutsam führte er Sieglinde und Ewald

Landmann zu der blonden Frau, die, nur mit einem weißen Laken bedeckt, auf einem Seziertisch aus Edelstahl lag.

Ewald Landmann schaute die Tote an, schluckte mehrmals und sagte leise: »Ja, das ist Sophie, unsere Tochter.«

Sieglinde Landmann schwankte leicht und hielt sich schluchzend an ihrem Ehemann fest. Sie strich ihrer Tochter sanft über die blonden Haare. Tränen liefen über ihr Gesicht.

»Oh Sophie, mein Kind«, schluchzte sie leise. »Wie konnte das passieren?«

Sieglinde Landmann nahm die Hand ihres Mannes. Gemeinsam schauten sie ihre leblose Tochter an. Ewald Landmann wandte sich als Erster wieder ab.

»Danke, dass wir unsere Tochter nochmals sehen durften«, sagte er zu Kate Busch mit belegter Stimme. »Bitte geben Sie uns Bescheid, wenn wir sie beerdigen können.«

»Sollen wir Sie jetzt wieder nach Hause fahren?«, fragte Gerald Waldner.

»Nein, nein«, antwortete Ewald Landmann abwehrend. »Es geht schon. Wir kommen schon nach Hause, vielen Dank. Wir wollen jetzt lieber allein sein.«

Ewald Landmann nahm seine Frau in den Arm. Gemeinsam gingen sie langsam, mit schweren Schritten aus dem Sektionsraum.

»So, das hätten wir«, atmete der Rechtsmediziner erleichtert auf. »Jetzt beginnt der gemütliche Teil. Ich rufe schnell noch Dr. Jasmin Fuchs, dann können wir mit der Autopsie beginnen.«

»Du Arnold«, sagte Kate Busch. »Ich habe seit dem Frühstück nichts mehr gegessen, macht es dir etwas aus, wenn ihr schon mal ohne mich anfängt?«

Arnold Stümper lachte.

»Nee du, kein Problem. Dann hast du wenigstens etwas im Magen, wenn du wiederkommst. Die aufregenden Sachen kommen eh erst zum Schluss. Dein Kollege ist auch schon ganz grün im Gesicht. Setzt euch doch in die Cafeteria. Ich gebe euch dann Bescheid, wenn wir fertig sind.«

Gerald Waldner schaute den Rechtsmediziner dankbar an.

»Das war aber nicht nett von dir, dass du mich mit dem Leichenfledderer allein lassen wolltest«, sagte er vorwurfsvoll zu Kate Busch auf dem Weg zur Cafeteria.

»Ach Gerry«, antwortete Kate Busch schmunzelnd. »Obduktion ist Männersache, genauso wie Müll runterbringen. In diesen Dingen wird die Gleichberechtigung total überschätzt.«

Nachdem Kate Busch hastig zwei große Maultaschen verschlungen und eine Tasse Espresso getrunken hatte, lehnte sie sich zufrieden auf ihrem Plastikstuhl zurück.

»Du Gerry«, wandte sie sich an ihren Kollegen, »was glaubst du denn, was da passiert ist? Hat sich diese Sophie umgebracht, war's ein Unfall oder wurde sie ermordet?«

»Frau, du stellst Fragen«, gab Gerald Waldner zurück. »Ich habe keine Ahnung, aber warum hätte sie sich umbringen sollen? Sie sieht gut aus, hat einen Freund und anscheinend wohlhabende Eltern, also zumindest objektiv betrachtet deutlich mehr als wir.«

»Also das mit dem Aussehen und den armen Eltern trifft eigentlich nur auf dich zu«, entgegnete Kate Busch spöttisch.

»Ja, ja, Miss Polizei und einen Freund brauchst du ja auch nicht«, antwortete Gerald Waldner leicht ungehalten. »Du stehst ja mehr auf Frauen.«

Kate Busch drehte die leere Espressotasse hin und her und seufzte theatralisch.

»Weißt du Gerry, es gibt einfach zu wenig gutaussehende, sportliche, intelligente und humorvolle Lesben.«

»Was heißt hier Lesben«, sagte Gerald Waldner und lächelte verschmitzt. »Das gilt doch für alle Frauen.«

Kate Busch warf spielerisch eine Zuckertüte nach ihm und sagte dann mit ernster Stimme: »Viel haben wir ja noch nicht. Okay, wir wissen jetzt, wie sie heißt, wer ihr Freund ist und dass sie mit einer Freundin zuletzt am Freitag im Theaterschiff war. Aber das war es dann auch schon.«

»Vielleicht bringt uns die Obduktion weiter«, sagte Gerald Waldner und stemmte seinen massigen Körper in die Höhe.

»Wir sollten langsam wieder zurück zu unserem Stümper und schauen, ob er irgendwelche Erkenntnisse gewonnen hat, die uns weiterhelfen.«

Die asiatische Ärztin Dr. Jasmin Fuchs war gerade dabei, die Leiche wieder zusammenzunähen und für den Bestattungsunternehmer herzurichten, als Kate Busch und Gerald Waldner den Sektionsraum betraten.

»Ach, da seid ihr ja endlich«, rief ihnen der Rechtsmediziner Arnold Stümper, der sich gerade seine Hände wusch, zu. »Das Beste habt ihr verpasst.

Wusstet ihr schon, dass die Tote in der zehnten Woche schwanger war?«

Kate Busch und Gerald Waldner sahen sich erstaunt an. Weder die Eltern von Sophie Landmann hatten dies erwähnt noch stand dazu etwas im Bericht vom Gerlinger Kollegen Arne Fries.

»Kannst du uns etwas zum Todeszeitpunkt und zur Todesursache sagen?«, fragte Kate Busch. Arnold Stümper trocknete seine Hände ab.

»Die Frau ist eindeutig ertrunken«, sagte er. »In ihrer Lunge befindet sich Wasser. Außerdem ist die Lunge aufgebläht, trocken und schaumig. Das heißt, dass die Frau im Süßwasser ertrunken ist.«

Arnold Stümper kratzte sich am Kopf.

»Was den Todeszeitpunkt anbelangt, kann ich mit ziemlicher Sicherheit sagen, dass die Frau zwischen Freitagabend um zirka 22 Uhr und Samstagmorgen um drei Uhr umgekommen ist.«

Arnold Stümper grinste schelmisch.

»Einen genaueren Todeszeitpunkt gibt es nur bei den Krimis im Fernsehen. Aber das wisst ihr ja selber.«

Kate Busch winkte müde lächelnd ab.

»Ja, ja, ich weiß. Ist dir sonst noch etwas Außergewöhnliches aufgefallen?«

Arnold Stümper warf theatralisch seine Hände in die Höhe.

»Ja reicht dir denn das noch nicht?«, sagte er leicht vorwurfsvoll. »Die Tote war gesund, sie hatte sich in der Jugend wohl mal den rechten Arm gebrochen. In ihrem Blut fanden sich keine Spuren von Alkohol, Medikamenten oder bei einem Giftmord üblicherweise verwendeten Substanzen. Äußere Anzeichen für einen Kampf oder Würgemale gibt es nicht. Sie lag aber auch eine Weile im Wasser. An der Stirn und der Nase sowie am Handrücken und den Knien sind deshalb Treibspuren vom Wasser vorhanden. Ganz charakteristisch für eine Wasserleiche ist natürlich auch die Waschhautbildung. Alle Details stehen in meinem Bericht, den ich euch heute Abend noch zumaile.«

Kate Busch berührte den Rechtsmediziner leicht an der Schulter.

»Vielen Dank für die Infos«, sagte sie. »Das mit der Schwangerschaft ist echt ein Hammer.«

»Du Gerry?«, fragte Kate Busch ihren Kollegen, als sie wieder im Auto saßen und zum Polizeipräsidium nach Ludwigsburg zurückfuhren. »Warum sollte sich eine Frau umbringen, die schwanger ist?«

»Vielleicht wollte sie keine Kinder oder war depressiv.«

»Das glaube ich nicht. Kinder muss man heutzutage nicht mehr bekommen, wenn man sie nicht will und für das andere gibt es Tabletten.«

Gerald Waldner zuckte mit den Schultern.

»Vielleicht war es ein Unfall oder sie hat sich mit ihrer Freundin gestritten und die hat sie dann in den Neckar gestoßen, aus Eifersucht, weil sie selbst keine Kinder bekommen kann.«

»Möglich«, meinte Kate Busch zweifelnd. »Aber das setzt voraus, dass sie wusste, dass Sophie Landmann schwanger war.«

Gerald Waldner gähnte und schob sich ein Lakritzbonbon in den Mund.

»Tja, das erfahren wir frühestens morgen, wenn wir ihre Freundin befragen«, murmelte er.

**

Lydia Mannteufel zog einen schwarzen Hosenanzug und eine weiße Bluse an und ging langsam mit gesenktem Kopf die wenigen Schritte von ihrem Haus zum Waldfriedhof. Selbst wenn sie die Toten näher kannte, machte es ihr normalerweise nichts aus, eine Grabrede zu halten. Sie schaffte es in der Regel, genug emotionale Distanz zwischen ihren Job als Grabrednerin und ihre persönlichen Trauer zu bringen.

Aber nachdem ihr Onkel ihr mitgeteilt hatte, dass Sophie tot war, fühlte sie sich im Moment nicht in der Lage, eine Trauerrede zu halten.

Eigentlich freute sie sich immer, wenn sich möglichst viele Trauergäste von den Verstorbenen verabschiedeten, um ihnen einen würdigen Rahmen für das letzte Geleit zu geben. Aber heute hoffte sie, dass möglichst wenig Trauernde anwesend waren und sie die Rede schnell hinter sich bringen konnte.

Als sie leicht verspätet an der Grabstelle ankam, hatte sich eine deutlich größere Menschenmenge als erwartet versammelt. Das konnten unmöglich die Angehörigen und Freunde des Verstorbenen sein, dachte sie. Soviel sie wusste, hatte der Verstorbene keine Freunde und die einzige Angehörige, die auf der Beerdigung erscheinen wollte, war seine Mutter. Eine stattliche aber frühzeitig ergraute Person. Lydia Mannteufel ging auf sie zu und schüttelte ihr die Hand.

»Entschuldigen Sie die Verspätung Frau Heimann«, sagte sie. »Ich wusste gar nicht, dass Ihr Sohn so viele Bekannte hatte.«

Frau Heimann schüttelte den Kopf und erwiderte trocken: »Das ist mir auch neu. Die sind wahrscheinlich alle wegen Ihnen hier.«

Lydia Mannteufel schluckte und sah sich um. Die Anwesenden musterten sie, je nach Art ihres Charakters, unauffällig oder unverschämt. Neben den üblichen älteren Frauen, die aus Langeweile und Neugierde fast zu jeder Beerdigung kamen, waren diesmal auffällig viele Männer anwesend. Sophie Landmanns Tod war, wie nicht anders zu erwarten, im Ort schon Tagesgespräch und die Zaungäste wollten sehen, wie sich die Ex-Geliebte verhielt. Ob sie wohl in der Lage war, eine Grabrede zu halten. Wahrscheinlich hielten die meisten sie für die Mörderin von Sophie. Je nachdem, was der schöne Jan über sie im Ort verbreitet hatte.

»Liebe Trauergäste«, fing Lydia Mannteufel stockend ihre Rede an. »Wir sind hier versammelt, um von Axel Heimann Abschied zu nehmen. Axel Heimann wurde nur achtzehn Jahre alt. Sein Leben wurde durch einen Autounfall jäh beendet. Axel Heimann war ein junger Mensch, dem die Welt und die Liebe noch offen standen und der trotz all seiner Fehler auch geliebt wurde. Denn ein Mensch ist immer mehr als die Summe seiner Fehler. Trotz allem Leid, das er anderen Menschen zugefügt hat, bestand immer noch die Hoffnung, dass er den Weg zu einem verantwortungsvollen und wertvollen Mitglied unserer Gesellschaft finden würde. Der Tod hat uns diese Hoffnung genommen. Arthur Schopenhauer sagte über den Tod: ›Wir schaudern vor dem Tod, vielleicht hauptsächlich, weil er dasteht als die Finsternis, aus der wir einst hervorgetreten und in die wir nun zurück sollen. Aber ich glaube, dass wenn der Tod unsere Augen schließt, wir in einem Licht stehen, von welchem unser Sonnenlicht nur der Schatten ist‹.«

Die Mutter von Axel Heimann wischte sich die Tränen, die ihr über das Gesicht liefen, mit einem Taschentuch ab.

Lydia Mannteufel sah von ihrem Manuskript auf und blickte in die Gesichter der um die Grabstelle versammelten »Trauergäste«. Ein paar jüngere Männer erröteten und schauten betreten zu Boden. Einige der üblicherweise anwesenden älteren Frauen scharrten mit den Füßen auf dem Gras, so als könnten sie es nicht erwarten, den Friedhof zu verlassen und das eben Gesehene und Gehörte in ihren Tratschrunden weiterzuverbreiten.

Lydia Mannteufel räusperte sich und setzte ihre Rede mit ein paar Belanglosigkeiten aus dem Leben des Verstorbenen fort. Sie beendete ihre Traueransprache mit dem Zitat von Rainer Maria Rilke und verabschiedete sich von Frau Heimann laut mit den Worten: »Es ist doch schön, dass zur Beerdigung Ihres Sohnes so viele Trauergäste gekommen sind. Damit hat er einen würdigen Abschied erhalten.«

Dann ging sie, ohne nach links und nach rechts zu schauen, mit schnellen Schritten zum Ausgang des Friedhofs. Sie war total erschöpft. Die Rede hatte sie mehr Kraft gekostet, als sie gedacht hatte.

Vor ihrer Haustür stand ihr schwarzer Kater und wartete auf sie. Lydia Mannteufel hatte ihn Fred genannt, nach dem amerikanischen Sänger, Tänzer und Schauspieler Fred Astaire, weil ihr Kater ein weißes Lätzchen und weiße Pfoten hatte und sich so elegant und anmutig wie Fred Astaire bewegte.

Wenigstens einer, der sie nicht im Stich ließ, dachte Lydia Mannteufel, hob ihren Kater hoch und streichelte ihn.

»Ach Fred«, murmelte sie traurig und presste ihre Wange an sein warmes Fell. »Warum sterben alle Menschen um mich herum, die ich gern habe? Zuerst meine Eltern, die bei einem Autounfall ums Leben gekommen sind, und jetzt Sophie. Das Leben ist nicht fair.«

Sie schloss die Haustür auf und folgte ihrem Kater, der schnurstracks in die Küche lief und laut miauend vor dem Kühlschrank stehen blieb.

Nachdem Lydia Mannteufel ihn versorgt hatte, zog sie ihren alten ausgebeulten Jogginganzug an, goss sich ein großes Glas Tobermory Whisky ein und ging in das Wohnzimmer.

Sie setzte sich auf ihr schwarzes Ledersofa, nahm einen kleinen Schluck vom Whisky und sog das Malzaroma wie eine Süchtige ein. Der Whisky brannte wie Feuer in ihrer Kehle.

Sie fing an zu schluchzen und nahm noch einen großen Schluck aus dem Glas. Tränen rannen ihr über das Gesicht und sie musste husten. Egal, dachte sie. Wen kümmerte es schon, wenn sie ihren Schmerz mit Alkohol betäubte?

**

Kate Busch und Gerald Waldner liefen mit eiligen Schritten vom Parkplatz des Präsidiums zum Besprechungszimmer der Soko. Es war kurz nach 17 Uhr.

»Schön, dass ihr auch schon da seid«, begrüßte Karin Freund die beiden mit verkniffenem Gesichtsausdruck.

»Ich hoffe, dass sich die Verspätung gelohnt hat und ihr neue Erkenntnisse von der Befragung der Eltern und der Obduktion mitgebracht habt.«

Kate Busch und Gerald Waldner setzten sich an den länglichen Besprechungstisch und zogen langsam, wie in Zeitlupe, so als ob sie es vorher abgesprochen hätten, ihre Jacken aus. Sie schauten sich an und fingen beide gleichzeitig an zu grinsen.

»Macht es nicht so spannend«, protestierte Nina Herzog, die ihren Christbaumkugelohrschmuck gegen zwei Minitoiletten ausgetauscht hatte.

Karin Freund blickte die beiden missbilligend an und schaute auf ihre Armbanduhr.

»Ich habe jetzt keine Zeit für eure Albernheiten. Ich muss mich nachher wieder um den Empfang der Mexikaner kümmern. Was habt ihr denn herausgefunden?«

»Die Eltern waren schockiert. Sie wussten anscheinend noch nichts vom Tod ihrer Tochter. Sie haben ihre Tochter im Robert-Bosch-Krankenhaus identifiziert«, sagte Kate Busch.

Gerald Waldner nickte bestätigend. »Bei der Obduktion ist herausgekommen, dass Sophie Landmann in der zehnten Woche schwanger war«, sagte er. »Ansonsten war sie kerngesund«, fuhr er fort. »Äußere Anzeichen von gewaltsamen Spuren, wie zum Beispiel Würgemale, gibt es nicht.«

»Dann ist sie also ertrunken?«, fragte Karin Freund ungeduldig.

»Ja«, bestätigte Kate Busch. »Laut Arnold Stümper ist der Tod zwischen Freitagabend um zirka 22 Uhr und Samstagmorgen um drei Uhr eingetreten.«

Kate Busch reichte den Bericht des Rechtsmediziners an ihre Chefin weiter, die ihn kurz überflog.

Karin Freund bildete mit ihren Fingern eine Merkel-Raute und dachte kurz nach.

»Nina, du gehst morgen zusammen mit Gabriele nochmals zu den Eltern von Sophie Landmann und klärst ab, ob die Eltern von der Schwangerschaft ihrer Tochter wussten.«

Karin Freund schaute Kate Busch und Gerald Waldner an.

»Ihr zwei sprecht morgen mit dem Freund der Toten. Er soll euch sagen, mit wem Sophie bei der Veranstaltung in Bad Cannstatt war. Wenn ihr den Namen der Freundin habt, könnt ihr die auch gleich befragen.«

»Alles klar, machen wir«, antwortete Kate Busch müde.

Sie fing an, ihre Jacke anzuziehen. Sie wollte nur noch nach Hause und schlafen.

Mittwoch, 2 Tage später

Es war Mittwochmorgen, kurz nach 10 Uhr, als Kate Busch und Gerald Waldner vor Jan Möllers Büro in der Schulstraße in Gerlingen stehen blieben.

Die dichte Wolkendecke hatte etwas aufgeklart und vereinzelte Sonnenstrahlen spiegelten sich in den Glasfenstern der Stadtbibliothek gegenüber von Jan Möllers Büro.

Kate Busch lächelte. Sonnenlicht war ihr Glückselixier. Sie berührte ihren Kollegen an der Schulter und deutete zur Bücherei.

»Schau mal«, sagte sie. »Da neben der Bibliothek ist eine Espressobar. Da könnten wir uns nach getaner Arbeit ein bisschen in die Sonne setzen und von Dolce Vita träumen.«

»Ja, ja«, brummelte Gerald Waldner unbeeindruckt. »Aber du weißt ja, zuerst kommt die Arbeit und dann das Vergnügen.«

Gerald Waldner betrachtete das blaue Schild neben der gläsernen Eingangstür, auf dem »Vermögensverwaltung und Vermögensberatung Jan Möller, kompetent und effizient« stand und sagte zu Kate Busch: »Ich bin mal gespannt, ob das auch so ein Schnösel ist, der einem nur das Geld aus der Tasche zieht, um sich seine Träume zu verwirklichen.«

Kate Busch lachte.

»Höre ich da ein paar Ressentiments gegenüber dieser Berufsgruppe heraus? Über diese Dinge müssen wir uns ja Gott sei Dank bei unserem ach so üppigen Gehalt keine Gedanken machen.«

Gerald Waldner öffnete die Eingangstür zum Büro und blickte sich um.

Jan Möller saß in einem schwarzen Anzug mit hellblauer Krawatte und weißem Hemd an einem großen Mahagonischreibtisch und telefonierte. Das kleine Büro war mit vier beigen Ledersesseln und einem Glastisch ausgestattet. An den Wänden hingen zwischen abschließbaren Holzregalen aus Mahagoni farbige Originaldrucke von James Rizzi.

Jan Möller beendete das Telefongespräch und begrüßte die beiden Kripobeamten.

Kate Busch musterte ihn unauffällig. Für einen Menschen, der gerade seine Freundin verloren hatte, wirkte er sehr gefasst. Das musste aber nichts bedeuten, wie sie aus langjähriger Erfahrung wusste, denn jeder Mensch ging mit seiner Trauer anders um und nicht jeder zeigte seine Emotionen in der Öffentlichkeit.

Kate Busch schüttelte Jan Möllers Hand und drückte ihm ihr Beileid über den Tod seiner Freundin aus.

»Wir sind von der Kriminalpolizei und haben noch ein paar Fragen an Sie«, sagte sie.

»Ja natürlich«, antwortete Jan Möller und bat die Kommissare, sich zu setzen.

»Wissen Sie schon, was mit Sophie passiert ist?«, fragte er und goss aus einer Kristallkaraffe Wasser in die dazugehörigen Trinkgläser, die auf dem Glastisch standen.

»Nein«, antwortete Gerald Waldner. »Deshalb haben wir auch noch ein paar Fragen an Sie.«

Jan Möller strich sich mit der rechten Hand über seine blonden Locken und schaute den Kommissar erwartungsvoll an.

»Ja natürlich«, sagte er. »Was wollen Sie denn von mir wissen?«

Kate Busch holte ihren Schreibblock aus der Tasche und legte ihn umständlich auf den Tisch.

»Herr Möller«, sagte sie und schaute Jan Möller prüfend an. »Können Sie uns sagen, was Sie und Ihre Freundin am Freitag gemacht haben? Uns interessiert vor allem die Zeit ab 18 Uhr.«

Jan Möller trank einen Schluck Wasser und räusperte sich.

»Ich wollte eigentlich mit Sophie zu der Veranstaltung ›Warten auf Godot‹ ins Theaterschiff nach Bad Cannstatt. Am Tag vorher hatte aber ein wichtiger Kunde angerufen und um eine Terminverschiebung gebeten. Da ich nicht wusste, wie lange die Besprechung dauern würde und ob ich es rechtzeitig zum Theater schaffen würde, ist Sophie mit ihrer Freundin Lydia Mannteufel zu der Veranstaltung gegangen.«

»Und was haben Sie dann gemacht?«, hakte Gerald Waldner nach.

»Ich war bei dem Kunden in Bad Cannstatt von 18 bis 19 Uhr. Dann habe ich in der Weinstube Zur Drechslerei in Bad Cannstatt etwas gegessen. Um 20:45 Uhr bin ich wieder nach Hause gefahren und so ab 22 Uhr bis Mitternacht war ich im Café Auszeit hier in der Hauptstraße zum Dartspielen. Danach bin ich nach Hause gegangen.«

Jan Möller lehnte sich auf seinem Sessel zurück und trank nochmals einen kleinen Schluck Wasser.

Gerald Waldner richtete seinen Oberkörper auf und stöhnte leicht. Für seine massige Gestalt waren diese Designersessel einfach nicht gedacht. Er beugte sich über den Tisch zu Jan Möller und fragte: »Ist Ihnen an Ihrer Freundin in letzter Zeit etwas aufgefallen? War sie vielleicht niedergeschlagen oder hat sie sich anders verhalten als sonst?«

Jan Möller runzelte die Stirn und dachte nach.

»Eigentlich nicht. Sie war in letzter Zeit immer schnell müde und hatte zu komischen Zeiten Hunger. Einmal hat sie sich um Mitternacht Spaghetti gekocht, was sie vorher noch nie gemacht hatte, aber sonst war sie wie immer.«

Kate Busch spielte mit ihrem Kugelschreiber und zeichnete scheinbar gelangweilt kleine Kreise auf ihren Notizblock. Plötzlich hob sie ihren Kopf und schaute Jan Möller scharf an.

»Wussten Sie eigentlich, dass Ihre Freundin schwanger war?«, fragte sie ihn.

Jan Möller schnappte nach Luft und sah die Kommissarin erstaunt an.

»Schwanger«, flüsterte er und wurde ganz blass. »Das kann doch nicht sein.«

Er fuhr mit der Hand über seinen Mund und schaute auf den Boden.

»Das Kind ist nicht von mir«, stammelte er. »Ich kann gar keine Kinder zeugen. Ich hatte als Jugendlicher Mumps.«

Jan Möller hob langsam seinen Kopf und starrte die halbleere Karaffe auf dem Glastisch mit einem gequälten Gesichtsausdruck an, so als ob daraus ein unliebsamer Geist entflohen wäre.

»Sophie wollte immer Kinder haben«, sagte er leise. »Wir haben oft darüber geredet. Ich wollte noch etwas damit warten. Wir hätten es mit einem Samenspender versucht.«

»Sie wussten also nicht, dass Ihre Freundin schwanger war?«, fragte ihn Kate Busch noch einmal.

»Nein, natürlich nicht«, antwortete Jan Möller und nestelte an seinem Krawattenknoten. »Ich hätte nie gedacht, dass Sophie das so einfach ohne mich durchzieht«, sagte er verbittert.

Kate Busch erhob sich und nickte ihrem Kollegen zu, der sich mühsam aus dem Sessel zwängte.

»Können Sie uns die Mobilfunknummer und Adresse von Frau Mannteufel geben?«, fragte Kate Busch. »Wir würden gerne mit ihr sprechen.«

Jan Möller nickte und las die Handynummer vor, die er in seinem iPhone gespeichert hatte.

»Lydia Mannteufel wohnt am Oberen Schlossberg in Gerlingen«, fügte er hinzu.

Kate Busch schrieb sich die Nummer und die Adresse auf.

»Vielen Dank«, sagte sie. »Wir melden uns bei Ihnen, falls wir weitere Fragen haben.«

»Espresso oder Mittagessen?«, wandte sich Kate Busch an Gerald Waldner, als sie draußen vor dem Büro auf dem Gehweg standen.

»Beides«, antwortete er und klopfte sich auf seinen trotz des Umfangs überraschend muskulösen Bauch.

»Wir könnten ins Palermo gehen. Das ist ein italienisches Restaurant in der Hauptstraße. Die machen super Pizza und italienischen Espresso in Baristaqualität.«

»Oh, das klingt nicht schlecht. Ich bin dabei«, sagte Kate Busch.

Auf dem Weg zum Restaurant rief sie bei Lydia Mannteufel an und vereinbarte mit ihr einen Termin um 14 Uhr.

Nachdem sie fertig gegessen hatte, seufzte Kate Busch glücklich und zufrieden.

»Mh, die vegetarische Pizza war super. Da hast du nicht zu viel versprochen. Und jetzt noch einen doppelten Espresso. So stelle ich mir einen gelungen Tag vor.«

Gerald Waldner legte das Besteck neben seinen leeren Teller und grinste.

»Mein Schnitzel mit Pommes und Salat war auch nicht schlecht.«

»Deutsche Küche in einem italienischen Lokal, ich fasse es nicht«, erwiderte Kate Busch mit spöttischem Unterton.

»Das ist gelebte Integration, aber das verstehst du ja nicht mit deiner eindimensionalen Sichtweise«, stichelte Gerald Waldner und bestellte ihre doppelten Espressi bei dem kleinen Italiener, der das Lokal führte.

»Da bin ich aber froh, dass ich so einen weltgewandten und intelligenten Kollegen habe«, frotzelte Kate Busch zurück. »Dann kannst du mir ja sicher sagen, was mit Sophie Landmann passiert ist.«

»Ein Hellseher bin ich nun auch nicht«, brummelte Gerald Waldner und strich sich zufrieden über seinen vollen Bauch.

»Ihr Freund scheint ja nicht vor Gram und Trauer gebeugt zu sein. Glaubst du, dass er gewusst hatte, dass Sophie Landmann schwanger war?«

»Anscheinend nicht«, antwortete Kate Busch zögerlich. »Er war richtig angefressen, dass sie die Schwangerschaft ohne ihn durchgezogen hat. Scheint auch nicht die große Liebe gewesen zu sein, oder?«

»Ich finde das auch seltsam«, bemerkte Gerald Waldner und trank einen Schluck Espresso. »Normalerweise bespricht man doch so etwas miteinander.«

Er machte eine kleine Kunstpause, bevor er weitersprach. »Es sei denn, sie wusste selber noch nichts von ihrer Schwangerschaft.«

»Das glaube ich nicht«, hielt Kate Busch dagegen. »So etwas merkt man doch.«

»Kate, du bist zwar eine Frau, aber praktische Erfahrungen in dieser Hinsicht hast du auch noch nicht gemacht. Woher willst du denn wissen, ob Sophie Landmann es gewusst hat oder nicht.«

Kate Busch klopfte leicht mit dem Löffel gegen ihre leere Espressotasse.

»Das ist weibliche Intuition, da kannst du nicht mitreden«, sagte sie im Brustton der Überzeugung.

»Weibliche Intuition hin oder her«, entgegnete Gerald Waldner schulterzuckend, »am besten fragen wir ihre Freundin Lydia Mannteufel. Vielleicht weiß die etwas darüber.«

»Okay, fahren wir zu ihr«, sagte Kate Busch und stand auf. »Ich hole das Auto aus der Tiefgarage und du bezahlst in der Zwischenzeit unsere Rechnung.«

»Typisch Frau«, grummelte Gerald Waldner. »Wenn es ans Zahlen geht, sind wir Männer wieder recht.«

»Du weißt doch sicher, wo Lydia Mannteufel wohnt«, wandte sich Kate Busch an ihren Kollegen, als beide wieder in ihrem schwarzen Dienstwagen saßen.

»Ja klar. Du fährst einfach die Panoramastraße hoch und biegst vor der Bushaltestelle auf der linken Seite in den kleinen Waldparkplatz ein.«

Als sie am Parkplatz angekommen und ausgestiegen waren, deutete Gerald Waldner auf die unscheinbare Straße, die links vom unbefestigten Waldparkplatz abging.

»Da geht es zum Oberen Schlossberg«, sagte er.

»Eine Top Wohnlage mit toller Aussicht. Da muss eine alte Frau lang drum stricken. Aber bevor wir Frau Mannteufel einen Besuch abstatten, möchte ich dir noch ein Gerlinger Wahrzeichen zeigen. So viel Zeit muss sein.«

Gerald Waldner führte Kate Busch über einen schmalen, unbefestigten Weg an einer großen Wiese und ein paar Apfelbäumen vorbei zu einem gewaltigen Löwen aus Stein.

»Fritz von Graevenitz hat dieses Ehrenmal 1953 geschaffen«, dozierte er. »Er war Bildhauer und Maler. Er ist 1959 in Gerlingen gestorben und auf dem kleinen Soldatenfriedhof beim Schloss Solitude beerdigt worden. In Gerlingen stehen einige Kunstwerke und Brunnen von ihm. Wenn du Lust hast, kann ich sie dir mal zeigen.«

Kate Busch winkte ab.

»Nee du, lass mal, das ist nicht so mein Metier. Aber die Aussicht von hier oben ist genial.«

Sie seufzte.

»Das Leben könnte so schön sein, wenn nur die Arbeit nicht wäre.«

»Tja, wie war das noch einmal mit den reichen Eltern und dem Berufswunsch Tochter?«, stichelte Gerald Waldner. »Da hilft nur noch eine vermögende

Liebhaberin, die dich aushält. Aber da musst du dich ranhalten. Dein Haltbarkeitsdatum läuft langsam ab.«

»Das sagt der Richtige«, entgegnete Kate Busch leicht pikiert. »Mit deiner Bohnenzüchterei hast du auch noch nicht das große Los gezogen und die Frauen scheinen gegen deinen herben Charme irgendwie immun zu sein.«

»Was noch nicht ist, kann ja noch werden«, entgegnete Gerald Waldner trocken und schlenderte betont lässig zum Oberen Schlossberg zurück.

Das große, weiß gestrichene Gartentor stand offen, sodass Kate Busch und Gerald Waldner ungehindert das weitläufige Grundstück, das von einer hohen Natursteinmauer umgeben war, betreten konnten. Verschiedene Obstbäume säumten die schmale Zufahrt, die zu einem weiß gestrichenen, quadratischen Haus führte. Bei jedem Schritt knirschte der Kies unter ihren Füßen. Rechter Hand lag ein kleiner Seerosenteich, vor dem sich eine schwarze Katze, scheinbar gelangweilt, ihre Pfoten putzte, während sie eine Amsel, die im Teich badete, nicht aus den Augen ließ.

»Was für eine Idylle«, rief Gerald Waldner erstaunt aus. »Da lässt es sich leben.«

»Es würde mich interessieren, wie die zu dem tollen Haus und dem großen Grundstück gekommen ist«, sagte Kate Busch neidisch.

Lydia Mannteufel hatte die zwei Kripobeamten schon von weitem kommen sehen und betrachtete sie eingehend im Display der Kamera, die ihr Vater vor langer Zeit zum Schutz vor Einbrechern angebracht hatte.

Ihr Onkel hätte die zwei wahrscheinlich als Kühlschrank und Törtchen bezeichnet. Der Mann war bestimmt um die zwei Meter groß und massig, ohne fett zu wirken. Er hatte früher sicherlich American Football gespielt, eine der wenigen Sportarten, bei der Größe und Gewicht hilfreich waren. Die Glatze und das Ziegenbärtchen, das ihm nicht stand, trug er vermutlich aus modischen Gründen.

Die Frau sah nicht schlecht aus, zum Anbeißen, wie ein Törtchen. Kastanienfarbige Haare im modischen Kurzhaarschnitt, etwa so groß wie sie selbst, ein ebenmäßiges Gesicht ohne besondere Auffälligkeiten, schlank. Sie war leger mit einer braunen Motorradjacke und Jeans bekleidet.

Lydia Mannteufel öffnete die Haustür in dem Moment, als Kate Busch den messingfarbenen Türklopfer betätigen wollte.

»Gerald Waldner und Kate Busch«, stellte die Kommissarin sich und ihren Kollegen vor. »Ich habe vorher mit Ihnen telefoniert.«

»Ja, kommen Sie herein. Am besten gehen wir in das Wohnzimmer«, antwortete Lydia Mannteufel und führte sie in einen großen, hellen Raum, der Gemütlichkeit und Wärme ausstrahlte.

Auf dem abgewohnten Parkettboden aus Eichenholz lagen mehrere bunte Fleckerlteppiche. Die Wände waren vollgestellt mit deckenhohen Bücherregalen, auf denen jede Menge Bücher, teilweise in Zweierreihen, und viele gerahmte Fotos standen. Ein großer Esstisch aus hellem Holz und dazu passende Stühle standen vor einer großen Fensterfront, die einen herrlichen Ausblick ins Tal ermöglichte.

Auf der linken Seite des Raumes, gegenüber von einem gusseisernen Ofen, befanden sich ein schwarzes Ledersofa und ein heller Couchtisch. Daneben stand ein alter Schaukelstuhl.

Die beiden Kommissare und Lydia Mannteufel setzten sich an den Esstisch, auf dem schon drei Trinkgläser und eine Flasche Mineralwasser standen.

Lydia Mannteufel sah müde und abgekämpft aus. Unter ihren rot geweinten Augen hatten sich dunkle Schatten gebildet, so als ob sie tagelang nicht geschlafen hätte.

»Können Sie mir sagen, was mit Sophie passiert ist?«, fragte sie niedergeschlagen und sah dabei die Kommissarin hoffnungsvoll an.

»Wir haben eigentlich gedacht, dass Sie uns das sagen könnten«, entgegnete Gerald Waldner kühl.

»Sie waren doch am Freitagabend mit Sophie Landmann bei einer Veranstaltung im Theaterschiff in Bad Cannstatt«, sagte Kate Busch betont freundlich und warf ihrem Kollegen einen wütenden Blick zu. »Können Sie uns sagen, was danach passiert ist?«

Lydia Mannteufel seufzte schwer und fixierte mit starrem Blick eine tote Fliege auf dem Fenstersims.

»Wir haben uns wegen ihres Freundes gestritten«, antwortete sie leise. »Sophie wollte mir etwas Wichtiges sagen, etwas das ihr Leben verändern würde. Ich hatte geglaubt, dass sie ihren Freund verlassen und zu mir zurückkehren würde. Dann haben wir uns gestritten und ich habe einen Whisky nach dem anderen getrunken.«

»Viel ist das ja gerade nicht«, bemerkte Gerald Waldner unzufrieden und trommelte ungeduldig mit seinen Fingern auf die hölzerne Tischplatte.

»Wissen Sie wenigstens, wann und wo Sie sich von Sophie Landmann verabschiedet haben?«

Eine sanfte Röte breitete sich auf Lydia Mannteufels Gesicht und Hals aus. Sie schüttelte den Kopf.

»Es tut mir leid«, sagte sie stockend. »Ich weiß es nicht mehr. Ich hatte einfach zu viel getrunken. Ich weiß nicht mal mehr, wie ich nach Hause gekommen bin.«

»Wussten Sie eigentlich, dass Sophie Landmann schwanger war?«, fragte Gerald Waldner brüsk und sah Lydia Mannteufel scharf an.

Lydia Mannteufel barg ihr Gesicht in ihren Händen.

»Oh Gott«, schluchzte sie. »Dann war das die Neuigkeit, die Sophie mir mitteilen wollte und ich Idiotin habe nur an mich gedacht.«

Kate Busch zog ein unbenutztes Papiertaschentuch aus ihrer Hosentasche und reichte es Lydia Mannteufel, die es dankbar entgegennahm.

»Frau Mannteufel, können Sie sich denn gar nicht mehr daran erinnern, was Sie und Sophie Landmann nach dem Ende der Veranstaltung gemacht haben?«

»Nein«, antwortete Lydia Mannteufel niedergeschlagen. »Ich habe mich das auch schon tausend Mal gefragt, aber ich weiß es wirklich nicht.« Hoffnungsvoll fügte sie hinzu: »Vielleicht hat uns ja jemand gesehen.«

»Vielleicht«, erwiderte Kate Busch mit zweifelndem Unterton und erhob sich langsam.

»Frau Mannteufel«, sagte sie. »Wahrscheinlich werden wir uns im Laufe der Ermittlungen nochmals mit Ihnen unterhalten müssen. Ich wäre Ihnen deshalb dankbar, wenn Sie vorläufig nicht verreisen würden oder, falls Sie doch verreisen müssen, uns ihren jeweiligen Aufenthaltsort mitteilen würden.«

»Stehe ich denn jetzt unter Verdacht?«

»Nach unserem derzeitigen Kenntnisstand waren Sie die letzte Person, die Sophie Landmann lebend gesehen hat. Da ist es doch nicht verwunderlich, wenn wir Sie in unsere Ermittlungen einbeziehen«, entgegnete Gerald Waldner ungerührt.

»Die scheint ja ziemlich betroffen zu sein vom Tod ihrer Ex-Geliebten«, bemerkte Kate Busch, als sie sich von Lydia Mannteufel verabschiedet hatten und zu ihrem Wagen zurückgingen.

»Oder sie ist voller Schuldgefühle, weil sie ihre frühere Liebhaberin umgebracht hat«, entgegnete Gerald Waldner.

Kate Busch schüttelte zweifelnd den Kopf.

»Das glaube ich nicht. Sie hatte doch gar keinen Grund, Sophie Landmann umzubringen. So wie es aussieht, wusste sie von der Schwangerschaft nichts und dass sich Sophie Landmann von ihrem Freund trennen und zu ihr zurückkommen würde, davon ging sie wohl selbst nicht wirklich aus.«

»So ein blöder Fall«, fluchte Kate Busch und stieg in den Dienstwagen ein.

Schweigend fuhren sie die serpentinenartige Panaromastraße hinunter.

Kate Busch schimpfte laut vor sich hin, weil es so lange dauerte, bis sie im Kreisverkehr an der Hauptstraße Richtung Kirchstraße eine kleine Lücke zum Einfädeln nutzen konnte.

»Ein Tunnel wäre auch nicht schlecht«, bemerkte sie bissig.

»Mit diesem Wunsch bist du sicher nicht allein«, erwiderte Gerald Waldner gelassen und rutschte auf seinem Sitz, auf der Suche nach einer bequemeren Position, hin und her.

Als sie in Ditzingen auf die A 81 fuhren und Kate Busch endlich Gas geben konnte, drehte sich ihr Kollege mit einem verschmitzten Lächeln zu ihr.

»Wäre Lydia Mannteufel eigentlich nichts für dich?«, fragte er und zählte die Vorzüge von Lydia

Mannteufel an seinen Fingern ab: »Vermögend, mag Frauen, gut aussehend, derzeit frei.«

»Alles schön und gut«, wandte Kate Busch leicht verärgert ein, »aber du vergisst bei deiner Aufzählung, dass sie derzeit unsere Hauptverdächtige ist. Ich fange doch nichts mit einer potentiellen Mörderin an. Nachher bringt sie mich auch noch um. Dann darfst du künftig mit Aal-Dieter ein Ermittlungsteam bilden.«

»Nur das nicht«, stöhnte Gerald Waldner. »Ich hoffe, dass er nach seinem letzten Auftritt bei der Verfolgung eines Bankräubers noch ein bisschen im Innendienst schmoren darf. Da stört er auch niemanden mit seinen alten Fischbrötchen.«

»Und ich hoffe, dass unsere Kollegen auch mal ein paar hilfreiche Ermittlungsansätze gefunden haben und unsere Chefin ihren Unmut nicht immer nur an uns auslässt«, schnaubte Kate Busch und schlug verärgert auf das Lenkrad, weil sich zwei Brummis auf der Autobahn ein Schneckenrennen lieferten und sie deshalb nicht überholen konnte.

Gerald Waldner kramte in seiner Hosentasche nach einem Lakritzbonbon und schob es sich in den Mund.

»Die Hoffnung stirbt zuletzt«, nuschelte er kaum hörbar.

**

Lydia Mannteufel schob wütend ihr gelbes Mountainbike aus ihrer Doppelgarage. Sie brauchte jetzt Bewegung, um sich abzureagieren und die bleierne Trostlosigkeit, die sie seit Sophies Tod überwältigt hatte, abzuschütteln.

Sie schüttelte verärgert den Kopf, als sie an die Befragung der zwei Polizisten dachte. Die beiden hatten sie mehr oder weniger des Mordes an Sophie bezichtigt. Die hatten doch überhaupt keine Ahnung. Sie hatte doch gar keinen Grund, Sophie umzubringen. Und das mit der Schwangerschaft hatte sie auch nicht gewusst.

Mit mehr Kraft als erforderlich schlug Lydia Mannteufel das Gartentor zu und setzte sich auf ihr Fahrrad. Voller Zorn trat sie in die Pedale und raste durch das Krummbachtal, am Verkehrsübungsplatz vorbei, die Mahdental- und Südrandstraße entlang Richtung Leonberg, wo sie spürbar langsamer die steil ansteigende Ramtelstraße wieder hoch strampelte. Über die vielbefahrene Stuttgarter Straße gelangte sie schließlich erschöpft und verschwitzt wieder zu Hause an.

Nachdem sie sich geduscht und umgezogen hatte, entschloss sie sich, bei ihrem Onkel Paul vorbeizuschauen. Vielleicht konnte er ihr bei diesem Schlamassel weiterhelfen.

Das Schöne an Onkel Paul war, dass er immer Zeit für sie hatte und meistens zu Hause in seinem Atelier anzutreffen war.

Lydia Mannteufel stieg in ihren roten Mini und sang sich, während sie die Panoramastraße zügig hinunter fuhr, lauthals den Frust vom Leib. Sie parkte ihr Auto am Straßenrand, fast ganz am Ende der Gartenstraße, wo ihr Onkel wohnte.

Das Haus ihres Onkels war einem amerikanischen Blockhaus nachempfunden. Es fehlten nur noch die Holzstangen vor dem Haus, um die Pferde anzubinden.

Lydia Mannteufel öffnete das verzogene Gartentor, das ein quietschendes Geräusch von sich gab und dadurch jede kostspielige Alarmanlage ersetzte. Wobei, viel gab es bei ihrem Onkel, einem freiberuflichen Porzellanmaler und Designer, sowieso nicht zu stehlen. Es konnte schon vorkommen, dass er bei einem größeren Auftrag ein paar wertvolle Vasen, Teller oder edle Mokkatassen bei sich gelagert hatte. Aber das ließ sich nicht so einfach verticken.

»Lydia«, rief ihr Onkel erfreut aus, als er die Haustür auf ihr Klingeln öffnete. Auf seiner rechten Schulter saß Scottie, ein Graupapagei, der ihm vor ein paar Jahren zugeflogen war und es sich seither bei ihm gut gehen ließ.

»Oh my god«, krächzte der Papagei und ließ ein Geräusch folgen, das man mit gutem Willen als lustvolles Stöhnen interpretieren konnte.

Lydia Mannteufel lachte und umarmte ihren Onkel.

»Mensch Paul, was für unanständige Sachen bringst du denn Scottie wieder bei?«

Ihr Onkel hob mit gespielter Unschuld seine Arme.

»Was kann ich denn dafür, wenn Scottie amerikanische Filme anschaut und die Geräusche der Schauspielerinnen nachmacht?«

»Ja, ja, da ist er wahrscheinlich ganz von allein draufgekommen, oder?«, sagte Lydia Mannteufel schmunzelnd und graulte den Graupapagei am Hinterkopf.

»Wie geht es dir eigentlich?«, fragte Paul Winter, nachdem er im Wohnzimmer zwei Sessel, die mit Skizzen, alten Zeitungen und Zeitschriften vollgepackt waren, freigeräumt hatte.

»Frage nicht«, seufzte Lydia Mannteufel und ließ sich schwerfällig auf einen der leergeräumten Sessel fallen. »Ich kann es immer noch nicht glauben, dass

Sophie tot ist. Vorher waren zwei Polizisten bei mir und haben mich befragt. So wie es aussieht, bin ich ihre Hauptverdächtige.«

»Du hast doch gar keinen Grund, Sophie umzubringen«, sagte ihr Onkel entrüstet. »Wissen die überhaupt schon, wie Sophie umgekommen ist?«

»Wenn ich es mir genau überlege, haben die Polizisten gar nichts zur Todesursache gesagt«, erwiderte Lydia Mannteufel nachdenklich. »Es sieht so aus, als ob sie das selbst nicht wüssten. Hast du eigentlich gewusst, dass Sophie schwanger war?«

Paul Winter sah seine Nichte überrascht an.

»Nein, das ist mir gar nicht aufgefallen, als sie kürzlich hier war«, sagte er.

»Sophie war kürzlich bei dir? Davon habt ihr mir gar nichts gesagt«, sagte Lydia Mannteufel leicht eingeschnappt.

»Ja, ich wollte dich nicht damit belästigen«, erwiderte ihr Onkel und schaute sie verlegen an. »Ich habe Jan Möller vor einiger Zeit dreißigtausend Euro gegeben, die er für mich anlegen sollte.«

»Ich glaube es nicht«, schnaubte Lydia Mannteufel. »Du hast dem schönen Jan Geld gegeben, na dann viel Spaß.«

»Jetzt reg dich wieder ab. Die Geldanlage wird mit sieben Prozent verzinst. Die Zinsen habe ich bisher immer ausbezahlt bekommen. Aber jetzt brauche ich das Geld wieder, weil ich mir einen größeren Brennofen kaufen möchte.«

»Und was hatte Sophie damit zu tun?«

»Ich habe den Eindruck, dass Jan Möller mich hinhält. Ich habe ihn ein paar Mal angerufen. Zuerst hat er mich abgewimmelt und dann ist er nicht mehr ans Telefon gegangen. Deshalb habe ich Sophie gebeten, bei ihm ein gutes Wort für mich einzulegen.«

»Und, hat sie das?«

»Ich weiß nicht, ob sie vor ihrem Tod noch dazugekommen ist. Wir haben uns seitdem nicht mehr gesehen. Im Moment finde ich es etwas unpassend, Jan Möller nochmals darauf anzusprechen.«

»Ja, das wäre wohl etwas pietätlos.«

»Los, los«, krächzte Scottie und umkreiste mehrmals den Kopf von Lydia Mannteufel, bevor er sich auf ihre Sessellehne setzte.

Lydia Mannteufel streichelte den Graupapagei und sagte dann niedergeschlagen zu ihrem Onkel: »Ach Paul, ich weiß nicht, was ich machen soll. Gestern habe ich die Grabrede bei der Beerdigung von Axel Heimann gehalten und du glaubst nicht, wie viele Gaffer da waren. Normalerweise kommen ja nur ein paar ältere Frauen aus Neugierde und Langeweile, aber gestern waren viel mehr Schaulustige da, als sonst, vor allem junge Männer. Die sind nur wegen mir gekommen. Am liebsten würde ich weit wegfahren, bis alles aufgeklärt ist.«

Paul Winter sah seine Nichte aufmunternd an.

»Die Leute brauchen immer etwas zum Reden«, sagte er. »Das wird sich bald wieder legen. Verhalte dich einfach ganz normal. Die Polizei wird bestimmt bald feststellen, dass du nichts mit dem Tod von Sophie zu tun hast.«

Lydia Mannteufel seufzte: »Das sagt sich so einfach.«

»Na ja. Nichts wird so heiß gegessen wie es gekocht wird. Schließlich müssen sie erst einmal beweisen, dass du am Tod von Sophie schuld bist.«

Paul Winter stand auf und ging in die Küche, um seinen Kühlschrank zu inspizieren.

»Weißt du was, Lydia«, rief er aus der Küche. »Ich habe noch zwei Koteletts im Kühlschrank. Wir machen uns jetzt einen gemütlichen Abend mit Fleisch, Salat und einer schönen Flasche Rotwein aus Spanien. Und danach zeige ich dir ein paar meiner neuen Entwürfe für den Großauftrag, den ich an Land gezogen habe.«

»Super«, antwortete Lydia Mannteufel. »Das ist das Beste, was ich heute gehört habe.«

Donnerstag, 3 Tage später

Kate Busch betrachtete sich eingehend im Badezimmerspiegel. Unter ihren Augen hatten sich kleine Fältchen gebildet und an ihren Schläfen schimmerten einzelne graue Haare.

»Sorge macht alt vor der Zeit«, hätte ihre Großmutter Elisabeth König, die zum großen Leidwesen von Kate Busch vor zwei Jahren an einem Herzinfarkt gestorben war, jetzt gesagt. Dann hätte sie ihr in die Wange gekniffen und mit Schalk im Nacken hinzugefügt: »Kind, such dir endlich jemanden, der dich glücklich macht. Schon in der Bibel steht: ›Es ist nicht gut, dass der Mensch allein sei‹.«

»Ach Lisbeth«, murmelte Kate Busch. »Papier ist geduldig und in der Theorie klingt alles immer ganz einfach.«

Kate Buschs Gedanken schweiften ab zu ihrem neuen Fall. Lydia Mannteufel schien wirklich erschüttert gewesen zu sein über den Tod ihrer Ex-Geliebten.

Obwohl Kate Busch nur kurz in Lydia Mannteufels Haus gewesen war, hatte sie sich in dem behaglichen Wohnzimmer willkommen gefühlt. Es war genau so eingerichtet, wie sie es selbst getan hätte, wenn sie die entsprechenden Mittel und das passende Haus gehabt hätte.

Kate Busch stellte sich vor, wie Lydia Mannteufel an einem kalten Winterabend in ihrem Schaukelstuhl vor dem offenen Kamin saß, eines ihrer zahlreichen Bücher las und von Zeit zu Zeit an einem Glas Rotwein nippte, während das Holz im Kamin knackende Geräusche von sich gab.

»Mensch Kate«, ermahnte sie sich, »Lydia Mannteufel wäre nicht die erste Mörderin, die ihr Wohnzimmer gemütlich eingerichtet hätte und attraktiv aussah.«

Kate Busch trottete langsam in ihr Schlafzimmer und zog eine dunkelblaue Jeans und eine sienafarbene Bluse an, die ihre grünen Augen und ihre kastanienfarbenen Haare noch besser zur Geltung brachte. Wer weiß, dachte sie, vielleicht mussten sie heute ja noch einmal Lydia Mannteufel befragen.

**

Lautes Stimmengewirr empfing Kate Busch, als sie die Tür zum Besprechungszimmer der Soko öffnete. Es roch nach Kaffee, Parfüm und Linoleum.

Die restlichen Soko-Mitglieder saßen schon vollzählig am Besprechungstisch und verteilten den Käsekuchen, den Lena Leuchtle zur Aufmunterung gebacken hatte. Kaffeetassen, die schwungvoll auf Untertassen zurückgestellt wurden, klapperten laut.

Karin Freund begrüßte Kate Busch wohlwollend und lud sie mit einer Handbewegung ein, sich ebenfalls mit Kaffee und Kuchen zu versorgen.

Was ist denn mit der los?, dachte Kate Busch. Sieht so aus, als ob sie ihre Diät beendet oder zumindest unterbrochen hatte. Na ja, zumindest ihrer Laune schien es nicht zu schaden.

Karin Freund stieß mit ihrer Kuchengabel mehrfach an ihre Kaffeetasse, bis auch der Letzte gemerkt hatte, dass das gemütliche Beisammensein nun ein Ende hatte.

»Liebe Kollegen«, sagte sie, »ich habe Fritz gebeten, unsere bisherigen Erkenntnisse zusammenzutragen und in einer PowerPoint Präsentation darzustellen.«

Gerald Waldner stöhnte leise auf und warf Kate Busch einen genervten Blick zu. Das konnte dauern. Umständlich schloss Fritz Wange seinen Laptop an den Beamer an und präsentierte die bekannten Fakten zum Fundort, Name der Toten, Ergebnis der Obduktion, Befragung der Eltern, des Freundes und der Ex-Geliebten.

»Danke Fritz«, sagte Karin Freund ungeduldig, als er mit seinen Ausführungen endlich fertig war.

»Ich denke, dass wir von einem Unfall oder Mord ausgehen können«, fuhr sie fort. »Medikamente hatte sie zum Zeitpunkt ihres Todes keine eingenommen. Außerdem war sie schwanger und wollte nach Aussage ihres Freundes auch ein Kind. Für einen Selbstmord gibt es derzeit keine Anhaltspunkte.«

»Wie gehen wir jetzt weiter vor?«, fragte die junge Kommissarin Gabriele Manninger, die zusätzlich in die Soko berufen wurde, schüchtern.

Karin Freund sah sie, wegen der aus ihrer Sicht unnötigen Unterbrechung, verärgert an.

»Unsere Hauptverdächtige ist nach wie vor die Ex-Geliebte Lydia Mannteufel«, sagte sie. »Gerald und Kate, ihr befragt sie nochmals zum Freitagabend. Vielleicht hat sich ihr alkoholvernebeltes Gehirn so weit aufgeklart, dass sie jetzt weiß, was sie am Freitagabend gemacht hat.«

Gerald Waldner und Kate Busch nickten unisono.

Kate Busch hielt es eher für unwahrscheinlich, dass sich Lydia Mannteufel zwischenzeitlich an mehr Einzelheiten erinnern würde. In ihren Augen würde das Lydia Mannteufel eher verdächtig aussehen lassen. Aus eigener Erfahrung wusste sie, dass eine alkoholbedingte Bewusstseinstrübung nicht über Nacht verging. Blackout blieb Blackout, auch Wochen später.

Karin Freund deutete mit ihrem dicken Zeigefinger auf Egon Müller und Frank Selters.

»Ich habe die Kollegen von der Spurensicherung heute noch einmal zu unserer Besprechung dazu gebeten. Sie sollen die Umgebung des Theaterschiffs spurentechnisch untersuchen. Dort hat sich die Tote zuletzt aufgehalten. Vielleicht finden Egon und Frank Taschentücher oder Zigarettenstummel oder sonstige mit DNA behaftete Spuren.«

Karin Freund sah sich noch einmal die vor ihr liegenden, in ihrer unleserlichen Handschrift geschriebenen Notizen an.

»Nina, Gabriele und Lena«, sagte sie nach einer kurzen Pause, »ihr befragt die Mitarbeiter des Theaterschiffs und die umliegenden Anwohner. Vielleicht ist irgendjemand etwas aufgefallen. Anschließend solltet ihr noch das Alibi von Jan Möller in der Weinstube Zur Drechslerei überprüfen. Zur Not kann Dieter bei den Befragungen aushelfen.«

»Nee, ne«, ätzte Gerald Waldner und grinste breit. »Nicht dass er wieder einen Hauptverdächtigen laufen lässt.«

Karin Freund sah Gerald Waldner missbilligend an.

Die rothaarige Staatsanwältin Suse Schmidt, die gelangweilt mit ihrer Kuchengabel Kreise auf ihrer

Serviette zog, schaute auf, als Karin Freund sie erwähnte.

»Wie mit der Staatsanwaltschaft besprochen, sollen morgen in den regionalen Zeitungen Zeugenaufrufe erscheinen. Der Kriminaldauerdienst in Leonberg nimmt die telefonischen Hinweise entgegen und leitet sie an uns weiter. Fritz wertet sie dann aus und informiert uns, sobald etwas Interessantes gemeldet wurde.«

»Wissen wir eigentlich, wer der Vater des Babys ist?«, wollte Kate Busch wissen.

»Nein, da stochern wir noch im Nebel«, sagte Karin Freund missmutig und klopfte mit ihrem Kugelschreiber auf die Tischplatte.

»Das wäre doch etwas für euch«, sagte sie nach einer Weile zu Kate Busch und Gerald Waldner. »Befragt doch mal den Arbeitgeber von Sophie Landmann. Vielleicht hat er etwas damit zu tun. Wäre ja nicht das erste Mal.«

»Okay«, sagte Gerald Waldner. »Das können wir mit der Befragung von Lydia Mannteufel verbinden. Die wohnen ja beide in Gerlingen.«

Karin Freund wandte sich an Nina Herzog, die heute kleine unauffällige Perlenohrringe trug und einen weinroten Pullover anhatte.

»Bei der Befragung der Eltern wurde doch auch eine weitere Tochter erwähnt. Wie hieß die noch einmal?«

Nina Herzog runzelte die Stirn.

»Ich glaube, die hieß Rosemarie. Sie wohnt in Bad Cannstatt und arbeitet im Juweliergeschäft ihrer Eltern.«

»Die solltet ihr auch noch befragen. Vielleicht kann sie uns etwas über die Beziehung von Sophie

Landmann zu ihrem Freund und ihrer Ex-Geliebten sagen.«

Nina Herzog nickte.

»Gut, das mache ich zusammen mit Gabriele, bevor wir die Mitarbeiter des Theaterschiffs befragen.«

»Okay, dann wären wir fertig«, sagte Karin Freund und sammelte ihre Unterlagen zusammen. Sie hielt kurz inne und räusperte sich.

»Eins hätte ich fast noch vergessen. Jemand muss die Videoaufnahmen der Stadtbahn U 13 vom Freitagabend bei der SSB anschauen und gegebenenfalls die Fahrer befragen, um herauszubekommen, wann Lydia Mannteufel nach Hause gefahren ist.«

Bis auf die rothaarige Staatsanwältin, die sicher sein konnte, dass sie mit solchen Ermittlungsarbeiten nicht behelligt wurde, schauten die restlichen Teilnehmer der Soko-Besprechung mit starren Blicken auf den Fußboden, so, als ob sich dort der heilige Gral oder Teile des Bernsteinzimmers befänden.

Karin Freund seufzte und sagte ironisch: »Ich danke euch für eure engagierte Mitarbeit. Nachdem sich niemand freiwillig gemeldet hat, möchte ich Lena bitten, zur SSB zu gehen.«

Lena Leuchtle nickte unbegeistert und zog beleidigt ihre Mundwinkel nach unten. Ihr war es am liebsten, wenn sie das Präsidium nicht verlassen musste und sich um den Schreibkram kümmern konnte, den sonst keiner machen wollte.

»Also Leute, an die Arbeit«, spornte Karin Freund ihre Truppe an und verließ mit eiligen Schritten das Besprechungszimmer.

Um kurz vor 11 Uhr bogen Kate Busch und Gerald Waldner mit ihrem Dienstwagen in die Tiefgarage Stadthalle in Gerlingen ein.

Es herrschte rege Betriebsamkeit. Rentnerehepaare drängten mit vollen Einkaufstaschen zu ihren überwiegend silberfarbenen A-Klassen oder Golf Plus Modellen. Die Einkäufe und die Ehefrauen mussten schnell verstaut werden, damit das Mittagessen Punkt 12 Uhr auf den Tisch kam. Kinder aller Altersgruppen rannten mit lautem Getöse zu ihren Müttern, die wartend, mit laufenden Motoren, gelangweilt in ihren SUV saßen.

Nicht meine Welt, dachte Kate Busch, als sie den Wagen verriegelte und zusammen mit ihrem Kollegen die kurze, steile Rampe zur Hauptstraße hinaufstapfte.

Oben angekommen, brannte ihnen schon die grell blinkende Weihnachtsbeleuchtung des Juweliergeschäfts Schaller auf der gegenüberliegenden Straßenseite funkelnde Sterne in ihre Netzhaut. Sie hatten sich nicht angemeldet, weil sie davon ausgingen, dass die Schallers in ihrem Laden anzutreffen waren. Das Geschäft musste schließlich weitergehen, auch wenn eine Mitarbeiterin zu Tode gekommen war.

Ein melodiöser Dreiklang kündigte sie an, als Kate Busch die Ladentür öffnete. Im Laden herrschte eine gedrückte Atmosphäre, die nur scheinbar durch die bunte Weihnachtsbeleuchtung aufgeheitert wurde.

Kate Busch ging auf den braungebrannten Mann, der hinter der Kasse stand, zu und schüttelte ihm die Hand.

Das musste Dietmar Schaller sein. Für sein Alter, sie schätze ihn auf Mitte fünfzig, sah er noch verdammt gut aus. Volles dunkelblondes Haar, ein kantiges Kinn, das ihm etwas Draufgängerisches verlieh, zirka 1,80 m groß mit einer sportlichen Figur. Golf oder Tennis würde zu ihm passen, dachte Kate Busch.

»Herr Schaller«, begrüßte sie ihn mit festem Händedruck. »Wir sind von der Kriminalpolizei, das ist mein Kollege Gerald Waldner.«

Gerald Waldner schüttelte ihm ebenfalls die Hand.

»Wir haben ein paar Fragen an Sie wegen Ihrer verstorbenen Mitarbeiterin Sophie Landmann.«

Dietmar Schaller seufzte.

»Eine ganz schreckliche Geschichte. Sophie war eine sehr gute und sehr beliebte Mitarbeiterin. Ihre Eltern sind mit uns befreundet. Wir spielen zusammen Golf.«

»Bingo«, gratulierte sich Kate Busch insgeheim, während sie Dietmar Schaller mit ausdrucksloser Miene anschaute.

»Sophie sollte bei mir praktische Erfahrungen im Handel mit Uhren und Schmuck sammeln. Es war geplant, dass sie später einmal das Geschäft ihrer Eltern übernehmen sollte. Schlimme Sache, das Ganze. Wissen Sie schon, was passiert ist?«

Gerald Waldner antwortete routiniert: »Es tut mir leid, aber aus ermittlungstaktischen Gründen dürfen wir nichts über den Stand der Ermittlungen sagen.«

Kate Busch grinste in sich hinein. Übersetzt bedeutete das etwa, wir haben keine Ahnung und hoffen, dass sie uns weiterhelfen können.

»Verstehe«, sagte Dietmar Schaller und führte die Kripobeamten zu einer kleinen roten Sitzgruppe, die neben einer Vitrine mit wertvollen Uhren stand.

»Wie kann ich Ihnen helfen?«, fragte er, nachdem sie in den weichen Sitzmöbeln versunken waren und von den angebotenen Getränken genippt hatten.

»Ist Ihnen in letzter Zeit irgendetwas an Ihrer Mitarbeiterin aufgefallen oder hat sie sich anders verhalten als sonst?«

Dietmar Schaller verschränkte die Arme hinter den Schultern und starrte an die Decke.

Nach einer Weile sagte er: »Sophie war in letzter Zeit oft blass und müde. Wir haben uns schon Sorgen gemacht und uns gefragt, ob sie vielleicht krank ist.«

»Haben Sie sie darauf angesprochen?«, fragte Gerald Waldner.

»Ja, aber sie hat nur gelacht und gesagt, das würde auch wieder vergehen«, antwortete Dietmar Schaller.

»Wussten Sie eigentlich, dass Frau Landmann schwanger war?«, fragte Kate Busch und sah ihn scharf an.

Dietmar Schaller blickte an Kate Busch vorbei auf den Fußboden.

»Meine Frau hat sich das auch schon gefragt. Wir haben Sophie aber nicht darauf angesprochen.«

»Ist das Kind von Ihnen?«, fragte Kate Busch brüsk und bohrte ihren Blick direkt in Dietmar Schallers hellblaue Augen.

»Von Jan Möller kann es nicht sein, der ist zeugungsunfähig und eine DNA-Probe vom Baby haben wir auch«, setzte sie einen weiteren Treffer.

Der Juwelier errötete leicht unter seiner Bräune und räusperte sich.

»Ich weiß es nicht«, krächzte er.

»Es könnte also von Ihnen sein?«, hakte Kate Busch unbarmherzig nach.

»Möglich wäre es«, stöhnte er und drehte nervös an seinem goldenen Ehering. »Wir waren vor zirka zwei Monaten auf Geschäftsreise in Wien im Dorotheum. Wir wollten bei einer Uhrenauktion ein paar wertvolle Uhren ersteigern.«

Dietmar Schaller schwieg und senkte den Kopf. Er war in kürzester Zeit von einem erfolgreichen und attraktiven Geschäftsinhaber zu einem blassen, nervösen Schuljungen mutiert.

»Und?«, fragte Kate Busch ungeduldig. »Was ist dann passiert?«

Dietmar Schaller fuhr sich mit der rechten Hand über sein markantes Kinn und sagte: »Wir haben zwei schöne Uhren ersteigert und den Erfolg in einem Heurigenlokal gefeiert. Danach sind wir betrunken zusammen ins Bett gegangen und dabei ist es wohl passiert.«

»Weiß Ihre Frau davon?«, fragte Gerald Waldner mit einem verständnisvollen Unterton.

Typisch Mann, dachte Kate Busch und schaute ihren Kollegen verärgert an. Wenn es um Frauen geht, halten die Männer zusammen. In deren Augen ist ein One-Night-Stand eine lässliche Sünde.

Dietmar Schaller zuckte zusammen wie ein erlegtes Stück Wild.

»Oh Gott«, stöhnte er. »Ich glaube nicht. Ich habe es ihr nicht gesagt und Sophie sicher auch nicht. Ich wusste ja selber nicht, dass Sophie schwanger ist.«

Ja, du nicht, aber deine Frau hat es wahrscheinlich geahnt, sprach Kate Busch ihren Gedanken nicht aus.

»Herr Schaller«, wandte sie sich mit süßsaurer Miene an den Juwelier, »können Sie uns sagen, wo Sie und Ihre Frau am Freitagabend waren?«

»Ich war im Laden und habe die Buchhaltung gemacht. So bis Mitternacht. Dann bin ich ins Bett gegangen«, antwortete er. »Meine Frau lag da schon im Bett und hat geschlafen. Sie wollte vorher noch in ihren Yogakurs bei der Volkshochschule gehen.«

»Wo ist denn Ihre Frau gerade?«, fragte Gerald Waldner und schaute sich suchend im Laden um.

»Sie müsste im Keller sein. Sie wollte etwas aus dem Lager holen.«

Dietmar Schaller schaute die beiden Kommissare flehentlich an.

»Bitte sagen Sie meiner Frau nichts von unserem Techtelmechtel in Wien. Das war ein einmaliger Ausrutscher.«

Wer weiß, dachte Kate Busch und sagte laut: »Wir können Ihnen nur Diskretion zusagen, wenn dieser Sachverhalt für unsere weiteren Ermittlungen nicht relevant ist. Wir würden jetzt gerne Ihrer Frau ein paar Fragen stellen. Können Sie ihr bitte Bescheid geben.«

»Schau an, schau an«, bemerkte Kate Busch leise zu ihrem Kollegen, als der Juwelier den Geschäftsraum verlassen hatte.

Dietmar Schaller erschien kurze Zeit später mit einer leicht übergewichtigen, dezent geschminkten Blondine Anfang fünfzig.

»Eleonore Schaller«, stellte sich die Blondine kurzatmig vor.

Die sportliche Betätigung schien sich bei Frau Schaller eher auf das Après zu beschränken, vermutete Kate Busch leicht schmunzelnd.

»Frau Schaller«, begrüßte sie sie freundlich. »Wir haben noch ein paar Fragen zum Tod von Sophie Landmann. Wussten Sie, dass Frau Landmann schwanger war?«

»Ich habe es vermutet, weil sie in letzter Zeit immer so blass und müde war«, antwortete Eleonore Schaller ohne Zögern.

»Können Sie uns sagen, wo Sie am Freitagabend waren?«, schaltete sich Gerald Waldner in die Befragung ein.

So viel zum Thema Männersolidarität, dachte Kate Busch und schnaubte ärgerlich, hielt aber ihren Mund.

»Ich war von 18 bis 20 Uhr in meinem Yogakurs und bin anschließend wieder nach Hause gegangen. Mein Mann war noch im Büro wegen der Buchhaltung. Ich habe allein zu Abend gegessen und bin dann ins Bett gegangen«, sagte sie und schaute dabei ihren Ehemann an.

»Die letzten Tage waren für uns alle nicht einfach«, fügte sie nach einer kurzen Pause hinzu.

Dietmar Schaller nickte bestätigend mit dem Kopf.

»Ach, eine Frage hätte ich noch an Sie beide«, sagte Kate Busch. »Wussten Sie eigentlich, dass Frau Landmann am Freitagabend zu einer Veranstaltung ins Theaterschiff nach Bad Cannstatt wollte?«

»Ja klar«, antwortete Eleonore Schaller wie aus der Pistole geschossen. »Sie hatte uns deswegen um einen freien Tag am Samstag gebeten.«

»Gut«, erwiderte Kate Busch. »Vielen Dank für Ihre Auskünfte. Es kann sein, dass wir Sie nochmals belästigen müssen, falls wir noch weitere Fragen an Sie haben.«

»Bitte, gerne«, sagte Dietmar Schaller und geleitete die beiden Kripobeamten zum Ausgang. »Wir hoffen alle, dass sich diese tragische Geschichte bald aufklärt«, fügte er hinzu, als er die Ladentür öffnete.

»Da hätten wir doch ein schönes Motiv für die beiden. Eifersucht und den Versuch, eine Schwangerschaft zu vertuschen«, sagte Kate Busch zu ihrem

Kollegen, als sie zu dem Asia-Imbiss, der nur wenige Meter von dem Juweliergeschäft entfernt war, liefen.

»Ach, das glaube ich nicht«, erwiderte Gerald Waldner und bestellte eine Ente süß-sauer am Imbissstand.

»Warum nicht?«, bohrte Kate Busch nach. »Beide haben kein wasserdichtes Alibi und beide hatten einen Grund, Sophie Landmann zum Teufel zu wünschen.«

Kate Busch nahm ihre Finger zur Hilfe und zählte auf: »Motiv, Mittel und Gelegenheit. Mehr braucht es nicht.«

Sie bestellte ein Hähnchen-Curry bei dem kleinen, wuseligen Chinesen, der den Stand betrieb.

Gerald Waldner hatte sein Essen schon auf den wackeligen Stehtisch neben dem Imbissstand gestellt und machte sich hungrig über die Ente her.

»Mag sein, dass sie ein Motiv haben«, kam es undeutlich aus seinem Mund. »Aber ich glaube nicht, dass sie es waren. Wegen so etwas begeht man doch keinen Mord. Da wäre ja halb Deutschland ausgerottet.«

Kate Busch nahm ihr Essen in Empfang und sagte spöttisch: »Ist das männliche Intuition oder beruht dein Glaube auf harten Fakten?«

»Ach, hör doch auf«, sagte Gerald Waldner unwirsch. »Du willst ja nur von Lydia Mannteufel ablenken. Die ist für mich immer noch unsere Top-Kandidatin.«

Kate Busch wischte sich mit einer Serviette den Mund ab.

»Zumindest war sie mit Sophie Landmann an dem Abend zusammen«, räumte sie zögerlich ein. »Aber ein Motiv sehe ich bei ihr nicht.«

»Du darfst sie ja gleich nochmals befragen. Vielleicht verrät sie dir von Frau zu Frau, wie sie es angestellt hat«, stichelte Gerald Waldner.

»Du bist echt blöd«, gab Kate Busch leicht genervt zurück. »Komm, lass uns zahlen.«

Gerald Waldner deutete mit seinem Zeigefinger auf Kate Busch und sagte: »Gerne, aber dieses Mal bist du dran.«

Lydia Mannteufel erwartete die beiden Polizisten, die sich bei ihr telefonisch angekündigt hatten, schon, als sie bei ihrem Grundstück ankamen. Sie führte die Kripobeamten, wie beim letzten Mal, zu dem Esstisch ins Wohnzimmer und bat sie, sich zu setzen.

Heute sieht sie viel gefasster aus, dachte Kate Busch, als sie Lydia Mannteufel unauffällig musterte. Die dunklen Augenringe waren verschwunden und der hellrosa Teint entsprach eher der normalen Gesichtsfarbe von Lydia Mannteufel.

Die graublauen Augen schauten Kate Busch ruhig an.

»Wissen Sie schon, wie Sophie gestorben ist?«, fragte Lydia Mannteufel, nachdem die beiden Polizisten Platz genommen hatten.

»Darüber dürfen wir Ihnen aus ermittlungstaktischen Gründen nichts sagen«, antwortete Gerald Waldner ausweichend und zupfte mit der rechten Hand an seinem Ziegenbärtchen.

»Hat Sophie Landmann Ihnen gegenüber in letzter Zeit angedeutet, dass sie unglücklich war?«, fragte Kate Busch und sah dabei Lydia Mannteufel direkt ins Gesicht.

»Nein, wieso auch. Sie hatte doch keinen Grund dafür.«

Lydia Mannteufel fuhr sich mit der rechten Hand über ihre langen, blonden Haare und sagte mit schroffem Unterton: »Sie glauben doch wohl nicht im Ernst, dass Sophie sich umgebracht hat, oder?«

»Nein, nein«, wiegelte Kate Busch ab. »Wir gehen nicht von einem Selbstmord aus. Aber wir müssen bei unseren Ermittlungen alle Möglichkeiten in Erwägung ziehen.«

»Ist Ihnen in der Zwischenzeit etwas zu Freitagabend eingefallen?«, hakte Gerald Waldner nach.

Lydia Mannteufel sank in sich zusammen. Dunkle Schatten schienen sich über ihr Gesicht zu legen.

»Nein«, sagte sie leise. »Ich kann mich nur noch daran erinnern, dass wir zusammen die Veranstaltung verlassen haben. Ich weiß aber nicht, was anschließend passiert ist oder wie ich nach Hause gekommen bin.«

Sie hob ihren Kopf und schaute Kate Busch hoffnungsvoll an.

»Hat sich noch niemand gemeldet, der uns gesehen hat?«

Kate Busch sah sie mitleidig an und sagte: »Unser Zeugenaufruf kommt erst heute in der Zeitung und die Befragungen der Mitarbeiter des Theaterschiffs führen unsere Kollegen auch erst heute durch. Deshalb können wir Ihnen zu möglichen Zeugen noch nichts sagen.«

»Bitte geben Sie mir Bescheid, sobald Sie etwas Neues erfahren. Ich halte diese Ungewissheit nicht aus«, sagte Lydia Mannteufel flehentlich und drehte nervös mit ihrem Finger an einer Haarsträhne.

»Wir melden uns wieder bei Ihnen«, sagte Kate Busch. Sie schrieb ihre private Handynummer auf die Rückseite ihrer Visitenkarte und gab sie Lydia

Mannteufel. »Wenn Ihnen doch noch etwas einfällt, können Sie sich jederzeit bei mir melden.«

»Mensch Kate«, sagte Gerald Waldner vorwurfsvoll, als sie wieder im Auto saßen und zum Präsidium zurückfuhren. »Wo bleibt denn deine Objektivität? Nur weil die Mannteufel gut aussieht, kannst du ihr doch nicht versprechen, Ermittlungsergebnisse weiterzugeben.«

»Das habe ich doch gar nicht getan«, erwiderte Kate Busch zornig und verschaltete sich prompt. »Außerdem bist du ja gegenüber Herrn Schaller auch äußerst verständnisvoll aufgetreten«, fügte sie bissig hinzu.

»Das kannst du doch nicht miteinander vergleichen. Schließlich war Lydia Mannteufel nachweislich zuletzt mit Sophie Landmann zusammen. Das kann man von Dietmar Schaller nicht so ohne Weiteres behaupten.«

»Und was ist mit Jan Möller? Der war Freitagabend auch in Bad Cannstatt«, warf Kate Busch verärgert ein und schaute ihren Kollegen mit eisigem Blick an.

»Der war doch zur Tatzeit schon wieder in Gerlingen im Café Auszeit«, sagte Gerald Waldner verächtlich und schüttelte missbilligend den Kopf.

**

Egon Müller und Frank Selters schwitzten unter ihren weißen Ganzkörperoveralls. Für einen Novembertag war es außerordentlich warm und sonnig. Neugierige Rentner und Hausfrauen, die gerade ihre Hunde Gassi führten, schauten ihnen interessiert bei der Arbeit zu.

Egon Müller leerte einen der zwei Papierkörbe, die neben einer Sitzbank, nicht weit vom Theaterschiff entfernt, angebracht waren.

»Der Freund fällt das auch früh ein, dass wir hier nach Spuren suchen sollen«, moserte er. »Was soll denn da nach einer Woche noch zu finden sein?«

»Ach, krieg dich wieder ein«, beruhigte ihn Frank Selters. »Wir machen unseren Job, wie immer. Wenn wir brauchbare Spuren finden, schön, wenn nicht, dann eben nicht.«

»Ja schon«, erwiderte Egon Müller immer noch leicht gereizt, während er den Abfall untersuchte und eintütete. »Aber du weißt ja, wie sie ist. Wenn es gar nicht weiter geht, sind wir schuld, weil wir keine verwertbaren Spuren gefunden haben.«

»Mensch Egon, die Freund, die kann uns doch gar nichts. Wenn wir nichts finden, schmälert das nicht unser Gehalt.«

Egon Müller nickte leicht gequält und untersuchte akribisch den Abfall des zweiten Papierkorbs.

Zum Glück war es nicht Sommer. Das Neckarufer wäre deutlich belebter gewesen und die Abfalleimer entsprechend voller. Ganz zu schweigen von den unangenehmen Gerüchen und den zahlreichen Insekten, die sie umschwirren würden.

»Weißt du was, Egon?«, sagte Frank Selters nach einer Weile und grinste seinen Kollegen an. »Wenn wir hier fertig sind, gehen wir ins Café Klatsch und Tratsch und genehmigen uns ein Bier. Soviel Zeit muss sein.«

»Gute Idee«, pflichtete Egon Müller ihm bei und wischte sich mit einem Taschentuch über sein schweißnasses Gesicht.

**

Nina Herzog, Gabriele Manninger und Lena Leuchtle stapften schlecht gelaunt die Überkinger Straße entlang. Die Befragungen der Anwohner hatten bisher nichts gebracht.

Die Bar Zero hatte noch zu. In der Reinigung Ützel Brützel daneben arbeiteten zwei Türkinnen, die kaum Deutsch konnten und grundsätzlich nichts wussten und nichts gesehen hatten. In den Wohnungen über und neben den Geschäften waren die meisten Bewohner nicht zu Hause und die wenigen, die nicht bei der Arbeit oder im Urlaub waren, konnten ihnen auch nicht weiterhelfen.

»Echt ätzend«, maulte Nina Herzog und klingelte bei einem Mehrfamilienhaus mit optimalem Blick auf das Theaterschiff und das Neckarufer.

Nina Herzog drückte gegen die Haustür, als sie den Türsummer hörte.

Das Treppenhaus war vollgestellt mit Kinderfahrrädern und Tretrollern, alten muffigen Turnschuhen und einem Sammelsurium an Kakteen. Sie ging mit ihren Kolleginnen die Treppe hinauf und klingelte bei Herrmann.

Nina Herzog hörte ein unregelmäßiges Poltern hinter der Wohnungstür und verdrehte genervt die Augen. Wahrscheinlich ein alter, schwerhöriger Mann mit Holzbein, der dazu noch eine nicht optimal angepasste Brille trug, die mindestens zwei Dioptrien zu schwach war, aber alles Mögliche gesehen und gehört hatte und sie mit seinen Kriegserlebnissen in Russland langweilte.

Umso überraschter war sie deshalb, als ein junger, gut aussehender Mann mit Gipsbein die Tür öffnete.

»Ja?«, sagte er schwer atmend und balancierte ungeschickt mit seinen Krücken, bis er einen festen Stand hatte.

»Sind Sie Herr Herrmann?«, fragte sie.

Der junge Mann nickte.

»Wir sind von der Kriminalpolizei und haben ein paar Fragen zu Freitagabend vor einer Woche«, stellte Nina Herzog sich und ihre Kolleginnen vor.

»Welch Glanz in meiner kargen Hütte«, spottete der junge Mann.

»Letzten Freitagabend war ich hier. Mit meinem Gipsbein komme ich im Moment nicht weit und das Treppensteigen ist gerade auch nicht vergnügungssteuerpflichtig.«

»Das trifft sich ja gut«, erwiderte Nina Herzog. »Ist Ihnen am Freitagabend irgendetwas aufgefallen?«

Der junge Mann runzelte die Stirn. »Was meinen Sie mit aufgefallen?«, fragte er.

»Na ja, Sie haben doch einen Balkon mit Blick zum Theaterschiff und Neckarufer«, antwortete Nina Herzog. »Vielleicht waren Sie auf Ihrem Balkon und haben etwas gehört oder gesehen?«

»Nee, auf dem Balkon war ich nicht, zu kalt und zu anstrengend mit meinem Gips.«

»Schade«, sagte Nina Herzog und wendete sich enttäuscht von dem jungen Mann ab.

Jetzt schnell noch die anderen Hausbewohner befragen, dachte sie und dann ab in die Mittagspause, bevor die sinnlose Rennerei weiterging.

»Nicht so schnell mit den jungen Pferden«, sagte der Mann belustigt. »Ich habe zwar nichts gesehen, aber dafür etwas gehört.«

»Was haben Sie denn gehört?«, fragte Nina Herzog interessiert und widmete dem jungen Mann wieder ihre ganze Aufmerksamkeit.

»Ich hatte gerade meine Balkontür zum Lüften aufgemacht und mich wieder auf mein Sofa gesetzt, als ich ein Platschen hörte, so, wie wenn jemand etwas Schwereres ins Wasser geworfen hätte.«

»Wissen Sie noch, um wie viel Uhr das war?«, fragte Nina Herzog aufgeregt und schaute den jungen Mann hoffnungsvoll an.

»Ich glaube, es war so kurz nach 22:30 Uhr. Ich hatte gerade den Fernseher ausgeschaltet, weil die Sendung, die ich angeschaut hatte, zu Ende war. Anschließend habe ich die Tür zum Lüften aufgemacht.«

»Und als Sie das Platschen gehört haben, was haben Sie dann gemacht?«

Der junge Mann stützte sich schwer auf seine Krücken und verzog das Gesicht.

»Ehrlich gesagt, gar nichts. Es war mir zu ungemütlich und zu anstrengend, auf den Balkon zu gehen. Ich habe kurz zum Neckarufer hinüber geschaut, als ich die Tür nach einer Viertelstunde wieder zugemacht habe. Gesehen habe ich aber nichts und gehört auch nichts mehr.«

»Schade«, sagte Nina Herzog und notierte sich seine Antwort.

»Sie haben uns aber trotzdem weitergeholfen. Vielen Dank.«

»Halt«, protestierte der junge Mann. »Sie haben mir ja noch gar nicht gesagt, warum Sie das alles wissen wollen.«

»Da wir in der Zeitung einen Zeugenaufruf gestartet haben, verrate ich Ihnen kein Geheimnis, wenn ich es Ihnen sage«, antwortete Nina Herzog aufgekratzt.

»Wir suchen nach Zeugen, die eine Frau am Freitagabend am Theaterschiff gesehen haben. Diese Frau war bei einer Veranstaltung im Theaterschiff und ist am Montagmorgen tot an der Schleuse in Poppenweiler aufgefunden worden.«

»Oje«, sagte der junge Mann betroffen. »Es tut mir leid, dass ich Ihnen nicht mehr sagen kann. Hoffentlich finden Sie bald heraus, was passiert ist.«

»Ja, das hoffen wir auch«, erwiderte Nina Herzog. »Trotzdem vielen Dank für Ihre Info und gute Besserung mit Ihrem Bein.«

»Endlich mal ein Lichtblick«, sagte Nina Herzog gut gelaunt, als sie wieder mit ihren Kolleginnen auf dem Gehweg stand.

Gabriele Manninger schaute auf ihre Uhr.

»Es ist kurz vor zwölf. Können wir nicht etwas essen gehen«, quengelte sie. »Ich habe echt Kohldampf.«

Nina Herzog verdrehte theatralisch die Augen.

»Wenn das die Freund wüsste. Zuerst kommt die Arbeit und dann das Vergnügen.«

Als Nina Herzog Gabriele Manningers enttäuschten und verlegenen Gesichtsausdruck sah, fing sie an zu lachen und hakte sich bei ihrer Kollegin unter.

»Klar gehen wir jetzt etwas essen. Das haben wir uns schließlich verdient.«

Lena Leuchtle schirmte ihre Augen gegen das ungewohnte Sonnenlicht ab und sah sich um.

»Hier in der Nähe ist doch das Café Klatsch und Tratsch. Dort könnten wir etwas essen und gleichzeitig die Angestellten wegen Freitagabend befragen«, schlug sie vor.

»Super Idee«, stimmte Nina Herzog zu und steuerte auf die Marktstraße zu.

Die Stühle und Tische vor dem Eingang des Cafés waren alle belegt. Halb Cannstatt hatte das sonnige Wetter genutzt, um sich einen Caffè Latte oder einen Espresso zu gönnen.

Zwei frischverliebte Teenager, die sich nicht aus den Augen ließen, hatten einen Freundschaftsbecher bestellt und löffelten sich das Eis gegenseitig in den Mund.

Früh übt sich, wer gepflegt werden will, dachte Nina Herzog und grinste die Frischverliebten sarkastisch an.

»Schaut mal, da drüben sitzen Egon und Frank«, rief Lena Leuchtle erfreut aus und winkte ihren Kollegen zu.

»Ich gehe mal kurz rüber und frage nach, ob sie etwas Aufregendes gefunden haben«, sagte Nina Herzog und schlenderte betont gelassen zu dem Tisch, an dem die Kollegen von der Kriminaltechnik saßen und zwei halb volle Biere und Reste einer Currywurst vor sich stehen hatten.

»Und, habt ihr euch euer Mittagessen schon verdient?«, fragte sie Frank Selters und stützte ihren Arm auf seine Stuhllehne.

»Logisch«, antwortete Frank Selters lässig, drehte sich zu ihr um und schaute sie vergnügt an.

»Alles eingetütet. Wir können es kaum erwarten, unsere bedeutenden Funde im Labor zu untersuchen.«

»Das sieht man«, erwiderte Nina Herzog trocken.

»Alla, dann bis später«, sagte sie und hob ihre Hand zum Abschied, bevor sie sich auf die Suche nach ihren Kolleginnen machte, die sich ins Innere des Cafés verzogen hatten.

»Das nehme ich auch«, rief Nina Herzog der Bedienung zu, als sie Gabriele Manninger und Lena Leuchtle beim Essen des schwäbischen Nationalgerichts Linsen, Spätzle und Saitenwürste sah.

Sie kam zeitgleich mit dem Tagesessen am Tisch an.

»Flotte Lotte«, staunte sie und machte sich gierig über ihr Essen her.

»Nehmen wir einmal an«, sagte sie nach einer Weile kauend, »der junge Mann hat tatsächlich gehört, wie Sophie Landmann um kurz nach 22:30 Uhr ins Wasser gefallen ist. Dann hätten wir den ungefähren Todeszeitpunkt.«

Lena Leuchtle nickte mit dem Kopf.

»Sieht so aus. Es wäre schön, wenn wir noch jemanden fänden, der etwas gesehen hätte.«

»Das ist ungefähr so wahrscheinlich wie ein Sechser im Lotto«, sagte Nina Herzog. »Aber zur Feier des Tages spendiere ich euch einen Espresso.«

»Waren Sie am Freitagabend auch hier?«, fragte sie die Schwarzhaarige, die die Espressi an den Tisch brachte.

»Ja, warum?«, antwortete die mit einer Gegenfrage.

»Wir sind von der Kriminalpolizei und haben ein paar Fragen zu einem Todesfall.«

»Wow, echt?«, rief die schwarzhaarige Frau aufgeregt und nestelte nervös an ihrer weißen Schürze.

»Können Sie sich an zwei Frauen erinnern, beide mit langen, blonden Haaren, die sich am Freitagabend hier gestritten haben?«

»Ach, Sie meinen die zwei Lesben, die sich wegen eines Mannes gestritten haben. Komisch, nicht?«, sagte die Bedienung und lachte laut auf. »Die eine hat so laut geschrien, dass sogar der schwerhörige Hund eines älteren Stammgasts gebellt hat.«

»Haben Sie gehört, um was es bei dem Streit genau gegangen ist?«

»Klar«, antwortete die Bedienung und rümpfte die Nase. »War ja nicht zu überhören. Die eine hat der anderen gesagt, warum sie sie verlassen hat und sich stattdessen einen Jan geangelt hat.«

»Und dann?«, fragte Nina Herzog und schaute die Bedienung gespannt an.

»Dann passierte nicht mehr viel«, erwiderte die Schwarzhaarige. »Die eine Blondine war beleidigt, hat sich einen Whisky bestellt und ihn ex hinuntergestürzt. Kurz darauf sind die beiden gegangen. Ich glaube, sie wollten zum Theaterschiff.«

»Wissen Sie ungefähr, wann das war?«

»So um halb sieben.«

»Vielen Dank für die Info. Sie haben uns sehr weitergeholfen«, sagte Nina Herzog und gab der Bedienung ein großzügiges Trinkgeld.

Die Tische und Stühle vor dem Café waren verwaist, als die drei Polizistinnen wieder ins Freie traten. Ein starker Wind mit Schlechtwetterwolken im Schlepptau hatte die Sonne und die Gäste vertrieben. Der November hatte sich zurückgemeldet.

Nina Herzog schlug den Kragen ihrer Jacke hoch und wandte sich missmutig an ihre Kolleginnen.

»Okay Mädels, jetzt ist es halb zwei. Wir klappern die Überkinger und die Neckartalstraße ab, soweit wir kommen. Um 17 Uhr macht die Bar des Theaterschiffs auf. Spätestens dann beenden wir die Befragung der Anwohner und hören uns mal bei den

Mitarbeitern des Schiffs um. Wenn wir Glück haben, ist denen vielleicht auch noch etwas aufgefallen.«

»Schön wär's«, grummelte Gabriele Manninger und kramte in ihrer Tasche nach einem Kaugummi.

Lena Leuchtle steckte ihre kalten Hände in ihre Manteltaschen und sehnte sich nach der warmen, unaufgeregten Büroarbeit zurück. Von ihr aus hätte Aal-Dieter den Außendienstjob ruhig übernehmen können.

Die nächsten dreieinhalb Stunden stiegen die Kripobeamtinnen unzählige Treppen hinauf und wieder herunter.

Essensduft, Schweißgeruch, Babygeschrei und Hundegebell schlug ihnen in schmutzigen, vollgestellten Treppenhäusern entgegen. Hausmeister mit dicken Schlüsselbunden wachten in den sogenannten besseren Mehrfamilienhäusern über die Einhaltung der Hausordnung und zuckten ob der Störung des Hausfriedens durch die Polizistinnen verärgert mit den Schultern. Türen wurden ihnen vor der Nase zugeschlagen. Alte Ehepaare stritten sich aus Gewohnheit und Langeweile und machten sich nicht die Mühe, es vor ihnen zu verbergen. Ältere Frauen und Ausländer sahen sie verängstigt an und schüttelten verständnislos den Kopf. Akademiker im Schlabberlook empfingen sie in ihrem Homeoffice und boten ihnen Espressi aus ihren Designerkaffeevollautomaten an.

In diesen dreieinhalb Stunden lernten sie das gesamte Kaleidoskop des Typus Mensch kennen. Aber keiner von den Befragten hatte etwas gesehen oder gehört. Das kollektive Wegducken hatten sie alle, wie die drei Affen, im Blut.

»So ein Mist«, fluchte Nina Herzog genervt, als sie müde und abgekämpft am Theaterschiff ankamen.

»Jetzt brauche ich erst einmal etwas Starkes zur Aufmunterung.«

Sie bestellte ein Bier mit Schuss, eine Cola und eine Latte an der Bar und ließ sich mit einem zufriedenen Seufzer auf einen bequemen Sessel fallen.

Nachdem sie das Bierglas halb geleert hatte, winkte Nina Herzog einen kleinen, dunkelhaarigen Mann, der gerade die Bartheke abwischte, zu sich heran.

»Entschuldigen Sie, wir sind von der Kriminalpolizei und haben ein paar Fragen wegen letzten Freitagabend.«

Der Mann sah sie interessiert an und kam zu ihrem Tisch.

»Ja, was wollen Sie wissen?«, fragte er und legte seinen Wischlappen auf den Tisch daneben.

»Letzten Freitagabend war hier doch die Vorstellung ›Warten auf Godot‹?«

Der dunkelhaarige Mann nickte mit dem Kopf.

»Sind Ihnen oder Ihren Kollegen zwei blonde, gutaussehende Frauen aufgefallen, die sich gestritten oder angeschwiegen haben? Eine der Frauen hat ziemlich viel Whisky konsumiert.«

Der Mann strich über seinen schwarzen Dreitagebart und dachte nach.

Er runzelte die Stirn.

»Ja, da war eine blonde Frau an der Bar, die hat sich vor und nach der Veranstaltung einen Whisky nach dem anderen reingezogen«, bemerkte er nach einer kurzen Pause. »Und ihre blonde Freundin stand daneben und hat ständig auf sie eingeredet. So in etwa, sie solle endlich mit dem Trinken aufhören.«

»Können Sie sich noch daran erinnern, wann die beiden gegangen sind?«

Der junge Mann lachte belustigt auf.

»Bei der einen konnte von gehen keine Rede mehr sein. Die hat sich mehr dahingeschleppt und vor sich hin gelallt. Die beiden dürften so um zehn nach zehn gegangen sein. Sie waren die letzten Gäste. Die Veranstaltung war nicht so gut besucht.«

»Wissen Sie zufällig, wohin die beiden gegangen sind?«, hakte Nina Herzog nach.

»Nein, keine Ahnung«, sagte der junge Mann achselzuckend. »Ich musste noch die Bar aufräumen und saubermachen. Ich habe mich nicht weiter um die zwei Frauen gekümmert.«

»Und Ihre Kollegen, ist denen vielleicht noch etwas aufgefallen?«

»Dino, Ralf, Sybille und Eddy. Könnt ihr mal kurz herkommen«, rief der junge Mann quer durchs Theaterschiff.

Die drei Männer und die Frau kamen zum Tisch der drei Polizistinnen und stellten sich vor. Sie waren zwar alle letzten Freitagabend hier gewesen, konnten den Beamtinnen aber nur das bestätigen, was ihr Kollege ihnen auch schon erzählt hatte.

**

Lydia Mannteufel saß in ihrem Schaukelstuhl und kraulte ihren Kater. Fred fing an zu schnurren und trippelte auf ihrem Bauch.

»Du hast es gut«, murmelte sie und streichelte ihren Kater zärtlich.

Ihre Miene verfinsterte sich, als sie an den morgigen Tag dachte. Morgen Nachmittag würde Sophie beerdigt werden. Sie wollte mit ihrem Onkel zur Beerdigung gehen, egal was die Leute sagten oder dachten. Schließlich waren Sophie und sie einmal ein

Paar gewesen. Sie hatte das gleiche Recht an der Beerdigung teilzunehmen, wie der schöne Jan.

Lydia Mannteufel schüttelte traurig den Kopf. Sie konnte es immer noch nicht verstehen, warum Sophie sie damals verlassen hatte. Für einen Mann und dann auch noch für Jan.

Die Beerdigung würde grauenhaft werden.

Sophies Familie, die ihre Beziehung abgelehnt hatte, und der schöne Jan würden sie mit eisigen Blicken und Missachtung strafen. Die Mehrzahl der restlichen Trauergäste würde verstohlen jeden Schritt und jede Geste von ihr beobachten, um ihre Annahme, dass sie schuld am Tod von Sophie sei, bestätigt zu finden. Und die Trauerrede würde vor Pathos und Religiosität nur so strotzen.

Lydia Mannteufel spürte eine bleierne Müdigkeit, die ihren gesamten Körper wie eine Flutwelle erfasste. Sie wollte eigentlich nur schlafen und dann, von diesem Alptraum erlöst, in der Vergangenheit aufwachen.

Sie seufzte tief, weil sie genau wusste, dass sie die Gegenwart nicht einfach wegträumen konnte.

Ihre Gedanken kehrten zu der letzten Befragung durch die Polizisten zurück. Was wohl die Kommissarin von ihr dachte? Ob sie sie für schuldig hielt?

Lydia Mannteufel war sich nicht sicher, was sie von der attraktiven Beamtin halten sollte. Auf der einen Seite hatte Kate Busch sie mit ihren Fragen hart bedrängt, auf der anderen Seite war sie voller Mitgefühl und Verständnis gewesen und hatte ihr sogar ihre private Telefonnummer aufgeschrieben.

Ihr Kater fauchte protestierend, als sie abrupt aufstand und zum Esszimmertisch ging, auf dem immer noch die Visitenkarte von Kate Busch lag. Lydia Mannteufel starrte die Visitenkarte unschlüssig an.

Sollte sie die Kommissarin jetzt einfach anrufen und fragen, ob es etwas Neues gab?

Sie lief angespannt in ihrem Wohnzimmer auf und ab und nahm einen Silberrahmen, der auf dem Bücherregal stand, in die Hand. Sie strich liebevoll über das Bild eines Ehepaars, das lachend vor dem Kolosseum in Rom stand.

Das war das letzte Foto von ihren Eltern. Zur Feier ihrer Silberhochzeit waren sie mit dem Auto nach Rom gefahren. Auf der Rückfahrt hatte ein übermüdeter LKW-Fahrer ihren Audi frontal gerammt. Ihre Eltern waren sofort tot gewesen. Obwohl das schon dreizehn Jahre zurücklag, Lydia Mannteufel war damals gerade neunzehn, spürte sie jedes Mal, wenn sie an ihre Eltern dachte, eine tiefe Trauer in sich, die wie die Lava eines Vulkans in ihrem Innern brodelte und von Zeit zu Zeit an die Oberfläche gelangte.

»Ach Mum und Dad«, seufzte sie und stellte das Bild zurück auf das Bücherregal. »Was soll ich nur tun?«

Ihr Kater gesellte sich zu ihr und rieb seinen Kopf laut miauend an ihrem Bein. Er war leicht zufriedenzustellen. Fressen und Streicheleinheiten reichten, um ihn glücklich zu machen. Wenn alles so einfach wäre, dachte Lydia Mannteufel und gab Fred von beidem etwas.

Sie zog ihre Joggingklamotten und –schuhe an und trabte von ihrer Haustür aus, am KSG-Sportgelände und am Waldfriedhof vorbei, zum Großen Stern, einer Kreuzung im Wald, an der verschiedene Waldwege abzweigten.

Die Müdigkeit und Unruhe fielen langsam von ihr ab. Sie fühlte sich eins mit der Natur. Sie lauschte dem Gezwitscher der Vögel und sah von Weitem ein Reh durch die aufkommende Dämmerung huschen.

Wehmütig dachte sie an die lauen Sommerabende, in denen sie mit Sophie durch den Gerlinger Wald gejoggt war und ihr Zusammensein in der Natur genossen hatte.

Lydia Mannteufel kannte jede Biegung der Waldwege, sodass ihr die zunehmende Dunkelheit keine Probleme bereitete, als sie vom Großen Stern die Lindenallee und parallel zur Wildparkstraße den Gräberweg, welch passender Name, dachte sie ironisch, zurück zum Waldfriedhof rannte.

Zu Hause angekommen, fühlte sie sich erschöpft und erfrischt zugleich.

Sie beschloss, den Abend entspannt mit einem heißen Bad, einem Teller Pasta und einem Glas Glenburgie ausklingen zu lassen. Der morgige Tag würde schon schwer genug werden.

Freitag, 4 Tage später

Am Freitagmorgen, Punkt 9 Uhr, rauschte Karin Freund, eingehüllt in einer Wolke von Bedeutsamkeit und teurem Parfüm, in den Besprechungsraum der Soko. Sie hatte sich in ein graues Designerkostüm geworfen und trug hochhackige Schuhe, die ihre imposante Gestalt noch dominanter wirken ließ. Ihre ursprüngliche Gesichtsfarbe war vor lauter Rouge nicht mehr zu erkennen.

»Liebe Kollegen«, begrüßte sie kurzatmig die anwesenden Kripobeamten. »Ich kann die Soko-Besprechung leider nicht leiten, weil ich heute die Delegation der mexikanischen Staatspolizei begleiten muss. Fritz wird mich deshalb jetzt vertreten.«

Karin Freund nickte kurz in die Runde und verließ den Raum wieder so schnell, wie sie ihn betreten hatte.

Sobald die Erste Kriminalhauptkommissarin das Besprechungszimmer verlassen hatte, erhöhte sich der Lärmpegel deutlich.

Fritz Wange klopfte mit einem Kugelschreiber an sein Wasserglas und bat um Ruhe.

»Bitte Kollegen, lasst uns beginnen«, sagte er und blätterte in einem Stoß eng bedruckter DIN-A4-Blätter, der vor ihm lag.

Er räusperte sich und begann die schriftlich dokumentierten Telefonanrufe, die beim KDD in Leonberg bisher eingegangen waren, vorzulesen. Zur Erheiterung aller hatte sich der stadtbekannte Querulant Fritz Heger gemeldet und den Mord an Sophie Landmann zugegeben. Er wusste zwar nicht genau wie und wo er Sophie Landmann umgebracht hatte, aber er beharrte darauf, dass er sie ermordet habe, so wie er es bei jedem ungeklärten Mordfall in der Region Stuttgart tat.

Die Schilderung von einem gewissen Alfons Beutel, der steif und fest behauptete, eine grün gekleidete Gestalt sei aus einem U-Boot neben dem Theaterschiff aufgetaucht und hätte Sophie Landmann gepackt, in das Wasser geworfen und ertränkt, sorgte ebenfalls für Heiterkeitsausbrüche.

Nina Herzog hielt sich den Bauch und sagte ächzend: »Leute, ich kann nicht mehr.«

»Bitte Kollegen, beruhigt euch wieder«, rief Fritz Wange die Mitglieder der Soko zur Ordnung. »Es gab noch einen interessanten Anruf von einer öffentlichen Telefonzelle am Marktplatz in Bad Cannstatt. Der Anrufer hat gefragt, ob es eine Belohnung geben würde. Als der KDD dies verneinte, hat er wieder aufgelegt, ohne seinen Namen zu nennen.«

»Schön und gut«, erwiderte Kate Busch nicht wirklich überzeugt. »Aber so lange wir nicht wissen, wer das war, bringt uns das auch nicht weiter. Es könnte ja auch ein Spinner oder ein Wichtigtuer gewesen sein.«

»Da hast du recht«, pflichtete Fritz Wange ihr bei und legte die DIN-A4-Blätter sorgfältig aufeinander.

»Hat von euch jemand eine Spur, die wir weiterverfolgen könnten?«, fragte er in die Runde.

Nina Herzog berichtete von den Befragungen der Anwohner in der Überkinger Straße und der Neckartalstraße und den Befragungen der Mitarbeiter des Theaterschiffs.

»Bis auf die Aussage von Herrn Herrmann, der um kurz nach 22:30 Uhr ein lautes Platschen gehört hatte, war nichts Interessantes dabei«, schloss sie ihren Vortrag ab.

»Das klingt doch gar nicht so schlecht«, sagte Fritz Wange. »Wenn wir annehmen, dass das Platschen bedeutet, dass Sophie Landmann ins Wasser gefallen ist oder gestoßen wurde, können wir den Todeszeitpunkt relativ genau eingrenzen.«

Fritz Wange schrieb etwas auf ein leeres Blatt Papier.

»Nina und Gabriele, habt ihr eigentlich schon die Schwester von Sophie Landmann befragt?«

»Wann denn«, gab Nina Herzog empört zurück. »Wir waren doch gestern den ganzen Tag mit den Anwohnerbefragungen beschäftigt.«

Fritz Wange hob besänftigend die rechte Hand.

»Entschuldigung«, sagte er. »Könnt ihr heute die Befragungen der Anwohner fortsetzen und am Montag früh zu der Schwester von Sophie Landmann gehen?«

»Einverstanden«, sagte Nina Herzog. Gabriele Manninger nickte zustimmend mit dem Kopf.

Fritz Wange sah Lena Leuchtle fragend an.

»Warst du eigentlich schon bei der SSB?«

»Du bist lustig«, antwortete Lena Leuchtle patzig. »Ich war doch bei den ganzen Befragungen auch dabei.«

»Sorry«, sagte Fritz Wange entschuldigend.

»Kannst du das dann heute machen?«

»Ja«, erwiderte Lena Leuchtle unbegeistert. Schon wieder ein Tag im Außendienst, dachte sie und schaute missmutig auf den Fußboden. Wird Zeit, dass Aal-Dieter endlich wieder in den Außendienst darf.

Gerald Waldner stupste Kate Busch an, als Fritz Wange die beiden ansprach. Kate Busch schreckte hoch und sah Gerald Waldner ärgerlich an.

»Was hast du denn?«, zischte sie ihn verärgert an, weil er sie gerade aus ihrem Tagtraum, in dem die graublauen Augen von Lydia Mannteufel eine wichtige Rolle gespielt hatten, gerissen hatte.

»Gerald und Kate«, setzte Fritz Wange noch einmal an, »ihr beide geht zur Beerdigung und schaut mal, wer alles da ist und wie sich die Angehörigen und unsere sonstigen Verdächtigen verhalten.«

»Können wir schon machen«, grummelte Gerald Waldner. »Ich glaube aber nicht, dass da viel dabei herauskommt.«

»Man kann nie wissen«, erwiderte Fritz Wange. »Vielleicht packt den Täter oder die Täterin das schlechte Gewissen und er oder sie gesteht die Tat.«

»Klar und ich gewinne am Freitag den Jackpot beim Eurolotto«, murmelte Kate Busch und schaute Fritz Wange belustigt an.

»Die Hoffnung stirbt zuletzt«, spottete Gerald Waldner und nestelte in seiner Jackentasche auf der Suche nach einem Lakritzbonbon.

»Okay Leute. Ihr wisst, was ihr zu tun habt«, beendete Fritz Wange die Besprechung, ohne auf die spitzen Bemerkungen von Gerald Waldner und Kate Busch einzugehen.

**

Das Wetter zeigte sich, passend zum traurigen Anlass, von seiner ungemütlichsten Seite.

Die Trauergäste klammerten sich an ihre vom Schneeregen durchnässten Regenschirme wie Ertrinkende an ein Stück vorbeischwimmendes Treibholz.

Starke Sturmböen machten es ihnen fast unmöglich, die Regenschirme über ihre Köpfe zu halten. Eiligen Schrittes hasteten sie so schnell wie möglich in die Aussegnungshalle des Waldfriedhofs in Gerlingen, um an das rettende Ufer ins Trockene zu gelangen.

Kate Busch und Gerald Waldner waren wie immer spät dran. Sie drängten sich in die überfüllte Halle, in der es dämpfig war und nach feuchter Wolle roch.

Kate Busch versuchte von der Tür aus einen Blick auf die erste Reihe zu erhaschen. Dort saßen, ruhig und in sich gekehrt, die Eltern von Sophie Landmann. Neben den Eltern saß eine pummelige, jüngere Frau in einem unvorteilhaften schwarzen Kleid, die einem hageren, dunkelhaarigen Mann etwas zuflüsterte. Wahrscheinlich die Schwester und ihr Ehemann, dachte Kate Busch. Daneben saß, aufrecht wie ein Soldat, Sophie Landmanns Freund Jan Möller, der starr nach vorne blickte.

In der zweiten Reihe hatten mehrere ältere schwarzgekleidete Männer und Frauen, die leise miteinander sprachen, Platz genommen. Bestimmt die Onkel und Tanten der Verstorbenen reimte sich Kate Busch zusammen.

Dahinter hatte sich das Ehepaar Schaller, beide mit gesenkten Köpfen, scheinbar tief in Gedanken versunken, eingereiht.

Kate Busch schaute sich in der Aussegnungshalle um, auf der Suche nach Lydia Mannteufel. Sie fand sie ganz hinten rechts auf der letzten Bank, zusammen mit einem älteren Mann, der tröstend ihre Hand hielt. Lydia Mannteufel hatte ihren Blick auf den Boden gerichtet. Ihr Körper zuckte leicht. Es fiel ihr sichtbar schwer, die Fassung zu bewahren.

Kate Busch und Gerald Waldner setzten sich auf zwei Stühle, die an der Seite standen und von denen aus sie den ganzen Raum gut überblicken konnten.

Während der Organist eine einleitende Melodie spielte, ging der evangelische Pfarrer gemessenen Schrittes zum Mikrofon, um die Trauergemeinde zu begrüßen und seines Amtes zu walten.

Kate Busch ließ die Trauerrede, die Gebete und geistlichen Lieder ohne größere Emotionen an sich vorüberziehen. Bis auf den Tod ihrer geliebten Großmutter war sie bisher privat von Todesfällen verschont geblieben.

Sie sah sich unauffällig in der Aussegnungshalle um. Die Schwester der Toten schluchzte leise und schnäuzte ab und zu in ein Stofftaschentuch. Ihr Ehemann hatte seinen Arm um ihre Schulter gelegt und blickte stoisch nach vorne. Jan Möller schien die Trauerfeier fast reglos über sich ergehen zu lassen. Seine Schultern bewegten sich kaum und er brauchte auch kein Taschentuch für seine ungeweinten Tränen.

Kate Busch fand es immer wieder erstaunlich, wie unterschiedlich Männer und Frauen ihre Trauer in der Öffentlichkeit zeigten und wie die Gesellschaft darauf reagierte, wenn Männer oder Frauen von dem als angemessen empfundenen Trauerverhalten abwichen.

Soweit ist es mit der Gleichberechtigung auf diesem Gebiet auch nicht her, dachte sie und drehte leicht ihren Kopf in die Richtung, in der Lydia Mannteufel saß.

Lydia Mannteufel hatte ihren Kopf nach vorne gebeugt und ihre Hände vor ihr Gesicht gehalten. Sie weinte hemmungslos.

Ihr Onkel hatte die rechte Hand um ihre Schulter gelegt und strich mit der linken Hand beruhigend über ihren Oberschenkel.

Die Trauergäste, die neben den beiden saßen, schauten peinlich berührt nach vorne und versuchten sich, so gut es ging, von den beiden zu distanzieren.

Nachdem der Pfarrer zum Abschluss des Trauergottesdienstes die Trauergemeinde gesegnet hatte und die Orgelmusik zur Auskehr erklang, schienen die nicht unmittelbar betroffenen Angehörigen und Bekannten kollektiv aufzuatmen.

Sie waren nun ihrer Pflicht zur Anteilnahme entledigt, konnten ihre schwarzen Kleider wieder in den Schrank hängen und ihren Alltagsgeschäften nachgehen.

Das Wetter hatte sich ebenfalls beruhigt, so als ob es geahnt hätte, dass das Schlimmste nun vorüber wäre. Vereinzelte Sonnenstrahlen lugten vorwitzig aus dem Wolkenmeer.

Kate Busch und Gerald Waldner hatten sich etwa zehn Meter entfernt von der Eingangstür neben einer

Trauerweide platziert, um den Auszug der Trauernden zu beobachten.

Gerald Waldner stöhnte erleichtert auf.

»Gott sei Dank ist die Beerdigung vorbei«, sagte er. »Wenn es nach mir ginge, würde ich nur bei meiner eigenen Beerdigung anwesend sein.«

»Ach, ich weiß nicht«, erwiderte Kate Busch und steckte ihre kalten Hände in ihre Hosentaschen.

»Ich glaube schon, dass es den Angehörigen in ihrer Trauer hilft, wenn Freunde, Verwandte oder Bekannte ihre Anteilnahme dadurch zeigen, dass sie zur Beerdigung kommen. Ich fand es schön, dass so viele Menschen bei der Beerdigung meiner Großmutter waren und uns ihre Anteilnahme ausgesprochen haben.«

»Mag sein«, gab Gerald Waldner zu. »Ich für meinen Teil bin aber froh, wenn ich nicht zu Beerdigungen gehen muss.«

Die Schar der Trauergäste zog langsam an ihnen vorüber. Die Einäscherung der Toten und die anschließende Urnenbestattung würden im engsten Familienkreis stattfinden. Auf den obligatorischen Kaffee mit Hefekranz hatten die Angehörigen verzichtet.

Die Eltern von Sophie Landmann, ihre Schwester samt Ehemann und Jan Möller kamen zusammen mit Lydia Mannteufel und ihrem Onkel als Letzte aus der Aussegnungshalle heraus.

Als Lydia Mannteufel den Eltern von Sophie Landmann ihr Beileid aussprechen wollte, wurde sie von Rosemarie Landmann aufgebracht angeschrien.

»Dass du es überhaupt wagst, auf der Beerdigung zu erscheinen. Du bist doch an allem schuld. Du hast Sophie verführt und vom rechten Weg abgebracht. Verschwinde endlich.«

Lydia Mannteufel erstarrte.

Ihr Onkel stellte sich hinter sie und sagte missbilligend zu Rosemarie Landmann: »Ein bisschen Anstand und Respekt darf man auch von Ihnen erwarten, trotz aller Trauer darüber, dass Ihre Schwester umgekommen ist. Lydia war schließlich auch mit Sophie befreundet.«

Rosemarie Landmann drehte sich beleidigt zu ihren Eltern um, die die Auseinandersetzung beschämt beobachtet hatten. Sophie Landmanns Vater gab Lydia Mannteufel die Hand und bedankte sich im Namen der Familie für ihre Anteilnahme.

Jan Möller hatte die ganze Zeit teilnahmslos daneben gestanden und nur bei dem verbalen Angriff von Rosemarie Landmann auf Lydia Mannteufel ganz kurz und kaum wahrnehmbar, hämisch die Mundwinkel nach unten gezogen.

Kate Busch und Gerald Waldner, die die Szene aus nächster Nähe mit angesehen hatten, gingen auf die Gruppe zu. Sie sprachen den Eltern ihr Beileid aus.

»Haben Sie schon neue Erkenntnisse, wie Sophie umgekommen ist?«, wollte Ewald Landmann von den Kripobeamten wissen.

»Nein, leider nicht«, antwortete Kate Busch. »Wir ermitteln in alle Richtungen. Wir gehen aber davon aus, dass Ihre Tochter entweder durch einen Unfall umgekommen ist oder dass sie jemand getötet hat.«

Ewald Landmann nickte traurig mit dem Kopf und bedankte sich für die Auskunft. Er nahm seine Frau in den Arm und zusammen mit Jan Möller, Rosemarie Landmann und ihrem Ehemann gingen sie langsam zum Ausgang des Friedhofs und ließen Lydia Mannteufel und ihren Onkel wie zwei ungebetene Gäste zurück.

Lydia Mannteufels Onkel schüttelte ungläubig den Kopf.

»Das war ja mal ein Auftritt«, sagte er erbost zu den Polizeibeamten. »Unerhört, was sich die Schwester von Sophie da erlaubt hat. Aber die ganze Familie war ja von Anfang an gegen Lydias Beziehung mit Sophie. Unnatürlich war noch die harmloseste Bemerkung.«

Lydia Mannteufel schaute ihren Onkel traurig an und putzte sich ihre Nase, die vor lauter Weinen schon rot und rissig war.

»Ach Paul«, seufzte sie. »Lass sie doch reden. Das hat Sophie und mich nie gestört. Sophie hat darüber nur gelacht und ihre Familie als altertümliche Fossilien bezeichnet, die kurz vor dem Aussterben stünden.«

Gerald Waldner schaute auf seine Armbanduhr und trat ungeduldig von einem Bein auf das andere.

»Du Kate, ich muss jetzt gehen«, wandte er sich an seine Kollegin. »Wir sind ja hier fertig, oder?«

Kate Busch nickte mit dem Kopf und sagte: »Ja klar. Du kannst gehen und deine unaufschiebbaren Geschäfte erledigen.«

Gerald Waldner sah seine Kollegin dankbar an und verabschiedete sich rasch von Lydia Mannteufel und ihrem Onkel.

»Ja dann«, begann Lydia Mannteufel zögerlich, so als ob sie sich nicht entscheiden könnte, was sie als Nächstes tun sollte. »Wollen Sie vielleicht noch mit zu mir kommen und mir erzählen, was Sie bisher herausgefunden haben?«

Kate Busch kämpfte mit ihrem Gewissen. Allein zu einer Hauptverdächtigen zu gehen widersprach jeglichen Regeln bei polizeilichen Ermittlungen. Sie zuckte mit den Schultern. Was soll's, dachte sie, vielleicht würde sie etwas Neues erfahren und als Frau war sie grundsätzlich auch nicht gegen einen Besuch bei der attraktiven Blondine abgeneigt.

»Okay, aber nur kurz«, erwiderte sie lächelnd. »Viel kann ich Ihnen sowieso nicht sagen.«

Paul Winter, der die ganze Zeit stumm danebengestanden hatte, meldete sich zu Wort: »Kann ich dich mit der Kommissarin allein lassen? Ich würde ja gerne mitkommen, aber ich habe gleich einen Termin wegen des Auftrags. Du weißt schon.«

»Ist schon okay. Die Kommissarin wird mich schon nicht fressen. Du kannst ruhig gehen.«

»Alles klar. Aber melde dich, wenn irgendetwas ist.«

»Ja, mache ich«, sagte Lydia Mannteufel und verabschiedete sich von ihrem Onkel mit einer innigen Umarmung.

»Haben Sie sonst keine Angehörigen mehr?«, fragte Kate Busch neugierig, als sie zum Haus von Lydia Mannteufel gingen.

»Nur noch einen älteren Bruder, der in England lebt. Unsere Eltern sind vor dreizehn Jahren bei einem Autounfall ums Leben gekommen. Onkel Paul ist der Bruder meiner Mutter. Zu ihm kann ich immer gehen, wenn mich etwas bedrückt.«

»Das tut mir aber leid für Sie.«

Lydia Mannteufel zuckte mit den Schultern.

»Mein Vater hat immer gesagt, dass das Leben kein Wunschkonzert sei. Man müsse das Beste daraus machen. Zumindest habe ich durch den Tod meiner Eltern meine Berufung gefunden.«

Kate Busch sah Lydia Mannteufel interessiert an.

»Ach ja, was arbeiten Sie denn?«

»Ich bin professionelle Trauerrednerin. Jeder, der nicht von einem Pfarrer beerdigt werden will, kann mich beauftragen.«

Lydia Mannteufel lachte verbittert auf.

»Im Moment sind meine Dienste aber nicht so gefragt. Wer möchte sich schon von einer potentiellen Mörderin beerdigen lassen?«

Sie schaute Kate Busch forschend ins Gesicht und fragte: »Glauben Sie denn auch, dass ich Sophie umgebracht habe?«

Kate Busch blickte verlegen auf den Boden.

»Was soll ich Ihnen dazu sagen? Ich bin Polizistin. Sie sind unsere Hauptverdächtige, weil Sie mit Sophie Landmann zuletzt zusammen waren. Meine private Meinung darf bei den Ermittlungen keine Rolle spielen, sonst würde ich den Ermittlungserfolg gefährden.«

Lydia Mannteufel sah Kate Busch hoffnungsvoll an.

»Und wie ist Ihre private Meinung?«

Kate Busch seufzte.

»Ich finde Sie sehr sympathisch, aber es hat in der Kriminalgeschichte auch schon sympathische Mörderinnen gegeben.«

»Klar, Sie müssen eben Ihren Job machen und da bin ich zurzeit auf Ihrer Liste ganz oben«, bemerkte Lydia Mannteufel resigniert.

»Verstehen Sie mich bitte nicht falsch«, sagte Kate Busch und sprang elegant über eine große Regenpfütze. »Wir gehen jeder Spur nach. Wenn wir etwas Entlastendes finden würden, wäre ich die Erste, die sich darüber freuen würde.«

Lydia Mannteufel lächelte bitter.

»Da muss ich ja froh sein, dass ich so eine verständnisvolle Kommissarin erwischt habe.«

Schweigend legten die beiden Frauen das letzte Stück bis zur Einfahrt von Lydia Mannteufels Haus zurück.

Lydia Mannteufel schloss das Gartentor auf und bemerkte einen großen braunen Umschlag, der aus ihrem Briefkasten ragte.

Was ist denn das?, dachte sie, als sie den Umschlag aus dem Briefkasten zerrte. Der Briefträger kommt doch normalerweise um diese Zeit noch nicht.

Sie schaute sich den Umschlag genauer an. Er war leicht ausgebeult, nicht frankiert und hatte keinen Absender. Auf dem Umschlag klebte ein weißes Etikett, auf dem ihr Name und ihre Adresse aufgedruckt waren.

»Was ist denn?«, fragte Kate Busch. »Stimmt etwas nicht mit dem Kuvert?«

Lydia Mannteufel drehte sich zu ihr um und zeigte ihr den Umschlag.

»Ich weiß es nicht«, sagte sie. »Der Umschlag ist nicht frankiert und ein Absender steht auch nicht drauf.«

»Geben Sie mir mal das Kuvert«, sagte Kate Busch.

Sie nahm das Kuvert in die Hand, begutachtete den Adressaufkleber und schüttelte es. Irgendetwas Leichtes bewegte sich hin und her.

»Komisch«, sagte sie zu Lydia Mannteufel. »Es ist vielleicht besser, wenn ich dabei bin, wenn Sie den Umschlag öffnen.«

Fred rannte ihnen miauend entgegen, als sie über die gekieste Auffahrt zur Haustür gingen.

»Ist ja gut, ich bin ja wieder da«, beruhigte Lydia Mannteufel ihren aufgekratzten Kater.

Sie schloss die Haustür auf und legte den Umschlag auf eine kleine Bank im Flur, auf der Jogging- und Straßenschuhe wild durcheinander gestapelt lagen.

Fred sprang auf die Bank und kratzte wie wild mit seinen ausgefahrenen Krallen an dem Umschlag. Er war nicht zu bändigen und fauchte Lydia Mannteufel an, als sie ihm den Umschlag entriss.

»Was ist denn mit dir los?«, schimpfte sie ihren Kater, der sich an ihrem rechten Hosenbein festgebissen hatte, als ob er sie zwingen wollte, ihm den Umschlag wieder zurückzugeben.

Lydia Mannteufel humpelte mit ihrem Kater im Schlepptau in die Küche und legte den Umschlag auf den Küchentisch.

Sie zog ein scharfes Messer aus dem Messerblock, der neben dem Kühlschrank auf der Küchentheke stand, und ging zurück zum Küchentisch.

»Geben Sie mir bitte das Messer«, sagte Kate Busch, die Lydia Mannteufel in die Küche gefolgt war. »Vielleicht ist es besser, wenn ich den Umschlag aufmache. Es wäre auch nicht schlecht, wenn Sie mir Gummihandschuhe geben könnten, falls meine Kollegen den Umschlag spurentechnisch untersuchen müssen.«

Lydia Mannteufel öffnete einen Schrank, zog ein Paar Einweghandschuhe heraus und reichte sie Kate Busch.

»Danke«, sagte Kate Busch, zog sich die Handschuhe an und schlitzte vorsichtig den braunen Umschlag mit dem Messer auf. Sie drehte den Umschlag auf den Kopf und schüttelte ihn leicht.

»Igitt«, rief sie und ließ den Umschlag angewidert auf den Küchentisch fallen. Aus dem Kuvert war eine zermatschte, nicht mehr ganz taufrische Ratte gerutscht. Fred sprang auf den Tisch, um das tote Tier von Nahem anzusehen.

Lydia Mannteufel, die kreidebleich geworden war, packte ihn geistesgegenwärtig, schob ihn ins Wohnzimmer und knallte die Küchentür zu. Dann ließ sie sich auf einen rotlackierten Küchenstuhl fallen und schlug sich die Hände vors Gesicht.

»Mein Gott«, stöhnte sie. »Wer macht denn so etwas?«

»Ich weiß es nicht«, sagte Kate Busch und nahm das Kuvert nochmals in die Hand.

Sie griff in den Umschlag und zog ein blutgetränktes Blatt Papier hervor. Auf dem Papier waren Buchstaben aufgeklebt, wahrscheinlich aus der Bild-Zeitung ausgeschnitten.

Kate Busch las den Text laut vor:

»Gib doch endlich zu, dass du Sophie getötet hast. Das nächste Mal erwischt es deinen Kater und dann dich.«

»Oh Gott«, stöhnte Lydia Mannteufel und schaute Kate Busch flehentlich an. »Ich habe doch nichts getan. Können Sie herausfinden, wer das verfasst hat?«

Kate Busch seufzte. »Ich werde mein Möglichstes tun«, sagte sie. »Aber wenn der Verfasser oder die Verfasserin des Drohbriefs keine Fingerabdrücke hinterlassen hat, wird es schwierig werden, ihn oder sie zu erwischen. Wer weiß denn alles, dass Sie einen Kater haben?«

»Keine Ahnung«, antwortete Lydia Mannteufel niedergeschlagen. »Onkel Paul, die Familie Landmann, der schöne Jan, der Metzger, wahrscheinlich halb Gerlingen. Ich weiß auch nicht, wem Sophie etwas von meinem Kater erzählt hat.«

»Überlegen Sie sich noch einmal in aller Ruhe, wer Ihrer Meinung nach weiß, dass Sie einen Kater haben. Sie können mich jederzeit auf meinem Handy anrufen.«

Lydia Mannteufel nickte zaghaft.

»Was soll ich denn jetzt mit dem Umschlag und der toten Ratte machen?«

»Wenn Sie mir eine Plastiktüte geben, nehme ich alles mit und lasse es bei uns im Labor untersuchen. Vielleicht finden wir ja eine Spur, die uns auf den Briefschreiber bringt.«

Lydia Mannteufel reichte Kate Busch eine Einkaufstüte und sah angewidert zu, wie sie den Umschlag samt Ratte und Schreiben in der Plastiktüte verschwinden ließ.

Kate Busch öffnete die Tür ihres zwölf Jahre alten Golf Cabrios. Sie setzte sich auf den leicht verschlissenen Fahrersitz, steckte den Schlüssel in das Zündschloss und legte ihre Hände auf das Lenkrad.

Der verzweifelte Blick und die graublauen, rot geweinten Augen von Lydia Mannteufel gingen ihr nicht aus dem Kopf. War Lydia Mannteufel so abgebrüht und hatte sich den Brief mit der toten Ratte selbst in den Briefkasten gesteckt, um von ihrer eigenen Tat abzulenken?

Kate Busch schüttelte den Kopf. Nein, das konnte sie nicht glauben. Dafür war Lydia Mannteufels Reaktion, als die tote Ratte auf den Küchentisch gepurzelt war, zu authentisch. Und ihre Verzweiflung, war die echt? Als professioneller Trauerrednerin fiel es Lydia Mannteufel sicher nicht schwer, die Rolle der verzweifelten Freundin überzeugend zu spielen.

Kate Busch war sich unschlüssig. Einen Unfall schloss sie zwischenzeitlich aus. Die Erfahrung hatte sie gelehrt, dass Unfälle in solchen Situationen eher selten waren. Dann blieb nur noch Mord übrig. Die meisten Tötungsdelikte wurden von Personen im engeren Umfeld der Opfer verübt. Tatverdächtige hatten sie in ihrem Fall genügend.

Sophie Landmanns Arbeitgeber Dietmar Schaller könnte von ihrer Schwangerschaft gewusst haben und Sophie Landmann, nachdem sie ihm gedroht hatte, es seiner Frau zu sagen, in den Neckar gestoßen haben. Ebenso seine Ehefrau, die wusste, dass Sophie Landmann schwanger war und sich zusammengereimt hatte, dass das Kind von ihrem Mann war. Sie könnte Sophie Landmann aus Eifersucht oder aus Angst vor geschäftsschädigendem Gerede ins Wasser gestoßen haben. Vielleicht hatte sie auch Angst, dass ihr Mann sie wegen Sophie Landmann und dem gemeinsamen Kind verlassen würde. Die Alibis der beiden waren nicht wasserdicht. Beide hätten unbemerkt nach Bad Cannstatt fahren können und beide wussten auch, dass Sophie Landmann zu der Veranstaltung in das Theaterschiff wollte.

Die Eltern von Sophie Landmann schloss Kate Busch aus. Ewald und Sieglinde Landmann hatten nicht den Eindruck gemacht, als ob sie ihre Tochter nicht geliebt hätten.

Zumal Sophie Landmann die »unnatürliche Beziehung« zu Lydia Mannteufel beendet hatte und jetzt in einer gesellschaftlich wohlgelitteneren Beziehung mit Jan Möller lebte. Außerdem hatte Ewald Landmann Kate Busch nach der Identifizierung im Robert-Bosch-Krankenhaus mit Tränen in den Augen mitgeteilt, dass Sophie Landmann sein Juweliergeschäft hätte übernehmen sollen.

Blieben noch Jan Möller und die eher unattraktive Schwester von Sophie Landmann samt deren Ehemann.

Jan Möller hatte einen Geschäftstermin in Bad Cannstatt und wusste auch, dass seine Freundin zu einer Veranstaltung in das Theaterschiff ging. Er hatte gar nicht glücklich reagiert, als sie ihn mit Sophie Landmanns Schwangerschaft konfrontiert hatten. Falls er von der Schwangerschaft gewusst hatte, hätte er Sophie Landmann aus Eifersucht umbringen können. Und die Schwester, die sich vielleicht zurückgesetzt gefühlt hatte und mit diesem Mord endlich die Gelegenheit bekam das Juweliergeschäft zu übernehmen, wohnte auch in Bad Cannstatt.

Zuletzt blieb noch der unbekannte Dritte, bei dem es sich natürlich auch um eine Frau handeln konnte. Trotz aller Statistiken und empirischen Erkenntnissen konnten sie diese Möglichkeit nicht von vornherein ausschließen.

Hätte, wäre, wenn. Kate Busch seufzte und griff sich wahllos eine der CDs, die in ihrem Auto lagen. Sie schob sie in den CD-Player und sang den Refrain eines Liebeslieds mit.

Sie schaute auf ihre Armbanduhr. Es war kurz nach halb sechs. Zeit für ein frühes Abendessen bei ihren Eltern, die in Gerlingen die Squashhalle und ein kleines Bistro, das in die Halle integriert war, betrieben.

Kate Busch parkte ihren Golf in der Tiefgarage der Squashhalle und ging vom Nebeneingang der Halle direkt ins Bistro.

Ihre Mutter stand am Tresen und zapfte ein Pils. Um diese Uhrzeit waren noch nicht so viele Gäste da.

Ein paar Squashspieler, die an einem Tisch saßen und ihren Flüssigkeitsverlust, je nach Gesundheitsbewusstsein, mit Bier oder Apfelsaftschorle auffüllten, unterhielten sich lautstark über ihre genialen Spielzüge.

An der Bar standen zwei Gelegenheitstrinker mit blau geränderten Nasen, die sich über die verfehlte Transferpolitik des VfB Stuttgart ausließen.

Kate Busch winkte ihrer Mutter zu und entdeckte ihren jüngeren Bruder, der überraschenderweise ganz allein an einem Ecktisch saß und einen riesigen Teller Spaghetti in sich hineinschaufelte. Kate Busch ging zu ihrem Bruder und setzte sich zu ihm an den Tisch

»Wo sind denn deine Verehrerinnen?«, spottete sie.

Normalerweise traf sie ihren Bruder immer mit einer Frau im Schlepptau an. Als gutaussehender Sportstudent fiel es ihm nicht schwer, Kontakte zum weiblichen Geschlecht zu knüpfen.

»Ich bin gerade abstinent, weil ich nächste Woche ein paar Prüfungen habe«, antwortete ihr Bruder mit einem breiten Grinsen.

»Und wie läuft es bei dir?«, fragte er.

Kate Busch seufzte und bestellte, ohne die Frage ihres Bruders zu beantworten, eine Cola und eine Pizza mit Meeresfrüchten bei ihrer Mutter, die sich zu ihnen an den Tisch gesellt hatte.

»Kate«, sagte ihre Mutter vorwurfsvoll. »Du lässt dich ja gar nicht mehr bei uns blicken.«

»Ach Mum«, antwortete Kate Busch leicht gereizt. »Du weißt doch, dass wir gerade mit der Toten aus Gerlingen beschäftigt sind, die im Neckar umgekommen ist.«

»Und, gibt's was Neues?«, fragte ihr Bruder und sah sie interessiert an.

»Mensch Georg, du weißt doch, dass ich euch nichts sagen darf.«

»Ja klar, aber so wie du aussiehst, habt ihr den Mörder eh noch nicht geschnappt«, erwiderte ihr Bruder lakonisch und widmete sich wieder seinem Essen.

»Kate«, sagte ihre Mutter und sah sie forschend an. »Du musst mehr essen und mehr schlafen. Du siehst müde aus.«

»Deshalb bin ich ja hierhergekommen, um etwas Ruhe und Essen zu bekommen«, sagte Kate Busch mit ironischem Unterton.

»Essen kommt gleich«, sagte ihre Mutter und ging in die Küche, um die Bestellung ihrer Tochter weiterzuleiten.

»Du hast es halt schön«, wandte sich Kate Busch an ihren Bruder. »Keine Verantwortung, ein entspanntes Studium, umgeben von netten jungen Frauen und Vollpension bei Mama.«

»Kann ich denn etwas dafür, dass du unbedingt Polizistin werden wolltest?«, verteidigte sich ihr Bruder. »Wie heißt es so schön, Augen auf bei der Berufs- und Partnerwahl.«

»Du hast ja recht«, winkte Kate Busch müde ab. »Ich bin ja selber schuld. Lass uns ein bisschen auf nette Familie machen und den Abend zusammen genießen.«

Samstag, 5 Tage später

»Hunger, Hunger«, krächzte es aus dem Vogelkäfig, der in Paul Winters Wohnzimmer auf einem Holztisch stand.

»Schnauze Scottie«, gab Paul Winter, der noch in seinem Bett lag und bis gerade eben geschlafen hatte, unwirsch zurück. Er drehte sich zu seinem Nachttisch auf dem der Wecker stand.

»Erst halb acht«, murmelte er schlaftrunken und schlug die Bettdecke hoch.

Wenn er Scottie jetzt nichts zum Fressen gab, hatte er keine Ruhe mehr. Paul Winter gähnte, rieb sich die Augen und stand auf. Müde schleppte er sich ins Wohnzimmer, nahm das Tuch, das den Vogelkäfig bedeckt hatte, ab und öffnete den Vogelkäfig.

»Endlich«, schallte es ihm frech entgegen.

Scottie hüpfte aus dem Käfig und setzte sich auf Paul Winters Schulter.

»Du bist ja noch schlimmer als jede Ehefrau«, sagte er und kraulte Scottie am Kopf.

»Frau, Frau«, krächzte Scottie vergnügt und ließ sich von Paul Winter in die Küche zum Futterdepot bringen. Paul Winter öffnete einen weißen Küchenschrank und holte Vogelfutter aus einer großen Tüte.

»Gegessen wird aber in deinem Käfig«, drohte er mit dem Zeigefinger und setzte Scottie mitsamt seiner Futterration wieder in den Vogelkäfig. Scottie widmete sich voller Inbrunst seinem Frühstücksmahl und ignorierte Paul Winter komplett.

»Undankbarer Vogel«, schimpfte Paul Winter mit einem Lächeln im Gesicht. »Ich sag ja, schlimmer als jede Ehefrau.«

Er verzog sich ins Bad, machte sich frisch und zog seine Arbeitskluft, einen weißen Malerkittel und eine alte löchrige Jeans, an.

In der Küche brühte er sich einen grünen Tee aus Südkorea auf. Er setzte sich an den Küchentisch, trank einen Schluck und dachte an seinen Auftrag.

Er sollte für die Theodor-Heuss-Stiftung ein Kaffee- und Teeservice designen. Die Theodor-Heuss-Stiftung wollte das Service in ihrem Café im Wohnhaus von Theodor Heuss verwenden und es zusätzlich noch verkaufen. Geplant waren fürs Erste hundertfünfzig Gedecke. Mit seinem jetzigen Brennofen, der schon zehn Jahre auf dem Buckel hatte und zu klein war, konnte er den Auftrag nicht fristgerecht ausführen. Er musste einen neuen Ofen kaufen und brauchte deshalb unbedingt die dreißigtausend Euro, die er bei Jan Möller angelegt hatte.

Paul Winter schüttelte den Kopf. Er hatte gehofft, dass Sophie die Angelegenheit für ihn regeln würde.

Aber Sophie war jetzt tot. Er konnte es immer noch nicht glauben. Letzte Woche war sie noch bei ihm gewesen und sie hatten geredet und viel gelacht.

Paul Winter schob die Teetasse von sich weg. Wenn er den Auftrag noch retten wollte, musste er unbedingt am Montag mit Jan Möller sprechen.

Montag, 1 Woche später

Kate Busch quälte sich aus dem Bett. Jeder Muskel tat ihr weh. Ihr Bruder hatte ihr am Freitagabend keine Ruhe gelassen. Deshalb hatte sie sich wider besseres Wissen auf ein Squashspiel mit ihm eingelassen. Trotz all ihres Talents und ihrer Fitness hatte sie keine Chance gegen ihren Bruder, der für die Squash Devils in der Oberliga spielte, gehabt.

Sie schleppte sich ins Bad und putzte sich die Zähne. Wenn sie in diesem Tempo weitermachte, würde sie zu spät zur Soko-Besprechung kommen und einen Anpfiff von ihrer Chefin kassieren.

Kate Busch seufzte, griff nach den erstbesten Klamotten, die sie fand, zog sich an, ging zur Küche und holte den Umschlag mit der toten Ratte und dem anonymen Schreiben aus dem Kühlschrank.

Sie packte ihre Sachen und ging langsam zu ihrem Auto. Sie fluchte, als sie die Staumeldungen im Autoradio hörte und fuhr mehrmals bei Dunkelorange über die Ampeln, um noch rechtzeitig im Präsidium anzukommen.

Gerald Waldner stieg gerade aus seinem Auto, als sie in den Parkplatz des Präsidiums einbog.

»Was ist denn mit dir los?«, begrüßte er sie mit besorgter Miene, als sie sich mit schmerzverzerrtem Gesicht aus ihrem Golf Cabrio hievte.

»Alles halb so schlimm«, winkte sie ab. »Ich habe am Freitagabend mit meinem Bruder Squash gespielt. War wohl keine so gute Idee.«

»Na dann«, grinste Gerald Waldner. »Und ich habe mir schon Sorgen gemacht. Vielleicht solltest du mehr trainieren oder dir ein anderes Hobby zulegen.«

»Wie zum Beispiel Bohnenzüchten?«, gab Kate Busch mit einem gequälten Lächeln zurück.

Sie bewegten sich unendlich langsam wie zwei fußlahme Schnecken vom Parkplatz zum Haupteingang des Polizeipräsidiums und erreichten zusammen mit Karin Freund das Besprechungszimmer der Soko.

Karin Freund sah Kate Busch besorgt an.

»Was hast du denn angestellt?«, fragte sie.

»Squash gespielt«, antwortete Kate Busch kurz angebunden und setzte sich auf den nächstgelegenen Stuhl.

Karin Freund schaute sie belustigt an.

»Nicht umsonst heißt es ›Sport ist Mord‹«, erwiderte sie süffisant und stöckelte mit ihren hochhackigen Schuhen trotz ihrer Körperfülle relativ geschmeidig zu ihrem angestammten Platz am Kopfende des Besprechungstischs.

»Guten Morgen, gibt es etwas Neues?«, begrüßte sie die anwesenden Kripobeamten erwartungsvoll.

Kate Busch zog einen großen braunen Umschlag aus ihrer Umhängetasche und schob ihn über den Tisch zu ihrer Vorgesetzten.

»Am Freitag nach dem Begräbnis habe ich Frau Mannteufel noch zu ihrem Haus begleitet«, sagte sie. »Als wir dort ankamen, steckte in ihrem Briefkasten dieser Umschlag. Ich habe ihn geöffnet und eine tote Rate und ein anonymes Schreiben darin gefunden.«

Kate Busch kramte den Zettel, auf den sie den Inhalt des Schreibens notiert hatte, aus ihrer Tasche und las ihn vor.

Gerald Waldner schaute sie vorwurfsvoll an und sagte: »Warum hast du mir davon noch nichts erzählt?«

»Du musstest doch am Freitag dringend zu einem Termin und heute Morgen hatte ich noch keine Zeit dazu«, erwiderte Kate Busch leicht gereizt.

Karin Freund gab den Umschlag ungeöffnet an Egon Müller weiter.

»Bitte untersuche den Umschlag und den Inhalt auf mögliche Spuren.«

Egon Müller nickte und nahm den Umschlag entgegen.

»Übrigens«, sagte er nach einer kurzen Pause. »Wir haben bei der Untersuchung der Abfalleimer in der Nähe des Theaterschiffs jede Menge DNA-Spuren gefunden. Auf dem Boden neben der Bank lag ein schwarzer Kugelschreiber der Marke Montblanc. Ein Wunder, dass den in der Zwischenzeit niemand mitgenommen hat. Der Abgleich der sichergestellten DNA-Spuren mit unserer Datenbank hat aber keinen Treffer ergeben.«

Egon Müller sah Karin Freund an und sagte: »Für einen DNA-Abgleich mit den Tatverdächtigen bräuchten wir noch deren DNA.«

Karin Freund runzelte die Stirn und klopfte ein paar Mal unschlüssig mit ihrem Kugelschreiber auf den Besprechungstisch.

»Okay«, sagte sie. »Ich kläre das mit der Staatsanwaltschaft und gebe dir dann Bescheid.«

»Apropos Staatsanwaltschaft«, meldete sich Fritz Wange zu Wort. »Laut dem KDD hat sich der anonyme Anrufer nochmals gemeldet und nach einer Belohnung gefragt. Sollen wir diese Spur weiterverfolgen?«

»Ich weiß nicht«, sagte Nina Herzog und zog mit ihrem Daumen und rechten Zeigefinger an ihrem Perlenohrring. »Wahrscheinlich ist das nur ein Spinner, der sich wichtigmachen will.«

»Da könntest du recht haben«, räumte Karin Freund ein. »Wenn unsere weiteren Ermittlungen zu keinem Ergebnis führen, können wir immer noch darauf zurückkommen. Ich bespreche das mal mit der Staatsanwältin.«

Sie schaute zuerst auf ihre Uhr und dann ungeduldig in die Runde.

»Okay, wer hat sonst noch etwas zu berichten?«

Lena Leuchtle beichtete, dass sie die Überwachungsbänder bei der SSB noch nicht angeschaut hatte.

»Dann mach das gefälligst als Nächstes«, fuhr Karin Freund sie an.

Nina Herzog berichtete von den Anwohnerbefragungen und dass sie einige Anwohner nicht angetroffen hätten. Außerdem müssten sie die Schwester der Toten noch befragen.

Karin Freund klopfte ungeduldig mit ihrem Kugelschreiber auf den Tisch.

»Große Fortschritte haben wir ja noch nicht gemacht«, maulte sie und verzog missbilligend ihre Mundwinkel.

»Okay«, sagte sie nach einer Weile in einem Befehlston, der jedem Fünf-Sterne-General zur Ehre gereicht hätte. »Nina und Gabriele, ihr befragt die Schwester der Toten und setzt eure Anwohnerbefragungen fort. Gerald und Kate, ihr kümmert euch noch mal genauer um die Alibis von Jan Möller und dem Ehepaar Schaller. Ich glaube, die Eltern von Sophie Landmann können wir fürs Erste außer Acht lassen. Sprecht auch noch mal mit Lydia Mannteufel. Ich weiß nicht, was ich von diesem anonymen Schreiben halten soll.«

»Okay, wir kümmern uns darum«, sagte Gerald Waldner.

»Also Kollegen, an die Arbeit«, sagte Karin Freund ungehalten. »Es wird Zeit, dass wir Ergebnisse liefern.«

**

Jan Möller öffnete das Schlafzimmerfenster und hielt seinen nackten Arm ins Freie, um zu testen, wie kalt es war. Die Sonne schien heute wieder Urlaub zu machen. Der Himmel war wolkenverhangen und es nieselte leicht.

»Mistwetter«, fluchte er und ging zurück zu seinem Kleiderschrank.

Er öffnete die Mahagonitür des Kleiderschranks und strich sanft über das grüne Sommerkleid seiner Freundin, in dem ihre Figur und ihre Augen besonders zur Geltung gekommen waren.

»Ach Sophie«, seufzte er. »Warum musste das alles passieren?«

Jan Möller überlegte, was er anziehen sollte. Er hasste schwarze Kleidung. Das war etwas für Architekten und Pfarrer. Aber wenn er nicht zum Stadtgespräch werden wollte, blieb ihm nichts anderes übrig, als einen schwarzen Anzug zu tragen.

Er zog sich langsam an und begutachtete sich im Spiegel seines Schlafzimmerschranks. Das weiße Hemd und die hellblaue Krawatte passten gut zu seinem Anzug, seinen blauen Augen und seinem blonden Haar.

Er überlegte, ob er die hellblaue Krawatte gegen eine schwarze eintauschen sollte. Er zuckte mit den Schultern und strich sich über sein lockiges Haar. Eigentlich hatte er überhaupt keine Lust, aus dem Haus zu gehen und sich von halb Gerlingen anstarren zu lassen. Aber er hatte keine andere Wahl. Er musste in sein Büro in der Schulstraße gehen. Heute würde der vermögende Kunde, den er am Todestag von Sophie in Bad Cannstatt besucht hatte, vorbeikommen und ihm, wenn es gut lief, hunderttausend Euro zum Anlegen anvertrauen.

Er trottete in die Küche, toastete sich zwei Scheiben Weißbrot, beschmierte sie mit Quittengelee und zog sich einen schnellen Kaffee aus der Nespressomaschine.

Jan Möller blätterte in der Zeitung, die er heute Morgen aus dem Briefkasten geholt hatte. Die Berichterstattung über Sophies Tod hatte es von der Titelseite weit nach hinten verschlagen.

Er biss in sein geleegetränktes Toastbrot und rümpfte die Nase, als er an Paul Winter dachte.

Hoffentlich würde ihn der Onkel von Lydia Mannteufel angesichts des Todes von Sophie eine Weile in Ruhe lassen. Allzu lange konnte er ihn nicht mehr abwimmeln. Sophie hatte ihn vor ihrem Tod

114

auch schon darauf angesprochen. Anscheinend hatte Paul Winter versucht, sie für seine Zwecke einzuspannen.

Jan Möller nahm einen Schluck von seinem Kaffee und runzelte die Stirn.

Rein rechtlich hatte Paul Winter die Möglichkeit, den Anlagevertrag einseitig zu kündigen. Er würde dann zwar keine Zinserträge bekommen, aber sein eingesetztes Kapital konnte er zurückverlangen. Jan Möller spekulierte darauf, dass sich Paul Winter als Künstler mit den rechtlichen Gepflogenheiten nicht so gut auskannte und er ihn deshalb noch für eine Weile im Glauben lassen konnte, dass seine Geldanlage unkündbar war. Blöd wäre nur, wenn sich Lydia Mannteufel in die ganze Sache einmischen würde. Als ehemalige BWL-Studentin und Unternehmerin kannte sie sich in rechtlichen Dingen bestimmt gut genug aus, um die allgemeinen Geschäftsbedingungen des Anlagevertrags ihres Onkels richtig deuten zu können. Aber als Hauptverdächtige am Tod von Sophie, hatte sie gerade sicher genug andere Sorgen.

Was soll's, dachte Jan Möller, das werde ich schon irgendwie hinkriegen.

Er schaute auf die Küchenuhr, die fünf Minuten vorging. Um dreiviertel zehn wollte der Kunde aus Bad Cannstatt in sein Büro kommen.

Jan Möller wusch seinen Teller, die Tasse und das Besteck ab und stellte alles in die Spülmaschine.

**

Lena Leuchtle betrat zusammen mit einem glatzköpfigen Mitarbeiter der SSB den Überwachungsraum der SSB. In dem riesigen Büro reihte sich Bildschirm an Bildschirm.

Zwei Mitarbeiter der SSB sahen sich gelangweilt die Livebilder der überwachten Haltestellen an.

Einer der beiden, ein korpulenter, bärtiger Mann Mitte fünfzig, packte gerade sein Vesper aus. Ein Leberwurstbrot, ein Bioapfel aus heimischem Streuobstanbau und eine Thermoskanne, gefüllt mit Kaffee.

Der andere, ein Hungerhaken, 1,90 m groß mit einem nervös hüpfenden Adamsapfel und einem Schmiss auf der rechten Wange, blätterte nebenher in einem Börsenmagazin auf der Suche nach einem todsicheren Aktientipp, um seinen Traum von einer Finca auf Mallorca realisieren zu können.

»Morgen Werner und Günther«, begrüßte der Glatzkopf seine Kollegen.

»Ich habe euch Frau Leuchtle von der Kriminalpolizei mitgebracht. Sie will sich ein paar alte Überwachungsvideos anschauen.«

Der Korpulente stand auf und begrüßte die Kommissarin.

»Hallo Frau Leuchtle. Ich bin Werner Moers, wie kann ich Ihnen helfen?«

Lena Leuchtle schüttelte seine Hand und sagte: »Wir suchen Aufnahmen vom vorletzten Freitagabend so zwischen 22 und 24 Uhr von der Haltestelle Rosensteinbrücke.«

»Da haben Sie aber Glück«, mischte sich der Hungerhaken ein. »Die Haltestelle wurde erst Anfang November diesen Jahres mit zwei Überwachungskameras ausgestattet, weil es immer wieder Theater mit betrunkenen Jugendlichen gab.«

Lena Leuchtle atmete erleichtert auf. Sie konnte sich den Wutausbruch ihrer Chefin bildhaft vorstellen, wenn sie mit leeren Händen zurückgekommen wäre.

Werner Moers rief die Aufzeichnung von der Haltestelle Rosensteinbrücke vom vorletzten Freitag auf und spulte bis kurz vor 22 Uhr vor. Gespannt beugten sich drei Köpfe über den Bildschirm, auf dem die Aufzeichnung ablief.

»Schau mal«, sagte der Hungerhaken zu seinem Kollegen. »Was macht denn die Frau mit dem Kinderwagen um diese Zeit an der Haltestelle?«

»Vielleicht ist da gar kein Kind drin, sondern ein Bierkasten oder Diebesgut«, erwiderte Werner Moers und gackerte lauthals los.

Lena Leuchtle grinste in sich hinein. Das konnte ja lustig werden mit den beiden. Der Außendienst war doch nicht so schlimm, wie sie gedacht hatte.

Eine Gruppe betrunkener Jugendlicher grölte lautlos auf dem Bildschirm und versuchte erfolglos, den Papierkorb an der Haltestelle in Brand zu setzen. Ein kleiner pickeliger Junge erbrach sich auf den Gleisen. Seine Bekannten lachten und schlugen ihm so stark auf die Schulter, dass er sich gleich nochmals übergeben musste.

Werner Moers drehte sich zu der Kommissarin und sagte: »Sie glauben gar nicht, was wir alles mit ansehen müssen.«

»Werner«, prustete sein Kollege. »Erinnerst du dich noch an die feine Dame im Perser, die ungeniert einem älteren Mann den Geldbeutel aus seiner Hosentasche stahl, sich mit einem Handkuss von ihm verabschieden ließ und in die nächste Stadtbahn auf dem gegenüberliegenden Gleis einstieg? Bis der Mann wusste, wie ihm geschah, war die Dame schon fort.«

Lena Leuchtle musste ebenfalls lachen.

»Über Ihre Erlebnisse könnten Sie einen Roman schreiben«, sagte sie zu den beiden SSBlern.

»Das würde uns eh keiner glauben«, winkte der Hungerhaken lässig ab. »Aber wie heißt es so schön: Das Leben schreibt die besten Geschichten.«

Lena Leuchtle nickte bestätigend, während Werner Moers die Aufzeichnung im Schnelldurchlauf abspielte.

»Halt«, rief Lena Leuchtle, als eine schwankende Gestalt auf dem Bildschirm erschien.

Werner Moers spulte etwas zurück und ließ die Aufzeichnung in Normalgeschwindigkeit ablaufen. Um 22:55 Uhr betrat die schwankende Gestalt das Blickfeld der Kamera.

»Mann, die ist ja total besoffen, die kann ja nicht mal mehr geradeaus laufen«, bemerkte der Hungerhaken und starrte gebannt auf den Bildschirm.

»Das ist die Frau, die wir suchen«, sagte Lena Leuchtle erleichtert.

Gemeinsam schauten sie interessiert zu, wie Lydia Mannteufel desorientiert auf dem Bahnsteig hin und her schwankte, sich am Papierkorb festhielt und lautlos schimpfte, weil sie nicht durch die Plexiglasscheibe des Wartehäuschens hindurchgehen konnte, sondern immer wieder an ihr abrutschte.

Als die Linie U 13 um 23 Uhr an der Haltestelle Rosensteinbrücke hielt, zog ein junger Mann, der schon in der Stadtbahn saß, die Betrunkene ins Wageninnere. Als die Stadtbahn wieder abfuhr, plumpste sie auf den mit braunen Papiertüten übersäten Boden der Stadtbahn.

»Super«, sagte Lena Leuchtle. »Diese Information hat uns noch gefehlt. Können Sie mir davon eine Kopie machen?«

»Na klar«, antwortete Werner Moers mit einem Grinsen im Gesicht. »Für die Polizei tun wir doch alles.«

**

»Komm, mach mal hinne, sonst wächst du noch fest«, trieb Nina Herzog ihre junge Kollegin Gabriele Manninger an, als diese mit großem Interesse die Auslagen eines Schuhgeschäfts, das sich direkt neben der Haltestelle Hölderlinplatz befand, begutachtete.

»Komme ja schon«, maulte Gabriele Manninger und trottete Nina Herzog hinterher.

»Sag mal Nina«, fragte Gabriele Manninger, als sie zu Nina Herzog aufgeschlossen hatte. »Glaubst du, dass uns die Befragung der Schwester von Sophie Landmann irgendwie weiterbringt?«

»Keine Ahnung«, antwortete Nina Herzog schulterzuckend. »So wie wir im Nebel tappen, müssen wir jeder noch so kleinen Spur nachgehen. Vielleicht war die Schwester eifersüchtig auf Sophie Landmann, weil die später das Geschäft ihrer Eltern übernehmen sollte.«

»Glaube ich nicht«, erwiderte Gabriele Manninger und zog die Kapuze ihres Anoraks über den Kopf, um sich vor dem einsetzenden Nieselregen zu schützen.

Die beiden Polizistinnen liefen schweigend vom Hölderlinplatz zur Traubenstraße, in der das kleine Juweliergeschäft eingezwängt zwischen zwei großen Wohnblöcken sein Dasein behauptete.

Sie blieben vor dem Laden stehen und betrachteten neugierig die ausgestellten Schmuckstücke in den Schaufenstern des Juweliergeschäfts. Neben diamantbesetzten Ringen in Schmetterlingsform von Cartier, Ohrringen aus zart schimmernden Südseeperlen mit leuchtenden Saphiren und großgliedrigen Goldketten waren wertvolle Uhren von Breitling, Glashütte und Audemars Piguet auf blauem Samt drapiert.

»Ich glaube, da muss ich erst im Lotto gewinnen, damit ich mir das leisten kann«, sagte Nina Herzog erschüttert, als sie die an den Schmuckstücken dezent angebrachten Preisschilder sah.

»Ach was, das brauchst du doch gar nicht«, beruhigte Gabriele Manninger sie.

»Diese edlen Trophy-Wife Schmuckstücke sind doch gar nicht dein Stil. Mit deinen Toilettenohrringen bist du doch viel origineller.«

»Da hast du recht«, gab Nina Herzog lachend zurück und öffnete die Eingangstür zum Juweliergeschäft.

Rosemarie Landmann, die gerade eine goldene Halskette von Chopard mit einem Preisschild bestückte, schaute die zwei Polizistinnen abschätzig an.

Ein Blick auf die ausgewaschenen Jeans und die billigen Perlenohrringe von Nina Herzog sowie die braune Cordsamthose und die schwarze Daunenjacke von Gabriele Manninger genügte ihr um festzustellen, dass diese zwei Frauen keinen Schmuck bei ihr kaufen würden.

Mit einem gekünstelten Lächeln wandte sie sich an Nina Herzog.

»Guten Tag, womit kann ich Ihnen helfen?«

Nina Herzog räusperte sich und sagte: »Wir sind von der Kriminalpolizei und haben noch ein paar Fragen zum Tod ihrer Schwester.«

»Was wollen Sie denn von mir noch wissen?«, fragte Rosemarie Landmann erstaunt. »Ich dachte, dass Lydia Mannteufel meine Schwester ermordet hat.«

Nina Herzog schüttelte den Kopf.

»Dafür gibt es derzeit noch keine Beweise. Wir ermitteln ergebnisoffen und befragen deshalb alle Personen aus dem näheren Umfeld von Sophie Landmann.«

»Wollen Sie damit etwa andeuten, dass ich mit Sophies Tod etwas zu tun habe?«, fragte Rosemarie Landmann entrüstet und pfefferte das Preisschild, das sie in der Hand hielt, wutentbrannt auf den samtbezogenen Beistelltisch, neben dem sie stand.

Nina Herzog hob abwehrend ihre rechte Hand.

»Frau Landmann, bitte verstehen Sie mich nicht falsch. Das ist reine Routine. Wir wollen nur sichergehen, dass Sie mit dem Tod Ihrer Schwester nichts zu tun haben. Nicht dass man uns nachher noch schlampige Ermittlungsarbeit vorwirft.«

»Okay«, erwiderte Rosemarie Landmann nur unwesentlich besänftigt. »Was wollen Sie denn wissen?«

Nina Herzog schaute Rosemarie Landmann scharf an.

»Können Sie mir sagen, wo Sie am Todestag Ihrer Schwester, vorletzten Freitagabend, zwischen 22 und 24 Uhr waren?«

Rosemarie Landmann blickte auf den hellgrauen Teppichboden und runzelte die Stirn. Nach einer Weile sagte sie: »Ich war zu Hause in unserer Wohnung in Bad Cannstatt und habe einen Krimi gelesen.«

»Kann das jemand bezeugen?«, hakte Nina Herzog nach.

Rosemarie Landmann errötete leicht.

»Nein«, erwiderte sie, »nicht das ich wüsste. Mein Mann war im Fußballtraining und ist anschließend mit seinen Sportkameraden in den Pub gegangen. Er ist erst um halb eins zurückgekommen.«

»Werde ich jetzt verdächtigt?«, fügte sie trotzig hinzu.

»Aber nein«, beruhigte Nina Herzog sie und nestelte an ihrem Perlenohrring.

»Wie war eigentlich Ihr Verhältnis zu Ihrer Schwester?«, schaltete sich Gabriele Manninger in das Gespräch ein.

Rosemarie Landmann verzog das Gesicht.

»Wie das halt bei Geschwistern so ist. Mal so, mal so. Sophies Beziehung zu Lydia Mannteufel haben wir alle nicht gutgeheißen. Aber seit sie mit Jan Möller zusammen war, sind wir uns wieder nähergekommen.«

»Wussten Sie eigentlich, dass Ihre Schwester vorletzten Freitag ins Theaterschiff wollte?«

»Ja, sie hatte es mal erwähnt«, antwortete Rosemarie Landmann zögerlich. »Es hat mich aber nicht weiter interessiert. Mit dieser Art von Kunst kann ich nicht viel anfangen.«

Gabriele Manninger schaute Rosemarie Landmann prüfend an.

»Ihr Vater hat uns erzählt, dass Ihre Schwester später einmal den Juwelierladen übernehmen sollte. Wussten Sie davon?«

Rosemarie Landmann senkte den Blick. Sie zuckte mit den Schultern.

»Ach«, sagte sie geringschätzig. »Das war doch noch gar nicht entschieden. Sophie wusste ja selbst noch nicht, ob sie den Laden überhaupt übernehmen wollte und in der Zeit, in der sie mit Lydia Mannteufel zusammen war, hatte mein Vater überlegt, mir den Laden später zu übergeben.«

»Können Sie uns noch die Telefonnummer Ihres Mannes geben, damit er Ihre Aussage bestätigen kann?«, fragte Nina Herzog.

»Ja, klar«, antwortete Rosemarie Landmann, schrieb die Nummer auf ein Stück Papier und drückte es Nina Herzog in die Hand.

»Uff«, stöhnte Nina Herzog, als sie sich von Rosemarie Landmann verabschiedet hatten und Richtung Hölderlinplatz zurückliefen. »Jetzt brauche ich erst mal einen Döner zwischen die Kiemen. In der Schwabstraße ist doch der Alibaba. Da gehen wir jetzt hin und machen eine Lagebesprechung.«

»Gute Idee«, pflichtet Gabriele Manninger ihr bei und beschleunigte ihren Schritt.

In der Dönerbude war einiges geboten. Drei türkische Dachdecker saßen an einem wackeligen Bistrotischchen und diskutierten lautstark über die türkische Süper Lig und die Aussichten von Galatasaray Istanbul, die diesjährige Meisterschaft zu gewinnen.

Ein paar pickelige Schüler, die die Döner und fettigen Pommes dem veganen Schulmensaessen vorgezogen hatten, unterhielten sich angeregt über ihre Klassenlehrerin.

»Mann, hat die Radkappen«, sagte ein schlaksiger hoch aufgeschossener Sechzehnjähriger und verlieh seinen Worten gestenreich Wirkung, indem er die umfangreiche Busenwölbung händisch nachahmte.

Nina Herzog grinste unverhohlen und bestellte eine Dönerplatte mit Döner und Pommes, die zusätzlich mit ein paar Alibi-Salatblättchen und Tomatenstücken garniert war.

Gabriele Manninger orderte Falafel.

Bestückt mit Besteck, Servietten und ihrem Essen hielten die beiden Polizistinnen auf den letzten freien Tisch zu.

»Endlich mal wieder Fast Food«, seufzte Nina Herzog wohlig und schob sich genüsslich eine salzige Pommes in den Mund.

»Was hältst du eigentlich von Rosemarie Landmann?«, wandte sie sich an ihre Kollegin, die gerade mit ihren Fingern versuchte die Kichererbsenbällchen wieder in die Teigummantelung, aus der sie herauszufallen drohten, hineinzuschieben

»Ihre Aussage bringt uns nicht wirklich weiter. Ein hieb- und stichfestes Alibi hat sie nicht und sie wusste, dass ihre Schwester zu einer Veranstaltung in das Theaterschiff ging«, antwortete Gabriele Manninger und putzte sich ihre Finger nach dem erfolgreichen Rettungsversuch an einer Serviette ab.

»Ich fand es interessant, dass sie so getan hatte, als ob die spätere Geschäftsübergabe an Sophie Landmann noch nicht sicher gewesen wäre«, bemerkte Nina Herzog leicht belustigt.

»Das stimmt, das war etwas seltsam«, pflichtete ihr Gabriele Manninger bei. »Kate hatte gesagt, dass ihr Vater beim Gespräch mit ihr fest damit gerechnet hatte, dass Sophie Landmann das Geschäft übernehmen würde.«

»Ich komme mir vor wie bei dem Abzählreim: ene, mene, muh, raus bist du, raus bist du noch lange nicht«, sinnierte Nina Herzog zwischen zwei Bissen Döner.

»Gabriele, was hältst du eigentlich davon, wenn wir nachher noch ihren Ehemann anrufen, nach seinem Alibi fragen und es im Pub bei einem Glas Bier überprüfen?«

»Super Idee. Hoffentlich haben die auch Guinness.«

**

Lydia Mannteufel trocknete sich langsam ab. Sie hatte gehofft, dass sie ihren Kopf durch den morgendlichen Dauerlauf im Gerlinger Wald freibekommen würde.

Aber außer dass ihre Joggingkleidung durch den Nieselregen und Matsch verdreckt war und sie sich müde und ausgelaugt fühlte, hatte sie die körperliche Bewegung nicht weitergebracht.

Ihre Gedanken hatten während des ganzen Laufs nur um die tote Ratte und Sophies Tod gekreist.

Lydia Mannteufel zog eine schwarze Jogginghose und ein rotes Sweatshirt an und ging in die Küche, um sich eine heiße Schokolade zuzubereiten.

Ihr Kater sprang aus dem Schaukelstuhl im Wohnzimmer und gesellte sich miauend zu ihr, in der Hoffnung auf ein paar Streicheleinheiten und ein paar Leckereien.

Lydia Mannteufel nahm ihren Kater in den Arm, streichelte ihn und versorgte ihn mit ein paar Innereien aus der Metzgerei.

Der Metzger wäre schon der Erste, der wusste, dass sie einen Kater hatte, ging es ihr durch den Kopf. Quatsch, dachte sie, was hätte der Metzger davon, wenn er ihr eine tote Ratte und einen Drohbrief schicken würde?

Da gab es vielversprechendere Kandidaten. Zum Beispiel den schönen Jan, der sie noch nie hatte leiden können.

Lydia Mannteufel schüttelte den Kopf. Sie konnte sich beim besten Willen nicht vorstellen, dass der stets auf sein Äußeres bedachte Freund von Sophie eine tote Ratte anfassen würde. Der brachte sogar sein Auto für den Reifenwechsel in die Werkstatt, hatte Sophie ihr einmal lachend anvertraut, weil er Angst hatte, sich schmutzig zu machen.

Blieben noch die Schwester von Sophie, mit der sie während ihrer Beziehung zu Sophie kaum Kontakt gehabt hatte, und die Eltern von Sophie, die sie aber für zu distinguiert hielt, um so etwas Hinterlistiges durchzuführen.

Lydia Mannteufel zuckte mit den Schultern und nippte an ihrer heißen Schokolade. Wahrscheinlich war es nur ein Spinner, der sich an ihrer Angst ergötzen und sich wichtigmachen wollte. Vielleicht würde die Kommissarin etwas herausfinden.

Lydia Mannteufel spielte mit dem Gedanken, die Kommissarin auf ihrem Handy anzurufen. Jedes Mal, wenn sie an Kate Busch dachte, fühlte sie ein schmerzhaftes Kribbeln im Bauch.

Eine Mischung aus Angst und Sehnsucht. Du spinnst doch, schalt sie sich. Für die bist du doch nur eine Verdächtige, zu der man nett ist, um sie zu einem Geständnis zu verleiten.

Lydia Mannteufel nahm ihre halb ausgetrunkene Tasse mit in ihr Arbeitszimmer und setzte sich an ihren Schreibtisch, ein Erbstück ihres Vaters.

Sie strich zärtlich über die rötliche, mit Kratzern und dunklen Farbflecken übersäte Arbeitsplatte, die Zeugnis vom schöpferischen Wirken ihres Vaters ablegte.

Lydia Mannteufel seufzte und trank ihre kalt gewordene Schokolade mit einem Schluck leer.

Ihre Arbeit als Trauerrednerin dümpelte zwar zurzeit etwas vor sich hin, aber am Freitag hatte sie einen neuen Auftrag bekommen.

Ein Mann, Ende sechzig war an einem Herzinfarkt gestorben. Seine Tochter, eine frühere Klassenkameradin von ihr, hatte sie mit der Grabrede beauftragt. Lydia Mannteufel kannte den Verstorbenen. Er hatte zuletzt bei der Stadt Gerlingen gearbeitet. Für seinen Arbeitseifer war er nicht gerade bekannt, dafür umso mehr für seine Lässigkeit, mit der er das Leben und die Frauen genoss.

Wie gerne hätte Lydia Mannteufel für ihn eine Leichenrede gehalten, die nicht die üblichen Klischees enthielt und einem Bewerbungsschreiben glich, in dem, chronologisch geordnet, die herausragenden beruflichen Stationen, ehrenamtlichen Leistungen und privaten Erfolge in Form von gezeugten Kindern aufgelistet waren.

Viel lieber hätte sie darüber geredet, wie er mit seinem uneitlen Charme und seiner Lebenslust ein Lächeln in die Gesichter all derjenigen gezaubert hatte, die ihm begegnet waren.

Gerne hätte sie gesagt, dass er nicht tüchtig und fleißig war, sondern die Arbeit für ihn nur ein notwendiges Mittel zum Zweck war und er ansonsten alles auskostete, was ihm das Leben und besonders die Frauen zu bieten hatten.

Lydia Mannteufel lächelte über ihre Gedanken und dachte, dass diese Rede dem Verstorbenen sicher gefallen hätte.

Er hatte die Art von Humor und Selbstironie, die leider heute viel zu selten anzutreffen war. Stattdessen versuchten sich die Menschen in ihrer Wichtigkeit und in letzter Zeit in ihrem Gutmenschentum, das die Zurschaustellung des materiellen Wohlstands abgelöst hatte, zu übertrumpfen.

Ihr Vater hatte immer, wenn er die Todesanzeigen in der Zeitung gelesen hatte, mit einem Schmunzeln gesagt: »Du glaubst nicht, wie viele gute und edle Menschen heute wieder diese Welt verlassen haben.«

Lydia Mannteufel trommelte mit ihren Fingern unschlüssig auf der Computertastatur. So gerne sie einmal eine unkonventionelle Grabrede gehalten hätte, so musste sie sich doch als freie Unternehmerin an die Gesetze des Marktes halten. Und die verhießen nun einmal, pietätvolle Trauerreden zu halten.

Sie kramte in den Schubladen ihres Schreibtisches und zog ein kleines abgegriffenes Büchlein mit ausgewählten Gedichten, Weisheiten und Zitaten für Trauerreden hervor.

Sie schwankte zwischen einigen Zeilen aus »Herbsttag« von Rainer Maria Rilke: »Herr: Es ist Zeit. Der Sommer war sehr groß. Leg deinen Schatten auf die Sonnenuhren, und auf den Fluren lass die Winde los.«, und dem Gesang der barmherzigen Brüder aus Schillers Schauspiel »Wilhelm Tell«: »Rasch tritt der Tod den Menschen an, es ist ihm keine Frist gegeben, es stürzt ihn mitten in der Bahn, es reißt ihn fort vom vollen Leben. Bereitet oder nicht, zu gehen, er muss vor seinem Richter stehen!«

Lydia Mannteufel runzelte die Stirn, überlegte kurz und entschied sich dann für Schiller. Bei einem Herzinfarkt passte das ganz gut.

Zufrieden mit ihrer Entscheidung, füllte sie die Trauerrede mit der Biographie des Verstorbenen und fügte ein paar Anekdoten hinzu, die ihr ihre Schulkameradin erzählt hatte.

**

Paul Winter zwang sich zu einem entschlossenen Gesichtsausdruck, klopfte energisch an die Eingangstür von Jan Möllers Büro und trat, ohne auf das obligatorische Herein zu warten, ein.

Jan Möller saß hinter seinem Schreibtisch und schaute den unangemeldeten Besucher erstaunt an.

»Hallo Paul, was machst du denn hier? Wir hatten doch keinen Termin vereinbart, oder?«, fragte er.

»Nein, haben wir nicht«, erwiderte Paul Winter kurz angebunden. »Ich habe gedacht, ich komme einfach mal vorbei, um mit dir zu reden. Du musst mir das Geld, das ich bei dir angelegt habe, jetzt ausbezahlen. Ich brauche es dringend für den Kauf eines neuen Brennofens.«

Jan Möller stand auf und zog betont lässig den Ordner mit Paul Winters Vertragsunterlagen aus dem Regal.

»Setzen wir uns doch«, sagte er zu Paul Winter. »Dann kann ich dir noch einmal erklären, warum ich dir das Geld leider nicht ausbezahlen kann.«

»Hier«, sagte er und deutete mit seinem rechten Zeigefinger auf § 15 Absatz drei des Vertrags, den er aufgeschlagen hatte.

»Da steht, dass der Betrag von dreißigtausend Euro bis zum 30. Juni 2022 fest angelegt ist.«

Paul Winter seufzte und sagte: »Kannst du mir das Geld nicht jetzt schon ausbezahlen?«

»Tut mir leid«, antwortete Jan Möller und zuckte entschuldigend mit den Schultern.

»Selbst wenn ich wollte, könnte ich dir das Geld jetzt nicht geben. Vertrag ist schließlich Vertrag. Wenn sich herumsprechen würde, dass ich meine Verträge nicht einhalte, würde ich meine Kunden verlieren.«

»Kannst du nicht einmal eine Ausnahme für mich machen?«

Jan Möller schüttelte den Kopf.

»Das geht leider nicht.«

Paul Winter seufzte.

»Das habe ich mir fast schon gedacht«, murmelte er enttäuscht und erhob sich.

Jan Möller sah ohne eine Miene zu verziehen zu, wie Paul Winter niedergeschlagen sein Büro verließ. Er jubilierte innerlich. Aber eine gewonnene Schlacht ist noch kein gewonnener Krieg, ermahnte er sich.

Zumindest hatte er jetzt wieder etwas Zeit gewonnen, denn so, wie er Paul Winter einschätzte, würde der seinen letzten Trumpf, Lydia Mannteufel, nicht sofort ins Spiel bringen.

**

Kate Busch und Gerald Waldner hatten beschlossen, den Montagvormittag etwas geruhsamer angehen zu lassen. Kate Busch rief beim Sekretariat der Volkshochschule Gerlingen an und ließ sich die Telefonnummer der Yoga-Kursleiterin, einer Frau namens Sieglinde Unverzagt, geben.

Sie wählte die Nummer von Frau Unverzagt und hatte Glück.

»Unverzagt«, meldete sich eine angenehme Altstimme.

»Hallo Frau Unverzagt, hier spricht Kate Busch von der Kriminalpolizei Ludwigsburg.«

»Ist etwas passiert?«, fragte Sieglinde Unverzagt erschreckt.

»Nein, nein«, beruhigte Kate Busch sie. »Wir wollen von Ihnen nur wissen, ob Frau Eleonore Schaller am vorletzten Freitagabend bei Ihnen im Yogakurs war.«

»Ach so«, sagte Sieglinde Unverzagt und atmete erleichtert auf.

»Ja, Frau Schaller war bei mir im Kurs. Der Yogakurs ging von 18 bis 20 Uhr. Danach habe ich noch ein bisschen mit Frau Schaller über Perlenketten geplaudert. Ich denke, so um 20:15 Uhr ist sie dann gegangen. Warum wollen Sie das denn wissen?«

»Reine Routine«, wiegelte Kate Busch ab. »Wir wollten von Ihnen nur bestätigt bekommen, dass Frau Schaller in ihrem Yogakurs war.«

»Ach so«, antwortete Sieglinde Unverzagt besänftigt. »Da bin ich aber froh, dass ich Ihnen weiterhelfen konnte.«

»Ja, vielen Dank für Ihre Auskunft«, sagte Kate Busch und legte auf.

Kate Busch wandte sich an ihren Kollegen, der an seinem Schreibtisch saß und gebannt auf seinen Bildschirm starrte.

»Gerald«, rief sie ihm zu. »Was machst du denn gerade? So konzentriert wie du arbeitest, kann das nichts Dienstliches sein.«

Gerald Waldner zuckte mit den Schultern und sah von seinem Bildschirm auf.

»Ertappt«, sagte er und grinste Kate Busch an.

»Ich bin gerade in Kontakt mit einer australischen Bohnenzüchterin. Die hat eine ganz neue Bohnensorte gezüchtet, die heißt Green Runner Superbeans. Das sind walnussgroße, grüne Bohnen, die angeblich super schmecken sollen.«

»Na dann«, spottete Kate Busch. »Das geht natürlich vor.«

»Lass mich nur kurz die E-Mail fertig schreiben, dann bin ich wieder ganz bei dir«, erwiderte Gerald

Waldner und tippte mit seinem Zweifingeradler-Suchsystem wild drauflos.

»Fertig«, verkündete er nach einer Weile und lehnte sich zufrieden auf seinem Schreibtischstuhl zurück.

»Ich habe gerade mit der Kursleiterin von Eleonore Schallers Yogakurs gesprochen. Sie hat bestätigt, dass Frau Schaller bis etwa 20:15 Uhr im Yogakurs war.«

»Und, hilft uns das jetzt weiter?«, fragte Gerald Waldner desinteressiert.

»Nicht wirklich«, erwiderte Kate Busch. »Sie könnte danach immer noch nach Bad Cannstatt gefahren sein und Sophie Landmann in den Neckar gestoßen haben.«

»Denkbar«, erwiderte Gerald Waldner und trommelte mit seinen Fingern auf die Tischplatte. »Meine Top-Favoritin ist aber nach wie vor die Ex-Geliebte. Die konnte es nicht überwinden, dass sie von Sophie Landmann verlassen wurde.«

»Das glaube ich nicht«, antworte Kate Busch. »Auf den ersten Blick spricht viel gegen sie, aber die Trennung ist ja schon eine Weile her und vorher hätte sie auch schon genügend Gelegenheit gehabt, Sophie Landmann umzubringen.«

»Gelegenheit schon, aber vielleicht fehlte ihr bisher der Mut«, wandte Gerald Waldner ein. »Mit so viel Alkohol im Blut fiel es ihr wahrscheinlich leichter, ihre Pläne in die Tat umzusetzen.«

»Ach was. Das glaubst du ja selber nicht«, winkte Kate Busch leicht verärgert ab. »So betrunken wie die war, hätte sie Sophie Landmann nie ins Wasser stoßen können.«

»Kate, du brauchst mir nichts vorzumachen«, sagte Gerald Waldner und sah Kate Busch amüsiert an.

»Du hast dich in Lydia Mannteufel verguckt und versucht jetzt, jemand anderem den Mord anzuhängen.«

»Das stimmt doch gar nicht«, protestierte Kate Busch heftig. »Lydia Mannteufel ist in meinen Augen genauso verdächtig wie Jan Möller oder das Ehepaar Schaller. Alle vier hatten ein Motiv und die Gelegenheit dazu, Sophie Landmann umzubringen.«

»Ist ja gut«, beruhigte Gerald Waldner sie. »Ich schlage vor, dass wir jetzt zuerst ins Café Auszeit gehen, dort zu Mittag essen und die Angestellten zu Jan Möllers Alibi befragen. In die Weinstube Zur Drechslerei nach Bad Cannstatt können wir erst morgen. Die haben heute Ruhetag. Aber wir können ja unserer Hauptverdächtigen noch einmal einen Besuch abstatten.«

»Okay«, sagte Kate Busch wieder etwas besänftigter. Sie schaute auf ihre Armbanduhr. Es war kurz nach elf Uhr.

Die beiden Kripobeamten erreichten Gerlingen ohne großen Zeitverlust und parkten direkt am Rathaus in der Urbanstraße.

Mit schnellen Schritten liefen sie zum Café Auszeit, das sich in der Hauptstraße befand.

Wegen des Nieselregens waren die weiß lackierten Metallstühle und Tische, die auf dem ausladenden Gehsteig vor dem Café standen, unbesetzt und die nicht regentauglichen Sonnenschirme mit Plastikplanen abgedeckt.

Als Gerald Waldner die Eingangstür zum Café öffnete, schlug ihm ein Gemisch aus Kaffee-, Gewürz- und Bratendüften, gepaart mit Parfümwolken und menschlichen Ausdünstungen entgegen. Ein kleiner weißer Pudel lief bellend zwischen zwei Korbstühlen hin und her und weigerte sich, sich von seiner abmarschbereiten Besitzerin anleinen zu lassen.

Das Café sah wie ein großes gemütliches Wohnzimmer einer Studenten WG aus. Verschlissene Ledersessel, alte Korbstühle, ausgediente Sofas und zusammengewürfelte Holz- und Metalltische verströmten einen bohemen Charme. An den Wänden hingen alte französische Werbeplakate und eine Dartscheibe.

Das Café war gut besucht. Neben Schülern, die ihre unterrichtsfreie Zeit überbrückten und lässig auf den Sofas herumlümmelten, saßen, lebhaft plaudernd, junge Mütter, die vor sich auf den Tischen halb volle Gläser mit Latte macchiato oder Bio-Ingwertee stehen hatten. Ein Endzwanziger mit abgewetzten Jeans, Klobrillenbart und Nickelbrille, Typ Soziologiestudent im fünfzehnten Semester, hielt sich an einer Tasse Espresso fest und las hoch konzentriert den Spiegel.

Kate Busch ließ sich neben Gerald Waldner in einen Korbsessel hineinplumpsen und schaute sich neugierig im Café um. Sie genoss die ungezwungene, leicht chaotische Atmosphäre. Jeder konnte, keiner musste.

Kate Busch studierte ausgiebig die Speisekarte und entschied sich für überbackene Maultaschen und eine Johannisbeersaftschorle. Gerald Waldner bestellte einen Gulascheintopf und eine Halbe.

»Mann, das ist ja cool hier«, sagte Kate Busch gut gelaunt zu ihrem Kollegen.

»Ja, hierher gehe ich abends ab und zu mit Kumpels zum Dartspielen und Biertrinken.«

»Hey Gerry«, begrüßte ihn die junge, blond gelockte Bedienung, als sie ihr Essen brachte. »Schon Feierabend?«

»Nein, wir sind dienstlich hier.«

»Was du nicht sagst. Und das Essen und Trinken, gehört das auch zum Dienst?«

»Melanie, du weißt doch, dass wir Beamten immer im Dienst sind«, gab Gerald Waldner breit grinsend zurück. »Warst du eigentlich am vorletzten Freitagabend hier und hast bedient?«

»Lass mich überlegen«, sagte Melanie und runzelte die Stirn. »Vorletzten Freitagabend. Ja, da hatte ich Schicht von 20 Uhr bis Mitternacht. Warum interessiert dich das?«

»Wir müssen ein Alibi überprüfen«, wiegelte Gerald Waldner ab und strich sich über sein Ziegenbärtchen.

»Sag mal, kennst du eigentlich Jan Möller?«, fragte er.

»Ja klar. Wir nennen ihn den Musterschwiegersohn, weil er immer so adrett gekleidet und höflich ist. Mein Fall ist der aber nicht.«

»Kannst du dich daran erinnern, ob Jan Möller an dem Freitagabend hier war?«

Melanie fuhr mit ihrem Zeigefinger über ihren Nasenrücken und dachte nach.

»Puh«, stöhnte sie. »An dem Freitagabend war hier extrem viel los. Wir hatten ein Dartturnier. Die Bude war rammelvoll. Jan Möller war auch da und hat ein paar Würfe gemacht. Wann er gekommen ist, kann ich dir nicht sagen, aber zumindest ist er bis zum Schluss geblieben. Er wollte mir sogar beim Aufräumen helfen.«

»Hm«, murmelte Kate Busch nachdenklich und malte mit ihrem halb vollen Glas kleine Kreise auf den Bistrotisch. »Klingt nicht nach einem wasserdichten Alibi.«

»Ich könnte ja mal ein paar Leute fragen, die an dem Abend auch da waren, und euch dann Bescheid geben«, erbot sich Melanie eilfertig.

»Vielleicht gar keine so schlechte Idee«, meinte Gerald Waldner und schaute seine Kollegin fragend an.

Kate Busch nickte mit dem Kopf. »Ja, das hört sich nicht schlecht an. Sie können ja mal herumfragen und uns Bescheid geben, wenn irgendjemand Jan Möller zwischen 22 Uhr und Mitternacht hier gesehen hat.«

»Mache ich gerne«, erwiderte Melanie aufgekratzt.

»Kannst du uns noch zwei Espressi bringen?«

»Klar, kommt sofort.«

»Ob das so eine gute Idee war?«, sagte Kate Busch stirnrunzelnd, als sie der jungen Bedienung nachsah.

»Ach, was soll denn da schon groß passieren?«, erwiderte Gerald Waldner. »Wir wissen ja gar nicht, wer an dem Freitagabend alles hier war. Und falls es Zeugen gibt, können wir die immer noch selbst befragen.«

»Stimmt«, gab Kate Busch zu und nahm einen Schluck aus der Espressotasse, die Melanie inzwischen auf den Tisch gestellt hatte.

Sie seufzte und sagte: »Gut, dann lass uns jetzt zu Lydia Mannteufel gehen.«

»Ich hasse den November«, fluchte Kate Busch, als sie am Waldparkplatz in der Nähe des Oberen Schlossbergs ausstieg und in eine Regenpfütze trat. »Dieses trostlose Wetter geht mir auf die Nerven. Wann wird es endlich wieder Sommer?«

Gerald Waldner ignorierte die Äußerungen seiner Kollegin und lief zum Gartentor, das heute verschlossen war. Er klingelte und schaute sich um.

»Sieh mal«, sagte er zu Kate Busch und deutete auf den großen braunen Umschlag, der aus dem Briefkasten ragte.

»Ob das wohl wieder ein anonymes Schreiben ist?«, murmelte Kate Busch und zog den Umschlag vorsichtig aus dem Briefkasten.

Auf dem braunen Umschlag standen wie letztes Mal nur der Name und die Adresse von Lydia Mannteufel. Er war nicht frankiert und ohne Absender.

Kate Busch schüttelte ihn leicht.

»Ich glaube, diesmal ist keine tote Ratte drin. Es fühlt sich eher so an, als ob nur ein Blatt Papier im Umschlag wäre.«

Sie hörten ein leises Summen. Gerald Waldner drückte gegen das Gartentor.

»Hallo Frau Mannteufel. Das haben wir gerade aus Ihrem Briefkasten gezogen«, sagte Kate Busch, als sie an der Haustür angekommen waren und zeigte ihr den großen braunen Umschlag.

»Nicht schon wieder«, stöhnte Lydia Mannteufel.

»Gehen wir doch erst einmal hinein und schauen, was in dem Umschlag ist«, sagte Kate Busch.

Gemeinsam gingen sie in die Küche. Lydia Mannteufel holte ein scharfes Messer und reichte es Kate Busch.

Kate Busch schlitzte den Umschlag auf und zog vorsichtig ein weißes Blatt Papier heraus.

Du Mörderin
Letzte Warnung
Zuerst dein Kater und dann du
Stelle dich endlich

stand auf dem Blatt Papier.

Die Buchstaben sahen so aus, als ob sie aus der Bild-Zeitung herausgeschnitten worden wären.

Lydia Mannteufel wurde kreidebleich und setzte sich auf einen Stuhl.

»Ich habe doch nichts getan«, stammelte sie und fuhr sich mit der Hand über die Stirn.

»Haben Sie denn noch nichts herausgefunden?«, fragte sie Kate Busch flehentlich.

»Nein, leider nicht. Mit ersten Ergebnissen von der Spurensicherung können wir frühestens morgen rechnen.«

»Wollen Sie vielleicht in der Zwischenzeit zu einem Bekannten oder einer Freundin ziehen oder zumindest Ihren Kater weggeben?«, fragte Gerald Waldner.

»Nein, nein. Das geht schon«, erwiderte Lydia Mannteufel gefasst. »Vielleicht bringe ich Fred zur Sicherheit zu meinem Onkel.«

Kate Busch sah Lydia Mannteufel direkt ins Gesicht und sagte: »Können Sie sich in der Zwischenzeit an irgendetwas erinnern, was Sie und Sophie Landmann vorletzten Freitag nach der Veranstaltung getan haben?«

Lydia Mannteufel schüttelte den Kopf.

»Nein, leider nicht«, antwortete sie niedergeschlagen. »Ich habe einen totalen Blackout.«

Sie sah Kate Busch frustriert an und fuhr mit tonloser Stimme fort: »Mir fällt auch niemand ein, der mir diese Drohbriefe geschickt haben könnte. Jan Möller würde keine tote Ratte anfassen und bei der Familie Landmann kann ich mir das auch nicht vorstellen.«

»Es könnte natürlich auch ein Spinner sein, der sich wichtigmachen will«, warf Gerald Waldner ein.

»Vielleicht hilft uns die Spurensicherung weiter«, sagte Kate Busch mit mehr Glaube als Hoffnung.

Sie nickte Gerald Waldner zu. Heute konnten sie nichts mehr ausrichten. Morgen früh würde sie den Umschlag ihren Kollegen von der Spurensicherung übergeben in der Hoffnung, dass der Verfasser des Drohbriefs ein paar verräterische Spuren hinterlassen hatte.

»Wir melden uns bei Ihnen, sobald wir etwas Neues über den Umschlag herausgefunden haben. Ansonsten können Sie mich jederzeit anrufen, wenn etwas ist«, sagte Kate Busch.

Lydia Mannteufel stürzte zum Telefon, als die Kripobeamten ihr Grundstück verlassen hatten und wählte hastig die Nummer ihres Onkels.

»Winter«, meldete sich die vertraute Baritonstimme.

»Onkel Paul, hier ist Lydia«, sagte Lydia Mannteufel und seufzte. »Gerade waren wieder die zwei Polizisten da und haben aus meinem Briefkasten einen Drohbrief herausgefischt. Darin steht, dass ich mich stellen soll, sonst würde mir und meinem Kater etwas passieren.«

»Das ist bestimmt ein Spinner, der sich wichtigmachen will«, beruhigte ihr Onkel sie.

»Ich weiß nicht«, sagte Lydia Mannteufel zweifelnd. »Die Polizisten haben das auch gemeint. Ich würde aber trotzdem gerne Fred bei dir lassen, bis die Polizei herausgefunden hat, wer die Briefe verfasst hat.«

»Natürlich, kein Problem. Wenn du willst, kannst du Fred gleich vorbeibringen.«

Lydia Mannteufel schnappte sich Fred, der ganz entspannt ein Schläfchen auf dem Schaukelstuhl im Wohnzimmer gehalten hatte, und steckte den unsanft geweckten und heftig protestierenden Kater in seinen Katzenkorb. Sie raffte Katzenfutter, ein paar Plüschmäuse und Freds Lieblingsdecke zusammen und warf alles in eine blaue Sporttasche.

Paul Winter stand schon mit Scottie, der auf seiner rechten Schulter saß, vor seiner Haustür, als Lydia Mannteufel mit dem fauchenden Katzenkorb und ihrer Sporttasche durch den verwilderten Garten ihres Onkels lief.

»Fred, Fred, geh nach Hause«, krächzte der Graupapagei, als er den fauchenden Kater sah.

»Klappe Scottie«, sagte Paul Winter und umarmte Lydia Mannteufel.

»Mensch Onkel Paul. Ich bin ja so froh, dass ich Fred bei dir abliefern kann, bis das alles vorbei ist«, sagte Lydia Mannteufel erleichtert und löste sich aus der Umarmung ihres Onkels.

»Hoffentlich findet die Polizei den anonymen Briefschreiber bald. Lange halte ich das nicht mehr aus.«

»Bullerei, Bullerei«, krächzte Scottie, kreiste über Lydia Mannteufel und flog in seinen Käfig zurück, um sich vor dem schwarzen Kater, den Lydia Mannteufel in der Zwischenzeit aus seinem Gefängnis befreit hatte, in Sicherheit zu bringen.

Lydia Mannteufel ging in das Wohnzimmer und warf einen Blick auf die Zeichnungen, die auf dem Wohnzimmertisch lagen.

»Ist das für deinen neuen Auftrag?«, fragte sie ihren Onkel, der zwei Whiskygläsern auf den Tisch stellte und einen zehn Jahre alten Glenkeith eingoss.

»Ja«, sagte er und runzelte die Stirn. »Aber wahrscheinlich kann ich den Auftrag gar nicht annehmen.«

»Wieso denn nicht? Ich dachte, der Auftrag wäre in trockenen Tüchern.«

Paul Winter sah seine Nichte resigniert an.

»Das dachte ich auch. Aber ich brauche dafür einen neuen Brennofen und bin im Moment nicht flüssig.«

»Und was ist mit dem Geld, das du bei Jan Möller angelegt hast?«, fragte Lydia Mannteufel.

»Tja«, erwiderte ihr Onkel und zuckte mit den Schultern. »Jan Möller will das Geld nicht rausrücken. Er sagt, das Geld wäre fest angelegt und ich könnte es nicht vorzeitig kündigen.«

»Der spinnt doch. Es gibt bestimmt ein außerordentliches Kündigungsrecht. Ich schaue mir nachher mal deinen Vertrag an.«

»Das wäre super«, sagte ihr Onkel erleichtert.

Lydia Mannteufel nahm ihr Glas in die Hand und schnupperte an dem Whisky.

»Riecht nach Vanille, Kaffee und Eichenholz«, sagte sie mit Kennermiene und nippte an dem Whisky. Sie nahm noch einen großen Schluck aus dem Whiskyglas und stellte es wieder auf den Wohnzimmertisch.

»Ich könnte dir doch etwas Geld leihen. Du weißt doch, dass ich ziemlich viel von meinen Eltern geerbt habe«, sagte sie vorsichtig.

Ihr Onkel sah sie mit düsterer Miene an.

»Soweit kommt es noch, dass ich mir von dir Geld borgen muss«, brummelte er verärgert. »Mir wäre es lieber, wenn du Jan Möller dazu bringen könntest, mir mein Geld zurückzuzahlen.«

»Okay. Ich kläre das mit ihm. Und falls es nicht klappt, kannst du ja immer noch über meinen Vorschlag nachdenken.«

Dienstag, 8 Tage später

Niklas Weimer drehte sich langsam wie ein Eiskunstläufer beim Pirouettentraining um seine eigene Achse. Er hatte die Kapuze seines olivgrünen Bundeswehrparkas über seine langen, schwarzen Haare gezogen, damit ihn niemand erkennen konnte.

Eine reine Vorsichtsmaßnahme. Schließlich waren seine Bekannten um diese Uhrzeit, Dienstag vormittags kurz nach 9 Uhr, entweder bei der Arbeit oder noch im Bett, je nachdem, ob sie Arbeit hatten oder gerade von Vater Staat alimentiert wurden.

Niklas Weimer lächelte und pfiff vergnügt die Internationale. Ein Überbleibsel seiner sozialistisch angehauchten Erziehung, die ihm sein Vater als überzeugter Kommunist hatte angedeihen lassen.

Wie der Kommunismus, hatte sein Vater vor Jahren den Rückzug angetreten und war in den 90er Jahren mit einer Kubanerin in eines der letzten real existierenden sozialistischen Länder ausgewandert.

Niklas Weimer und seine Mutter hatten diesen Abgang mit Fassung getragen. Rainer Weimer hatte bis auf sein sozialistisches Liedgut wenig zur Erziehung seines Sohnes und zur Finanzierung des Lebensunterhalts der Familie Weimer beigetragen.

Niklas Weimer zog schwarze Wollhandschuhe aus den Außentaschen seines Bundeswehrparkas und stülpte sie über seine dünnen Finger.

Sicher ist sicher, dachte er, als er sich seiner zwischenzeitlichen Lieblingstelefonzelle am Marktplatz in Bad Cannstatt vorsichtig näherte. Er hatte keine Ahnung, ob die Polizei seinen Anruf aus der Telefonzelle nachverfolgen konnte und wollte deshalb möglichst wenig Spuren hinterlassen.

Einmal würde er der Polizei noch eine Chance geben, dann war aber genug. Schließlich wollte er sich auch mal wieder etwas gönnen. Mit seinem kärglichen Lohn als Briefträger in Gerlingen konnte er keine großen Sprünge machen.

Er öffnete die mit grünen Graffitis verunstaltete Tür der Telefonzelle, die leicht ächzend unter seinem Händedruck nachgab, zwang sich in die Zelle und zog die Tür fest hinter sich zu. Er hatte die Telefonzelle, ein altes, gelbes Modell, mit Bedacht ausgewählt. Schließlich sollte nicht jeder vorbeilaufende Passant sein Gespräch mit anhören können.

Niklas Weimer nestelte eine Zeitungsnotiz aus der Hosentasche seiner hellblauen, verwaschenen Jeans. Er drehte sich so zum Telefon, dass sein kapuzenbedecktes Gesicht von außen nicht erkennbar war und wählte mit seinen behandschuhten Fingern die Telefonnummer, die auf dem Zeitungsausschnitt stand.

»Kriminaldauerdienst Leonberg, was kann ich für Sie tun?«, meldete sich eine helle Frauenstimme.

Niklas Weimer nahm all seinen Mut zusammen und fragte mit einer etwas tieferen Stimme als normal, ob es zwischenzeitlich eine Belohnung für Hinweise zum Tod der jungen Frau am Neckarufer in Bad Cannstatt gäbe.

»Einen Moment bitte, ich frage mal nach«, sagte die helle Frauenstimme und drückte das Gespräch auf Halten.

»So ein Mist«, fluchte Niklas Weimer und wischte sich mit der linken Hand über seine schweißnasse Stirn.

»Hallo«, schallte es nach einer kurzen Zeit aus dem Hörer, »sind Sie noch dran?«

»Ja, natürlich«, antwortete Niklas Weimer schroff. »Gibt es nun eine Belohnung?«, fragte er gereizt.

»Es tut mir leid«, erwiderte die Frauenstimme. »Nach unserem Kenntnisstand hat die Staatsanwaltschaft keine Belohnung festgesetzt. Aber wenn Sie etwas zur Aufklärung dieses Todesfalls beitragen können, bitte ich Sie, zu uns auf das Revier nach Leonberg zu kommen, damit wir Ihre Aussage aufnehmen können. Als Zeuge einer Straftat sind Sie verpflichtet, eine Aussage zu machen. Unabhängig davon, ob es eine Belohnung für sachdienliche Hinweise gibt oder nicht.«

Niklas Weimer knallte wortlos den Telefonhörer auf die Gabel und äffte die Frauenstimme nach. Voller Zorn riss er die ächzende Tür der Telefonzelle auf und stapfte wutentbrannt zur nächsten Stadtbahnhaltestelle.

Wenn ihn der Staat für seine Beobachtungen nicht belohnen wollte, musste er sich seine Belohnung eben woanders holen.

**

Kate Busch schaute auf ihren Wecker und erschrak. Sie hatte verschlafen, weil sie die halbe Nacht wach gelegen war und an Lydia Mannteufel gedacht hatte.

»So ein Mist«, fluchte sie und verließ fluchtartig ihr Bett. Zu ihrem Bedauern musste sie das Frühstück ausfallen lassen.

Wenn ich nicht schon schlechte Laune hätte, wäre dies ein guter Grund dafür, dachte sie sarkastisch, als sie in ihr Auto stieg und zum Polizeipräsidium fuhr.

Karin Freund schaute Kate Busch schmallippig an, als sie das Besprechungszimmer betrat.

»Nachdem wir jetzt vollzählig sind, würde ich gerne wissen, welche Fortschritte es im Fall Sophie Landmann gibt«, sagte sie.

Kate Busch errötete leicht, zog einen großen braunen Umschlag aus ihrer Umhängetasche und legte ihn auf den Tisch.

»Frau Mannteufel hat gestern wieder ein anonymes Schreiben erhalten«, sagte sie. »Wir haben es in ihrem Briefkasten entdeckt, als wir sie befragen wollten. Der Text ist ähnlich wie der im ersten Schreiben.«

»Habt ihr bei der Untersuchung des ersten Drohbriefs etwas feststellen können?«, fragte die Erste Kriminalhauptkommissarin Egon Müller.

»Nein, leider nicht. Es gab keine verwertbaren Spuren, weder Fingerabdrücke noch Speichelreste. Vielleicht haben wir bei dem zweiten Schreiben mehr Glück.«

Er zog den braunen Umschlag zu sich heran und steckte ihn ein.

»Hat sonst noch jemand irgendwelche brauchbaren Erkenntnisse gewonnen?«

»Ich war bei der SSB und habe mir die Aufzeichnung vom Freitagabend angeschaut«, meldete sich Lena Leuchtle. »Lydia Mannteufel war ab 22:55 Uhr an der Haltestelle Rosensteinbrücke und ist mit der U 13 um 23 Uhr Richtung Feuerbach abgefahren. Sie war extrem betrunken und konnte sich kaum auf den Beinen halten.«

Karin Freund runzelte die Stirn.

»Alles schön und gut«, murmelte sie. »Jetzt wissen wir zwar, wann Frau Mannteufel nach Hause gefahren ist, mehr aber auch nicht.«

Nina Herzog, die heute ganz dezent in Brauntönen gekleidet war und kleine silberne Herzchenohrringe trug, berichtete von der Befragung von Sophie Landmanns Schwester.

»Die Schwester von Sophie Landmann können wir als Tatverdächtige leider auch noch nicht endgültig ausschließen«, sagte sie. »Rosemarie Landmann wusste, dass ihre Schwester zu der Veranstaltung ins Theaterschiff gehen wollte. Ihre Aussage, dass sie am Freitagabend von 22 bis 24 Uhr zu Hause war und einen Krimi gelesen hat, kann ihr Ehemann nicht bestätigen, weil er zur gleichen Zeit im Pub war. Der Besitzer des Pubs hat die Aussage des Ehemanns bestätigt.«

»Als wir Rosemarie Landmann wegen der Übernahme des Juwelierladens durch ihre Schwester befragten, tat sie so, als ob noch gar nicht klar gewesen wäre, dass Sophie Landmann den Laden übernehmen sollte«, fügte Gabriele Manninger hinzu. »Ich fand das etwas seltsam, weil der Vater von Sophie Landmann laut Kate gesagt hatte, dass seine Tochter Sophie den Juwelierladen später übernehmen sollte.«

»Hm«, brummelte Karin Freund unzufrieden. »Bis jetzt können wir nur den Ehemann von Rosemarie Landmann als Tatverdächtigen ausschließen. Hat sonst noch jemand etwas?«

»Wir haben noch ein bestätigtes Alibi von Frau Schaller bis 20:15 Uhr«, sagte Gerald Waldner. »Sie war bis 20:15 Uhr beim Yogakurs in der Volkshochschule in Gerlingen. Danach war sie angeblich zu Hause. Theoretisch hätte sie aber nach dem Yogakurs auch nach Bad Cannstatt fahren und Sophie Landmann in den Neckar stoßen können.«

»Verdammt, das bringt uns alles nicht wirklich weiter«, fluchte Karin Freund und runzelte verärgert die Stirn.

»Was ist eigentlich mit Jan Möllers Alibi?«

»Gestern hatte die Weinstube Zur Drechslerei Ruhetag«, antwortete Kate Busch. »Ob er da zu Abend gegessen hat, können wir erst heute klären. Aber er war am Freitagabend im Café Auszeit zum Dartspielen. Ob er zwischendurch mal weg war, konnte uns die Bedienung nicht sagen. Sie will sich bei den anderen Gästen erkundigen, ob und wann die Jan Möller gesehen haben und uns dann Bescheid geben.«

»Na ja, ob das so eine gute Idee ist?«

»Da passiert schon nichts«, sagte Gerald Waldner beschwichtigend. »Falls sie Zeugen findet, werden wir die selbstverständlich noch einmal befragen.«

»Okay«, sagte Karin Freund nicht wirklich überzeugt. »Dann hoffen wir, dass die Bedienung mehr Glück hat als wir.«

»Was ist eigentlich mit der Belohnung für den anonymen Anrufer?«, fragte Fritz Wange. »Vorhin hat mich die Kollegin vom KDD Leonberg angerufen und mir mitgeteilt, dass der anonyme Anrufer nochmals wegen einer Belohnung nachgefragt habe. Nachdem sie ihm gesagt hatte, dass es keine gäbe, hat er einfach aufgelegt.«

»Und wie sieht es eigentlich mit den DNA-Proben der Verdächtigen aus?«, wollte Egon Müller wissen. »Haben Sie mit der Staatsanwältin schon darüber gesprochen?«

»Nein, bisher noch nicht, weil Frau Schmidt gerade eine zehntägige Nil-Kreuzfahrt macht und bei Budgetangelegenheiten deutlich zugänglicher ist als ihr Vertreter«, antwortete Karin Freund leicht zerknirscht. »Wir müssen uns also noch etwas gedulden.«

Sie schaute nochmals auf ihre Uhr und seufzte genervt. »Es tut mir leid, aber wir müssen jetzt

Schluss machen. Kate und Gerald, ihr überprüft weiter das Alibi von Jan Möller. Egon, bitte untersuche schnellstmöglich den zweiten anonymen Brief und Nina und Gabriele, setzt bitte die Anwohnerbefragungen am Theaterschiff fort. Vielleicht bekommen wir da neue Hinweise.«

Karin Freund blickte in die Runde und fixierte Fritz Wange und Lena Leuchtle.

»Fritz und Lena, ihr fasst nochmals alle Hinweise und Zeugenaussagen zusammen. Vielleicht haben wir etwas Wichtiges übersehen.«

Fritz Wange und Lena Leuchtle nickten.

Karin Freund raffte hastig ihre Unterlagen zusammen und verließ eilig das Besprechungszimmer.

»Mann oh Mann«, stöhnte Gerald Waldner und erhob sich langsam von seinem Stuhl. »So einen zähen Fall hatten wir schon lange nicht mehr. Da lobe ich mir doch einen einfachen Mord im Drogenmilieu oder den klassischen Fall von häuslicher Gewalt mit Todesfolge.«

»Ich glaube, wir sehen den Wald vor lauter Bäumen nicht mehr«, murmelte Kate Busch gedankenverloren vor sich hin. »Es kann doch nicht so schwer sein, den Mörder oder die Mörderin von Sophie Landmann zu finden. Komm, lass uns zur Weinstube Zur Drechslerei nach Bad Cannstatt fahren und Jan Möllers Alibi überprüfen.«

»Wenn das so weitergeht, können wir bald eine Fahrgemeinschaft nach Bad Cannstatt organisieren«, sagte Nina Herzog seufzend.

**

Niklas Weimer schloss die Wohnungstür seiner kleinen Zweizimmerwohnung auf. Er zog seinen olivgrünen Bundeswehrparka langsam aus und hängte ihn auf einen Bügel an seine Garderobe im Flur.

Wenigstens hatte ihn keiner auf seinem Rückweg von Bad Cannstatt nach Gerlingen erkannt. Das hätte ihm gerade noch gefehlt. Er musste jetzt genau überlegen, was er als Nächstes tat.

Niklas Weimer ging zum Wohnzimmertisch, schnappte sich eine Zigarette und sein Feuerzeug, öffnete die Balkontür und trat auf seinen kleinen, pflanzenlosen Balkon hinaus. Mit zitternden Fingern zündete er die Zigarette an und zog gierig an ihr.

»Verdammt«, fluchte er leise. Er hatte sich alles so schön ausgemalt mit der Belohnung für seine Zeugenaussage. Aber wie so oft in seinem Leben, hatte sich auch dieser Plan nicht erfüllt.

»Verdammt«, fluchte er noch einmal und trat die halb gerauchte Zigarette wütend mit seinem rechten Fuß aus.

Langsam formte sich in seinem Kopf ein ausgeklügelter Plan. Niklas Weimer lachte rau, trat zurück ins Wohnzimmer und schloss energisch die Balkontür.

»Ja, genauso werde ich es machen«, murmelte er vor sich hin.

Er hatte den Stoß, mit dem Sophie Landmann in den Neckar befördert worden war, zufällig beobachtet.

An diesem Freitagabend hatte er direkt gegenüber, auf der anderen Seite des Neckars, an dem leicht zu überwindenden zugesperrten Treppenabgang gesessen und, wie so oft, illegal geangelt.

Deshalb wollte er ursprünglich mit der ganzen Sache auch nichts zu tun haben. Womöglich würde die Polizei ihn noch wegen des illegalen Angelns bestrafen.

Aber nachdem jetzt einige Zeit vergangen war und die Polizei immer noch im Dunkeln tappte, hatte er geglaubt, dass seine Beobachtung so bedeutsam wäre, dass dafür eine Belohnung herausspringen würde. Er hätte der Polizei ja nicht auf die Nase binden müssen, dass er gerade illegal geangelt hatte. Ihm wäre schon eine Ausrede eingefallen.

»Aber nein«, murmelte er verbittert. »Die Polizei will ja keine Kohle rausrücken.«

Egal, dann würde er sich seine Belohnung eben woanders holen.

Niklas Weimer setzte sich an den kleinen Schreibtisch, den er im Wohnzimmer neben seinen Flachbildschirm gequetscht hatte, und schaltete seinen alten PC an. Er fuhr sich über seinen schwarzen Dreitagebart und formulierte in Gedanken seinen Brief. Am besten wäre es, wenn er ihn noch heute Abend in der Dunkelheit einwerfen würde.

Niklas Weimer tippte schnell ein paar Worte in den PC, griff sich ein Blatt Papier, legte es in den Drucker und druckte den Brief aus. Dann faltete er ihn und steckte ihn in ein weißes Kuvert. Erleichtert atmete er aus. Jetzt musste er nur noch warten, bis es dunkel wurde.

**

Der zähe Nebel, der den ganzen Vormittag über den Gräbern des Gerlinger Waldfriedhofs gelegen hatte, verflüchtigte sich, als Lydia Mannteufel die letzten Worte ihrer Trauerrede beendete.

Gott sei Dank waren diesmal nur die Angehörigen, Freunde und ehemaligen Geschäftskollegen des Verstorbenen zur Trauerfeier gekommen. Anscheinend hatte das Interesse an ihr als potenzieller Mörderin ihrer Ex-Geliebten deutlich nachgelassen.

Lydia Mannteufel seufzte erleichtert auf und drehte sich zu ihrer Schulkameradin, die sich für die Trauerrede bedanken wollte.

»Ach Lydia«, sagte die Schulfreundin. »Ich bin so froh, dass du die Trauerrede gehalten hast. Obwohl du meinen Vater nicht so gut kanntest, hast du ihn mit all seinen Eigenheiten so treffend beschrieben und seine humorvolle, lässige Art so wunderbar skizziert. Ich glaube, ihm hätte deine Trauerrede auch sehr gut gefallen.«

Die Schulkameradin errötete leicht und zupfte sich nervös eine imaginäre Staubfluse von ihrer schwarzen Kostümjacke.

»Egal was die Leute gerade über dich im Ort herumerzählen«, fuhr sie leise fort, »ich glaube nicht, dass du Sophie etwas angetan hast. Das wollte ich dir nur noch sagen.«

Lydia Mannteufel schluckte und blickte auf den Boden.

»Ich danke dir«, sagte sie. »Du kannst dir gar nicht vorstellen, was für eine Hölle ich gerade durchlebe.«

Sie schaute ihre Schulkameradin traurig an.

»Und das Schlimmste an der ganzen Sache ist, dass ich mich an gar nichts mehr erinnern kann, weil ich an dem Abend so betrunken war.«

Lydia Mannteufel biss sich auf die Lippen, um ihre Tränen zurückzuhalten. Sie schluchzte leicht.

»Vielleicht hätte ich ihr noch helfen können«, sagte sie mit gepresster Stimme

Ihre Schulkameradin umarmte sie fest.

»Es wird sich schon noch alles aufklären. Wahrscheinlich hättest du gar nichts machen können.«

Sie deutete auf die ungeduldig wartende Trauergemeinde, die sich von ihr verabschieden wollte.

»Lydia, ich muss jetzt leider gehen. Die Leute warten schon auf mich.«

»Ja, geh nur«, antwortete Lydia Mannteufel. »Und danke für deine Unterstützung. Du weißt gar nicht, wie viel mir das bedeutet.«

Lydia Mannteufel wartete, bis alle Teilnehmer des Begräbnisses den Friedhof verlassen hatten und ging mit gesenktem Kopf zum Grab ihrer Ex-Geliebten. Sie kniete sich vor die provisorische, mit Blumengestecken und Kränzen überladene Grabstätte hin.

»Ach Sophie«, schluchzte sie und fuhr sanft mit ihren Fingern über die schwarzen, vom Regen schon leicht vergilbten Worte ihres Trauergebindes.

Schon damals, als ihre Eltern gestorben waren, fand sie es ungerecht, einfach allein auf der Welt zurückgelassen zu werden.

Vor dem eigenen Tod hatte sie eigentlich keine Angst. Wenn es so weit war, wäre ihr Leben eben zu Ende. Sie fand es viel schwieriger, ohne ihre Freunde und Familienangehörigen weiter leben zu müssen.

Lydia Mannteufel nickte den Bauhofmitarbeitern, die eine neue Grabstelle aushoben, flüchtig zu und ging langsam nach Hause.

Als sie am Gartentor ihres Grundstücks angekommen war, schaute sie vorsichtshalber in den Briefkasten.

Gott sei Dank war er leer. Sie seufzte erleichtert auf, ging mit schweren Schritten über die kiesbedeckte Zufahrt zu ihrem Häuschen und schloss die Haustür auf.

Sie fühlte sich müde und ausgelaugt. Ihr Haus kam ihr traurig und unbewohnt vor, so als ob es die Abwesenheit ihres Katers spürte und genau wusste, das Sophies Ausgelassenheit und ihr glockenhelles Lachen nicht mehr wiederkommen würden.

Lydia Mannteufel dachte voller Wehmut an die vielen glücklichen Stunden, die sie im Wohn- und Schlafzimmer mit Sophie verbracht hatte. Sie konnte es immer noch nicht fassen, dass sie Sophie nie mehr wiedersehen würde.

Sie schlüpfte in ihren alten Jogginganzug und ging ins Wohnzimmer, um sich einen zwölf Jahre alten Whisky von Hedges & Butler, den ihr Sophie vor drei Jahren aus Glasgow mitgebracht hatte, einzuschenken.

Sie goss sich eine großzügige Portion des bernsteinfarbenen Getränks ein und setzte sich in ihren Schaukelstuhl.

»Cheers«, prostete sie dem schweigenden Wohnzimmer zu, und nahm einen großen Schluck aus dem Whiskyglas.

Eigentlich hatte sie heute Nachmittag noch bei Jan Möller vorbeigehen wollen und ihn wegen des Darlehens ihres Onkels befragen wollen. Aber im Moment fühlte sie sich dieser Aufgabe nicht gewachsen.

Sie nahm noch einen Schluck Whisky aus ihrem Glas und stellte es wieder auf den Couchtisch neben den Schaukelstuhl.

Was wohl die Kommissarin mit ihren grünen Augen, die kalt und bedrohlich, aber auch warmherzig und voller Mitgefühl schauen konnten, gerade machte, dachte sie. Ob sie sie wohl immer noch für die Hauptverdächtige hielt?

Lydia Mannteufel seufzte und schloss die Augen. In ihrer Vorstellung saß sie eng umschlungen mit Sophie an einem einsamen Sandstrand. Eine leichte Brise wehte vom Meer herüber. Die Seemöwen kreischten und trotz der späten Stunde war es immer noch angenehm warm. Sophie begann sie langsam auszuziehen. Sie strich mit ihren Fingern zuerst sanft über Lydia Mannteufels Kehle, ihre Brustwarzen und zuletzt über ihr Becken und ihre Beine. Lydia Mannteufel spürte, wie ihr Körper zu reagieren begann. Sie atmete schneller und ihre Brustwarzen wurden hart.

Lydia Mannteufel öffnete die Augen und fuhr erschrocken aus ihrem Schaukelstuhl hoch.

Die Vorstellung von Sophie und ihr am Strand war so real und greifbar nahe gewesen. Sie schüttelte ungläubig den Kopf. Wie konnte sie jetzt, wo nichts mehr so war wie vorher, nur an Sex denken?

Sie griff zu ihrem Whiskyglas und trank den restlichen Inhalt mit einem Schluck leer. Dann erhob sie sich aus ihrem Schaukelstuhl und stakste etwas unsicher auf den Beinen in ihr Arbeitszimmer, wo ihr Smartphone auf dem Schreibtisch lag.

»Wenn nicht jetzt, wann dann?«, murmelte sie leise vor sich hin und griff zur Visitenkarte von Kate Busch, die neben ihrem PC lag.

Sie konnte die Ungewissheit nicht mehr länger ertragen. Sie wollte endlich wissen, was die Kommissarin herausgefunden hatte. Sie nahm all ihren angetrunkenen Mut zusammen und tippte die Mobilfunknummer von Kate Busch in ihr Smartphone.

Kate Busch saß gerade mit Gerald Waldner, Nina Herzog und Gabriele Manninger in der Weinstube Zur Drechslerei in Bad Cannstatt beim Mittagessen, als ihr Handy das eingespeicherte Signal einer Polizeisirene von sich gab.

»Ach je«, maulte sie. »Nicht mal in Ruhe essen kann man.«

Sie kramte das Handy aus ihrer Jackentasche und meldete sich barsch.

»Frau Busch?«, tönte es etwas verzerrt aus dem Lautsprecher ihres Handys.

Noch bevor Kate Busch bestätigen konnte, dass sie am Apparat war, fuhr die Stimme am anderen Ende unsicher fort: »Hallo, hier ist Lydia Mannteufel. Ich wollte Sie nur fragen, ob Sie etwas Neues herausgefunden haben wegen der anonymen Briefe, die ich bekommen habe.«

Die Stimme schwieg einen Moment und fragte dann leise: »Können Sie vielleicht heute Abend bei mir vorbeikommen und mit mir reden? Ich halte diese Ungewissheit nicht mehr aus.«

Kate Busch drehte sich leicht von ihren Kollegen, die sie neugierig anschauten, weg.

»Ja, das kann ich machen. Ist 18 Uhr okay?«

»Super. Vielen Dank«, sagte Lydia Mannteufel und beendete das Gespräch.

»Wer war denn das?«, fragte Gerald Waldner neugierig.

»Das geht dich gar nichts an«, sagte Kate Busch und steckte ihr Handy wieder in die Jackentasche.

»Hast du ein Date?«

»Gerald, lass das«, antwortete Kate Busch gereizt. »Du musst nicht alles wissen. Lass uns lieber klären, wie wir jetzt weiter vorgehen.«

»Jan Möller müsste jetzt doch außen vor sein, nachdem der Wirt sein Alibi bestätigt hat«, sagte Gabriele Manninger, während sie ihre Geldbörse aus der Handtasche nahm.

»Das ist aber nur die halbe Miete«, gab Kate Busch zu bedenken. »Schließlich war er nur bis 20:45 Uhr hier. Danach hätte er noch ausreichend Zeit gehabt, Sophie Landmann umzubringen und nach Gerlingen zurückzufahren.«

»Aber Jan Möller war doch zur Tatzeit im Café Auszeit in Gerlingen«, bemerkte Gerald Waldner.

»Das wissen wir doch noch gar nicht«, erwiderte Kate Busch schroff. »Wir haben noch keinen Zeugen, der das definitiv bestätigen kann.«

»Ach, da wird sich schon noch jemand finden«, antwortete Gerald Waldner mit einer abschätzigen Handbewegung.

»Ich gehe heute Abend ins Café Auszeit und befrage noch einmal das Personal. Willst du mit?«, fragte er Kate Busch.

Er schlug sich leicht mit der Hand an die Stirn.

»Ach, ich vergaß«, sagte er. »Du hast ja deinen geheimnisvollen Termin.«

»Gerald, jetzt hör aber mal auf«, erwiderte Kate Busch genervt.

»Okay, Leute«, sagte Nina Herzog besänftigend. »Ich schlage vor, wir zahlen jetzt und setzen die Anwohnerbefragungen fort. Wir übernehmen die Überkinger Straße und ihr die Neckartalstraße.«

»Und, alles wieder gut?«, wollte Gerald Waldner von seiner frierenden Kollegin wissen, als sie bei eisigem Ostwind auf der Wilhelmsbrücke standen und einem vorbeifahrenden Containerschiff nachsahen.

»Ja, klar«, antwortete Kate Busch gedankenverloren und steckte ihre vor Kälte blau angelaufenen Hände in ihre Jackentaschen.

»Sag mal Gerald«, sagte sie nach einer Weile. »Meinst du, dass ein Bootskapitän an dem Freitagabend etwas gesehen haben könnte?«

»Möglicherweise. Aber wenn, dann ist der jetzt wahrscheinlich in Rotterdam, wo er unseren Zeugenaufruf in der Zeitung sicher nicht mitbekommt.«

»Vielleicht könnten wir bei der Wasserschutzpolizei in Stuttgart und bei dem Schleusenwärter in Bad Cannstatt nachfragen, ob hier zur fraglichen Zeit Schiffe oder Boote unterwegs waren.«

»Keine schlechte Idee. Wenn wir wieder im Büro sind, können wir ja mal einen Rundruf starten. Vielleicht kommt etwas dabei heraus.«

Gerald Waldner und Kate Busch schlenderten über die menschenleere Wilhelmsbrücke und blieben vor dem großen, hellgrauen Gebäudekomplex an der Ecke Brückenstraße/Neckartalstraße stehen.

Gerald Waldner drückte seinen klobigen Zeigefinger auf die verschmierte Klingeltaste, neben der ein unleserlicher Name stand.

»Ja bitte?«, dröhnte ihnen eine dumpfe Bassstimme entgegen.

Gerald Waldner gab sich als Polizist zu erkennen. Es knackte in der Leitung, der Türsummer ertönte und Kate Busch drückte die schwere Eingangstür auf.

Noch bevor sie die Wohnungstür im Treppenhaus erreicht hatten, kam ihnen ein älterer Mann mit schütterem, schwarzem Haar aus seiner Wohnung im Erdgeschoss entgegen.

»Kommen Sie wegen der illegalen Angler?«, fragte er aufgeregt. »Ich habe mich schon mehrmals über sie beschwert. Die angeln sogar abends und nachts unterhalb der Wilhelmsbrücke.«

Der ältere Mann schüttelte ungehalten den Kopf.

»Wissen Sie«, sagte er und fuchtelte mit seinem rechten Zeigefinger vor ihrer Nase herum. »Es geht ja nicht nur ums Angeln. Das würde mich nicht weiter stören. Aber wenn diese Leute, meistens Jugendliche, auch noch Drogen oder Alkohol zu sich genommen haben, dann artet das richtig aus. Das ist nicht auszuhalten.«

Von seinem Redeschwall erschöpft, hielt der ältere Mann inne.

Gerald Waldner nutzte die entstandene Pause und erklärte, dass sie wegen der Frau, die vorletzten Freitagabend in der Nähe des Theaterschiffs in den Neckar gestoßen worden war, gekommen seien.

Er fragte den älteren Mann, ob er an diesem Freitagabend zwischen 22:15 Uhr und 23 Uhr etwas Ungewöhnliches bemerkt habe.

Der Mann strich sich nachdenklich über sein Kinn und überlegte laut: »Hm, da kam doch im Ersten ein Krimi mit einer jungen, blonden Staatsanwältin. Das weiß ich noch genau, weil die so ausgesehen hat wie meine erste Freundin.«

Er hielt kurz inne, lächelte wehmütig und fuhr dann fort: »Das Ganze war bis auf die Staatsanwältin so hanebüchen, dass ich danach auf meinen Balkon gegangen bin und eine Zigarre zum Abregen geraucht habe.«

Der ältere Mann runzelte die Stirn und verdrehte seine Augen, so als ob er in sein Innerstes blicken wollte, um dort an einem verborgenen Speicherort die von der Polizei gewünschten Informationen hervorzuholen.

»Da war so eine Frau auf der Wilhelmsbrücke, die muss ziemlich betrunken gewesen sein«, sagte er kurz darauf mit fester Stimme. »Die konnte kaum mehr geradeaus laufen. Sie ist immer von einer Seite zur anderen geschwankt, hat sich eine Weile am Brückengeländer festgehalten und ist dann weitergetorkelt Richtung Wilhelma.«

»Wissen Sie noch, um wie viel Uhr das ungefähr war?«, fragte Gerald Waldner.

Der ältere Mann strich sich mehrmals über sein Kinn und überlegte.

»Ich glaube, das war so kurz nach halb elf. Auf die Minute genau kann ich es aber nicht beschwören. Ich habe sie nicht so gut erkennen können, aber ihre langen, blonden Haare sind mir sofort aufgefallen.«

Kate Busch nickte dem älteren Mann anerkennend zu.

»Sehr gut«, sagte sie. »Ist Ihnen sonst noch etwas aufgefallen?«

Der ältere Mann nickte mit dem Kopf.

»Ja, das wollte ich Ihnen gerade noch erzählen. Kurz nachdem die Frau über die Brücke gelaufen war, habe ich einen dieser Angler gesehen wie er plötzlich neben der Wilhelmsbrücke aufgetaucht ist und mit seinem Angelzeug relativ schnell davongelaufen ist.«

»Auf welcher Seite der Brücke haben Sie ihn denn gesehen?«, fragte Kate Busch.

»Na auf unserer Seite natürlich. Da ist doch ein kleiner Treppenabgang, der mit einem Tor versperrt ist«, antwortete der ältere Mann. »Aber das ist den Anglern ja egal. Die steigen da einfach drüber«, fügte er etwas ungehalten hinzu.

Gerald Waldner und Kate Busch sahen sich ungläubig an. Sie kamen sich vor, als hätten sie gerade den Jackpot beim Eurolotto geknackt.

»Können Sie den Angler beschreiben? Wie sah er denn aus?«, hakte Gerald Waldner nach.

»Junger Mann«, antwortete der ältere Mann leicht ungehalten. »Was wollen Sie denn noch alles wissen? Es war dunkel und meine Augen sind auch nicht mehr die besten. Der Angler hatte dunkle Kleidung an und verließ fluchtartig die Brücke, so als ob er ein schlechtes Gewissen gehabt hätte.«

»Tja, das kann man ihm nicht verdenken, wenn er womöglich den Mord an der jungen Frau beobachtet hat«, sagte Kate Busch und bedankte sich bei dem älteren Mann.

Mit neuem Elan setzten sie ihre Befragungen in der Neckartalstraße fort.

Zwei Stunden später waren sie vom vielen Treppensteigen, dem freundlichen Dauerlächeln und der ständigen Wiederholung ihrer Fragen erschöpft.

Gerald Waldner stöhnte erleichtert auf, als sie die letzte Befragung im etwas heruntergekommenen Eckhaus Neckartalstraße/Krefelder Straße hinter sich gebracht hatten.

Einige der Anwohner hatten ungehalten auf das Eindringen der Polizisten in ihre Privatsphäre reagiert. Bullenschweine war noch eine der harmloseren Beleidigungen, die ihnen eine junge Punkerin ins Gesicht geschleudert hatte, bevor sie mit einem lauten Knall ihre Wohnungstür wieder zugeschlagen hatte.

Kate Busch rieb sich ihre klammen Hände, als sie über die Wilhelmsbrücke zum Café Klatsch und Tratsch liefen.

»Ich bin gespannt, was Nina und Gabriele herausgefunden haben«, sagte sie und lächelte zufrieden.

Nina Herzog und Gabriele Manninger hatten es sich schon mit zwei Cappuccinos an einem runden Tisch gemütlich gemacht, als Kate Busch und Gerald Waldner das Café betraten.

»Und? Habt ihr etwas Aufregendes herausgefunden?«, fragte Kate Busch die Kolleginnen, als sie ihre Jacke auszog und sich müde auf einen Stuhl plumpsen ließ.

Nina Herzog schüttelte enttäuscht den Kopf.

»Außer Spesen nichts gewesen«, maulte sie und ließ ihre Schultern hängen.

»Das Beste waren noch die unterschiedlichen Wohnzimmereinrichtungen. Von Eiche rustikal bis Minimalismus; ein weißer Tisch mit Stuhl auf zwanzig Quadratmetern Wohnfläche.«

»Und wie war es bei euch?«, fragte sie.

»Ihr werdet es nicht glauben«, sprudelte es aus Gerald Waldner hervor. »Schon bei der ersten Befragung haben wir einen Volltreffer gelandet. Ein älterer Mann hat eine betrunkene Frau über die Wilhelmsbrücke schwanken sehen und einen Mann, der direkt an der Wilhelmsbrücke geangelt hatte, wegrennen sehen.«

»Echt? Ihr veräppelt uns jetzt aber nicht, oder?«, fragte Nina Herzog ungläubig. »Hat der Mann vielleicht den Mörder gesehen?«

»Nein, das nun leider nicht. Der Mörder müsste auf der anderen Seite des Ufers gewesen sein«, sagte Kate Busch. »Aber wahrscheinlich hat der Angler den Mord gesehen. Vielleicht war er sogar unser anonymer Anrufer.«

»Und? Habt ihr eine Personenbeschreibung von dem Angler und der Frau?«

Gerald Waldner schüttelte den Kopf.

»Leider nicht«, gab er enttäuscht zu. »Aber die Frau könnte Lydia Mannteufel gewesen sein. An die langen, blonden Haare hat sich der Mann hundertprozentig erinnert. Und von der Uhrzeit her könnte es auch passen.«

»Super«, sagte Nina Herzog anerkennend. »Da haben sich die Rumrennerei und die Fragerei echt mal gelohnt. Da könnt ihr bei der Freund ja richtig Pluspunkte sammeln.«

Kate Busch verzog säuerlich den Mund, so als ob sie in eine Zitrone gebissen hätte.

»Ja«, sagte sie trocken. »Da steigen wir auf ihrer Beliebtheitsskala von null bis zehn auf minus drei.«

Kate Busch bestellte bei der jungen, schwarzgelockten Bedienung einen Bananensplit und einen Espresso. Sie schaute auf ihre Armbanduhr. Es war kurz nach sechzehn Uhr. Sie wandte sich an ihre Kollegen und sagte: »Es wäre mir recht, wenn wir uns etwas beeilen könnten. Ich habe heute Abend noch etwas vor.«

Als Gerald Waldner gerade zu einer spitzen Bemerkung ansetzen wollte, sah ihn Kate Busch mit hochgezogenen Augenbrauen an und sagte mit eisiger Stimme: »Gerald, denk nicht mal daran.«

»Ist ja gut, ich habe verstanden«, murmelte Gerald Waldner und hob beschwichtigend seine Hände.

**

Eleonore Schaller legte eine Hand auf ihren Bauch und stöhnte leise. Der Rahmen ihres Betts knarzte, als sie sich von einer Bettseite zur anderen wälzte.

Ihr Körper und ihre Psyche rebellierten, weil sie es nicht fertig brachte, mit ihrem Mann über das, was passiert war, zu reden.

Nachdem ihr Mann und Sophie Landmann von der Geschäftsreise nach Wien zurückgekommen waren, hatte sich die Atmosphäre im Juwelierladen verändert. Das unbeschwerte Miteinander war einer höflichen Distanz gewichen.

Eleonore Schaller hatte diese Veränderung sofort bemerkt, aber sie hatte sich zuerst nichts dabei gedacht.

Natürlich war ihr nicht entgangen, dass Sophie Landmann seitdem oft blass und müde aussah, aber sie hatte dies nicht mit der Reise nach Wien in Verbindung gebracht.

Eleonore Schaller seufzte und schaute auf den Wecker, der auf dem Nachttisch stand. Es war schon kurz nach 16 Uhr. Sie schlug die Bettdecke zurück. Es half alles nichts, sie musste aufstehen und ihren Mann im Juwelierladen unterstützen. Zumindest nach außen hin mussten sie den Anschein erwecken, als ob in ihrer Ehe und ihrem Juweliergeschäft alles in Ordnung wäre.

Sie wollte sich gar nicht ausmalen, was für Gerüchte im Ort über sie und ihren Mann die Runde machten. Es hatte ihr schon gereicht, als sie bei der letzten Yogastunde am Freitagabend die wilden Mutmaßungen der meist älteren Kursteilnehmerinnen über den Tod von Sophie Landmann mit anhören musste.

Eleonore Schaller zog langsam einen dunkelblauen Rock und eine bordeauxrote Bluse an. Sie legte ihren geschmackvoll ausgewählten Schmuck samt passender Armbanduhr an, um wieder als Aushängeschild im Juwelierladen ihren Dienst zu tun.

»Oh Gott. In was bin ich da nur hineingeraten?«, stöhnte sie leise und fasste sich an die Stirn. Wenn sich erst einmal herumgesprochen hatte, dass Sophie Landmann schwanger war, würde die Gerüchteküche brodeln und sie und ihren Mann mit in den Abgrund ziehen.

Eines war zumindest klar, dachte sie. Medizinisch gesehen konnte die Ex-Geliebte Lydia Mannteufel nicht der Vater des Kindes von Sophie Landmann sein. Die Frage war nur, ob sie dies in den Augen der Ortstratschen mehr oder weniger verdächtig machte.

Eleonore Schaller blickte in den Spiegel des Schlafzimmerschranks und drapierte ihre blonden Haare sorgfältig, damit sie den neugierigen Blicken der Kunden im Juwelierladen standhielten. Sie ließ sich extra Zeit, um den Augenblick, in dem sie im Laden auf ihren Ehemann traf, noch etwas hinauszuzögern.

Was war nur aus ihrer Ehe, ihren Träumen, ihrer Unbekümmertheit und ihren Idealen geworden?

Jahrelang hatten sie hart gearbeitet, um sich mit ihrem Juwelierladen in Gerlingen zu etablieren und materiellen Wohlstand zu erreichen. Und jetzt standen sie vor einem Trümmerhaufen.

Eleonore Schaller schüttelte traurig den Kopf.
Vor Sophie Landmanns Tod konnten sie sich wenigstens noch aufeinander verlassen, auch wenn die anfängliche Leidenschaft in ihrer Ehe der nüchternen Alltagsrealität gewichen war.

Aber jetzt hatten sich in ihrem Zusammenleben tiefe Krater aufgetan, die die Existenz ihrer Ehe bedrohten. Das Wichtigste, das eine gut funktionierende Ehe ausmachte, war verloren gegangen, nämlich das gegenseitige Vertrauen.

Eleonore Schaller richtete sich auf und straffte ihre Schultern. Sie mussten jetzt gemeinsam durch dieses tiefe Tal gehen und sie würde ihren Teil dazu beitragen, dass sie dieses Schlamassel unversehrt überstehen würden.

**

Kate Busch stand frisch geduscht vor ihrem offenen Kleiderschrank. Sie war sich nicht sicher, ob es eine gute Idee gewesen war, sich auf das Treffen mit Lydia Mannteufel einzulassen.

»Ach was«, schalt sie sich und zog eine rosa Leinenbluse und eine dunkle Jeans aus ihrem Schrank. »Was sollte da schon passieren?«

Wenn es brenzlig wurde, konnte sie sich auf ihre Rolle als coole, distanzierte Kommissarin zurückziehen. Im Endeffekt konnte sie Lydia Mannteufel sowieso keine neuen Ermittlungsergebnisse mitteilen oder gar Dienstgeheimnisse ausplaudern, weil es die schlicht und einfach nicht gab.

Sie zog sich an und ging ins Badezimmer zurück, um sich zu schminken. Ihr war klar, dass das Treffen aus ermittlungstaktischen Gründen eher hinderlich als hilfreich war. Aber sie wollte einfach noch etwas mehr über Lydia Mannteufel erfahren und hoffte, dass ihr dies ohne ihren Kollegen besser gelingen würde.

Sie fuhr sich über ihre kurzen Haare, schlüpfte in ihre Lederjacke und verließ ihre Wohnung.

Die Uhr in ihrem Auto zeigte zehn Minuten vor 18 Uhr an, als sie den Motor ihres Golf Cabrios startete.

Von der Tachenbergstraße bog sie in die schnurgerade verlaufende Solitudestraße ein und quälte sich im Feierabendverkehr die kurvige Bergheimer Steige hoch, auf der ein paar unentwegte Radfahrer den Verkehr fast zum Erliegen brachten.

»Merde«, fluchte Kate Busch und trommelte ungeduldig mit ihren Fingern auf das Lenkrad. Sie wühlte mit einer Hand in ihrer CD-Sammlung und schob eine CD mit den Hits aus den 90ern in ihren CD-Player. Sie holte tief Luft und sang voller Inbrunst mit.

»Gott sei Dank«, murmelte sie erleichtert, als sie endlich am oberen Ende der Bergheimer Steige angekommen war und Richtung Schloss Solitude abbog.

Sie fuhr achtlos an dem renovierten Rokoko-schloss und den angrenzenden Kavaliershäuschen vorbei und beschleunigte zügig, als sie die Engstelle der Solitudestraße überwunden hatte.

Nachdem sie die Klinik Schillerhöhe und das KSG-Vereinsheim passiert hatte, musste sie am Kreisverkehr an der Einmündung zur Panorama-straße gefühlt endlos warten, bis sie kurz darauf in den unbefestigten Waldparkplatz auf der rechten Straßenseite einbiegen konnte.

Es war 18:15 Uhr, als sie den Motor ihres Wagens abstellte.

Kate Busch seufzte erleichtert auf und fuhr sich über ihre kurzen Haare, die sich widerspenstig ge-bärdeten, so als ob sie stumm, aber sichtbar gegen ihr Treffen mit Lydia Mannteufel protestieren woll-ten.

Kate Busch schüttelte den Kopf und stieg aus ih-rem Golf Cabrio. Ihr war kalt. Mit schnellen Schrit-ten lief sie zum Gartentor von Lydia Mannteufels Grundstück und drückte auf den messingfarbenen Klingelknopf.

Als der Türsummer ertönte und Kate Busch hastig über den kiesbedeckten Weg zum Wohnhaus eilte, stand Lydia Mannteufel fröstelnd an der Eingangs-tür und begrüßte sie ungeduldig.

»Es tut mir leid, dass ich mich etwas verspätet ha-be, aber der Feierabendverkehr hat mich ziemlich aufgehalten«, entschuldigte sich Kate Busch.

Lydia Mannteufel, die ihren alten Jogginganzug gegen eine schwarze Cordsamthose und eine weiße Bluse getauscht hatte, nahm Kate Buschs Lederjacke entgegen und geleitete sie in das Wohnzimmer.

»Ich bin so froh, dass Sie gekommen sind«, sagte sie erleichtert und setzte sich auf einen Stuhl am Esszimmertisch.

»Seit Sophie tot ist, kommt mir alles so sinnlos vor. Die Ungewissheit, ob ich etwas mit Sophies Tod zu tun habe, quält mich so sehr, dass ich mich am liebsten ständig betrinken würde.«

Lydia Mannteufel lächelte bitter und fuhr mit stockender Stimme fort: »Aber dann denke ich immer, wenn ich nicht so viel getrunken hätte, wäre das alles wahrscheinlich nicht passiert.«

Kate Busch schüttelte den Kopf.

»Das ist reine Spekulation«, erwiderte sie. »Wir wissen immer noch nicht, was tatsächlich passiert ist.«

»Glauben Sie, dass ich Sophie umgebracht habe?«, fragte Lydia Mannteufel und sah Kate Busch dabei direkt ins Gesicht.

Kate Busch strich sich über ihre kurzen Haare, um etwas Zeit zu gewinnen. Sie schaute auf den Fußboden, während sie nach den passenden Worten suchte. »Diese Frage sollten Sie mir nicht stellen«, begann sie zögerlich. »Sie wissen, dass ich als Polizistin bei einem Mordfall jedem Hinweis und Verdacht nachgehen muss. Wenn ich bei meinen Ermittlungen nur meinen Gefühlen folgen würde, hätte ich meinen Beruf verfehlt.«

Nach einer kurzen Pause, die ihr unendlich lang vorkam, fuhr sie fort: »Alles, was ich dazu sagen kann, ist, dass wir verschiedenen Spuren nachgehen und Sie eine unserer Verdächtigen sind.«

Lydia Mannteufel seufzte.

»Ich weiß ja, dass Sie als Polizistin so antworten müssen«, erwiderte sie leise. »Aber ich bin so verzweifelt, dass ich mich an jeden Strohhalm klammere. Ich hatte einfach gehofft, dass Sie mir ein bisschen mehr sagen könnten.«

»Es tut mir leid, dass ich Ihnen keine andere Auskunft geben kann«, sagte Kate Busch leicht verlegen.

»Ach je, was bin ich nur für eine unaufmerksame Gastgeberin«, sagte Lydia Mannteufel nach einem kurzen Augenblick, in dem sich ein befangenes Schweigen breitgemacht hatte. »Ich habe Ihnen noch gar nichts zu trinken angeboten.«

Dankbar für den Themenwechsel entschied sich Kate Busch für ein Glas Mineralwasser.

»Ich muss ja noch heimfahren«, sagte sie entschuldigend und fuhr grinsend fort: »Als Polizistin mit einer Alkoholfahne erwischt zu werden, macht sich nicht so gut.«

Kate Busch nahm einen Schluck aus dem Glas und stellte es auf den Tisch zurück. Sie fuhr mit ihren Fingern über den Rand des Glases, setzte ihre amtliche Miene auf und teilte Lydia Mannteufel mit, dass der Verfasser des anonymen Drohbriefs keine Spuren am Umschlag und am Brief selbst hinterlassen habe.

»Schade«, murmelte Lydia Mannteufel enttäuscht. »Aber das habe ich mir fast schon gedacht.«

Kate Busch sah unauffällig auf ihre Armbanduhr. Es war kurz vor 19 Uhr. Ihr Magen knurrte und sie war müde.

»Ich muss jetzt langsam gehen«, sagte sie und gähnte.

»Danke, dass Sie so offen zu mir waren«, erwiderte Lydia Mannteufel und erhob sich.

»Kein Problem«, sagte Kate Busch. »Ich hoffe, dass wir diesen Fall bald aufklären.«

»Das hoffe ich auch«, sagte Lydia Mannteufel leise seufzend. Sie ging zur Garderobe im Flur und reichte Kate Busch ihre Lederjacke.

Ihre Hände berührten sich. Kate Busch spürte einen leichten Schlag, so als ob sie an einen Elektrozaun gefasst hätte. Sie lachte verlegen und zog unbeholfen ihre Lederjacke an.

Lydia Mannteufel errötete. Die Befangenheit, die sie im Laufe des Abends schon einmal gespürt hatten, kehrte zurück.

»Also dann«, verabschiedete sich Kate Busch hastig. »Ich melde mich bei Ihnen, wenn es etwas Neues gibt.«

»Mensch Kate, wenn du so weitermachst, bringst du dich noch in die allergrößten Schwierigkeiten«, meldete sich vorwurfsvoll ihr Unterbewusstsein zu Wort, als sie in ihr Auto stieg.

»Ja, ich weiß«, murmelte Kate Busch zerknirscht und steckte den Zündschlüssel ins Schloss.

Sie startete ihren Wagen, drehte das Radio auf volle Lautstärke und bretterte die Panoramastraße hinunter zum Bistro ihrer Eltern, wo sie hoffte, im Kreis ihrer Familie die Ermittlungen für eine kurze Zeit hinter sich lassen zu können.

**

Niklas Weimer tigerte ungeduldig in seiner Wohnung umher. Er schaute immer wieder auf die Küchenuhr, die neben dem Kühlschrank hing. Jedes Mal, wenn der Sekundenzeiger sich quälend langsam fortbewegte, ertönte ein leises Klicken. Klick, klick. Das Geräusch machte Niklas Weimer noch nervöser als er schon war.

Warten war noch nie seine Stärke gewesen, aber heute Abend wollte er alles richtig machen. Wenigstens einmal in seinem Leben. Er wollte sicher sein, dass ihm niemand begegnete, der ihn kannte.

Als Briefträger war er in seiner Uniform und mit seinem Dienstfahrrad in Gerlingen bekannt wie ein bunter Hund. Aber in Zivil ging er mit seinem Durchschnittsgesicht in der Menge unter.

Niklas Weimer sah noch einmal an sich herunter. Er hatte sich ganz in Schwarz gekleidet. Schwarze Jeans, schwarzer Pullover und schwarze Stiefel. Die schwarze Wollmütze, die schwarzen Handschuhe und den schwarzen Anorak würde er erst anziehen, wenn er seine Wohnung verließ. Er kam sich vor wie Cary Grant im Film »Über den Dächern von Nizza«.

Niklas Weimer schaute wieder auf die Küchenuhr. Es war kurz nach Mitternacht. Die ideale Zeit, um aufzubrechen. Er schnappte sich eine Zigarette, nahm sein Feuerzeug und zündete sie auf dem Balkon an. Langsam inhalierte er den Zigarettenrauch und stieß ihn genüsslich wieder aus. Es war stockdunkel und eiskalt. Er begann leicht zu frieren.

»Auf in den Kampf, Torero«, sprach er sich leise Mut zu und drückte die halbgerauchte Zigarette in dem Aschenbecher, der auf einem kleinen Metalltisch auf dem Balkon stand, aus.

Er ging ins Wohnzimmer zurück, zog seine Handschuhe an und steckte den Erpresserbrief in seinen Anorak. Er setzte die schwarze Wollmütze auf, vergewisserte sich, dass im Hausflur kein Licht brannte und hangelte sich in der Dunkelheit langsam am Treppengeländer zum Fahrradkeller hinunter.

Er zog die Wollmütze über beide Ohren und knöpfte den Anorak bis unter das Kinn zu, bevor er sein dunkelblaues Mountainbike auf die Straße schob. Im Schein der Straßenlaternen kam er auf den menschenleeren Straßen schnell voran.

Kurz vor dem Ziel lehnte er sein Mountainbike an eine große Esskastanie und schlenderte zu dem unbeleuchteten Haus, in dessen Briefkasten er seinen Brief einwerfen wollte. Als er am Haus angekommen war, schaute er sich vorsichtig nach allen Seiten um.

Ein Käuzchen schrie.

Er zuckte zusammen.

Hoffentlich war das kein schlechtes Omen.

Niklas Weimer fror. Der kalte Fahrtwind hatte ihn ausgekühlt und die Nervosität ließ ihn zusätzlich zittern. Er sah sich noch einmal kurz um. Außer ihm war kein Mensch unterwegs.

Er holte den Brief aus seiner Anoraktasche, lief zum Briefkasten und steckte den Brief in den Schlitz. Dann ging er mit schnellen Schritten zu seinem Mountainbike zurück und lehnte sich erleichtert gegen die Esskastanie.

Nach einer kurzen Verschnaufpause setzte er sich auf sein Fahrrad und fuhr den gleichen Weg zurück, den er gekommen war.

In der Hauptstraße wäre er fast mit einem dunkel gekleideten Mann, der gerade die Straße überquerte, zusammengestoßen, weil er ihn erst im allerletzten Moment bemerkt hatte.

Der Mann war erschrocken zusammengezuckt und hatte ihm hinterher gerufen: »Pass doch auf du Trottel, hast du kein Licht?«

Niklas Weimer fluchte leise vor sich hin und trat in die Pedale, um schnell wieder nach Hause zu kommen. Hoffentlich hatte ihn der Mann nicht erkannt. Das wäre das Letzte, was er jetzt gebrauchen konnte.

»So ein Depp«, grantelte Gerald Waldner schlecht gelaunt, als er sich vom ersten Schreck erholt hatte.

Gott sei Dank hatte ihn der Fahrradfahrer, der ohne Beleuchtung auf ihn zugerast war, nicht erwischt. Das hätte ihm gerade noch gefehlt. Dass diese Spinner immer ohne Licht fahren mussten.

Gerald Waldner schüttelte missbilligend den Kopf. Der Abend im Café Auszeit war auch nicht so verlaufen, wie er sich das vorgestellt hatte.

Melanie war kurzfristig erkrankt und ihre Vertretung, ein hagerer Typ mit Pferdeschwanz, den er zuvor noch nie gesehen hatte, konnte ihm auch nicht weiterhelfen, weil er vorletzten Freitag nicht im Café bedient hatte.

»So ein Scheißtag«, fluchte Gerald Waldner missmutig und krempelte seinen Mantelkragen hoch.

Langsam, wie ein geschlagener Krieger, trottete er die Hauptstraße hinunter und bog in die Jakobstraße ein, an deren Ende sich seine Wohnung und das Gewächshaus für seine Bohnen befand.

Als er vor dem älteren Dreifamilienhaus, in dem er die oberste Etage bewohnte, angekommen war, öffnete er das verzogene Gartentor und lief über den grasüberwucherten Betonplattenweg zu seinem Gewächshaus.

Gerald Waldner schaute jeden Tag wie ein treusorgender Familienvater nach seinen verschiedenen Bohnensorten. Akribisch führte er Buch über ihr Aussehen, ihr Wachstum und den jeweiligen Ertrag.

Es erfüllte ihn jedes Mal mit Freude, wenn eine neue Bohnensorte keimte und zu wachsen begann. In seinem Gewächshaus fand er gewöhnlich Ruhe und Entspannung.

Aber heute Abend kam er nicht zur Ruhe. Kate Buschs Verhalten in der Weinstube Zur Drechslerei nagte an ihm. Er war sich sicher, dass sie etwas vor ihm verheimlichte.

Ihm war die Sympathie, die seine Kollegin für Lydia Mannteufel hegte, nicht entgangen. Für die war Kate möglicherweise ein gefundenes Fressen.

Gerald Waldner zupfte etwas Unkraut aus der Erde und runzelte die Stirn. Er musste unbedingt mit Kate sprechen, bevor sie etwas Unbedachtes unternahm.

Wenn Lydia Mannteufel tatsächlich ihre Ex-Geliebte umgebracht hatte und Kate Busch sich heimlich mit ihr traf, könnte das noch böse enden. Auf jeden Fall würde Lydia Mannteufel dank ihrer Nähe zu Kate Busch über die neuesten Ermittlungsergebnisse und geplanten Schritte der Polizei informiert sein. Falls erforderlich, könnte sie dann rechtzeitig Beweismittel verschwinden lassen und weiterhin die Unschuld vom Lande spielen.

Gerald Waldner strich gedankenverloren über die Blätter einer roten Kidneybohne. Er spürte einen leichten Stich in der Magengegend, eine Vorahnung, dass in nächster Zeit etwas passieren würde, was mit ihrem Mordfall zusammenhing.

Er hatte seiner Kollegin vor längerer Zeit einmal von diesen Magenstichen erzählt. Kate Busch hatte nur über seine Interpretation gelacht und gemeint, er solle nicht so viel Döner essen und nicht so viel Alkohol trinken, dann bekäme er auch keine Magensti-che.

Gerald Waldner ächzte, als er wieder aufstand. Für heute hatte er genug. Er goss seine Pflanzen, schloss die Tür des Gewächshauses ab und stahl sich über den Hintereingang zu seiner Wohnung.

Mittwoch, 9 Tage später

Lydia Mannteufel schaute aus dem Schlafzimmerfenster. Eine weiße Puderzuckerschicht lag über ihrem Grundstück. Der Winter hatte sich über Nacht leise zu Wort gemeldet.

Lydia Mannteufel freute sich über den ersten Schnee. Das unberührte Weiß erinnerte sie an ihre Kindheit, als sie unbeschwert mit ihrem Bruder und ihrem Vater Schneemänner und Iglus im Garten gebaut hatte.

Sie seufzte und dachte daran, wie schön es wäre, wenn sie die Zeit einfach zurückdrehen und die kindliche Unbekümmertheit wieder aufleben lassen könnte.

Lydia Mannteufel trottete ins Badezimmer, machte sich frisch und zog sich rasch an. Dann warf sie sich eine warme Jacke über und summte leise vor sich hin, als sie zum Briefkasten lief, um die Tageszeitung zu holen.

Als sie den Briefkasten öffnete, lag darin neben der Tageszeitung ein weißer Umschlag. Wenigstens ist der Umschlag nicht braun, dachte sie erleichtert, nahm ihn in die Hand und schüttelte ihn leicht.

Es schien nur ein Schreiben darin zu sein. Wahrscheinlich eine Werbebotschaft ihres Autohauses oder eine Kreditkartenabrechnung. Das konnte warten. Nichts, womit man sich den schönen Wintermorgen verderben musste.

Als sie gerade wieder zu ihrem Haus zurücklaufen wollte, hörte sie ein Auto in den Waldparkplatz einbiegen.

Vielleicht war das Kate Busch. Vielleicht hatte die Polizistin eine gute Nachricht für sie und wollte sie ihr am frühen Morgen gleich persönlich mitteilen.

Lydia Mannteufel spürte ein leichtes Kribbeln im Bauch. Sie blieb am Gartentor stehen und wartete.

Kurz darauf sah sie einen groß gewachsenen Mann mit einer roten Pudelmütze auf dem Kopf durch den Schnee stapfen, der mit einer braunen Tüte vom Bäcker winkte.

»Hallo Onkel Paul«, rief Lydia Mannteufel erstaunt aus, nachdem sie ihren Onkel erkannt hatte. »Ist etwas mit Fred passiert?«

»Nein, nein«, beruhigte ihr Onkel sie. »Ich habe gedacht, ich schaue mal bei dir vorbei und bringe uns etwas zum Frühstück mit. Du hast doch noch nichts gegessen, oder?«

»Nein, komm doch herein. Das ist aber eine schöne Überraschung.«
Gemeinsam gingen sie zum Haus zurück.

Lydia Mannteufel legte den weißen Umschlag achtlos auf das Tischchen, auf dem ihr Telefon stand, und nahm die Zeitung mit ins Esszimmer.

Während ihr Onkel den Esszimmertisch deckte, die mitgebrachten Croissants aufschnitt und mit selbstgemachter Brombeermarmelade bestrich, füllte Lydia Mannteufel ihren Espressokocher und setzte Teewasser und Wasser für weichgekochte Eier auf.

»Gibt es eigentlich etwas Neues von deiner Polizistin?«, rief Paul Winter vom Esszimmer aus in die Küche.

»Nein, leider nicht«, erwiderte Lydia Mannteufel und legte die Eier in das lauwarme Wasser. »Die Polizei hat den ersten anonymen Brief untersucht, aber keine verwertbaren Spuren gefunden. Vom zweiten Brief gibt es noch keine Untersuchungsergebnisse. Ich glaube aber nicht, dass sie beim zweiten Brief mehr finden werden.«

Nachdem sich der Espressokocher zischend zu Wort gemeldet hatte, füllte Lydia Mannteufel die dunkelbraune Flüssigkeit in zwei Espressotassen und brachte sie in das Esszimmer.

»Ah, tut das gut«, seufzte ihr Onkel, als er den Espresso in kleinen Schlückchen trank.

Lydia Mannteufel sah ihn belustigt an und zog fragend ihre Augenbrauen hoch.

»Sag mal Onkel Paul, du bist doch sicher nicht nur zum Frühstücken zu mir gekommen, oder?«

Ihr Onkel sah sie verlegen an.

»Ertappt«, sagte er. »Ich wollte dich eigentlich fragen, ob du schon wegen meines Geldes bei Jan Möller warst. Mir läuft langsam die Zeit davon. Ich muss spätestens nächste Woche den neuen Ofen bestellen, damit ich den Auftrag von der Theodor-Heuss-Stiftung fristgerecht ausführen kann.«

Paul Winter fuhr sich über das Kinn und schaute seine Nichte unglücklich an.

»Das ist der Auftrag meines Lebens und ich möchte ihn nicht vermasseln.«

»Mach dir keinen Kopf wegen deines Geldes. Ich wollte heute Morgen sowieso zu Jan Möller gehen und ihm nochmals auf die Pelle rücken.«

Lydia Mannteufel schaute kurz auf die Uhr und fügte dann grinsend hinzu: »Die Eier müssten jetzt weich gekocht sein. Also lass uns erst mal gemütlich frühstücken und dann kümmere ich mich um den schönen Jan, versprochen!«

**

Es war kalt im Besprechungszimmer der Soko im Polizeipräsidium. Die Heizkörper gluckerten um die

Wette wie die kleinen Springbrunnen im Blühenden Barock, gaben aber keine Wärme ab.

Die weiblichen Mitglieder der Soko hatten bis auf die Erste Kriminalhauptkommissarin ihre Winterjacken wieder angezogen und sich mit warmen Getränken versorgt.

Karin Freund, die von innen heraus zu strahlen schien, blickte ihre Mitarbeiter freundlich an.

Gerald Waldner, der hemdsärmelig da saß, lehnte sich zu Kate Busch und wisperte ihr ins Ohr: »So wie die Freund aussieht, hat sie entweder eine angenehme Nacht verbracht oder bei den Budgetgesprächen zusätzliche Mittel für ihre Projekte ergattert.«

»Ich tippe auf Letzteres«, erwiderte Kate Busch grinsend. »Aber das werden wir sicher gleich erfahren.«

Karin Freund klopfte leicht mit ihrem Kugelschreiber auf die Tischplatte, um die volle Aufmerksamkeit ihrer Mitarbeiter zu erhalten.

»Liebe Kollegen«, hob sie an und lächelte. »Es freut mich, euch mitteilen zu können, dass der Polizeipräsident unser Budget für den Erfahrungsaustausch mit unseren ausländischen Kollegen erhöht hat. Dies dürfte nicht zuletzt auf den erfolgreich verlaufenen Besuch unserer mexikanischen Kollegen, den ich federführend organisiert habe, zurückzuführen sein.«

Karin Freund wandte sich mit deutlich weniger Enthusiasmus an Fritz Wange und bat ihn, die bisherigen Erkenntnisse im Mordfall Sophie Landmann zusammenzufassen.

Fritz Wange räusperte sich und begann die Ermittlungsergebnisse mit monotoner Stimme vorzutragen.

»Ich weiß nicht, was besser ist«, lästerte Nina Herzog leise. »Wenn Fritz seine PowerPoint Folien vorführt oder wenn er selber spricht. In beiden Fällen habe ich das Gefühl, dass ich gleich einschlafe. Vielleicht sollte Fritz mal eine CD für Leute mit Schlafproblemen besprechen.«

Gerald Waldner und Kate Busch, die Nina Herzogs Bemerkung gehört hatten, fingen an zu grinsen.

»Folgende Punkte sind noch offen«, sagte Fritz Wange, der die Sticheleien seiner Kollegen nicht bemerkt hatte, abschließend. Er nahm seine Finger zu Hilfe, um sie aufzuzählen: »Urlaubsbedingt konnte noch nicht mit der Staatsanwaltschaft geklärt werden, ob es für sachdienliche Hinweise an die Soko Wasserleiche eine Belohnung gibt. Das Gleiche gilt für die Bereitstellung von Budgetmitteln für DNA-Proben unserer Verdächtigen, die wir mit Spuren am mutmaßlichen Tatort abgleichen könnten.«

Karin Freund runzelte die Stirn.

»Ja, ja Fritz, das ist uns bekannt«, sagte sie unwirsch.

Sie klopfte ungeduldig mit ihrem Kugelschreiber auf die Tischplatte und fragte gereizt: »Was hast du denn sonst noch an offenen Punkten?«

Fritz Wange schaute leicht pikiert auf seine Unterlagen und las zögerlich die restlichen noch nicht abgearbeiteten Punkte vor: »Kate und Gerald sollten das Alibi von Jan Möller noch einmal überprüfen.«

»Und, habt ihr etwas herausgefunden?«, fragte Karin Freund.

Gerald Waldner schüttelte den Kopf.

»Ich war gestern Abend noch einmal im Café Auszeit und wollte mit der Mitarbeiterin, die am Freitag vor eineinhalb Wochen dort gearbeitet hat, sprechen. Sie war aber krank und die Aushilfe war

178

zum mutmaßlichen Tatzeitpunkt nicht im Café. Deshalb kann ich leider nichts Neues vermelden.«

Karin Freund schüttelte missbilligend den Kopf.

»Okay«, sagte sie. »Bleibt auf jeden Fall an der Sache dran. Wir brauchen endlich Ergebnisse.«

Sie bat Fritz Wange mit seinen Ausführungen fortzufahren.

Fritz Wange schaute auf seine Notizen und sagte: »Egon sollte den zweiten anonymen Brief auf Spuren untersuchen.«

»Wir haben auch bei dem zweiten Schreiben und dem Kuvert keine verwertbaren Spuren gefunden. Der Drohbriefschreiber muss genauso wie beim ersten Mal Handschuhe getragen haben«, sagte Egon Müller leise.

»Kannst du wenigstens sagen, ob es die gleiche Person war?«, fragte Kate Busch.

Egon Müller schüttelte den Kopf.

»Das ist nicht so einfach. Der Umschlag ist vom gleichen Hersteller und die verwendeten Buchstaben stammen ebenfalls aus der Bild-Zeitung. Aber daraus kann man nicht unzweifelhaft ableiten, dass es der gleiche Verfasser war.«

»Schade«, sagte Karin Freund und wandte sich mit hochgezogenen Augenbrauen an Fritz Wange.

»Fritz, hast du sonst noch etwas auf deiner Liste?«

Fritz Wange nickte.

»Nina und Gabriele sollten die Anwohnerbefragungen am Theaterschiff fortsetzen.«

»Ist dabei etwas Brauchbares herausgekommen?«

Nina Herzog schüttelte den Kopf.

»Niemand hat etwas gehört oder gesehen, aber Kate und Gerald haben etwas herausgefunden, das uns weiterbringen könnte.«

Kate Busch berichtete, dass sie bei den Anwohnerbefragungen auf einen älteren Mann gestoßen seien, der um zirka 22:30 Uhr auf seinem Balkon Ecke Brückenstraße/Neckartalstraße geraucht habe und dabei gesehen habe, wie eine betrunkene Frau mit langen, blonden Haaren auf der Wilhelmsbrücke entlang getorkelt sei und kurz darauf ein Angler neben der Wilhelmsbrücke, auf der Seite der Neckartalstraße, davongerannt sei.

»Konnte der Zeuge die blonde Frau und den Angler näher beschreiben?«

»Leider nicht«, antwortete Kate Busch zerknirscht. »Der ältere Mann konnte die beiden Personen im Dunkeln nicht genau erkennen.«

»Schade«, sagte Karin Freund enttäuscht. »Aber zumindest können wir jetzt davon ausgehen, dass es wahrscheinlich einen Augenzeugen für den Mord an Sophie Landmann gegeben hat.«

»Das war bestimmt der anonyme Anrufer beim KDD«, bemerkte Nina Herzog und klappte aufgeregt den Klodeckel ihres linken Toilettenohrrings auf und zu.

»Jetzt können wir nur hoffen, dass sich der anonyme Anrufer noch einmal beim KDD meldet«, sagte Gerald Waldner.

Karin Freund verzog ihre Mundwinkel.

»Dann muss ich wohl in den sauren Apfel beißen und mit dem Vertreter von Frau Schmidt sprechen, damit die Staatsanwaltschaft eine Belohnung für den anonymen Anrufer aussetzt.«

Sie wandte sich an Fritz Wange. »Gib den Kollegen vom KDD auf jeden Fall Bescheid, dass sie dem anonymen Anrufer, falls er nochmals anruft, signalisieren sollen, dass er eine Belohnung erhalten würde.«

»Okay, mache ich sofort.«

Karin Freund runzelte die Stirn und strich sich unzufrieden über ihr Doppelkinn.

»Bis auf den Ehemann von Sophie Landmanns Schwester können wir noch keinen unserer Tatverdächtigen ausschließen.«

»Am besten wäre es natürlich, wenn sich der anonyme Anrufer bald wieder melden würde«, sprach Fritz Wange das aus, was den Fortgang der Ermittlungen am ehesten beschleunigen würde.

»Das wäre wünschenswert, aber darauf haben wir leider keinen Einfluss«, sagte Karin Freund ungeduldig und sah die Mitglieder der Soko eindringlich der Reihe nach an.

»Hat sonst noch jemand einen Vorschlag?«

Kate Busch meldete sich zu Wort.

»Vielleicht sollten wir das Ehepaar Schaller noch einmal befragen. Herr Schaller ist davon überzeugt, dass er der Vater des Kindes von Sophie Landmann ist. Wir haben seine Ehefrau mit dieser Tatsache noch nicht konfrontiert. Vielleicht sollten wir das jetzt tun, um zu sehen, wie die beiden auf diese Enthüllung reagieren.«

»Das ist eine gute Idee«, sagte Karin Freund. »Dann übernehmt ihr zwei das. Anschließend könnt ihr noch die Gäste und das Personal des Cafés Auszeit zu Jan Möllers Alibi befragen. Wir müssen in diesem Fall endlich weiterkommen.«

»Sollen wir noch einmal die Schwester von Sophie Landmann befragen?«, wollte Nina Herzog wissen. »Ein Motiv hätte sie und ihr Alibi ist auch nicht wasserdicht.«

»Ich denke, das stellen wir erst einmal zurück. Wir sollten uns auf die Hauptverdächtigen konzentrieren. Das sind Lydia Mannteufel, Jan Möller und das Ehepaar Schaller. Wenn wir da nicht weiterkommen, können wir Rosemarie Landmann immer noch befragen.«

»Wie gehen wir jetzt eigentlich bei Lydia Mannteufel weiter vor?«, fragte Gabriele Manninger.

Karin Freund zuckte etwas ratlos mit den Schultern. »Wir haben sie jetzt ein paar Mal befragt, ohne dass dabei etwas herausgekommen ist. Solange wir keine neuen Erkenntnisse haben, macht eine weitere Befragung keinen Sinn.«

Karin Freund schaute auf ihre Notizen und sagte nach einer kurzen Bedenkpause: »Ich kläre das mit den Budgetmitteln für den DNA-Abgleich und die Belohnung mit der Vertretung von Frau Schmidt. Wir treffen uns morgen früh wieder hier um 9 Uhr zur Lagebesprechung.«

Als Karin Freund den Besprechungsraum verlassen hatte, zog Gerald Waldner seine gefütterte Lederjacke an. Er stupste Kate Busch an, die den Abgang ihrer Vorgesetzten gar nicht mitbekommen zu haben schien, und sagte frotzelnd: »Frau der Arbeit, aufgewacht.«

»Mensch Gerald«, sagte Kate Busch ungehalten, »spar dir deine schlauen Sprüche am frühen Morgen. Gestern Abend war ich noch bei meinen Eltern im Bistro und musste mir stundenlang das Liebesleid meines Bruders anhören. Es gibt doch tatsächlich Frauen, die seinem Charme widerstehen und lieber mit seinem besten Kumpel ausgehen. Das hat sein sensibles Ego zutiefst getroffen.«

Kate Busch fing an zu grinsen, als sie daran dachte, wie geknickt ihr sonst stets gut gelaunter Bruder gestern Abend gewesen war und wie er sich bei ihr ausgeweint hatte. Normalerweise war er es, der seinen Freundinnen den Laufpass gab, weil er etwas

Besseres gefunden hatte. Diese Erfahrung war etwas ganz Neues und Ungewohntes für ihn.

»Du kannst dir denken, dass das alles nicht ohne reichlichen Alkoholkonsum abgegangen ist«, fuhr Kate Busch lächelnd fort. »Deshalb bin ich heute Morgen noch nicht so fit.«

»Keine Sorge«, sagte Gerald Waldner entspannt. »Heute spiele ich den Chauffeur und im Café Auszeit kannst du dir einen doppelten Espresso gönnen.«

»Können wir nicht zuerst ins Café Auszeit gehen und danach die Schallers befragen?«

»Nein. Zuerst kommt die Arbeit und dann das Vergnügen.«

»Spielverderber.«

»Ich sehe schon, wer heute den Hauptteil der Befragungen erledigen muss«, sagte Gerald Waldner leicht belustigt und stand auf.

Gemeinsam trotteten sie zu dem schwarzen Dienstmercedes, der mit vereisten Scheiben auf seinen Einsatz wartete.

**

Nachdem sich ihr Onkel von ihr verabschiedet hatte, räumte Lydia Mannteufel das schmutzige Geschirr in die Spülmaschine.

Ihr graute vor dem Gespräch mit Jan Möller. Ihre Beziehung zu ihm war noch nie gut gewesen und sein höhnisches Grinsen auf dem Friedhof, als Sophies Schwester sie angeschrien hatte, war ihr nicht entgangen.

»Ach Sophie«, seufzte sie und setzte sich an ihren Esszimmertisch, um sich eine Strategie für ihr Gespräch mit Jan Möller zu überlegen.

Ihre Gedanken schweiften immer wieder ab. Fast zwei Wochen war es jetzt schon her, dass Sophie tot war und sie konnte es immer noch nicht fassen, dass sie sie nie mehr wiedersehen würde.

Was hätte sie ihr nicht alles noch erzählen wollen, wenn sie die Zeit dafür bekommen hätte, und jetzt blieb so viel Ungesagtes für immer im Raum stehen.

»Ach Sophie«, murmelte sie leise. »Warum ist das Leben manchmal so schwer?«

Lydia Mannteufel lächelte wehmütig, als sie an ihren Vater dachte, der in schwierigen Situationen gerne Immanuel Kant zitiert hatte: »Der Himmel hat den Menschen als Gegengewicht zu den vielen Mühseligkeiten des Lebens drei Dinge gegeben: Die Hoffnung, den Schlaf und das Lachen.«

Lydia Mannteufel seufzte und ging in das Schlafzimmer, um ihren grauen Hosenanzug aus dem Kleiderschrank herauszuholen.

Irgendwo hatte sie einmal gelesen, dass Frauen, die im Wirtschaftsleben ernst genommen werden wollten, graue Kostüme oder graue Hosenanzüge tragen sollten. Der graue Farbton würde Seriosität und Machtbewusstsein ausstrahlen.

Beides waren Eigenschaften, die ihr im Moment abgingen. Aber vielleicht konnte die Kleidung ihr dabei helfen, ihr erschüttertes Selbstvertrauen wieder aufzurichten.

Sie zog den Hosenanzug und eine weiße Bluse an, schaute sich im Spiegel des Kleiderschranks nochmals prüfend an und nickte sich aufmunternd zu. Sie wollte sich gegenüber Jan Möller keine Blöße geben.

Sie nahm ihren schwarzen Wollmantel vom Kleiderbügel, schnappte sich ihre abgenutzte Aktentasche und stapfte über den schon leicht matschig gewordenen Untergrund zu ihrem roten Mini, der wettergeschützt in der Doppelgarage stand.

Der weiße Schnee hatte mittlerweile seine Unschuld verloren. Er würde bis zum Abend seine Metamorphose abgeschlossen haben und entweder als brauner Matsch enden oder wieder ganz von der Bildfläche verschwunden sein.

Lydia Mannteufel sah auf die Uhr im Cockpit ihres Wagens. Es war kurz nach 10 Uhr. Um diese Zeit müsste Jan Möller eigentlich schon in seinem Büro in der Schulstraße sitzen und auf vermögende Kunden warten.

Lydia Mannteufel reihte sich vorsichtig in die Panoramastraße ein und zuckelte hinter einem übervorsichtigen Autofahrer mit Sommerreifen im Schneckentempo in die Ortsmitte von Gerlingen.

Nachdem sie ihren roten Mini in der Tiefgarage beim Rathaus abgestellt hatte und ausgestiegen war, hörte sie plötzlich eine weibliche Stimme ihren Namen rufen.

Sie drehte sich um und sah Kate Busch und Gerald Waldner auf sich zukommen. Lydia Mannteufel lächelte und begrüßte die beiden Kommissare.

»Was machen Sie denn hier?«, fragte sie die beiden.

»Nur unsere Arbeit«, antwortete Gerald Waldner lakonisch. »Sie wissen schon, Zeugen befragen und solche Sachen.«

»Gibt es etwas Neues? Haben Sie den Verfasser der anonymen Briefe schon gefunden?«

Kate Busch schüttelte bedauernd den Kopf.

»Nein«, sagte sie. »Auch beim zweiten Brief haben wir keine verwertbaren Spuren gefunden.«

»Schade«, antwortete Lydia Mannteufel enttäuscht. »Aber vielleicht war das wirklich nur ein

Spinner, der jetzt die Lust an der ganzen Sache verloren hat.«

»Wollen wir es hoffen«, pflichtete Gerald Waldner ihr bei.

»Was haben Sie denn bei diesem Sauwetter vor?«, fragte Kate Busch neugierig und schaute Lydia Mannteufel direkt in ihre blaugrauen Augen.

Lydia Mannteufel errötete leicht.

»Ich gehe zu Jan Möller«, antwortete sie wenig begeistert. »Mein Onkel hat Geld bei ihm angelegt und braucht es jetzt dringend. Jan Möller weigert sich aber, das Geld zurückzubezahlen. Mal sehen, was ich machen kann.«

»Na dann viel Glück«, sagte Kate Busch.

»Danke. Das kann ich gebrauchen«, erwiderte Lydia Mannteufel. »Hoffentlich haben Sie bei Ihren Zeugenbefragungen auch Erfolg und finden bald heraus, was mit Sophie passiert ist.«

»Ihr Wort in Gottes Ohr«, murmelte Gerald Waldner, der während der Unterhaltung ungeduldig von einem Bein auf das andere getreten war, wenig überzeugt.

Nachdem sich Lydia Mannteufel von den beiden Polizisten verabschiedet hatte, sah Gerald Waldner seine Kollegin scharf an und fragte leise: »Du sag mal, läuft da eigentlich zwischen euch beiden etwas? War die Mannteufel vielleicht dein geheimnisvolles Date von gestern Abend?«

Kate Busch spürte, wie ihr heiß wurde und ihr Gesicht blassrosa anlief.

»Ja, ich war gestern Abend bei Lydia Mannteufel«, gab sie verlegen zu. Sie hielt kurz inne und fuhr dann mit erhobener Stimme fort: »Das war aber nicht so, wie du vielleicht denkst.«

»Ach nee«, bemerkte Gerald Waldner trocken und zog seine Augenbrauen ungläubig nach oben. »Was habt ihr denn dann den ganzen Abend gemacht? Zusammen die Nachrichten im Fernsehen angeschaut?«

»Du spinnst doch, Gerald«, protestierte Kate Busch aufgebracht. »Frau Mannteufel wollte nur wissen, ob wir etwas Neues wegen der anonymen Schreiben herausgefunden haben.«

Gerald Waldner sah seine Kollegin spöttisch an und sagte: »Und das hättest du ihr am Telefon nicht sagen können?«

»Ich weiß, dass das keine so gute Idee war, dass ich gestern Abend noch bei ihr vorbei gegangen bin«, erwiderte Kate Busch zerknirscht. Sie biss sich auf die Lippen und sagte leise: »Ich habe mir geschworen, dass ich nicht mehr allein zu Lydia Mannteufel gehe, solange der Fall noch nicht abgeschlossen ist. Das nächste Mal gehen wir wieder zusammen hin, versprochen.«

»Okay«, meinte Gerald Waldner versöhnlich und zupfte an seinem Ziegenbärtchen.

»Ich kann dich ja verstehen. Lydia Mannteufel ist eine verdammt attraktive Frau. Aber zu deinem eigenen Schutz solltest du nicht mehr allein zu ihr gehen. Vielleicht hat sie ja doch Sophie Landmann umgebracht.«

»Na ja, das glaube ich jetzt nicht«, widersprach Kate Busch und schob ihre kalten Hände in ihre Jackentasche. »Lass uns zu den Schallers gehen und dann in das Café Auszeit. Dort können wir vielleicht etwas zu Mittag essen. Ich brauche auf jeden Fall bald Nervennahrung.«

»Kein Wunder, wenn du solch ein aufregendes Leben führst.«

Als Kate Busch die Eingangstür zum Juweliergeschäft öffnete, schaute Eleonore Schaller, die gerade einer blonden Dame um die sechzig die Vorzüge einer Cartieruhr erläuterte, sie erschrocken an.

Dietmar Schaller, der hinter der Ladenkasse stand und Kassenbons sortierte, kam eilig auf die beiden Polizisten zu und begrüßte sie mit einem freundlichen Lächeln, das seine Augenwinkel jedoch nicht erreichte.

»Guten Tag, was kann ich für Sie tun?«, fragte er die beiden Polizisten und führte sie zu der kleinen roten Sitzgruppe am entgegengesetzten Ende des Juwelierladens, sodass die blonde Kundin möglichst wenig von ihrem Gespräch mitbekommen konnte.

Gerald Waldner räusperte sich.

»Wir haben noch ein paar Fragen an Sie und Ihre Frau wegen Sophie Landmann. Wenn es Ihnen recht ist, würden wir das gerne mit Ihnen und Ihrer Frau gemeinsam klären.«

Dietmar Schaller blickte hinüber zu seiner Frau, die im Gespräch mit der Kundin vertieft zu sein schien.

»Ja natürlich«, sagte er. »Aber Sie sehen ja, dass meine Frau gerade beschäftigt ist.«

»Kein Problem«, entgegnete Gerald Waldner lässig. »Wir haben Zeit, wir können warten.«

»Vielleicht können Sie mich in der Zwischenzeit beraten«, wandte sich Kate Busch mit einem charmanten Lächeln an den Ladeninhaber. »Ich suche nämlich eine Armbanduhr. Sportlich und elegant sollte sie sein, aber nicht zu teuer und die Uhrzeit sollte man auch schnell ablesen können.«

Dietmar Schaller schaute Kate Busch überrascht an.

»Ja gerne«, antwortete er. »Ich kann Ihnen eine kleine Auswahl zusammenstellen, wenn Sie möchten.«

Kate Busch nickte zustimmend.

Dietmar Schaller stand auf, ging zu den Glasvitrinen, in denen die Uhren ausgestellt waren, und kam mit sechs unterschiedlichen Modellen zurück. Er legte die Uhren auf den runden Tisch und sagte geschäftsmäßig: »Ich kenne leider Ihren Geschmack nicht, deshalb habe ich Uhren mit Armbändern aus verschiedenen Materialen ausgesucht.«

Kate Busch sah sich eine nach der anderen an und probierte sie an ihrem Handgelenk aus.

»Oh, die sieht super aus«, sagte sie, als sie eine Uhr aus Titan mit schwarzem Zifferblatt angezogen hatte. Sie wedelte mit der Uhr an ihrem Handgelenk hin und her.

»Ich glaube, die nehme ich. Was kostet die denn?«

Der Ladeninhaber schaute in seiner Preisliste nach.

»Die kostet 120 Euro. Ein sehr schönes Modell.«

»Bekomme ich einen kleinen Nachlass, wenn ich die Uhr bei Ihnen kaufe?«, fragte Kate Busch keck und lächelte Dietmar Schaller herausfordernd an.

Gerald Waldner schnaubte und schüttelte ungläubig den Kopf.

Dietmar Schaller strich sich über das Kinn und sagte zögernd: »Wenn Sie es mir nicht als Beamtenbestechung auslegen, kann ich Ihnen zehn Prozent Rabatt geben.«

»Nein, natürlich nicht«, antwortete Kate Busch breit grinsend und zog die Uhr von ihrem Handgelenk.

Dietmar Schaller legte die Uhr in eine Schatulle und händigte sie Kate Busch, nachdem sie sie bezahlt hatte, aus.

Die blonde Kundin hatte sich in der Zwischenzeit von Eleonore Schaller verabschiedet und verließ gerade den Laden. Eleonore Schaller schaute ihren Mann fragend an und begrüßte die beiden Polizisten kühl.

Gerald Waldner fuhr sich über das Kinn und wiederholte seinen Eingangssatz.

»Was wollen Sie denn noch von uns wissen? Wir haben Ihnen doch schon alles gesagt«, bemerkte Eleonore Schaller leicht irritiert und zog ihre gezupften Augenbrauen nach oben.

Kate Busch fixierte Eleonore Schaller streng und fragte sie schroff: »Wussten Sie eigentlich, dass das Kind, das Sophie Landmann erwartete, von Ihrem Ehemann war?«

Eleonore Schaller wich Kate Buschs Blick aus und biss sich auf die Lippen. Sie wandte sich ängstlich an ihren Ehemann und fragte ihn mit stockender Stimme: »Ist das wahr? Ist das Kind wirklich von dir?«

Dietmar Schaller blickte verlegen auf den Boden.

»Ja, das stimmt«, antwortete er kaum hörbar. »Ich wusste es aber nicht. Das kannst du mir glauben.«

Eleonore Schaller rang sichtbar um Fassung und herrschte die Kommissarin zornig an: »Was wollen Sie denn eigentlich von uns? Macht es Ihnen Spaß, unsere Ehe zu zerstören?«

Kate Busch schaute die Juweliersgattin verdattert an.

»Entschuldigen Sie bitte«, sagte sie in einem besänftigenden Tonfall. »Wir haben keine Absicht, uns in Ihr Eheleben einzumischen, aber wir müssen einen Mord aufklären und Sie beide hatten die Gelegenheit und wohl auch einen Grund, Sophie Landmann nach dem Leben zu trachten.«

»Sie spinnen doch«, gab Dietmar Schaller gereizt zurück und schaute seine Frau abbittend an.

»Ich wusste doch gar nicht, dass Sophie Landmann von mir schwanger war und meine Frau wusste das erst recht nicht. Warum hätten wir Sophie denn umbringen sollen? Und selbst wenn wir es gewusst hätten, das ist doch heute kein Grund mehr, jemanden umzubringen. Wir hätten das schon irgendwie geregelt. Ich hatte auf jeden Fall keine Absicht, meine Frau zu verlassen. Das war ein einmaliger Ausrutscher.«

»Das glaube ich Ihnen ja«, erwiderte Gerald Waldner um einen sachlichen Ton bemüht. »Aber Fakt ist, dass Sie beide kein Alibi für die Tatzeit haben und, objektiv betrachtet, Grund und Gelegenheit hatten, Sophie Landmann umzubringen.«

»Stehen wir jetzt unter Mordverdacht?«, fragte Dietmar Schaller wütend.

»Nein, nicht direkt«, beruhigte Kate Busch ihn. »Wir möchten Sie nur bitten, uns noch einmal zu sagen, was Sie zwischen 20 und 24 Uhr an dem Freitagabend gemacht haben, an dem Sophie Landmann umgekommen ist. Vielleicht können Sie sich an jemanden erinnern, der Sie gesehen hat und Ihre Aussagen bestätigen kann.«

Eleonore und Dietmar Schaller blieben bei ihren bisher gemachten Angaben.

»Leider können wir auch keine Entlastungszeugen aus dem Hut zaubern. Aber das ist auch nicht unsere Aufgabe. Sie müssen uns erst einmal nachweisen, dass wir Sophie umgebracht haben sollen«, fügte Dietmar Schaller trotzig hinzu.

»Puh«, stöhnte Kate Busch, als sie auf dem Gehsteig vor dem Juwelierladen standen. »Das lief jetzt nicht so toll.«

»Wenigstens hast du jetzt eine neue Armbanduhr«, bemerkte Gerald Waldner trocken und schüttelte missbilligend den Kopf. »Manchmal verstehe ich dich wirklich nicht. Wie kannst du bei einem Tatverdächtigen während der Befragung eine Uhr kaufen?«

»Na ja«, gab Kate Busch leicht verlegen zurück, »ich wollte die Zeit eben sinnvoll nutzen und eine neue Uhr suche ich schon länger.«

»Zumindest ein Erfolgserlebnis«, erwiderte Gerald Waldner sarkastisch. »Komm, lass uns zum Café Auszeit gehen und nochmals die Mitarbeiter befragen. Vielleicht haben wir da mehr Glück.«

**

Lydia Mannteufel spazierte grinsend von der Tiefgarage zu Jan Möllers Büro. Nicht einmal die Tatsache, dass sie auf Höhe des Blumengeschäftes an der Ecke Kirchstraße/Schulstraße auf der eisglatten Treppe fast ausgerutscht wäre und sich nur mit Müh und Not am Geländer festhalten konnte, um einen Sturz zu verhindern, konnte ihrer guten Laune Abbruch tun.

Welch ein Zufall, dass sie Kate Busch in der Tiefgarage getroffen hatte, dachte sie. Sie spielte in Gedanken noch einmal die Begegnung mit der Polizistin durch und spürte ein anregendes Kribbeln im Bauch, als sie an die smaragdgrünen Augen der Kommissarin dachte, die sie forschend angeschaut hatten. Dieser Blick war ihr durch Mark und Bein gegangen.

»Unglaublich«, murmelte sie schuldbewusst und gleichzeitig erstaunt darüber, dass sie so kurz nach Sophies Tod überhaupt an eine andere Frau denken konnte.

Als sie vor der Eingangstür von Jan Möllers Büro stand, seufzte sie kurz, sammelte sich und öffnete die Tür.

Jan Möller, adrett in einem schwarzen Anzug, roter Krawatte und weißem Hemd gekleidet, saß an seinem Mahagonischreibtisch und telefonierte wild gestikulierend. So wie es aussah, schien es kein einfaches Telefongespräch zu sein.

Vielleicht auch ein Kunde, der sein Geld zurückhaben wollte, dachte Lydia Mannteufel leicht amüsiert und ging langsam zu dem gläsernen Besprechungstisch.

Jan Möller hatte bei ihrem Eintritt kurz aufgeblickt und seine Augenbrauen missbilligend hochgezogen. Er drehte sich in seinem Schreibtischstuhl von ihr weg, sprach ein paar abgehackte Sätze, die sie nicht richtig verstehen konnte, in das Telefon und beendete kurz darauf abrupt das Gespräch. Er schüttelte verärgert den Kopf, stand auf und ging zu ihr.

»Was willst du denn jetzt hier?«, herrschte er sie wütend an. »Ist es in deinem Metier nicht üblich, dass man Gesprächstermine vereinbart?«

Lydia Mannteufel wusste im ersten Moment nicht, wie sie auf diesen frontalen Angriff reagieren sollte.

»Es tut mir leid, Jan«, sagte sie nach kurzem Zögern und hob entschuldigend die Arme. »Du kannst dir ja wahrscheinlich denken, warum ich ohne Anmeldung bei dir vorbeigekommen bin.«

»Wahrscheinlich hat dich dein Onkel geschickt, weil er sein Geld zurückhaben möchte«, erwiderte

Jan Möller mit frostiger Stimme und sah Lydia Mannteufel abweisend an.

Er fuhr sich mit der rechten Hand über seine Locken und schnaubte ärgerlich.

»Ich kann dir nur das Gleiche sagen, was ich deinem Onkel auch schon gesagt habe. Sein Geld ist bis zum 30. Juni 2022 fest angelegt. Vorher kann ich es ihm nicht auszahlen.«

»Ach komm schon Jan«, entgegnete Lydia Mannteufel ungerührt. »Meinen Onkel kannst du vielleicht mit dieser Aussage abwimmeln. Aber du weißt doch genau, dass es immer ein Sonderkündigungsrecht gibt. Mein Onkel könnte das Geld sofort zurückverlangen. Er würde dann eben keine Zinserträge bekommen.«

»So, glaubst du das?«, erwiderte Jan Möller trotzig und machte keine Anstalten, Lydia Mannteufel einen Platz an seinem Besprechungstisch anzubieten.

»Wenn du dir so sicher bist, dass dein Onkel sofort Anspruch auf sein Geld hat, kannst du mich ja verklagen«, fügte er schroff hinzu.

»Gut«, antwortete Lydia Mannteufel mit fester Stimme. »Wenn das dein letztes Wort in dieser Angelegenheit ist, dann verklagen wir dich eben. Darauf kannst du Gift nehmen.«

»Na dann viel Erfolg«, erwiderte Jan Möller ironisch und komplimentierte Lydia Mannteufel unsanft in Richtung Eingangstür.

»Wir hören uns noch«, sagte Lydia Mannteufel erbost und knallte die Eingangstür beim Verlassen des Büros zu.

»So ein arroganter Schnösel«, schimpfte sie auf dem Rückweg zur Tiefgarage lauthals vor sich hin. Sie musste jetzt unbedingt mit ihrem Onkel das weitere Vorgehen besprechen. Hoffentlich konnte sie ihn dazu überreden, Jan Möller zu verklagen.

**

Kate Busch lief zielstrebig auf das rote, verschlissene Sofa im Café Auszeit zu, zog ihre Winterjacke aus und ließ sich mit einem erleichterten Seufzer auf das Sofa plumpsen.

Im Café war um diese Uhrzeit, kurz vor halb zwölf, noch nicht viel los. Nur eine Literaturgruppe der Volkshochschule Gerlingen hatte ihre Diskussionsrunde über die Darstellung des Geschlechtsverkehrs in den Spätwerken bekannter männlicher Schriftsteller in das Café verlegt. Die Diskussionsteilnehmer waren sich einig, dass die Beschreibungen angesichts des Alters der männlichen Protagonisten unrealistisch waren und wohl eher den Wunschträumen der Schriftsteller entsprachen.

Kate Busch hörte der Diskussion amüsiert zu und warf ihrem Kollegen, der auf einem abgewetzten Ledersessel Platz genommen hatte, bedeutungsvolle Blicke zu.

»Jetzt weißt du, was dich im Alter erwartet«, stichelte sie.

»Na ja, über die mangelnde Performance der Männer im Alter musst du dir ja keine Gedanken machen«, spielte Gerald Waldner den Ball locker zurück und winkte Melanie, die hinter dem Tresen stand, zu.

»Hallo Gerry, was führt euch denn um diese Uhrzeit hierher?«, fragte Melanie.

»Wir wollten dich fragen, ob ihr herausgefunden habt, um welche Uhrzeit Jan Möller am Freitagabend vor zwei Wochen in eurem Café war.«

»Ich habe alle Mitarbeiter befragt, die am Freitagabend Dienst hatten. Keiner kann definitiv bestätigen, dass Jan Möller von 22 Uhr bis 24 Uhr ständig im Café war«, sagte Melanie und zuckte bedauernd mit den Schultern. »Ich habe dir ja schon beim ersten Mal gesagt, dass das Café rammelvoll war und wir alle Hände voll zu tun hatten. Da haben wir nicht darauf geachtet, ob und wie lange einzelne Personen im Café waren.«

Gerald Waldner verzog enttäuscht das Gesicht. Insgeheim hatte er sich mehr erhofft.

»Schade«, sagte er und zupfte entmutigt an seinem Ziegenbärtchen.

Kate Busch, die sich an dem Gespräch bisher nicht beteiligt hatte, schaltete sich ein.

»Es wäre schön, wenn Sie uns eine Liste mit den Namen der Mitarbeiter und der anwesenden Gäste erstellen könnten«, sagte sie und fügte nach kurzem Nachdenken hinzu: »Vielleicht können Sie in die Liste auch gleich die Antworten derjenigen eintragen, die Sie schon befragt haben. Das würde uns sehr weiterhelfen.«

»Kein Problem, das kann ich machen.«

»Bis wann können Sie uns denn die Informationen liefern?«

»Bis morgen Abend müsste ich die Infos haben. Reicht das noch?«

»Klar«, antwortete Gerald Waldner. »Ich komme morgen dann gegen 20 Uhr vorbei und hole die Liste ab.«

Die Literaturgruppe der Volkshochschule Gerlingen hatte ihre Diskussionsrunde zwischenzeitlich beendet. Die älteren Damen und Herren signalisierten mit ihren Geldbörsen, die sie auf den Tisch gelegt hatten, dass sie bezahlen wollten.

»Komme gleich«, rief Melanie ihnen zu, blieb aber noch am Tisch der Polizisten stehen.

Gerald Waldner sah auf seine Armbanduhr.

»Kurz vor halb zwölf«, sagte er und sah Kate Busch auffordernd an. »Zeit für die Mittagspause, oder?«

»Immer«, sagte Kate Busch und fragte lächelnd Melanie, was sie heute empfehlen könne.

»Natürlich alles«, antwortete diese und zählte die verschiedenen Tagesessen auf. Als sie mit ihrer Aufzählung fertig war, hörte man aus der Küche ein lautes metallenes Geräusch und kurz darauf ein mindestens ebenso lautes Fluchen.

»Falls es das Gericht noch gibt, würde ich das Schnitzel mit Pommes und Salat nehmen«, sagte Gerald Waldner und grinste Melanie an.

»Ich nehme die Lasagne und danach einen doppelten Espresso«, ergänzte Kate Busch die Bestellung ihres Kollegen und unterdrückte ein Gähnen.

»So wie es aussieht, ist heute außer Spesen und deiner neuen Armbanduhr nichts gewesen«, fasste Gerald Waldner die Ermittlungsergebnisse des Vormittags kurz und bündig zusammen.

»Na ja, hoffen wir, dass wenigstens das Essen unseren Erwartungen entspricht«, erwiderte Kate Busch und ließ sich erschöpft in das rote Sofa zurücksinken.

**

Niklas Weimers Gemütszustand entsprach dem Wetter.

Nasskalt und ungemütlich.

Angespannt schob er sein mit Briefen und Paketen beladenes Elektrofahrrad über die rutschigen Gehwege der Gerlinger Innenstadt. Trotz seiner warmen Dienstkleidung fröstelte es ihn.

Von seinem Hochgefühl, der Polizei eins auszuwischen und bei der Person, die Sophie Landmann in den Neckar gestoßen hatte, dick abzukassieren, war wenig übrig geblieben.

Niklas Weimer hatte inzwischen schwere Zweifel, ob seine geplante Erpressung wirklich so eine gute Idee war.

Jemand der einmal mordete, würde womöglich nicht davor zurückschrecken einen zweiten Mord zu begehen, um einen unangenehmen Augenzeugen aus dem Weg zu räumen.

Niklas Weimer stellte sein Elektrofahrrad vor dem Gerlinger Rathaus ab, nestelte eine Zigarette aus der Verpackung und versuchte, sie anzuzünden. Er brauchte mehrere Anläufe, bis er mit seinen von der Kälte gefühllos gewordenen Fingern das Feuerzeug in Gang setzen konnte. Hastig zog er ein paar Mal an der Zigarette, um sich zu beruhigen.

»Niklas, Niklas«, murmelte er leise vor sich hin, »wenn das nur mal gut geht.«

Theoretisch könnte er immer noch zur Polizei gehen und eine Aussage machen. Niklas Weimer schüttelte verärgert den Kopf, als er an das letzte Telefonat mit dem Kriminaldauerdienst Leonberg dachte. Wenn er dort jetzt vorbei ginge, würde ihm diese dumme Tussi, mit der er am Telefon gesprochen hatte, womöglich noch etwas anhängen, weil er sich als Zeuge erst so spät gemeldet hatte, und Geld würde er wahrscheinlich auch keines bekommen.

Nein, nein, er würde die ganze Sache wie geplant durchziehen und das Geld heute Abend um 21 Uhr am Waldfriedhof in Gerlingen hinter der Aussegnungshalle entgegennehmen.

Er war schließlich sportlich und kräftig, was sollte ihm da schon passieren. Zur Sicherheit würde er einfach etwas früher am Übergabeort erscheinen. Niklas Weimer nickte bekräftigend und sprach sich leise Mut zu.

»Hallo Niklas, führst du jetzt schon Selbstgespräche?«, ertönte plötzlich die dunkle Stimme des Gerlinger Amtsboten neben ihm.

Niklas Weimer fuhr erschrocken zusammen und drehte sich um. Er war so in Gedanken vertieft gewesen, dass er den Amtsboten gar nicht bemerkt hatte.

Niklas Weimer sah den grinsenden Amtsboten unwirsch an und sagte schroff: »Mensch Bernd, hast du mich erschreckt. Mach das bitte nicht noch einmal.«

Niklas Weimer zog ein Bündel Briefe und Zeitschriften aus seiner Packtasche und drückte sie dem Amtsboten in die Hand. Dann lief er, ohne sich zu verabschieden, hastig mit seinem Elektrofahrrad über den Marktplatz zum Gebäude der Volksbank Strohgäu.

Der Amtsbote schaute dem Briefträger verwundert nach und schüttelte den Kopf. Komisch, dachte er. Sonst war Niklas Weimer für jeden Spaß zu haben, aber heute musste ihm wohl eine Laus über die Leber gelaufen sein.

»Na ja, nicht mein Problem«, murmelte er und ging zurück zur Pforte des Rathauses.

**

»Mann oh Mann. Du hast mir gerade noch gefehlt«, begrüßte Scottie krächzend Lydia Mannteufel und setzte sich auf ihre rechte Schulter, als sie das Haus ihres Onkels betrat.

Lydia Mannteufel fing an zu lachen.

»Mensch Scottie, Biologie ist wohl auch nicht deine Stärke«, sagte sie und kraulte liebevoll den Kopf des Graupapageis.

Als Fred die Stimme seiner Besitzerin hörte, sprang er von seinem Sessel im Wohnzimmer, auf dem er gerade ein Nickerchen gemacht hatte, und rannte laut miauend zu Lydia Mannteufel in den Flur. Schnurrend rieb er seinen Kopf an ihrer grauen Wollhose. Lydia Mannteufel bückte sich, nahm ihren Kater in den Arm und drückte sein warmes Fell an ihre Wange.

»Hau ab, Fred«, krächzte Scottie eifersüchtig, flog aber vorsichtshalber außer Reichweite der scharfen Krallen des Katers in seinen Käfig zurück.

Lydia Mannteufel setzte ihren Kater auf den in die Jahre gekommenen Parkettfußboden und zog ihren Wollmantel aus.

»Hallo Lydia«, begrüßte ihr Onkel sie, nahm ihr den Mantel ab und hängte ihn an der Garderobe im Flur auf.

»Ist etwas passiert? Ich habe gar nicht mit dir gerechnet?«, fragte er sie mit sorgenvoller Miene.

Lydia Mannteufel schüttelte den Kopf.

»Nein, nein, nicht wirklich. Ich war nur gerade bei Jan Möller.«

»Was hat er gesagt?«

Lydia Mannteufel schnaubte verächtlich und sagte, noch immer wütend, als sie an den Verlauf des Gesprächs zurückdachte: »Jan ist so ein aufgeblasener Wicht. Er hat mich quasi aus seinem Büro geworfen und mir deutlich gesagt, dass er das Geld nicht herausrücken würde. Wenn du das Geld sofort haben wolltest, müsstest du ihn verklagen.«

Sie hielt kurz inne und fuhr sich nachdenklich über ihr Kinn.

»So wie es aussieht, bleibt uns wohl nichts anderes übrig. Aber ich wollte das vorher mit dir besprechen. Schließlich ist es ja dein Geld.«

Paul Winter seufzte.

»Das habe ich mir fast schon gedacht. Jetzt kann ich meinen Auftrag von der Theodor-Heuss-Stiftung wohl in den Wind schreiben«, sagte er niedergeschlagen.

Lydia Mannteufel legte tröstend ihren Arm auf seine Schulter.

»Mensch Paul, ich kann dir doch vorübergehend das Geld für deinen Auftrag leihen. Wenn es dich beruhigt, können wir einen Kreditvertrag mit Zins- und Tilgungsplan aufsetzen.«

Paul Winter sah seine Nichte zweifelnd an.

»Ich weiß nicht«, sagte er zögerlich. »Eigentlich will ich von dir kein Geld borgen. Schließlich bist du meine Nichte.«

»Na und?«, antwortete Lydia Mannteufel leicht genervt. »Möchtest du lieber deinen Auftrag verlieren? Das ist die Chance für dich, endlich groß herauszukommen und einen neuen Brennofen brauchst du sowieso irgendwann mal. Da kannst du ihn auch jetzt sofort kaufen.«

Paul Winter wiegte seinen Kopf unschlüssig hin und her.

»Ich muss mir das noch mal überlegen. Lass uns ins Wohnzimmer gehen, da ist es wärmer und gemütlicher.«

Paul Winter ging mit Lydia Mannteufel und ihrem Kater im Schlepptau in das Wohnzimmer und räumte die alten Zeitungen, die auf dem roten Lieblingssessel seiner Nichte lagen, beiseite.

»Möchtest du etwas trinken?«

»Ja gerne. Aber für Alkohol ist es noch etwas zu früh. Ich muss heute Nachmittag noch ein paar Rechnungen schreiben. Da wäre es von Vorteil, wenn ich bei klarem Verstand bin. Aber wenn du mich fragen würdest, ob ich etwas essen wollte, würde ich nicht Nein sagen.«

»Essen, Essen«, krächzte es aus dem Käfig.

»Klappe Scottie«, sagte Paul Winter und ging lachend in die Küche.

Er schaute in seinen Kühlschrank, öffnete die Türen seines Vorratsschranks und kam mit einem angebrochenen Päckchen Spaghetti und zwei Knoblauchzehen ins Wohnzimmer zurück.

»Tja Lydia, das ist alles was ich derzeit im Angebot habe«, sagte er und zeigte ihr seine magere Ausbeute.

»Wenn du dich mit einem spartanischen Junggesellenessen zufriedengibst, kann ich dir Spaghetti aglio e olio und einen grünen Salat anbieten.

»In meiner Küche sieht es auch nicht besser aus«, sagte Lydia Mannteufel grinsend. »Deshalb nehme ich deine Einladung gerne an.«

Paul Winter ging, gefolgt von Lydias Kater, in die Küche, setzte heißes Wasser auf, holte eine Pfanne aus dem Schrank und putzte den Salat.

Lydia Mannteufels Kater miaute so herzzerreißend, dass ihn Paul Winter umgehend mit seinem Lieblingskatzenfutter Friskas de Luxe fütterte. Fred stürzte sich auf das Futter, sobald es in seinem Napf lag. Immer wieder blickte er von seinem Futtertrog auf, um sicherzugehen, dass Scottie ihn nicht beim Fressen störte.

Der Graupapagei hatte seinen Spaß daran, kreischend auf Freds Rücken zu landen, wenn der Kater gerade mit seinem Maul im Futtertrog versunken war. Aber heute schien er sich angesichts Lydia Mannteufels Anwesenheit zurückzuhalten.

»Du Lydia«, rief Paul Winter aus der Küche Richtung Wohnzimmer, als er die Nudeln in das kochende Wasser legte. »Gibt es eigentlich Neuigkeiten von deiner Kommissarin?«

Lydia Mannteufel, die gerade den Wohnzimmertisch von den Prospekten über Brennöfen und den Skizzen für die Tassen und Teller der Theodor-Heuss-Stiftung frei räumte, hielt kurz inne. Sie spürte, wie sie leicht errötete und war froh, dass ihr Onkel sie nicht sehen konnte.

»Ich habe die beiden Polizisten heute Morgen zufällig in der Tiefgarage beim Rathaus getroffen«, sagte sie betont beiläufig. »Sie wollten gerade Zeugen vernehmen.«

»Das klingt doch gut«, kam es erfreut aus der Küche zurück. »Dann scheinen sie ja noch andere Spuren zu verfolgen und du bist vielleicht in ihrer Rangliste der Hauptverdächtigen nach hinten gerutscht.«

»Ich weiß nicht«, erwiderte Lydia Mannteufel zweifelnd. »Ich glaube eher, dass die Polizei ziemlich im Dunkeln tappt und jeder noch so kleinen Spur verzweifelt hinterherjagt.«

»Und was ist mit den anonymen Briefen? Sind sie da wenigstens weitergekommen?«, fragte ihr Onkel.

»Nein, leider auch nicht«, antwortete Lydia Mannteufel und ging in die Küche, um das Besteck, Servietten und Gläser zu holen und den Wohnzimmertisch zu decken.

»Ich will ja nichts sagen«, meinte ihr Onkel, »aber wenn die bei all ihren Fällen so eine hohe Erfolgsquote haben, na dann prost Mahlzeit.«

»Ich denke schon, dass die beiden Polizisten den Fall noch lösen werden. Mir erscheinen sie ganz kompetent«, verteidigte Lydia Mannteufel die beiden Beamten.

»Ja, vor allem die Kommissarin scheint bei dir einen bleibenden Eindruck hinterlassen zu haben«, neckte Paul Winter seine Nichte und sah ihr dabei direkt ins Gesicht.

Lydia Mannteufel bückte sich und streichelte ihren Kater, um ihre Befangenheit zu verbergen.

Ihr Onkel lachte und sagte: »Mir brauchst du nichts vorzumachen. Die Kommissarin scheint einen ganz patenten Eindruck zu machen. Ich hoffe nur, dass sie bald herausfindet, was mit Sophie passiert ist.«

»Frage mich«, erwiderte Lydia Mannteufel seufzend. »Diese Ungewissheit ist kaum zu ertragen und dann noch die verstohlenen Blicke und Gesten der Leute, wenn sie mir beim Einkaufen begegnen. Ich kann an ihren Gesichtern ablesen, was sie denken.«

Paul Winter legte tröstend den Arm auf Lydia Mannteufels Schulter.

»Lass dich davon bloß nicht unterkriegen. Deine Polizistin wird den Fall schon aufklären.«

»Schön wär's«, sagte Lydia Mannteufel leise und sah ihrem Onkel zu, wie er die Spaghetti mit den angebräunten Knoblauchzehen in der Pfanne leicht umherschwenkte und sie dann auf zwei große Teller verteilte, die Lydia Mannteufel vorsichtig ins Wohnzimmer trug.

»Sag mal Lydia«, fragte ihr Onkel zwischen zwei Bissen, »hast du eigentlich noch mal Post von dem anonymen Briefschreiber erhalten?«

Lydia Mannteufel wischte sich mit der Serviette über den Mund.

»Nein, Gott sei Dank nicht. Ich glaube, das war nur ein Spinner, der sich wichtigmachen wollte«, antwortete sie.

»Das glaube ich langsam auch. Wahrscheinlich wollte er dir nur Angst machen.«

»Na, das ist ihm auch gelungen«, sagte Lydia Mannteufel mit bitterem Unterton. Sie kraulte ihren Kater, der es sich neben ihrem Stuhl auf dem Boden bequem gemacht hatte.

»Ich hoffe, du hast nichts dagegen, wenn ich Fred bei dir solange einquartiere, bis der Briefschreiber gefunden worden ist.«

»Geh nach Hause Fred«, krächzte es aus dem Vogelkäfig.

Paul Winter lachte und sagte: »Nein, nein. Das ist kein Problem. Fred kann so lange bei mir bleiben, wie du willst.«

Paul Winter warf seiner Nichte einen neugierigen Blick zu.

»Eigentlich wollte ich dich schon länger fragen, ob du dich wieder daran erinnern kannst, was du am Freitagabend, als Sophie umgekommen ist, gemacht hast?«

Lydia Mannteufel schüttelt traurig den Kopf.

»Leider nicht. Ich kann mich an gar nichts mehr erinnern. Ich habe einen totalen Blackout. Ich weiß nicht einmal, wie ich nach Hause gekommen bin.«

Paul Winter und Lydia Mannteufel beendeten schweigend ihr Mittagessen. Das Bewusstsein, dass sie ihre Gedanken und ihre Erlebnisse nie mehr mit

Sophie teilen konnten, hatte ihnen die Lust am Essen vergällt.

Sogar Scottie und Fred spürten, dass sich die Atmosphäre im Raum verändert hatte. Fred verzog sich auf einen Sessel und stellte sich schlafend, während Scottie in seinem Käfig lustlos an einem Apfelstück herumknabberte.

Lydia Mannteufel legte ihr Besteck neben ihren Teller und seufzte leise. Sie stand auf, trug ihren Teller in die Küche und sagte: »Onkel Paul, danke für das Essen, aber ich muss jetzt nach Hause und mich um meine Rechnungen kümmern. Überleg dir das noch mal mit dem Kredit und gib mir Bescheid, wenn du dich entschieden hast.«

»Mach ich«, erwiderte Paul Winter.

Das Wetter hatte aufgeklart und es war deutlich wärmer geworden, als Lydia Mannteufel zu ihrem Auto ging. Die weiße Schneedecke von heute Morgen war nur noch eine blasse Erinnerung an einen Wintertag.

Lydia Mannteufel stieg in ihren roten Mini und kramte in den CDs, die in ihrem Auto herumlagen. Sie suchte nach einer Musik, die zu ihrer düsteren Stimmung passte. Sie schob die passende CD in ihren CD-Player und sang leise mit. Sie fühlte sich so deprimiert, wie der Text klang.

Als sie die Haustür öffnete und in den Flur trat, bemerkte sie den weißen Umschlag, den sie heute Morgen achtlos auf das Tischchen, auf dem ihr Telefon stand, gelegt hatte.

Sie hängte ihren Mantel an die Garderobe, ging rasch ins Schlafzimmer, zog ihren alten Jogginganzug an und lief in die Küche, um ihr Espressokännchen auf die Herdplatte zu stellen.

Wie oft war ihr Sophie in den Ohren gelegen, sie solle sich eine Siebträgermaschine oder gar eine Nespressomaschine anschaffen. Aber Lydia Mannteufel war standhaft geblieben und hatte ihr Espressokännchen verteidigt.

Lydia Mannteufel seufzte. Auch diese Meinungsverschiedenheit würde sie jetzt nie mehr mit Sophie ausfechten können.

Sie goss den heißen Espresso in eine Tasse und ging mit der Tasse und dem weißen Umschlag in ihr Arbeitszimmer.

Sie legte den Umschlag auf ihren Schreibtisch und fuhr ihren PC hoch. Nachdem sie die Rechnungen für die beiden letzten Trauerreden geschrieben hatte, suchte sie in verschiedenen Büchern nach Gedichten, Reden und Ansprachen, die sie für ihre Trauerreden verwenden konnte.

Sie hatte schon lange vorgehabt, eine Datei mit den besten Redewendungen und Sprüchen zusammenzustellen, sodass sie bei Bedarf schnell Zugriff auf möglichst viele Texte hatte.

Bisher hatte sie immer einen triftigen Grund gefunden, um diese mühselige Arbeit zu verschieben. Aber heute, wo ihre Stimmung nach der Begegnung mit Jan Möller und dem trübsinnigen Mittagessen mit ihrem Onkel mittlerweile an einem absoluten Tiefpunkt angekommen war, konnte diese Sisyphusarbeit ihre Laune nicht weiter verschlechtern.

Lydia Mannteufel blätterte in einem Buch, schüttelte den Kopf über ein allzu pathosreiches Zitat und fing an, die letzte Strophe aus dem Gedicht »Mondnacht« von Joseph von Eichendorff, die in vielen Todesanzeigen verwendet wird, laut vorzulesen: »Und meine Seele spannte weit ihre Flügel aus, flog durch die stillen Lande, als flöge sie nach Haus.«

»Klingt gut«, murmelte sie und speicherte den Text unter der Rubrik »Trauerreden für alle Altersgruppen« ab.

Am schwersten tat sie sich mit der Rubrik »Selbstmord«.

Unschlüssig blätterte sie verschiedene Bücher durch, bis sie beim »Sterbelied« von Anton Ulrich zu Braunschweig-Wolfenbüttel hängen blieb: »Es ist genug! Mein matter Sinn sehnt sich dahin, wo meine Väter schlafen. Ich hab es endlich guten Fug, es ist genug! Ich muss mir Rast verschaffen«.

Lydia Mannteufel fand die Ausdrucksweise zwar nicht mehr ganz zeitgemäß, den Text an sich aber trotzdem passend, sodass sie ihn ebenfalls abspeicherte.

Sie hatte selbst noch nie den Wunsch verspürt, sich umzubringen, aber sie konnte nachvollziehen, dass es Menschen gab, die ihres Lebens müde waren oder so verzweifelt waren, dass sie keinen anderen Ausweg fanden, als sich selbst zu töten.

Lydia Mannteufel vertrat die Auffassung, dass auch diese Menschen das Recht auf eine angemessene und würdevolle Bestattung hatten. Für den früheren Brauch der Kirche, Selbstmörder außerhalb der geweihten Erde zu bestatten, hatte sie deshalb kein Verständnis.

Lydia Mannteufel streckte sich und gähnte.

»Genug für heute«, murmelte sie und schaltete den PC aus.

Ihr Blick fiel auf den weißen Umschlag, der auf ihrem Schreibtisch lag. Mist, dachte sie, am besten kümmere ich mich sofort darum, es könnte ja etwas Wichtiges sein.

Sie öffnete den Brief mit einem silbernen Brieföffner und nahm das weiße Blatt Papier aus dem Umschlag.

Sie stöhnte und wurde kreidebleich, als sie den Inhalt des Schreibens las.

**

Niklas Weimer war extrem nervös. Nachdem er seine Briefe, Zeitschriften und Päckchen verteilt und dabei etliche Bekannte mit einer für ihn untypischen Schroffheit vor den Kopf gestoßen hatte, war er auf direktem Weg zu seiner Wohnung zurückgekehrt.

Vergeblich hatte er versucht, sich mit einer DVD zu entspannen. Schließlich hatte er entnervt den DVD-Player wieder ausgeschaltet und auf dem Balkon eine Zigarette nach der anderen geraucht, bis es ihm dort zu kalt geworden war.

Niklas Weimer schaute gefühlt alle fünf Minuten auf die Küchenuhr neben dem Kühlschrank. Am liebsten würde er die Uhr von der Wand reißen und aus dem Fenster werfen, so sehr ging ihm das Ticken des Sekundenzeigers auf die Nerven. Er wunderte sich, dass er das störende Zeigergeräusch nicht schon früher wahrgenommen hatte.

Niklas Weimer legte die dunkle Kleidung, die er heute Abend am Ort der Geldübergabe tragen wollte, auf sein Bett. Er überlegte, ob er eine Waffe mitnehmen sollte. Dumm nur, dass er keine richtige Waffe hatte und auf die Schnelle auch keine auftreiben konnte.

Er ging in seinen Keller, der im Untergeschoss lag und nur mit einem Bretterverschlag von den anderen Kellern abgetrennt war.

Als er sich, mit einem Hammer und einer schweren Taschenlampe bewaffnet, das Treppenhaus zu seiner Wohnung hinaufschleichen wollte, lief er geradewegs dem groß gewachsenen Hausmeister Ernst Jung, der ein Stockwerk unter ihm wohnte, in die Arme.

Der Hausmeister deutete auf den Hammer in Niklas Weimers Hand und fragte neugierig: »Hallo Herr Weimer, so spät noch am Werkeln?«

Dann hob er mahnend seinen rechten Zeigefinger und sagte lächelnd: »Aber nicht dass sich noch die Nachbarn bei mir über Sie beschweren.«

Niklas Weimer zuckte ertappt wie ein kleiner Schuljunge zusammen und zwang sich zu einer freundlichen Antwort.

»Nein, nein, keine Sorge«, murmelte er und ging, ohne den Hausmeister weiter zu beachten, die Treppe hinauf.

Der Hausmeister schaute ihm überrascht nach und verzog missbilligend das Gesicht.

»Was ist denn in den gefahren?«, grummelte er, als er seine Wohnungstür aufschloss.

Niklas Weimer atmete erleichtert auf, als er wieder in seiner Wohnung angekommen war. Der Hausmeister mit seiner unsäglichen Neugierde hatte ihm gerade noch gefehlt.

Er schaute wieder auf die Küchenuhr. Es war kurz nach 19 Uhr. Noch zwei Stunden bis zur Geldübergabe.

Er öffnete seinen Kühlschrank und betrachtete missmutig die spärlichen Essensreste, die sich im Kühlschrank verloren. Mist, dachte er, jetzt habe ich doch tatsächlich vergessen, einzukaufen.

Er überlegte, ob er noch schnell zum Real fahren und sich an der Imbissbude einen Döner holen sollte, entschied sich aber dagegen. Er nahm die Butter, von der kaum noch etwas übrig war, aus dem Kühlschrank und bestrich damit die verbliebenen zwei Scheiben Brot.

Wie früher, dachte er, als sein Vater arbeitslos war und das Geld am Monatsende nur noch für Butterbrote gereicht hatte.

Kurz vor acht Uhr zog Niklas Weimer die Kleidungsstücke, die er auf sein Bett gelegt hatte, an.

»Man in Black«, murmelte er aufgekratzt, als er sich im Spiegel des Schlafzimmerschranks betrachtete.

Er steckte seine zwei »Waffen« in die Anoraktaschen und schlich unbemerkt die Treppe zur Tiefgarage hinunter.

Er stieg in seinen alten, schwarzen Polo und betete, dass der Wagen ansprang. Er hatte Glück. Diesmal tat ihm sein Auto den Gefallen.

Langsam fuhr er aus der Tiefgarage auf die Schillerstraße. Aus den Fenstern der umliegenden Häuser drangen, sofern sie nicht mit heruntergelassenen Rollläden hermetisch abgeriegelt waren, farbige Lichtfetzen. Halb Gerlingen saß vor dem Fernseher und wartete gespannt auf neue Schreckensmeldungen in den Nachrichtensendungen.

Niklas Weimer schüttelte den Kopf und beschleunigte sein Fahrzeug, das ihm nur widerwillig folgte. Von der Schulstraße bog er in die Hauptstraße ab und fuhr vorsichtig die Panoramastraße hinauf.

Obwohl es im Laufe des Tages wärmer geworden und der Schnee weggetaut war, wollte Niklas Weimer kein Risiko eingehen.

Oben angekommen fuhr er am Waldparkplatz vorbei in die Straße Am Gerlinger Tor. Er stellte sein Auto am Ende der Straße ab und stieg aus. Der Wind blies ihm ins Gesicht. Er setzte seine Kapuze auf und sah sich vorsichtig in alle Richtungen um, aber niemand schien unterwegs zu sein.

Niklas Weimer schaltete seine Taschenlampe an und folgte dem unbefestigten Waldweg, der ihn zur Solitudestraße führte. Seine Schuhe gaben bei jedem Schritt ein schmatzendes Geräusch von sich, sobald sich sein Fuß von dem feuchten Waldboden löste.

Niklas Weimer spürte, wie sich seine Nackenmuskeln anspannten und die Nervosität sich langsam in seinem ganzen Körper ausbreitete.

»Scheiße«, fluchte er, als er über eine Baumwurzel stolperte und dabei seine Taschenlampe zu Boden fiel. Er hob die Taschenlampe mit seinen klammen Fingern auf und setzte vorsichtig seinen Weg fort.

An der Solitudestraße schaltete er seine Taschenlampe aus, als der 92er Bus nach Leonberg an ihm vorbeifuhr. In dem Bus saßen zwei ältere Frauen, die aus dem Fenster starrten. Die Wahrscheinlichkeit, dass der Busfahrer oder die zwei älteren Frauen ihn gesehen hatten, schätzte er als relativ gering ein.

Er wartete, bis er nur noch die Rücklichter des Linienbusses sah und überquerte schnell die Straße. Rasch ging er die geteerte Straße, die zum Waldfriedhof führte, entlang. Er fröstelte und drehte sich immer wieder ängstlich um, weil er sich einbildete, Schritte hinter sich zu hören. Morsche Äste knackten im Wind.

Erschrocken fuhr er zusammen, als es im Dickicht raschelte und ein Reh, nicht weit von ihm entfernt, über die Straße huschte.

Er war froh, als er den Eingang des Waldfriedhofs erreicht hatte. Er zog an der weißen Metalltür, aber sie ließ sich nicht öffnen.

»Mist«, fluchte er. Er hatte ganz vergessen, dass der Friedhof im November schon ab 20 Uhr geschlossen war. Wie dumm von ihm, als Zeitpunkt für die Geldübergabe 21 Uhr festzulegen.

Niklas Weimer schüttelte frustriert den Kopf. Hoffentlich würde die Geldübergabe daran nicht scheitern.

Er blieb unschlüssig vor der Eingangstür stehen und sah sie sich im Schein seiner Taschenlampe an.

»Mann bin ich blöd«, murmelte er und schlug sich mit der behandschuhten Hand auf die Stirn. Es gab etwa hundert Meter entfernt noch einen zweiten Eingang, der mit einem leicht zu überwindenden Metalltor versperrt war und dem Bauhof und den Beerdigungsinstituten zum Ein- und Ausfahren diente.

Niklas Weimer lief an der Hecke des Friedhofs entlang zu dem Eingang. Er drehte sich nach allen Seiten um, konnte aber niemanden entdecken. Er zog sich an dem Metalltor hoch und schwang seinen linken Fuß über das Tor. Wie ein Hochspringer wälzte er sich im Straddle-Stil über das Metallgestänge, hielt sich mit beiden Händen am Tor fest und ließ sich, als er auf der anderen Seite angekommen war, langsam wieder auf den gekiesten Boden gleiten.

Plötzlich hörte er hinter sich ein lautes Knirschen. Erschrocken drehte er sich um und sah, wie eine schwarz gekleidete Person mit einer Metallstange in der rechten Hand auf ihn zu rannte.

Er versuchte instinktiv seine Arme über seinen Kopf zu strecken, um den unvermeidlichen Schlag abzuwehren.

Wie in Zeitlupe sah er die Metallstange auf sich zukommen. Er spürte den harten Schlag und sank langsam zu Boden.

Die schwarz gekleidete Person stöhnte, als sie den Bewusstlosen in das Gebüsch hinter einen weißen Container zog. Sie nahm ein dünnes Kabel aus ihrer Manteltasche, legte das Kabel um den Hals des Bewusstlosen und schnürte es zu.

Die schwarzgekleidete Person schwitzte vor Anstrengung. Jemanden zu töten war gar nicht so einfach, wie es die Krimis im Fernsehen immer suggerierten.

Sie zog mehrmals fest an den Enden des Kabels, bis sie sicher war, dass der Bewusstlose nicht mehr aufwachen würde. Schwer atmend und mit zitternden Fingern steckte sie das Kabel in ihre Manteltasche und ging zu der Stelle, wo die Metallstange lag.

Jetzt galt es schnell zu verschwinden und die Beweismittel zu entsorgen.

Donnerstag, 10 Tage später

Sieglinde Unverzagt genoss jeden Tag aufs Neue ihr morgendliches Ritual. Nach dem Frühstück drehte sie mit ihrem Dackel Waldi IV eine kleine Runde im Gerlinger Wald.

Begonnen hatte alles mit Dackel Waldi I, den sie vor einigen Jahren aus dem Tierheim mitgenommen hatte.

Seit damals parkte sie im Sommer kurz vor halb acht und in den anderen Jahreszeiten kurz vor halb neun am Parkplatz neben dem KSG-Stadion und lief mit ihrem Hund am Friedhof vorbei zum sogenannten kleinen Stern, einer markanten Weggabelung im

Gerlinger Wald, und von dort wieder zurück zum Parkplatz.

Es regnete stark, als Sieglinde Unverzagt aus ihrem roten Ford Fiesta stieg. Schnell setzte sie die Kapuze ihres Anoraks auf und spannte ihren knallgelben Regenschirm auf, bevor sie Waldi IV aus dem Auto hob.

Wie immer ließ sie den gut erzogenen Rauhaardackel ohne Leine im Wald herumspringen. Waldi IV bellte leicht verdrossen, als die Regentropfen auf sein Fell prasselten und suchte unter dem großen Regenschirm seiner Herrin Schutz.

»Braves Hundchen«, lobte Sieglinde Unverzagt ihren Dackel und fing an zu grinsen. Gemächlich gingen die beiden auf dem geteerten Weg am Wasserturm vorbei Richtung Waldfriedhof.

Waldi IV schaute immer wieder neugierig mit aufrechtem Kopf in der Gegend umher, schnüffelte hin und wieder an einer Baumwurzel oder einem weggeworfenen Papiertaschentuch, blieb aber wohlweislich in der Nähe des schützenden Schirms.

Sieglinde Unverzagt grüßte mit einer Handbewegung den Bauhofmitarbeiter, der gerade das Metalltor des Nebeneingangs des Friedhofs öffnete, um sein Auto hinter der Aussegnungshalle zu parken.

Als Waldi IV und Sieglinde Unverzagt nur noch wenige Meter von dem Nebeneingang entfernt waren, fing Waldi IV plötzlich an zu bellen, rannte mit seinen kurzen Beinen wie von einer Tarantel gestochen auf den Friedhof und steuerte schnurstracks auf den weißen Container, der in der Nähe des Nebeneingangs stand, zu.

»Bei Fuß«, rief Sieglinde Unverzagt verärgert nach ihrem Hund. »So etwas macht er normalerweise

nicht«, sagte sie entschuldigend zu dem Bauhofmitarbeiter, der die Szene verwundert beobachtete.

Waldi IV ließ sich nicht beirren und folgte seinem
Jagdtrieb. Hinter dem weißen Container fand er seine regungslose Beute. Er schnüffelte an ihr herum
und fing an zu bellen.

Im Laufe seines Dackellebens war ihm schon länger klar geworden, dass die Menschen größere Defi-
zite beim Aufspüren von Gerüchen hatten.

Wenigstens waren sie soweit konditioniert, dass
sie auf lautes Hundegebell sofort reagierten und sich
schnurstracks in Bewegung setzten.

Sieglinde Unverzagt schnaubte wütend. Da Waldi
IV auf ihre Rufe nicht reagierte, blieb ihr nichts anderes übrig, als ihrem Dackel nachzugehen und ihn
hinter dem Container hervorzuziehen.

Wahrscheinlich hatte er wieder ein totes Tier entdeckt, das dort seit längerer Zeit unbemerkt lag,
dachte sie verärgert und ging mit schnellen Schritten
zu dem Container.

Im Gebüsch hinter dem Container sah sie ein großes schwarzes Bündel liegen.

»Ist ja gut Waldi IV«, sprach sie beruhigend auf
ihren bellenden Hund ein und versuchte ihn von
dem schwarzen Bündel wegzuziehen.

Sie bückte sich und schrie entsetzt auf. Auf dem
Boden lag ein Mann, ganz in schwarz gekleidet, mit
einer blutverkrusteten Kopfwunde.

Der ist tot, war Sieglinde Unverzagts erster Gedanke. Dann knickten ihr die Beine weg und sie
plumpste neben den Mann auf den Boden.

Der Bauhofmitarbeiter, der den Schrei von Sieglinde Unverzagt gehört hatte, lief eilig zu dem weißen Container.

216

»Oh Gott«, stöhnte er und wurde kreidebleich, als er den schwarz gekleideten Mann und Sieglinde Unverzagt auf dem Boden liegen sah. Er warf einen kurzen Blick auf den Mann und kam zum gleichen Ergebnis wie Sieglinde Unverzagt. Obwohl er schon viele Tote gesehen hatte, spürte er einen Brechreiz aufkommen. Er schluckte mehrmals und wendete seinen Blick von dem toten Mann ab.

Er kniete sich zu der ohnmächtigen Frau nieder und überlegte, wie er zumindest sie wieder zum Leben erwecken konnte.

Als er sich über ihr Gesicht beugte, öffnete sie die Augen und stöhnte leise. Dunkelbraune Augen sahen sie besorgt an.

»Geht es wieder?«, fragte der Bauhofmitarbeiter.

Sieglinde Unverzagt nickte kaum merklich und ließ sich von dem Bauhofmitarbeiter auf die Beine helfen. Sie schwankte leicht, als sie wieder stand und versuchte, nicht an das schwarze Bündel zu denken, das neben ihr lag.

»Am besten gehen wir zu unserem Sozialraum in der Aussegnungshalle. Da können Sie sich etwas ausruhen. Ich rufe in der Zwischenzeit die Polizei«, sagte der Bauhofmitarbeiter.

Sieglinde Unverzagt nickte zaghaft und versuchte ein schwaches Lächeln. Waldi IV lief brav neben ihr her. Der Entschluss seine Beute zu verlassen und sich um seine Herrin zu kümmern fiel ihm nicht schwer. Von dem toten Mann im Gebüsch würde er schließlich kein Futter bekommen.

Der Bauhofmitarbeiter geleitete Sieglinde Unverzagt im Sozialraum zu einem Stuhl, auf den sie erleichtert niedersank.

Er fischte sein Mobiltelefon aus der Jackentasche und wählte die Nummer des örtlichen Polizeipostens.

»Polizeiposten Gerlingen«, meldete sich Arne Fries.

»Du Arne, wir haben hier einen Toten auf dem Waldfriedhof gefunden«, sagte der Bauhofmitarbeiter aufgewühlt zu seinem Fußballkumpel.

»Ach nee, auf dem Friedhof, was du nicht sagst«, kam es trocken zurück. Dann hörte der Bauhofmitarbeiter ein schallendes Gelächter.

»Mensch Arne«, rief der Bauhofmitarbeiter zornig, »das ist kein Witz. Im Gebüsch hinter dem Container liegt ein toter Mann. So wie es aussieht, wurde er erschlagen.«

»Sorry«, erwiderte Arne Fries mit einem Mal ernüchtert. »Ich gebe deine Meldung an die zuständigen Stellen weiter und komme dann sofort. Lass alles so wie es ist.«

Kurze Zeit später stieg Arne Fries aus seinem Dienstwagen, den er auf dem geteerten Waldweg wenige Meter vor dem Nebeneingang des Friedhofs geparkt hatte.

»Hallo Arne«, begrüßte der Bauhofmitarbeiter den Schutzpolizisten und lief ihm hastig entgegen. Er zeigte mit seinem ausgestreckten Arm auf den weißen Container.

»Da im Gebüsch hinter dem weißen Container liegt der Tote«, sagte er. »Wir haben ihn nicht angerührt.«

»Gut so«, antwortete Arne Fries kurz angebunden und ging langsam auf den Container zu.

Er warf einen Blick auf den leblosen Mann und scannte mit seinen Augen die nähere Umgebung ab, ohne sich zu bewegen. Er wollte schließlich die Arbeit der Kriminaltechniker nicht unnötig erschweren.

»Wer hat den Toten gefunden?«, fragte er den Bauhofmitarbeiter.

»Eine Frau oder besser gesagt ihr Dackel. Die sitzt jetzt in unserem Sozialraum und erholt sich von dem Schock. Wenn du willst, kannst du sie gleich befragen.«

Arne Fries winkte ab.

»Das hat noch Zeit. Die läuft uns nicht weg. Ich muss jetzt erst einmal den Tatort absperren. Vielleicht kannst du mir dabei helfen. Bis meine Kollegen und der Notarzt kommen, wird es noch etwas dauern.«

Der Bauhofmitarbeiter nickte bereitwillig. Er war froh, dass er etwas tun konnte, das ihn von der Erinnerung an die leblosen Augen des Ermordeten, die ihn vorwurfsvoll und voller Angst angestarrt hatten, ablenkte.

Schweigend rollten die beiden das Absperrband aus und sicherten den Fundort ab.

**

Kate Busch gähnte und sah verstohlen auf ihre neue Armbanduhr. Es war kurz nach halb zehn und die morgendliche Dienstbesprechung schien kein Ende nehmen zu wollen.

Gerald Waldner zog ein Lakritzbonbon aus seiner Hosentasche und schob es sich gelangweilt in den Mund.

Selbst Nina Herzog schien heute ihre gute Laune an der Garderobe abgegeben zu haben und starrte verdrossen zum Fenster hinüber, an dem eine erschöpfte Fliege vergeblich den Weg in die Freiheit suchte.

Lethargisch ließen die Kripobeamten den Monolog ihrer Chefin über sich ergehen.

Gerald Waldner rollte entnervt mit den Augen, als sie noch einmal von ihrem heroischen Einsatz bei den Budgetverhandlungen für das nächste Jahr berichtete.

»Ich bin mal gespannt, ob wir nächstes Jahr dann öfters zum Schießstand gehen dürfen«, flüsterte er Kate Busch zu.

Es klopfte an der Tür zum Besprechungszimmer.

»Herein«, rief Karin Freund und schaute den eintretenden Kollegen Fred Schäuble ungehalten an.

»Was gibt es?«, fragte sie den kleinen kugeligen Kripobeamten mit einem arroganten Unterton in ihrer Stimme.

»Gerade ist eine Meldung vom Polizeiposten Gerlingen hereingekommen«, antwortete Fred Schäuble unbeirrt. »Auf dem Waldfriedhof in Gerlingen wurde ein Toter aufgefunden.«

Fred Schäuble wartete, bis das Gelächter aufgehört hatte. Dann fuhr er unbeeindruckt fort: »Der Mann lag hinter einem Container im Gebüsch und wurde wahrscheinlich erschlagen. Er wurde heute Morgen von einer Frau mit Dackel und einem Bauhofmitarbeiter gefunden.«

Die lethargische Stimmung im Besprechungszimmer war mit einem Mal verflogen. Gerald Waldner richtete sich in seinem Stuhl auf und schaute den kleinen Kripobeamten aufmerksam an. Kate Busch blieb ihr Gähnen buchstäblich im Hals stecken und Nina Herzog klimperte vergnügt mit ihren gelben Sonnenohrringen. Endlich war wieder Action angesagt.

Karin Freund war wenig erbaut über die außerplanmäßige Unterbrechung. Es drohte der nächste ungeklärte Mordfall. Sie seufzte und klopfte mit dem Kaffeelöffel an ihre Tasse.

»Okay Leute«, sagte sie und nahm Kate Busch und Gerald Waldner ins Visier. »Ihr fahrt sofort mit Egon und Frank zum Waldfriedhof nach Gerlingen und beginnt mit den Ermittlungen. Ich informiere in der Zwischenzeit die Staatsanwaltschaft.«

Karin Freund blickte missmutig in die Runde.

»Heute Nachmittag um 17 Uhr treffen wir uns wieder zur Lagebesprechung«, sagte sie kurz angebunden, raffte ihre Unterlagen zusammen und stürmte schlecht gelaunt aus dem Besprechungszimmer.

Als Gerald Waldner, Kate Busch und ihre Kollegen von der Kriminaltechnik am Gerlinger Waldfriedhof angekommen waren, hatten sie Mühe, einen Parkplatz zu ergattern. Die Nachricht von der Entdeckung eines toten Mannes auf dem Waldfriedhof hatte sich im Ort wie ein Lauffeuer herumgesprochen.

Trotz des unfreundlichen Regenwetters drängelten sich zahlreiche Schaulustige vor dem rot-weißen Absperrband der Polizei und versuchten erfolglos einen Blick auf den Tatort zu erhaschen.

Die Polizisten bahnten sich schweigend einen Weg durch die Menschenmenge und gingen direkt zu dem weißen Container, hinter dem die Leiche lag.

Der pfälzische Notarzt Stefan Bartels vom Notarztdienst war gerade dabei, den Toten zu untersuchen. Er hob flüchtig den Kopf, als er die Kripobeamten sah, begrüßte sie kurz mit einem dahin geworfenen »Ge` Morje« und widmete sich wieder seiner Arbeit.

Kate Busch und Gerald Waldner seufzten unisono, als sie den gut gebauten Notarzt sahen. Stefan Bartels Spitzname war »Chamäleon«. In den Monaten April bis Oktober machte er seiner pfälzischen Herkunft alle Ehre, war charmant, stets gut gelaunt und sprühte vor Tatendrang. Aber sobald es in die Wintermonate ging, verwandelte er sich in einen unausstehlichen Misanthrop.

»Und, können Sie uns schon etwas sagen?«, fragte Kate Busch ihn vorsichtig.

Stefan Bartels schaute sie frostig an.

»Ooooch, ich hann doch grad erscht angefang«, erwiderte er unwirsch und beugte sich wieder über den Toten.

»Ist ja gut«, sagte Kate Busch entschuldigend und ging zu Arne Fries, der etwas abseits neben dem Eingangstor stand.

»Wann ist der Tote denn gefunden worden?«, fragte sie ihn.

»Kurz nach halb neun«, antwortete Arne Fries. »Der Dackel von Frau Unverzagt hat den Toten hinter dem Container im Gebüsch aufgespürt.«

»Ich dachte immer, Hunde wären auf dem Friedhof nicht erlaubt?«

»Das stimmt«, sagte Arne Fries. »Frau Unverzagt ist mit ihrem Dackel genau in dem Moment am Friedhof vorbeigelaufen, als der Bauhofmitarbeiter Fritz Häberle mit seinem Auto auf das Friedhofsgelände fahren wollte. Der Dackel ist durch das offene Tor direkt zu dem Toten gerannt.«

»Können wir mit der Frau und dem Bauhofmitarbeiter sprechen?«

»Ja klar«, antwortete Arne Fries und deutete auf die Aussegnungshalle. »Die beiden sind im Sozialraum des Bauhofs. Ich habe sie noch nicht näher befragt. Ich dachte mir, das überlasse ich am besten euch.«

»Okay«, sagte Gerald Waldner. »Dann bringen wir es hinter uns.«

Gemeinsam gingen sie in den Sozialraum in dem Sieglinde Unverzagt gerade ihren Dackel streichelte und der Bauhofmitarbeiter unruhig auf seinem Stuhl hin und her kippelte. Bei der Befragung bestätigten beide, dass sie die Leiche des Mannes kurz nach halb neun entdeckt hätten und ihnen ansonsten nichts Verdächtiges aufgefallen wäre.

»Am besten bleiben Sie noch eine Weile hier. Draußen ist die Hölle los«, sagte Kate Busch zu den beiden, bevor sie mit Gerald Waldner und Arne Fries zum Fundort der Leiche zurückkehrte.

Stefan Bartels, der zwischenzeitlich seine Untersuchung beendet hatte, wartete mit grimmigem Gesichtsausdruck auf die Kripobeamten und drückte Kate Busch die ärztliche Todesfeststellungsbescheinigung in die Hand.

»Uff alle Fäll war das doh kä nadeerlicher Dodesfall«, knurrte er und drehte sich zum Ausgang um. Gerald Waldner baute sich vor ihm auf.

»Halt, Sie können uns doch jetzt nicht einfach im Stich lassen. Was haben Sie denn sonst noch herausgefunden?«

Stefan Bartels blickte den Hauptkommissar unfreundlich an.

»Der Mann is met was Stumpfem nerrergeschlaa unn dann a noch erdrosseld worre. Geschdern Owend. Meh kann eisch de Gerichtsmediziner saae. Alla, ich muss dann emohl widder«, sagte er barsch, nahm seinen Arztkoffer in die Hand und ging grußlos an ihnen vorbei zu seinem Wagen.

»Und da sage noch einer, Männer hätten keine Tage«, frotzelte Kate Busch, als der Notarzt außer Hörweite war.

»Tja, bei unserem pfälzischen Kollegen scheinen sie Monate zu dauern«, bemerkte Gerald Waldner grinsend.

Kate Busch wandte sich an ihre Kollegen von der Kriminaltechnik und fragte: »Habt ihr schon etwas für uns?«

Egon Müller deutete auf den Schlüsselbund und die Geldbörse, die er fein säuberlich eingetütet und beschriftet hatte, und sagte: »Der Tote heißt Niklas Weimer und wohnt in der Schillerstraße in Gerlingen. Ich gehe mal davon aus, dass das seine Wohnungsschlüssel sind. Außerdem fährt er einen VW. Vielleicht findet ihr den hier in der Gegend.«

»Na ja, auf dem Parkplatz vor dem Friedhof steht er zumindest nicht«, bemerkte Gerald Waldner und wischte sich mit einem karierten Stofftaschentuch die Regentropfen von seiner Glatze.

Kate Busch stellte sich etwas abseits unter, kramte ihr Handy aus ihrer Handtasche und organisierte den Abtransport der Leiche. Anschließend informierte sie ihre Vorgesetzte über den bisherigen Stand der Ermittlungen. Sie seufzte erleichtert auf, als sie das Telefonat mit ihrer gereizten Chefin beendet hatte. Warum nur müssen heute alle ihre schlechte Laune an mir auslassen, dachte sie und schüttelte genervt den Kopf.

Sie strich sich über ihr nasses Haar und schaute trübselig gen Himmel, wo sich die Sonne hinter dunklen Regenwolken versteckt hatte. Jetzt einfach alles hinschmeißen und stattdessen an einem warmen Sandstrand in Florida die Sonne genießen. Das würde ihrer Vorstellung von einem gelungenen Tag deutlich näher kommen, als hier im Regen auf dem Waldfriedhof nach einem Mörder zu suchen.

Kate Busch malte sich gerade aus, wie sie ihrer Geliebten in spe langsam das Bikinioberteil und das knappe Höschen auszog, als Gerald Waldner sie mit den Worten »Erde an Kate« aus ihren wohligen Gedankenfetzen riss.

Kate Busch fuhr erschrocken zusammen und sah ihren Kollegen mit hochgezogenen Augenbrauen an.

»Was ist?«, fragte sie ihn irritiert.

»Ich störe dich ja ungern bei deinen Träumereien, aber sollten wir jetzt nicht langsam zur Wohnung des Ermordeten fahren und dort unsere Ermittlungen fortsetzen?«

»Okay, wenn Egon und Frank fertig sind, können wir ja zusammen zur Wohnung des Toten fahren«, sagte Kate Busch unwillig.

Als Kate Busch mit dem Schlüssel des Toten die Haustür öffnete, begegneten sie einem groß gewachsenen Mann im Treppenhaus, der einen schwarzen Müllsack trug und sie und ihre Kollegen neugierig anschaute.

»Hallo«, sagte der Mann. »Sie habe ich hier noch nie gesehen. Sind Sie zu Besuch da?«

Kate Busch zückte ihren Dienstausweis und stellte sich und ihre Kollegen vor.

»Wir sind von der Polizei und wollen in die Wohnung von Herrn Weimer. Wissen Sie, in welchem Stockwerk Herr Weimer wohnt?«, fragte sie den groß gewachsenen Mann.

Der Mann stellte den Müllsack auf den Boden und gab Kate Busch die Hand.

»Ich heiße Ernst Jung und bin hier der Hausmeister«, stellte er sich vor. »Warum wollen Sie denn in die Wohnung von Herrn Weimer? Ist etwas passiert?«

Kate Busch versuchte ihren Widerwillen gegenüber dem aufdringlichen Hausmeister zu unterdrücken.

»Das ist Teil einer Ermittlung«, antwortete sie knapp. »Aber wenn Sie schon da sind, können Sie uns vielleicht sagen, ob Sie Niklas Weimer gestern Abend gesehen haben und ob Ihnen an ihm etwas Besonderes aufgefallen ist.«

Der Hausmeister runzelte die Stirn und ließ in Gedanken den gestrigen Tag an sich vorüberziehen.

»Ja, da war tatsächlich etwas. Ich bin Herrn Weimer so gegen 19 Uhr im Treppenhaus begegnet. Er hatte einen Hammer und eine große Taschenlampe in der Hand. Ich habe ihn noch gefragt, was er damit vorhätte.«

Vier Augenpaare schauten den Hausmeister gespannt an.

»Und?«, fragte ihn Kate Busch ungeduldig. »Hat er Ihnen eine Antwort gegeben?«

Der Hausmeister schüttelte den Kopf.

»Nicht wirklich«, antwortete er enttäuscht. »Er war relativ unfreundlich und wirkte so, als ob ich ihn bei etwas überrascht hätte.«

Kate Busch konnte es dem Ermordeten nicht verdenken, dass er diese neugierige Person so schnell abgefertigt hatte. Sie war froh, dass sich in ihrem Haus die Mitbewohner nur um ihre eigenen Angelegenheiten kümmerten.

»Vielen Dank Herr Jung. Sie haben uns sehr geholfen. Falls wir Sie noch brauchen, melden wir uns wieder bei Ihnen«, bedankte sie sich kurz angebunden bei dem Hausmeister und ließ ihn mit einem enttäuschten Gesichtsausdruck im Treppenhaus stehen.

»Mensch Kate. Du hättest auch ein bisschen freundlicher zu dem Mann sein können«, sagte Gerald Waldner, als sie die Wohnung des Ermordeten betraten. »Immerhin können wir durch ihn den voraussichtlichen Todeszeitpunkt weiter eingrenzen.«

Kate Busch winkte genervt ab.

»Solche neugierigen Leute gehen mir gehörig auf den Sack. Der wäre wahrscheinlich auch ein guter Stasi-Mitarbeiter geworden«, bemerkte sie sarkastisch und sah sich vorsichtig in der kleinen Wohnung um.

Egon Müller und Frank Selters zogen ihre Ganzkörperoveralls an und inspizierten aufmerksam die Zweizimmerwohnung. Egon Müller zupfte ratlos an seinem rechten Ohrläppchen.

»Wonach sollen wir eigentlich suchen?«, fragte er seine Kollegen.

»Hm«, murmelte Gerald Waldner und fuhr sich nachdenklich über sein Kinn. »Wie wäre es mit dem PC dort drüben?«, sagte er und deutete auf das ältere Modell neben dem Fernseher. »Vielleicht werdet ihr dort fündig.«

»Mann oh Mann, knurrt mir der Magen«, sagte Frank Selters. »Bevor ihr unsere Spurensicherung behindert, könntet ihr uns lieber etwas zu essen besorgen.«

»Okay, dann lassen wir euch mal arbeiten und kümmern uns in der Zwischenzeit um das leibliche Wohl.«

**

Jan Möller saß am Schreibtisch seines Büros und strich sich immer wieder über seine blonden Locken. Er wirkte trotz seines maßgeschneiderten dunkelgrauen Anzugs, dem weißen Designerhemd und der adretten, roten Krawatte etwas zerknittert. Die letzten Tage hatten an seinen Nerven gezehrt und zwischenzeitlich sah man ihm das auch an. Schatten unter seinen Augen deuteten auf schlaflose Nächte hin und die Müdigkeit, die ihn tagsüber schubweise überfiel, wechselte sich mit einer rastlosen Unruhe ab.

Jan Möller hätte nie gedacht, dass er seine Freundin einmal so vermissen würde. Ihr helles Lachen, ihre spöttischen Bemerkungen über seine kleinen Ticks und die Wärme, die sie bei allem was sie tat ausstrahlte, fehlten ihm sehr.

»Ach Sophie«, seufzte er und schaltete seinen PC an, um die neuesten Börsenkurse und Wirtschaftsnachrichten zu checken. Die Nachrichtenlage spiegelte seine schlechte Stimmung wieder. In China schwächte sich das Wachstum ab. Brasilien glitt in die Rezession. Griechenland brauchte mehr Geld und die amerikanische Notenbank wusste immer noch nicht, ob sie die Leitzinsen erhöhen sollte oder nicht. Alles keine guten Voraussetzungen für steigende Aktienkurse.

Jan Möller loggte sich in sein Wertpapierdepot ein und fluchte leise vor sich hin. Seine Wetten auf steigende Kurse mit Optionsscheinen schienen nicht aufzugehen. Er fuhr sich ratlos über sein glatt rasiertes Kinn. Sollte er jetzt aussteigen und seine Positionen mit Verlust verkaufen oder einfach abwarten und auf bessere Zeiten hoffen? Egal wofür er sich entscheiden würde, es sah nicht gut für sein Depot aus. Wenn er zu lange wartete und sich der Abwärtstrend der Börse zu einer handfesten Baisse entwickelte, würden seine Optionsscheine wertlos verfallen und er hätte einen Großteil seines Vermögens verspekuliert.

Jan Möller loggte sich bei seiner Bank aus und schaltete entnervt den PC aus. Er lockerte seine Krawatte, sprang von seinem Schreibtischstuhl auf und lief unruhig in seinem Büro hin und her. Das Wichtigste war jetzt, Ruhe zu bewahren und seinen Kunden den Anschein zu vermitteln, dass er alles im Griff hatte. Nicht auszudenken wenn sich herumsprechen würde, dass er sein eigenes Geld verzockt hatte. Dazu kam noch die Auseinandersetzung mit Paul Winter. So wie er Lydia Mannteufel einschätzte, würde sie ihn wahrscheinlich verklagen.

»So ein Mist«, fluchte er und schlug mit der rechten Hand auf die Oberfläche seines Glastisches. Er holte ein Taschentuch aus seiner Anzugshose und wischte den Handabdruck, den er auf dem Besprechungstisch hinterlassen hatte, wieder weg. Auch so ein Tick, über den sich Sophie immer lustig gemacht hatte. Jan Möller musste gegen seinen Willen lächeln.

Er ging zu seinem Schreibtisch zurück und fuhr seinen PC wieder hoch. Im Laufe des Tages würden sicher einige besorgte Kunden bei ihm anrufen und sich nach dem Stand ihrer Wertpapieranlagen erkundigen. Er schüttelte genervt den Kopf. Irgendetwas musste er ihnen dann erzählen.

**

Kate Busch stand unschlüssig vor dem Imbissstand, der sich direkt neben dem Eingang des Real-Supermarkts befand, und begutachtete kritisch die

Speisekarte. Der Regen trommelte unvermindert auf die graue Zeltplane, die als Vordach des Imbissstandes fungierte. Bis auf ein paar Bauarbeiter, die eine verspätete Mittagspause eingelegt hatten und sich um ein metallfarbenes Bistrotischchen drängten, war es am Imbissstand ungewohnt ruhig. Die Rentner, die sich sonst einfanden und bei einer roten Wurst und einer Flasche Bier stundenlang über Gott und die Welt diskutierten, hatten sich schon wieder auf den Heimweg gemacht.

»Gerald, weißt du schon, was du nimmst?«, wandte sich Kate Busch Rat suchend an ihren Kollegen, der interessiert die Karte mit den Essensangeboten studierte.

»Wahrscheinlich nehme ich einen Döner und eine Portion Pommes. Die sind hier ganz gut«, sagte Gerald Waldner und gab seine Bestellung bei dem dürren, kahlköpfigen Türken, der den Imbissstand betrieb, auf.

Kate Busch, die am liebsten beim Italiener oder im Bistro ihrer Eltern aß, zögerte etwas und entschied sich dann für Falafel. Die beiden Polizisten nahmen ihre Bestellungen entgegen und belegten einen Bistrotisch, der etwas abseits von den restlichen Tischen stand.

»Hm, schmeckt wirklich gut«, sagte Kate Busch anerkennend nach einigen Bissen. Sie wischte sich mit einer Serviette über den Mund und blickte ihren Kollegen fragend an.

»Was hältst du eigentlich von dem Mord an Niklas Weimer?«

Gerald Waldner steckte sich ein paar Pommes in den Mund und antwortete kauend: »Ich kann mir so recht noch keinen Reim darauf machen. Aber ich finde es schon seltsam, dass er auf dem Friedhof

230

umgebracht wurde. Das sieht eher nach einer geplanten Tat aus.«

Kate Busch schaute nachdenklich ihr letztes Falafelstück an, bevor sie es sich in den Mund schob.

»Ich glaube auch nicht, dass das ein Zufalls- oder Raubmord war«, sagte sie. »Schließlich hatte er seinen Geldbeutel und seine Wohnungs- und Autoschlüssel noch bei sich. Normalerweise geht man ja auch nicht mitten in der Nacht auf einen Friedhof, der zugesperrt ist.«

»Vielleicht hat er ein satanisches Treffen gestört oder jemanden beim Ausgraben einer Leiche erwischt«, erwiderte Gerald Waldner mit einem Grinsen.

Kate Busch sah ihren Kollegen mit hoch gezogenen Augenbrauen an.

»Ich glaube, du liest zu viele Gruselromane oder schaust dir die falschen Filme an.«

Gerald Waldner lachte und warf ihren Müll in den Abfalleimer.

»Komm, lass uns wieder zu Frank und Egon gehen«, drängte er zum Aufbruch. »Vielleicht haben die beiden zwischenzeitlich etwas herausgefunden, was uns weiterbringen könnte.«

Sie ließen sich für ihre Kollegen zwei Döner einpacken und stapften eilig durch den nicht nachlassen wollenden Regen zurück zur Wohnung von Niklas Weimer.

»Endlich«, grummelte Frank Selters, als Kate Busch und Gerald Waldner die Wohnung von Niklas Weimer betraten.

»Wir dachten schon, ihr wolltet uns verhungern lassen«, sagte er, wickelte hastig den eingepackten Döner aus und biss herzhaft hinein.

»Und, habt ihr etwas gefunden?«, fragte Gerald Waldner gespannt.

»Na klar«, sagte Frank Selters und deutete auf den PC von Niklas Weimer. »Wir haben eine Datei mit dem Namen »Tote_im_Neckar« gefunden. Darin war ein Brief, den ich ausgedruckt habe.«

Kate Busch nahm den Brief entgegen und las ihn vor: »Ich habe dich gesehen, als du Sophie Landmann in den Neckar gestoßen hast. Wenn du mir 10.000 Euro gibst, gehe ich nicht zur Polizei. Geldübergabe am Mittwoch um 21 Uhr auf dem Waldfriedhof in Gerlingen hinter der Aussegnungshalle.«

»Damit dürfte klar sein, dass der Mord an Niklas Weimer mit dem Mord an Sophie Landmann zusammenhängt«, konstatierte Gerald Waldner das Offensichtliche.

Er schaute auf seine Armbanduhr. Es war kurz nach 15 Uhr.

»Ich denke, wir sollten zurück ins Präsidium fahren, nicht dass wir noch zu spät zur Lagebesprechung kommen«, drängte er zum Aufbruch.

»Habt ihr eigentlich schon daran gedacht, dass Niklas Weimer auch die anonymen Briefe an Lydia Mannteufel geschrieben haben könnte?«, fragte Kate Busch die Kriminaltechniker.

»Klar Chefin«, sagte Frank Selters trocken. »Wir haben die ganze Bude auf den Kopf gestellt. Leider haben wir nur eine Schere und Klebstoff gefunden. Wir nehmen beides mit und untersuchen es. Vielleicht haben wir Glück.«

»Schön wär´s«, sagte Kate Busch und strich sich leicht enttäuscht über ihr nasses Haar.

Vom Parkplatz des Polizeipräsidiums lief Gerald Waldner so schnell zu seinem Büro, dass Kate Busch kaum noch hinterher kam.

»Warum hast du es denn so eilig? Wir haben doch bis zur Lagebesprechung noch etwas Zeit«, beschwerte sie sich bei ihm.

»Ich möchte vorher noch meine E-Mails checken. Ich erwarte eine wichtige Nachricht.«

»Dienstlich oder privat?«

»Würde ich mich so beeilen, wenn es dienstlich wäre?«

»Das würde mich schwer wundern«, gab Kate Busch lachend zurück. »Es sei denn, du erwartest eine Nachricht wegen einer Beförderung.«

»Von diesem Traum habe ich mich schon längst verabschiedet«, sagte Gerald Waldner trocken. »Ich hatte doch eine E-Mail an eine australische Bohnenzüchterin geschickt wegen ihrer Green Runner Superbeans. Jetzt warte ich auf ihre Antwort.«

»Vielleicht ist sie gerade mit dem Ernten der Superbohnen beschäftigt und hat deshalb keine Zeit für dich.«

»Das werden wir gleich sehen«, sagte Gerald Waldner und fuhr seinen PC hoch, sobald sie in ihrem Büro waren.

Kate Busch schnappte sich ein paar trockene Kleidungsstücke aus ihrem Spind und verzog sich zum Umziehen in die Waschräume.

Als sie in ihr Büro zurückkam, drehte sich Gerald Waldner vergnügt auf seinem ächzenden Bürostuhl.

»Und, Glück gehabt?«, fragte Kate Busch amüsiert.

»Ja, stell dir vor, sie hat sogar ein Bild von sich mitgeschickt und mich auf ihre Farm nach Australien eingeladen.«

»Ach was, zeig mal her«, sagte Kate Busch neugierig und stellte sich neben ihren Kollegen, um die australische Bohnenzüchterin zu begutachten. Kate Busch pfiff anerkennend, als sie das Foto einer groß gewachsenen, blonden Frau mit strahlend blauen Augen, Mitte dreißig betrachtete.

»Nicht schlecht«, bemerkte sie neidisch.

»Du brauchst dir gar keine Hoffnungen zu machen«, sagte Gerald Waldner warnend mit erhobenem Zeigefinger. »Ich finde auch allein nach Australien.«

»Schade«, bemerkte Kate Busch mit angedeutetem Schmollmund und verzog sich auf ihren Platz, um sich auf die Lagebesprechung vorzubereiten.

Pünktlich um 17 Uhr saßen alle Mitglieder der Soko Wasserleiche und Staatsanwalt Lutz Krüger, der die urlaubende Staatsanwältin Suse Schmidt vertrat, im Besprechungszimmer des Polizeipräsidiums.

»Also, was haben wir?«, fragte Karin Freund ungeduldig und richtete ihren Blick auf die beiden Kriminaltechniker.

»Die Spuren, die wir am Tatort gesammelt haben, müssen wir erst noch auswerten«, sagte Egon Müller. »Mit ersten Ergebnissen ist frühestens morgen Abend zu rechnen. Am Tatort haben wir keine Tatwaffe gefunden. In der Wohnung des Opfers haben wir auf dem PC eine Datei mit einem Brief gefunden.«

Er hielt kurz inne und las den Inhalt des Erpresserbriefes vor.

»Das deutet darauf hin, dass Niklas Weimer der anonyme Anrufer beim KDD in Leonberg war und dass es einen Zusammenhang zwischen dem Tod von Sophie Landmann und dem Mord an ihm gibt«, bemerkte Karin Freund lakonisch.

»Könnt ihr feststellen, ob die anonymen Briefe an Lydia Mannteufel auch von Niklas Weimer geschrieben wurden?«, fragte sie die Kriminaltechniker.

Frank Selters runzelte die Stirn.

»Das wird schwierig«, sagte er. »Wir haben uns in der Wohnung umgesehen, aber keine Zeitung entdeckt. Wir können feststellen, ob die Buchstaben des anonymen Briefes mit der Schere ausgeschnitten wurden, die wir in der Wohnung gefunden haben. Das Gleiche gilt für den verwendeten Klebstoff.«

Karin Freund wandte sich an Gerald Waldner und Kate Busch: »Könnt ihr kurz berichten, was ihr am Tatort festgestellt habt und was der Notarzt zur Todesursache gesagt hat?«

»Niklas Weimer wurde heute Morgen kurz nach halb neun auf dem Waldfriedhof in Gerlingen von Sieglinde Unverzagt beziehungsweise von ihrem Dackel und einem Bauhofmitarbeiter der Stadt Gerlingen tot aufgefunden«, sagte Kate Busch. »Nach Aussage des Notarztes wurde Niklas Weimer gestern Abend mit einem stumpfen Gegenstand niedergeschlagen und dann erdrosselt.«

Sie verzog das Gesicht, als sie an die barsche Antwort des »Chamäleons« dachte.

»Als wir zur Wohnung des Opfers gefahren sind, haben wir im Treppenhaus Ernst Jung, den Hausmeister der Wohnanlage, getroffen«, fuhr sie fort. »Er hat ausgesagt, dass er Niklas Weimer gestern Abend gegen 19 Uhr im Treppenhaus mit einem Hammer und einer Taschenlampe in der Hand getroffen habe und dass Niklas Weimer auf die Frage, was er mit den beiden Sachen vorhabe, eine ausweichende Antwort gegeben habe.«

Gerald Waldner, der während des Vortrags von Kate Busch unruhig auf seinem Stuhl hin und her gerutscht war, nutzte eine Atempause von Kate Busch, um sich einzubringen.

»Wir haben bei Niklas Weimers Leiche auch einen Autoschlüssel mit einem VW-Emblem gefunden. Das dazugehörige Auto war aber weder am Friedhof noch in der Tiefgarage der Wohnanlage, in der Niklas Weimer gewohnt hatte, geparkt. Wahrscheinlich ist er mit dem Auto zum Waldfriedhof gefahren und hat es irgendwo in der Nähe abgestellt.«

»Nina«, wandte sich Karin Freund an Nina Herzog, die gedankenverloren mit einem Bleistift kleine Kringel auf ein Blatt Papier gezeichnet hatte.

»Du erkundigst dich nach dem Kennzeichen und Typ des Autos von Niklas Weimer und sorgst dafür, dass morgen in den örtlichen Zeitungen ein Zeugenaufruf mit der Bitte um Mithilfe erscheint. In der Nachricht sollte erwähnt werden, dass wir das Auto von Niklas Weimer und mögliche Zeugen für den Mord suchen.«

Nina Herzog nickte dienstbeflissen und schrieb die Informationen, die in dem Zeitungsartikel erscheinen sollten, neben ihre Kringel.

Karin Freund nahm einen kleinen Schluck aus ihrem Wasserglas und stellte es wieder auf den Besprechungstisch.

»Wir müssen jetzt schnell handeln«, sagte sie eindringlich. »Vielleicht finden wir die Mordwaffe noch bei dem Täter oder der Täterin.«

»Fritz, du besorgst einen richterlichen Durchsuchungsbeschluss für die Grundstücke, Fahrzeuge und Gebäude von Lydia Mannteufel, dem Ehepaar

Schaller und Jan Möller, damit wir morgen früh mit den Durchsuchungen beginnen können.«

Fritz Wange nickte und notierte den Punkt auf seiner To-do-Liste.

Karin Freund dachte kurz nach und seufzte dann leise.

»Wir brauchen noch mehr Kriminaltechniker für die Durchsuchungen morgen früh. Ich kläre das noch ab. Die Durchsuchungen bei den Schallers können Fritz und Lena mit zwei Kollegen von der Kriminaltechnik durchführen. Zu Jan Möller sollten Nina und Gabriele mit zwei weiteren Kollegen gehen und zu Lydia Mannteufel Gerald und Kate sowie Egon und Frank.«

Sie schaute in die Runde.

»Ist soweit alles klar oder hat sonst noch jemand einen Vorschlag, wie wir weiter vorgehen sollten?«, sagte sie mit einem ungeduldigen Tonfall, der eigentlich keine Antworten oder Rückfragen zuließ.

»Wann ist denn die Obduktion von Niklas Weimer?«, fragte Gerald Waldner unvorsichtigerweise.

»Gut, dass du das ansprichst«, sagte Karin Freund und verzog süffisant ihre Mundwinkel.

»Die Obduktion findet morgen Nachmittag um 13 Uhr statt. Bis dahin müsstet ihr mit der Durchsuchung bei Lydia Mannteufel fertig sein, sodass ihr anschließend an der Obduktion teilnehmen könnt.«

Gerald Waldner nickte schicksalsergeben und versuchte den frostigen Blick, den ihm Kate Busch zuwarf, zu ignorieren.

Nina Herzog hielt sich die Hand vor den Mund, um ihr breites Grinsen zu verbergen. Manchmal war es einfach besser, nur still dazusitzen und die Klappe zu halten, dachte sie.

»Mensch Gerald, musste das jetzt sein?«, fuhr Kate Busch ihren Kollegen an, nachdem Karin Freund das Besprechungszimmer verlassen hatte.

Gerald Waldner hob entschuldigend die Hände hoch.

»Sorry«, erwiderte er zerknirscht. »Ich hatte nicht daran gedacht, dass sich die Freund die Gelegenheit nicht entgehen lassen würde und uns zu der Obduktion schicken würde.«

»Das nächste Mal bitte zuerst denken und dann handeln«, gab Kate Busch nur wenig besänftigt zurück.

»Okay, ich werde es versuchen, versprochen.«

Als sie in ihrem Dienstzimmer angekommen waren, schnappte sich Gerald Waldner seine Jacke und verabschiedete sich kurz angebunden.

Kate Busch versuchte die Berichte, die auf ihrem Schreibtisch lagen, durchzulesen, aber nachdem sie immer wieder von vorne angefangen hatte, ohne den Inhalt wirklich gedanklich aufzunehmen, gab sie auf. Sie verschränkte ihre Hände hinter ihrem Kopf und streckte ihre verspannten Schultern.

»Zeit, nach Hause zu gehen«, murmelte sie, zog langsam ihre Jacke an, packte ihre Tasche und machte sich auf den Heimweg.

Freitag, 11 Tage später

Kate Busch wachte durch ihren eigenen Schrei auf. Sie fuhr erschrocken hoch und schaute verwirrt um sich. Sie lag allein in ihrem Bett. Die digitalen Ziffern ihres Radioweckers leuchteten rötlich in der Dunkelheit. Es war kurz nach 4 Uhr morgens.

Kate Busch stöhnte erleichtert auf. Der Traum oder besser gesagt der Alptraum, von dem sie gerade erwacht war, war ihr so real vorgekommen, dass ihr Herz von dem scheinbar Erlebten noch immer wild pochte.

In ihrem Traum hatte sie wider besseres Wissen beschlossen, gestern Abend nach der Arbeit noch bei Lydia Mannteufel vorbeizugehen. Sie erinnerte sich, wie sie im Traum ihr Cabrio auf dem Waldparkplatz abgestellt und bei Lydia Mannteufel am Gartentor geklingelt hatte. Lydia Mannteufel hatte sie freudig überrascht in ihr Wohnzimmer geführt.

»Schön, dass Sie gekommen sind«, hatte sie gesagt und ihr einen Platz auf dem schwarzen Ledersofa im Wohnzimmer angeboten. Im Kaminofen hatten Buchenholzscheite geknistert und eine wohlige Wärme im Wohnzimmer verbreitet.

Auf dem Couchtisch neben dem Schaukelstuhl stand ein halb volles Whiskyglas. Ein angelesenes Buch lag auf dem Couchtisch. Sie hatte einen Blick auf den Titel des Buches geworfen. Es war ein Gedichtband von Emily Dickinson.

»Oh, Sie lesen Gedichte von Emily Dickinson?«, hatte sie angenehm überrascht gefragt.

»Das ist eine meiner Lieblingsautorinnen«, hatte Lydia Mannteufel verlegen geantwortet.

Sie hatte lachend erwidert: »Kein Grund verlegen zu werden, ich finde die Schriftstellerin auch toll.«

Sofort hatte sich zwischen den beiden Frauen ein Gefühl der Vertrautheit eingestellt, so als ob sie sich schon seit ewigen Zeiten kennen würden. Lydia Mannteufel hatte ihr ein Glas Whisky, einen Glenkinchie aus Schottland, angeboten und ein paar Zeilen aus ihrem Lieblingsgedicht vorgelesen. Sie hatte genüsslich an dem Whisky genippt und sich entspannt auf den schwarzen Ledersofa zurücksinken lassen, bis ihre innere Stimme sie immer lauter gedrängt hatte, Lydia Mannteufel nach ihrem Alibi in der Mordnacht zu befragen.

»Frau Mannteufel, können Sie mir sagen, was Sie gestern Abend ab 19 Uhr getan haben?«, hatte sie mit aller Entschiedenheit, die sie aufbringen konnte, gefragt.

Lydia Mannteufel hatte sie konsterniert angeschaut. Das Lächeln in ihrem Gesicht war schlagartig erloschen.

»Warum wollen Sie das wissen?«, hatte Lydia Mannteufel sie erstaunt gefragt und sich mit der rechten Hand über ihre langen, blonden Haare gestrichen.

Sie hatte sich geräuspert und in einem abbittenden Tonfall gesagt: »Wir haben heute eine Leiche auf dem Waldfriedhof gefunden, die in Zusammenhang mit dem Mord an Sophie Landmann steht. Deshalb müssen wir auch Ihr Alibi überprüfen.«

»Ach so«, hatte Lydia Mannteufel erleichtert geantwortet. »Der Leichenfund auf dem Friedhof war heute in ganz Gerlingen Tagesgespräch. Aber ich kann Sie beruhigen, ich war gestern Abend bei meinem Onkel Paul. Wir haben zusammen zu Abend gegessen.«

Dann hatte sie kurz innegehalten, einen Schluck Whisky getrunken und lächelnd hinzugefügt: »Sie können gerne meinen Onkel fragen, der wird mein Alibi bestätigen.«

»Da bin ich aber froh. Dann ist ja soweit alles geklärt«, hatte sie geantwortet, ihr Whiskyglas ergriffen und es in einem Zug leer getrunken. Dann hatte sich wieder ihre innere Stimme gemeldet.

»Willst du dir Mut antrinken?«, hatte sie höhnisch gelästert.

»Sei ruhig, ich habe jetzt Feierabend«, hatte sie ihr schlechtes Gewissen in seine Schranken verwiesen. Sie war es leid, sich von ihrem Gewissen oder von ihren Kollegen Vorschriften machen zu lassen. Was sprach dagegen, sich für eine attraktive Frau, die zufälligerweise in ihre Mordermittlungen geraten war, zu interessieren.

Sie hatte sich in das Ledersofa zurücksinken lassen und ihre Augen geschlossen. Lydia Mannteufel hatte sich neben sie auf das Sofa gesetzt und sie zart gestreichelt. Sie hatte leise gestöhnt und die sanften Berührungen geschehen lassen.

»Liebling«, hatte sie heiser geflüstert und sich aufgerichtet, um Lydia Mannteufel zu küssen. Ohne Hast hatten sie sich gegenseitig ihre Kleidungsstücke ausgezogen und streichelnd und küssend ihre Körper erforscht.

»Lass uns ins Schlafzimmer gehen, dort ist es bequemer und wir haben mehr Platz«, hatte Lydia Mannteufel leise gesagt und ihr zärtlich mit ihren Fingerknöcheln über die Wange gestrichen.

Sie hatte sich von Lydia Mannteufel in das Schlafzimmer ziehen lassen, wo sie sich voller Leidenschaft und Hingabe geliebt hatten.

Mitten in der Nacht war sie durch den Knall einer zufallenden Tür aufgewacht, hatte sich benommen im Bett aufgerichtet und sich orientierungslos in dem fremden Schlafzimmer umgesehen. Das Bett neben ihr war leer und die Bettdecke umgeschlagen gewesen. Sie hatte angespannt gelauscht, aber keine weiteren Geräusche gehört und war schließlich wieder eingeschlafen. In dem Moment, als Lydia Mannteufel ihr im Traum mit einem kalten Lächeln eine Nylonschnur um den Hals gelegt hatte, war sie durch ihren eigenen Schrei erwacht.

Kate Busch fuhr sich mit der rechten Hand über den Hals. Sie spürte den Kragen ihres Pyjamas und stöhnte erleichtert auf.

Was wohl Sigmund Freud zu ihrem Traum gesagt hätte? Dass ihr triebhaftes Es über ihr rationales Ich und ihr kontrollierendes Über-Ich triumphiert hatte? Dass sie sich in ihrer verzweifelten Sehnsucht nach Liebe und Zärtlichkeit sogar in eine Mörderin verlieben würde?

So ein Schwachsinn, dachte sie verärgert und versuchte erfolglos wieder einzuschlafen. Kurz nach halb sieben stand sie entnervt auf, zog ihren Morgenmantel an und schlurfte ins Badezimmer. Jetzt halfen nur noch eine kalte Dusche und ein doppelter Espresso.

Nachdem sie geduscht und ihre Zähne geputzt hatte, zog sie eine schwarze Jeans und ihren Lieblingspulli, einen alten, türkisfarbenen Wollpullover, an. In der Küche schnippelte sie eine Banane in ihr Müsli und stellte den Espressokocher auf den Herd. Sie gähnte herzhaft und trank den Espresso, kaum dass er fertig war, in kleinen Schlucken, um sich nicht den Mund zu verbrennen.

Während sie sich an den Küchentisch setzte und ihr Müsli in sich hineinlöffelte, überlegte sie, ob es tatsächlich möglich wäre, dass Lydia Mannteufel kaltblütig zwei Menschen ermorden könnte und dabei keine Reue empfinden würde.

Kate Busch konnte und wollte sich das trotz ihres Alptraumes nicht vorstellen, obwohl sie genau wusste, dass jeder Mensch zum Mörder werden konnte. Sie seufzte. Hoffentlich würden sie die Hausdurchsuchungen weiterbringen.

Sie stellte das schmutzige Geschirr in die Spülmaschine, streifte ihre Lederjacke über und verließ ihre

Wohnung. Sie hatte mit Gerald Waldner vereinbart, dass sie sich um halb acht am Waldparkplatz vor dem Haus von Lydia Mannteufel treffen würden.

Als sie das Autoradio einschaltete, kam ein Liebeslied. Sie seufzte und schaltete das Radio sofort wieder aus. Das war das Letzte, was sie jetzt gebrauchen konnte.

Egon Müller und Frank Selters standen lässig neben ihrem Wagen und rauchten, als Kate Busch in den Waldparkplatz einbog. Gerald Waldner saß in ihrem Dienstwagen und trommelte ungeduldig mit den Fingern auf das Lenkrad.

»Wo bleibst du denn?«, rief er ungehalten, als sie aus ihrem Cabrio stieg.

»Mach mal halblang«, sagte Kate Busch. »Ich kann mir nicht vorstellen, dass die Mannteufel in den fünf Minuten, die ich zu spät gekommen bin, ihre Tatwaffe beseitigt hat. Wenn sie Niklas Weimer umgebracht hat, war sie bestimmt so intelligent und hat sie schon vorgestern Abend entsorgt.«

»Mal sehen«, brummte Gerald Waldner und stapfte mit großen Schritten zum Gartentor von Lydia Mannteufels Grundstück. Er drückte ungeduldig auf den Klingelknopf.

»Ja bitte?«, meldete sich nach einer Weile die schlaftrunkene Stimme von Lydia Mannteufel.

»Hallo, hier ist Gerald Waldner von der Kriminalpolizei. Bitte öffnen Sie die Tür. Wir haben einen richterlichen Durchsuchungsbeschluss.«

»Einen Moment bitte. Ich muss mich erst anziehen«, tönte es perplex aus dem Lautsprecher.

»Bitte beeilen Sie sich«, erwiderte Gerald Waldner, aber das Knacken im Lautsprecher verriet ihm, dass Lydia Mannteufel schon aufgelegt hatte.

Kurze Zeit später ertönte der Türsummer und Gerald Waldner drückte mit der Hand gegen das Gartentor. Die Kripobeamten liefen eilig über die gekieste Zufahrt, ohne einen Blick auf die idyllische Gartenlandschaft zu werfen.

Lydia Mannteufel, die sich hastig ihren alten Jogginganzug übergeworfen und ihre Haare notdürftig gekämmt hatte, empfing die Beamten mit einem überraschten Gesichtsausdruck an der Haustür.

»Was ist denn passiert?«, fragte sie leise und warf Kate Busch einen verwunderten Blick zu.

Kate Busch spürte, wie sie leicht errötete. Sie räusperte sich und sagte: »Gestern wurde Niklas Weimer ermordet auf dem Gerlinger Waldfriedhof aufgefunden. Wir haben eindeutige Hinweise, dass dieser Mord mit dem Tod von Sophie Landmann zusammenhängt. Deshalb müssen wir Ihr Grundstück durchsuchen.«

Gerald Waldner überreichte Lydia Mannteufel den richterlichen Durchsuchungsbeschluss.

»Wonach suchen Sie eigentlich?«, fragte Lydia Mannteufel nachdem sie den Beschluss durchgelesen hatte.

»Das können wir Ihnen aus ermittlungstaktischen Gründen nicht sagen«, erwiderte Gerald Waldner kurz angebunden.

»Können Sie uns sagen, wo und wie sie den vorgestrigen Abend verbracht haben?«

»Vorgestern war ich den ganzen Abend allein zu Hause. Von 18 Uhr bis 19:30 Uhr war ich joggen, dann habe ich geduscht und zu Abend gegessen. Um 22 Uhr bin ich ins Bett gegangen.«

»Gut, wenn Sie nichts dagegen haben, beginnen wir jetzt mit der Durchsuchung Ihrer Räumlichkeiten«, sagte Gerald Waldner.

Lydia Mannteufel zuckte resigniert mit den Schultern.

»Tun Sie, was Sie meinen tun zu müssen.«

Die beiden Kriminaltechniker durchkämmten routiniert die Regale, Schränke und Schubladen der einzelnen Zimmer. Im Wohnzimmer packten sie einen gusseisernen Schürhaken ein. In der Doppelgarage fanden sie eine alte Eisenstange, die zu einem verrosteten Wagenheber gehörte und verschiedene Kabel, Drähte und Schnüre, die noch von Lydia Mannteufels Vater stammten und die sie für die Gartenarbeit verwendete. Frank Selters tütete die potentiellen Mordwaffen ein.

»Okay, das wär´s dann. Ich glaube, wir haben alles was wir brauchen«, sagte Egon Müller mit einem zufriedenen Gesichtsausdruck und listete penibel die Gegenstände, die sein Kollege eingepackt hatte, auf einem Blatt Papier auf. Er unterschrieb es und gab es Lydia Mannteufel.

»Sobald wir mit unseren Untersuchungen fertig sind und es sich bei den Gegenständen nicht um Beweismittel handelt, können Sie die Sachen wieder bei uns abholen.«

»Sind Sie nun zufrieden?«, fragte Lydia Mannteufel die Kriminalbeamten, die sie während der gesamten Durchsuchung nicht aus den Augen gelassen hatte, wütend.

»Wir tun nur unsere Pflicht«, sagte Gerald Waldner sachlich.

»Bin ich eigentlich die Einzige, bei der Sie heute eine Durchsuchung vornehmen?«, fragte Lydia Mannteufel und schaute Kate Busch dabei direkt an.

Kate Busch erwiderte den Blick ohne mit der Wimper zu zucken.

»Aus ermittlungstaktischen Gründen kann ich Ihnen diese Frage leider nicht beantworten«, sagte sie barsch.

Lydia Mannteufel schüttelte enttäuscht den Kopf und sagte: »Wenn das so ist, dann möchte ich Sie bei Ihren Ermittlungen nicht länger aufhalten.«

Kate Busch nickte und verabschiedete sich mit einem kühlen Händedruck von Lydia Mannteufel.

»Kate, was ist denn mit dir los?«, fragte Gerald Waldner, als sie zurück zum Parkplatz liefen. »Ist zwischen dir und Lydia Mannteufel etwas vorgefallen, das ich wissen müsste?«

Kate Busch blieb stehen und blickte verlegen auf den Boden.

»Ich hatte heute Nacht einen Alptraum. Darin hat Lydia Mannteufel versucht mich umzubringen.«

»Wenn das kein Wink mit dem Zaunpfahl ist«, bemerkte Gerald Waldner trocken.

»Ich kann es einfach nicht glauben, dass Lydia Mannteufel zwei Menschen kaltblütig umgebracht haben soll.«

»Dein Unterbewusstsein scheint aber anderer Meinung zu sein.«

»Auch ein Unterbewusstsein kann sich mal irren«, sagte Kate Busch ungerührt.

»Was machen wir jetzt eigentlich als Nächstes?«, fragte sie.

Gerald Waldner sah auf seine Armbanduhr.

»Kurz nach 11 Uhr«, murmelte er. »Lass uns noch kurz einen Abstecher ins Café Auszeit machen und dort nach der Liste wegen Jan Möllers Alibi fragen, bevor wir uns die Obduktion im Robert-Bosch-Krankenhaus antun.«

»Gebongt. Ich fahre bei dir mit und lasse mein Auto hier stehen«, sagte Kate Busch.

»Außer Spesen nichts gewesen«, schimpfte Gerald Waldner auf der Fahrt zum Robert-Bosch-Krankenhaus. »Keiner der Gäste oder Mitarbeiter kann wirklich bezeugen, von wann bis wann Jan Möller im Café Auszeit war.«

»Na ja, was hast du erwartet?«, sagte Kate Busch. »Bei so vielen Gästen wäre es fast schon wieder verdächtig, wenn jemand Jan Möller ein lupenreines Alibi geben könnte.«

»Da hast du auch wieder recht. Aber weißt du, was mich wirklich aufregt?«

»Nein, was denn?«

»Wenn die Freund das mit der Belohnung früher geklärt hätte, könnte Niklas Weimer jetzt noch leben und wir hätten den Mörder oder die Mörderin von Sophie Landmann wahrscheinlich schon gefasst. Aber für die Freund ist ja ihr Budget wichtiger als ein Menschenleben.«

»Na ja«, sagte Kate Busch beschwichtigend. »Mir wäre es auch lieber, wenn unsere Chefin mehr Geld für uns und weniger für ihre Projekte ausgeben würde. Aber bei einem anonymen Anrufer wäre ich auch vorsichtig. Schließlich rufen genug Spinner bei uns an, die sich wichtigmachen wollen oder einfach etwas behaupten, um eine Belohnung zu kassieren.«

»Ja schon. Aber Fakt ist, dass Niklas Weimer jetzt noch leben könnte, wenn wir schneller reagiert und ihm eine Belohnung zugesagt hätten.«

»Tja, das können wir jetzt leider nicht mehr ändern.«

**

»Okay, dann wollen wir mal«, sagte der ganz in Grün gekleidete Rechtsmediziner Arnold Stümper gut gelaunt, als er die beiden Kriminalbeamten im Sezierraum begrüßte.

Kate Busch lächelte gequält. Obwohl sie schon bei vielen Obduktionen dabei gewesen war, gehörte diese Aufgabe nicht zu ihren Lieblingsbeschäftigungen und sie versuchte, wenn möglich, sich davor zu drücken.

Arnold Stümper begann mit der äußeren Begutachtung der Leiche und notierte die Größe, das Gewicht, den Ernährungszustand und die Hautfarbe des Toten. Seine Kollegin, die asiatische Ärztin Dr. Jasmin Fuchs, schnitt die Kleidung des Toten Lage für Lage auf, untersuchte sie auf mögliche Hinweise auf die Todesumstände und verpackte die Kleidungsstücke in Plastikbeutel, die sie anschließend beschriftete. Arnold Stümper sah sich die Riss- und Quetschwunden am Kopf und die Deckungsverletzungen an den Armen und Händen, die entstanden waren, als Niklas Weimer versucht hatte, den Schlag mit der Metallstange abzuwehren, genau an.

»So wie es aussieht, ist der Tote mit einem stumpfen Gegenstand geschlagen worden«, sagte er und zupfte mit einer Pinzette kleine, braune Späne, die er unter das Mikroskop legte, aus den blutverkrusteten Haaren.

»Scheint so, als ob der Täter eine rostige Metallstange verwendet hat«, kommentierte er sein Untersuchungsergebnis, packte die Späne in einen Plastikbeutel und beschriftete ihn.

»Wurde er einmal oder mehrmals geschlagen und waren diese Schläge tödlich?«, fragte Gerald Waldner.

Arnold Stümper beugte sich über den Schädel des Toten und inspizierte die Kopfverletzung mit einer Lupe.

»Nach den Hiebspuren zu urteilen, hat er nur einen Schlag auf den Kopf bekommen. Bevor ihr gekommen seid, haben wir schon eine CT des Schädels gemacht. Danach war der Schlag nicht tödlich.«

»Woran ist Niklas Weimer denn gestorben?«, fragte Kate Busch.

»Immer langsam mit den jungen Pferden«, antwortete der Rechtsmediziner und untersuchte das Gesicht, die Augen und den Hals des Toten. Er deutete auf die stecknadelgroßen, rötlichen Punkte an den Wangen, Augenlidern, der Stirn und in den Augen.

»Seht ihr diese kleinen Punkte überall?«

Gerald Waldner und Kate Busch nickten.

»Das sind sogenannte Tardieu´sche Flecken, auch Petechien genannt. Diese Flecken entstehen, wenn jemand erdrosselt wurde.«

Arnold Stümper zeigte auf die dünnen, waagrechten Strangfurchen, die am Hals sichtbar waren. Dann zog er ein kleines Lineal aus seiner Brusttasche und legte es neben die Strangfurchen.

»Der Tote wurde mit einem dünnen Kabel mit einem Durchmesser von einem halben Zentimeter erdrosselt«, sagte er und diktierte den Befund in sein Diktafon.

Dann griff er zu einem scharfen Messer, das etwas größer war als ein Chirurgenmesser, und sagte mit einem süffisanten Lächeln: »So, jetzt beginnen wir mit der inneren Leichenschau. Mal sehen, was uns der Tote sonst noch alles erzählen kann.«

Kate Busch blickte unbehaglich auf den grauen Linoleumboden, als Arnold Stümper die Schnitte, die ein Y bildeten, vom Kehlkopf bis zum Schambein und vom oberen Schnittpunkt zu den Schultern durchführte. Arnold Stümper hob routiniert die Haut und Muskeln vom Brustkorb, um die Rippen und die inneren Organe freizulegen. Er holte das ganze Gedärm aus dem Körper und legte es in eine Edelstahlwanne, um zu verhindern, dass die restlichen Organe mit Fäkalien verunreinigt wurden. Mittlerweile roch es in der Pathologie wie in einem Schlachthaus nach Blut und Latrine.

Gerald Waldner verzog angewidert das Gesicht. Zu gerne würde er einmal miterleben, wie seine Chefin in diesem Umfeld bestehen würde. Aber solche Einsätze delegierte sie natürlich am liebsten an ihn und Kate. Er blickte zu seiner Kollegin hinüber, die sich kaum merklich mit kleinen Schritten vom Seziertisch entfernt hatte.

Arnold Stümper holte die Knochensäge, um die Rippen durchzusägen und das Brustbein abzunehmen. Das sirrende Geräusch der Säge ging Kate Busch durch Mark und Bein. Ihr leerer Magen krampfte sich zusammen und sie spürte, wie ihr Kreislauf drohte schlapp zu machen. Nichts war peinlicher, als bei einer Obduktion in Ohnmacht zu fallen.

Kate Busch ging zu dem wackeligen Plastikstuhl, der neben der Eingangstür an der Wand stand, und setzte sich hin.

Gerald Waldner warf seiner leichenblassen Kollegin einen besorgten Blick zu. »Alles klar Kate?«, fragte er.

»Geht schon«, antwortete Kate Busch leise. »Ich hätte vorher noch etwas essen sollen.«

»Ja, ja, da werden selbst die stärksten Frauen schwach«, kommentierte Arnold Stümper amüsiert

Kate Buschs kleinen Schwächeanfall und begann die einzelnen Organe nacheinander herauszunehmen und seiner Kollegin zum Waschen und Wiegen weiterzureichen.

»Wenn ihr wollt, könnt ihr auch in die Cafeteria gehen und dort etwas essen«, sagte er nach einer Weile gönnerhaft.

Kate Busch nickte erleichtert.

»Das ist eine gute Idee«, sagte sie und stand langsam auf.

Arnold Stümper schaute auf die große Bahnhofsuhr, die über der Eingangstür hing.

»Wir schauen uns die Organe, das Rückenmark und das Gehirn noch genauer an«, sagte er. »Ich denke, dass wir in etwa einer Stunde fertig sein werden. Sollen wir auch noch Blut- und Gewebeproben entnehmen und sie ins Labor schicken?«

Gerald Waldner zupfte unschlüssig an seinem Ziegenbärtchen. »Mh«, murmelte er. »Ich glaube zwar nicht, dass uns das weiterhilft, aber man kann ja nie wissen.«

»Okay, dann schicke ich die Proben ins Labor«, sagte Arnold Stümper. »Bis später.«

»Mann, ist mir das peinlich«, sagte Kate Busch kleinlaut, als sie auf dem Weg zur Cafeteria waren.

»Mach dir nichts draus, das kann jedem Mal passieren.«

Kate Busch stellte sich an die kleine Theke der Cafeteria und bestellte einen Orangensaft, zwei Espressi, ein Croissant und zwei Butterbrezeln. Nachdem sie alles bezahlt und auf einem Tablett verstaut hatte, steuerte sie einen viereckigen, weißen Plastiktisch, der hinter einer großen Palme versteckt war, an und setzte sich neben ihren Kollegen, der sich auf einen für seine Größe und sein Gewicht zu kleinen Plastikstuhl gesetzt hatte.

»Dass die hier im Krankenhaus aber auch kein Geld für anständige Stühle haben«, beschwerte er sich und nahm den Espresso und die Butterbrezel vom Tablett.

Kate Busch trank ihren Espresso in einem Zug aus und seufzte erleichtert auf.

»Das war Rettung in höchster Not«, sagte sie und biss heißhungrig in ihre Butterbrezel.

»Was glaubst du eigentlich, wer Niklas Weimer umgebracht hat?«, fragte sie ihren Kollegen zwischen zwei Bissen.

Gerald Waldner wischte seine fettigen Finger mit einer Serviette ab und sagte nach kurzer Bedenkzeit: »Auch wenn du es nicht gerne hören willst, meine Topfavoritin ist immer noch Lydia Mannteufel. Sie ist bisher die Einzige, von der wir mit Sicherheit wissen, dass sie in der Mordnacht mit Sophie Landmann zusammen war.«

Er hielt kurz inne und fuhr dann fort: »Außerdem hat sie kein Alibi für den Mord an Niklas Weimer.«

»Warten wir mal ab, was der Rechtsmediziner zum Todeszeitpunkt sagt«, erwiderte Kate Busch.

Nachdenklich biss sie in ihr Croissant. »Vielleicht hat Jan Möller ein paar Leichen im Keller versteckt. Ich finde es auf jeden Fall seltsam, dass er das Geld, das Paul Winter bei ihm angelegt hat, nicht zurückzahlen will. Das müsste doch für ihn ein Klacks sein. Außerdem ist sein Alibi im Café Auszeit auch nicht hieb- und stichfest. Und wenn wir schon dabei sind, die Schallers kannst du auch noch nicht von der Liste der Verdächtigen streichen.«

»Ja, ja, ich weiß«, sagte Gerald Waldner. »Vielleicht wissen wir nach unserer Lagebesprechung heute Abend mehr. Ich bin mal gespannt, was unsere Kollegen bei Jan Möller und den Schallers herausgefunden haben. Vielleicht ist irgendwo die Mordwaffe aufgetaucht.«

»Schön wär's«, seufzte Kate Busch und nahm einen Schluck von ihrem Orangensaft. »Ehrlich gesagt glaube ich aber nicht, dass der Täter oder die Täterin so dumm war und die Metallstange und das Kabel nicht sofort nach der Tat entsorgt hat.«

»Vielleicht hat der Mörder oder die Mörderin nicht damit gerechnet, dass wir ihm oder ihr so schnell auf die Schliche kommen«, gab Gerald Waldner zu bedenken. »Wenn Niklas Weimer den Erpresserbrief nicht auf seinem Computer gespeichert hätte, hätten wir die Verbindung zum Tod von Sophie Landmann nicht so schnell herstellen können.«

»Da hast du allerdings recht«, sagte Kate Busch und zupfte ein paar Croissant-Krümel von ihrem Wollpullover. Sie schaute auf ihre Armbanduhr. »Komm, lass uns wieder zum Stümper gehen. Jetzt müsste er eigentlich mit der Obduktion fertig sein.«

»Liebe Kate, so gefällst du mir schon viel besser«, sagte der Rechtsmediziner Arnold Stümper grinsend, als die beiden Kripobeamten in seinem Büro eintrafen.

Er hatte seine grüne Arbeitskleidung abgelegt und saß in Jeans und einem weinroten Hemd vor seinem PC.

»Ich bin fast fertig mit dem Obduktionsbericht. Wenn ihr noch fünf Minuten Zeit erübrigen könnt, kann ich ihn euch gleich mitgeben.«

»Kein Problem«, sagte Gerald Waldner und schaute sich neugierig im Büro des Rechtsmediziners um. Neben den üblichen Fachbüchern und Zeitschriften standen kleine Türme, die aus Streichhölzern zusammengebaut waren, in den Bücherregalen. Gerald Waldner erkannte den Eifelturm und den schiefen Turm von Pisa. Ist ja ganz nett, dachte er, aber ich bleibe lieber bei meinen Bohnen. Die kann man wenigstens essen.

»Voilà«, sagte der Rechtsmediziner und übergab Kate Busch den ausgedruckten Bericht.

»So wie ich euch kenne, wollt ihr jetzt wahrscheinlich noch eine Kurzfassung von mir hören.«

»Ja, klar«, antwortete Kate Busch. »Dein medizinisches Kauderwelsch versteht ja kein Mensch.«

»Also gut«, sagte Arnold Stümper. »Den Todeszeitpunkt können wir zwischen 19:30 und 22:30 Uhr eingrenzen. Das Opfer wurde durch einen Hieb mit einer rostigen Metallstange bewusstlos geschlagen und dann mit einem Kabel erdrosselt. Im Blut des Opfers haben wir keine Spuren von Alkohol gefunden. Kurz vor seinem Tod hatte das Opfer ein Butterbrot gegessen und Wasser getrunken. Alles Weitere findet ihr dann in meinem Bericht. Die übrigen Laborergebnisse maile ich euch morgen zu.«

»Alles klar, dann bis zum nächsten Mal«, verabschiedete sich Kate Busch erleichtert von dem Rechtsmediziner.

»Von mir aus könnt ihr euch für das nächste Mal ruhig etwas mehr Zeit lassen. Mir geht die Arbeit auch ohne euch nicht aus«, sagte Arnold Stümper grinsend und beugte sich wieder über seinen PC.

Lautes Stimmengewirr empfing Kate Busch und Gerald Waldner, als sie das Besprechungszimmer im Polizeipräsidium betraten. Nina Herzog, die heute einen knallgelben Pullover und rote Christbaumkugelohrringe trug, lachte schallend über einen männerfeindlichen Witz, den ihr Gabriele Manninger erzählte. Lena Leuchtle versuchte einem backbegeisterten Kollegen von der Kriminaltechnik zu erklären, wie sie eine Sachertorte mit dem Thermomix herstellte. Für einen unbefangenen Dritten sah es so aus, als ob sich eine lockere Kaffeerunde zusammengefunden hätte.

Karin Freund ließ ihren Blick durch den gut gefüllten Besprechungsraum schweifen, schaute kurz auf ihre goldene Cartieruhr und klopfte mit ihrem Kugelschreiber auf den Besprechungstisch.

»Okay Leute, lasst uns anfangen«, sagte sie ungeduldig und wandte sich an Fritz Wange, der neben dem Whiteboard stand.

»Fritz, kannst du uns kurz über die neuesten Entwicklungen informieren, damit wir alle den gleichen Kenntnisstand haben?«

»Viel Neues gibt es nicht zu berichten«, sagte Fritz Wange. »Eine Frau Schröder hat sich wegen des Autos von Niklas Weimer bei uns gemeldet. Ihr ist der schwarze Polo heute Mittag in der Straße Am Gerlinger Tor aufgefallen, als sie ihre Kinder vom Kindergarten abholte. Die KTU ist schon dabei, das Auto auf Spuren zu untersuchen.«

»Danke Fritz«, sagte Karin Freund. »Gerald und Kate, was könnt ihr uns zur Befragung von Lydia Mannteufel und zu den Obduktionsergebnissen sagen?«

Gerald Waldner räusperte sich.

»Lydia Mannteufel war nach eigener Aussage von 18 Uhr bis 19:30 Uhr im Wald joggen, anschließend war sie den ganzen Abend allein zu Hause«, sagte er.

Er hielt kurz inne und blätterte in dem Obduktionsbericht, den er vor sich liegen hatte.

»Nach dem Obduktionsbericht ist Niklas Weimers Tod zwischen 19:30 Uhr und 22:30 Uhr eingetreten. Er wurde zuerst durch einen Hieb mit einer rostigen Metallstange bewusstlos geschlagen und dann mit einem Kabel erdrosselt. Die weiteren Details stehen im Bericht.«

Er gab den Obduktionsbericht seiner Vorgesetzten, die ihn stirnrunzelnd überflog.

»Ach, das hätte ich fast vergessen«, fügte er hinzu. »Wir waren im Café Auszeit und haben von der Bedienung eine Liste bekommen mit den Personen, die Jan Möller an dem Freitagabend, an dem Sophie Landmann umgebracht wurde, im Café gesehen haben.«

»Und? Ergeben sich daraus neue Erkenntnisse?«

Gerald Waldner schüttelte frustriert den Kopf.

»Leider nein. Niemand kann lückenlos bestätigen, dass Jan Möller zu der von ihm angegebenen Zeit im Café war. Teilweise widersprechen sich die Angaben oder sind mit ziemlicher Sicherheit falsch.«

»Das ist aber ärgerlich«, sagte Karin Freund unzufrieden. »Habt ihr bei den Schallers etwas herausgefunden?«, wandte sie sich an Fritz Wange und Lena Leuchtle.

»Herr und Frau Schaller haben ausgesagt, dass sie den ganzen Abend zu Hause waren«, sagte Fritz Wange.

Karin Freund warf Lena Leuchtle einen grimmigen Blick zu, als diese plötzlich anfing zu kichern.

»Was ist denn daran so lustig?«, fragte sie.

Lena Leuchtle unterdrückte ihren Heiterkeitsausbruch und sagte: »Herr und Frau Schaller haben uns mitgeteilt, dass sie es sich am Mittwochabend zu

Hause gemütlich gemacht hätten. Nach einem mehrgängigen Menü, das sie gemeinsam gekocht hätten, und reichlichem Alkoholgenuss seien sie zum Abschluss zusammen ins Bett gegangen. Aber nicht zum Schlafen, wie mir Herr Schaller augenzwinkernd versichert hat.«

Karin Freund rollte genervt mit den Augen. »So genau wollte ich es nicht wissen. Wahrscheinlich gibt es für diese Aussagen keine weiteren Zeugen, oder?«

»Nein«, sagte Fritz Wange und setzte auf dem Whiteboard ein Fragezeichen hinter das Alibi der Schallers.

»Nina und Gabriele, habt ihr bei der Befragung von Jan Möller wenigstens etwas Verwertbares herausgefunden?«

Nina Herzog schüttelte den Kopf. »Leider auch Fehlanzeige«, sagte sie matt. »Jan Möller hat angegeben, dass er bis 18 Uhr in seinem Büro gearbeitet habe und anschließend nach Hause gegangen sei. Zu Hause habe er die DVD »Spiel mir das Lied vom Tod« angeschaut. Um 22:30 Uhr sei er dann ins Bett gegangen.« Nina Herzog hielt kurz inne, grinste und sagte dann: »Allein.«

»Das gibt es doch nicht«, sagte Karin Freund verärgert.

»Habt ihr wenigstens etwas gefunden, das uns weiterbringt?«, fragte sie die sechs Kriminaltechniker, die an der Besprechung teilnahmen.

»Leider nichts, das euch wirklich weiterhilft«, antwortete Egon Müller zerknirscht.

»Am Tatort haben wir kaum Spuren gefunden. Der Täter hat wohl Handschuhe getragen. Auf dem Kiesboden konnten wir keine verwertbaren Schuhabdrücke sicherstellen. Beim Seiteneingang zum

Friedhof haben wir zwar an dem Metalltor ein paar Fasern gefunden, die stammen aber von der Kleidung des Opfers.«

»Und was ist mit den Briefen? Gibt es da wenigstens eine Übereinstimmung?«

»Nein, leider auch nicht«, sagte Egon Müller und zuckte entschuldigend mit den Schultern. »Wir haben das Papier, die Schere, den Klebstoff und den Schreibstil der Briefe analysiert. Die Schere und der Klebstoff, den wir bei Niklas Weimer gefunden haben, wurden nicht für die anonymen Briefe an Lydia Mannteufel verwendet. Theoretisch hätte Niklas Weimer die anonymen Schreiben an seiner Arbeitsstelle zusammenbasteln können. Das glaube ich aber eher nicht.«

Kate Busch rutschte unruhig auf ihrem Stuhl hin und her.

»Was ist eigentlich mit den Sachen, die ihr bei Lydia Mannteufel sichergestellt habt?«, platzte es aus ihr heraus.

»Auch Fehlanzeige«, erwiderte Egon Müller lakonisch. »Für den Mord an Niklas Weimer wurden die Metallstange, die Schnüre und die Kabel, die wir bei Lydia Mannteufel sichergestellt haben, jedenfalls nicht verwendet.«

»Apropos Erpresserbriefe«, meldete sich Gabriele Manninger schüchtern. »Sowohl die Schreiben an Lydia Mannteufel als auch der Brief, den Niklas Weimer geschrieben hat, sind jeweils in »Du«-Form geschrieben. Das könnte doch darauf hindeuten, dass der Erpresser oder anonyme Briefschreiber seine Opfer besser gekannt hatte.«

»Kann sein, muss aber nicht«, warf Gerald Waldner wenig überzeugt ein.

»Aber das wäre eine Arbeitshypothese, die wir bisher noch nicht weiterverfolgt haben«, gab Kate Busch zu bedenken.

»Okay«, sagte Karin Freund. »Nehmen wir einmal an, dass der Briefschreiber seine Opfer näher kannte. Wie könnten sie sich kennengelernt haben?«

»Bei Niklas Weimer dürfte das als Briefträger nicht so schwer sein«, erwiderte Nina Herzog prompt. »Wenn er die Innenstadt von Gerlingen abgedeckt hat, müsste er bei den Schallers und bei Jan Möller auf jeden Fall regelmäßig vorbeigekommen sein. Er könnte die Post dort auch persönlich abgegeben haben.«

Sie überlegte kurz und fuhr dann fort: »Lydia Mannteufel könnte er auf einer Beerdigung oder als Krankheits- oder Urlaubsvertretung während seiner Arbeit kennengelernt haben.«

»Ich glaube, das bringt uns nicht wirklich weiter«, sagte Gerald Waldner mit einem skeptischen Unterton. »Von unseren vier Hauptverdächtigen können wir dadurch niemanden ausschließen.«

»Was ist eigentlich mit der Schwester von Sophie Landmann und deren Ehemann? Verdächtigen wir die beiden nicht mehr?«, fragte Nina Herzog.

»Stopp«, sagte Karin Freund und hob beschwörend ihre Hände hoch. »Das geht mir jetzt alles viel zu sehr durcheinander. Wir müssen einen Punkt nach dem anderen abarbeiten.«

Sie schrieb konzentriert ein paar Stichworte auf ihren Block und versuchte ihre Gedanken zu ordnen.

»Also gut«, sagte sie nach einer Weile. »Nina, du überprüfst das Alibi von Rosemarie Landmann und ihrem Ehemann. Wenn wir Glück haben, können wir wenigstens die beiden als Tatverdächtige ausschließen.«

Nina Herzog murmelte etwas Unverständliches vor sich hin und nickte mit dem Kopf.

»Lena, du klärst bei der Post die normale Briefzustellerrunde von Niklas Weimer ab.«

»Mach ich«, antwortete Lena Leuchtle und notierte sich ihre Aufgabe.

»Was haben eigentlich die Durchsuchungen bei Jan Möller und dem Ehepaar Schaller gebracht?«, wandte sich Karin Freund an die Beamten von der Kriminaltechnik.

»Bei Jan Möller haben wir gar nichts gefunden«, sagte der Kriminaltechniker Sebastian Rüdiger. »Bei ihm war alles extrem sauber und aufgeräumt. Entweder hat er etwas zu verbergen oder er ist so ein geschleckter Typ, den jedes Staubkörnchen in seiner Umgebung stört. Sein Wagen war innen und außen frisch gereinigt, so als ob er gerade aus der Waschanlage gekommen wäre.«

»Hm«, murmelte Karin Freund ratlos. »Ist wenigstens bei der Durchsuchung bei den Schallers etwas herausgekommen?«

»Nada«, antwortete der Kriminaltechniker Stefan Lübke wie aus der Pistole geschossen. »Wir haben nichts gefunden, was nur im Entferntesten auf die Tatwaffe hindeuten könnte. Der Keller und die Garage waren zwar mit allem möglichen Krempel vollgestellt, den wir mühsam durchsuchen mussten, aber das Ergebnis war leider negativ.«

Karin Freund warf wutentbrannt ihren Kugelschreiber auf den Besprechungstisch.

»Es kann doch nicht sein, dass wir keinerlei Anhaltspunkte über den Täter oder die Tatwaffe haben. Irgendetwas Zählbares muss doch bei den ganzen Ermittlungen herausgekommen sein«, sagte sie aufgebracht.

Im Besprechungszimmer, in dem es mittlerweile ziemlich abgearbeitet roch, herrschte eine gedrückte Stimmung.

Die Beamten der Kriminaltechnik schauten betreten auf den Boden. Kate Busch, die ein Gähnen zu unterdrücken versuchte, warf Gerald Waldner einen verstohlenen Blick zu. Nina Herzog starrte dumpf auf das Blatt Papier, das vor ihr auf dem Besprechungstisch lag, und Fritz Wange, der immer noch vor dem Whiteboard stand, strich sich ratlos über seine Halbglatze.

Staatsanwalt Krüger, der die Besprechung bisher lässig mit übergeschlagenen Beinen verfolgt hatte, entwirrte seine langen Beine und setzte sich aufrecht hin.

»So wie ich Sie verstanden habe, ist doch Frau Mannteufel Ihre Hauptverdächtige?«, sagte er.

Karin Freund nickte bestätigend.

»Gibt es ausreichende Verdachtsmomente gegen sie, die die Anordnung einer Untersuchungshaft rechtfertigen?«

Karin Freund blies ihre Backen auf und ließ die Luft langsam wieder entweichen.

»Ich glaube nicht, dass das, was wir bisher herausgefunden haben, für einen Haftbefehl ausreicht«, sagte sie zerknirscht. »Sie ist zwar die Einzige, von der wir definitiv wissen, dass sie am Freitagabend mit Sophie Landmann zusammen war, wir haben aber keine Indizien, die darauf hindeuten, dass sie Sophie Landmann umgebracht hat. Ein Augenzeuge hat sie zwar über die Wilhelmsbrücke torkeln sehen, aber niemand hat gesehen, wie sie Sophie Landmann in den Neckar gestoßen hat.«

»Auf jeden Fall ist derjenige, der den Mörder oder die Mörderin gesehen hat, jetzt tot«, bemerkte Gerald Waldner bitter.

»Das hilft uns jetzt leider auch nicht weiter«, kommentierte der Staatsanwalt ungerührt Gerald Waldners Einwurf.

»Vielleicht hat an dem Freitagabend doch noch jemand etwas gesehen? Ein illegaler Angler oder ein Mitarbeiter eines Containerschiffs, das zum Tatzeitpunkt auf dem Neckar vorbeigefahren ist«, warf Kate Busch in die Diskussion ein.

»Ich finde die Idee von Kate gar nicht schlecht«, sagte Gabriele Manninger leicht errötend, als sie die Blicke ihrer erstaunten Kollegen spürte. »Vielleicht können wir auch einen Zeugenaufruf in der Zeitung oder bei »Aktenzeichen XY« bringen«, fuhr sie leise fort.

»Ich finde, dass es einen Versuch wert wäre«, sagte Gerald Waldner. »Wir könnten auch mal bei der Wasserschutzpolizei oder beim Schifffahrtsamt nachfragen, ob zu dem Zeitpunkt ein Schiff diesen Neckarabschnitt befahren hat.«

Fritz Wange schrieb die Vorschläge seiner Kollegen auf das Whiteboard und versetzte sie mit einem Fragezeichen.

Karin Freund, die durch die Vorschläge wieder positiver gestimmt war, blickte aufmunternd in die Runde. »Hat sonst noch jemand eine Idee?«

Kate Busch und Gerald Waldner schauten sich kurz an und schüttelten den Kopf. Nina Herzog spielte mit ihren Christbaumkugelohrringen und zuckte mit den Schultern. Lena Leuchtle schaute heimlich auf ihre Armbanduhr. Sie wollte heute Abend noch ins Kino gehen, um den neuen James Bond anzuschauen und überschlug im Kopf, ob sie noch rechtzeitig nach Hause kommen würde. Die Beamten der Kriminaltechnik lehnten sich entspannt zurück und warteten auf neue Anweisungen.

Karin Freund trank einen Schluck Wasser aus dem Glas, das vor ihr stand und stellte es wieder auf den Besprechungstisch. »Okay«, sagte sie, »lassen wir es für heute gut sein.«

Lena Leuchtle seufzte erleichtert auf. Karin Freund nahm Kate Busch und Gerald Waldner ins Visier.

»Kate und Gerald, ihr geht am Montag nochmals die Listen wegen des Alibis von Jan Möller durch und befragt gegebenenfalls noch einmal die Mitarbeiter und die Stammgäste im Café Auszeit. Gabriele und Fritz, ihr kümmert euch um den Zeugenaufruf in der Zeitung und klärt ab, ob beziehungsweise wann wir unsere Fälle bei der Sendung »Aktenzeichen XY« präsentieren können. Außerdem solltet ihr noch bei der Wasserschutzpolizei und beim Schifffahrtsamt nachfragen, ob am Freitagabend irgendein Schiffsverkehr auf dem Neckarabschnitt gemeldet war.«

Fritz Wange nickte und schrieb die Aufträge gewissenhaft auf das Whiteboard.

»Also gut, dann treffen wir uns am Montag wieder um 16 Uhr zur nächsten Lagebesprechung«, sagte Karin Freund, nahm ihren Kugelschreiber und Block an sich und stöckelte aus dem Zimmer.

»Puh«, stöhnte Kate Busch. »Jetzt könnte ich einen Absacker gebrauchen. Wie sieht's aus Gerry? Gehst du noch mit zum Griechen um die Ecke?«

Gerald Waldner schaute auf seine Armbanduhr. Es war kurz vor 19 Uhr.

»Okay, aber spätestens um halb zehn muss ich zu Hause sein.«

»Ach, musst du deinen Bohnen gute Nacht sagen oder hast du noch ein Date mit deiner australischen Bohnenzüchterin?«

»Such es dir aus«, sagte Gerald Waldner breit grinsend.

Samstag, 12 Tage später

Morgens, kurz nach halb elf. Der Nebel, der die Umgebung wie eine unsichtbare Mauer eingehüllt hatte, begann sich langsam aufzulösen und einer fahlen Sonne Platz zu machen.

Lydia Mannteufel saß in einem blaurot karierten Pyjama an ihrem Küchentisch und starrte trübsinnig in ihre halb leere Teetasse. Die Zeitung lag ungelesen vor ihr auf dem Tisch. Sie nahm unwillig einen Schluck von dem mittlerweile lauwarmen Getränk und dachte an die gestrige Begegnung mit Kate Busch. Sie konnte einfach nicht verstehen, warum sich die Kommissarin so kühl und abweisend verhalten hatte. So wie es aussah, hatte sie ihre einzige Verbündete bei der Polizei verloren. Sie musste sich jetzt ihre nächsten Schritte genau überlegen. Zuallererst würde sie den schönen Jan unter Druck setzen, damit er endlich das Geld ihres Onkels herausrückte.

Lydia Mannteufel trottete in die Küche, um ihre müden Gehirnzellen auf Trab zu bringen.

Sie füllte ihren Espressokocher, schaltete die Herdplatte ein und spürte, wie das Gluckern des aufsteigenden Kaffees und sein Geruch sie wieder aufmunterten. Die Zubereitung und der Genuss eines Espressos hatten bei ihr die gleiche wohltuende Wirkung wie das Nikotin beim Raucher und die Konzentration auf den Atem beim Meditierenden.

Lydia Mannteufel seufzte wohlig, als sie einen kleinen Schluck des dunkelbraunen Getränks zu sich nahm. Sie lehnte sich an die Küchentheke und schloss die Augen. Wie eine Abfolge von Gedankensplittern gingen ihr verschiedene Bilder aus ihrer Studienzeit durch den Kopf. Laute Musik, Alkohol, der in Strömen floss, und stundenlange Gespräche über ihr künftiges Leben, wie sie es sich damals in ihrem promillegeschwängerten Zustand weichgezeichnet hatten. Als BWL-Studenten kamen für sie nur die Top Jobs bei großen Dax-Firmen, am besten als Bankvorstände mit Luxusautos und fetten Gehältern, in Frage.

Sie fing an zu grinsen, als sie sich an ihre Gespräche mit Wolfgang Mücke, den alle nur Wolle nannten, erinnerte. Wolle war sich todsicher, dass er spätestens mit fünfundvierzig Vorstand bei der Deutschen Bank oder zur Not auch bei der Commerzbank werden würde. Aber die Realität sah bei ihm, wie bei fast allen von ihnen, anders aus. Wolle, den sie ab und zu im Café Auszeit traf, war nicht Chef bei einer großen Bank, sondern »nur« Filialleiter bei der Volksbank Strohgäu in Gerlingen geworden.

Lydia Mannteufel schlug sich mit der rechten Hand auf die Stirn.

»Mensch, dass ich darauf nicht schon früher gekommen bin«, rief sie erleichtert aus.

Sie würde einfach Wolle anrufen und ihn bitten, ein paar diskrete Nachforschungen über die finanzielle Lage des schönen Jans anzustellen.

Lydia Mannteufel lief schnurstracks zu ihrem Telefon und wählte die Nummer von Wolfgang Mücke.

»Mücke«, meldete sich eine müde Stimme nach dem sechsten Klingelton.

»Hallo Wolle, hier ist Lydia Mannteufel.«

»Hey Lydia«, antwortete eine deutlich aufgeweckte Stimme. »Was ist dein Begehr? Brauchst du die Daten von ein paar hundertjährigen Bestandskunden?«

Aus dem Telefonhörer schallte lautes Gelächter.

Lydia Mannteufel lachte höflich über den deplatzierten Witz.

»Nicht wirklich«, antwortete sie zögerlich. »Ich möchte dich um einen Gefallen bitten.«

Sie hielt kurz inne und fuhr dann mit leiser Stimme fort, so als ob sie Angst hätte, dass jemand ihr Telefonat belauschen könnte.

»Ich möchte das eigentlich nicht am Telefon besprechen. Hast du heute Abend Zeit? Ich würde dich gerne zu einem Abendessen bei mir einladen.«

»Das hört sich ja super geheimnisvoll an. Da bin ich mal gespannt, was du von mir willst. Heute Abend passt ganz gut. Um wie viel Uhr soll ich denn bei dir vorbeikommen?«

»19 Uhr, wäre das okay für dich?«

»Geht klar. Bis dann«, sagte Wolfgang Mücke und legte auf.

»Puh, das lief ja besser als gedacht«, murmelte Lydia Mannteufel erleichtert, schob die Schuhe, die auf der kleinen Holzbank im Flur lagen, etwas zur Seite und setzte sich auf die Bank. Nachdenklich zupfte sie an den pinkfarbenen Schnürsenkeln ihrer Joggingschuhe. Wolle war zwar ein Studienfreund, aber es würde wahrscheinlich nicht so einfach werden, ihn zur Mithilfe zu bewegen. Wenn herauskam, dass er als Filialleiter vertrauliche Daten über Kunden weitergab, könnte er Probleme bekommen. Aber mit einem Steak, einer großen Portion Bratkartoffeln, viel Rotwein und ihrem besten Whisky würde Wolle sich schon umstimmen lassen. Wofür hatte man sonst Freunde. Schließlich befand sie sich in einer Notlage und in so einer Situation musste der Datenschutz eben hinten anstehen. Sie grinste über ihre Argumentation, die einem Verfassungsrechtler wahrscheinlich Tränen in die Augen getrieben hätte.

**

Kate Busch freute sich auf den Brunch mit ihrer Familie im Bistro ihrer Eltern. Normalerweise fiel es ihr nicht schwer, Freizeit und Berufsalltag voneinander zu trennen. Aber die ungelösten Mordfälle von Sophie Landmann und Niklas Weimer setzten ihr mehr zu, als ihr lieb war. Sie spürte, dass die Gefühle, die sie für Lydia Mannteufel hegte, ihr immer wieder bei den Ermittlungen in die Quere kamen. So etwas war ihr bisher noch nie passiert. Dazu kam, dass sie in Beziehungsdingen immer schnell wissen wollte, woran sie war. Das ewige Hin und Her zerrte an ihren Nerven. Schließlich war ihr Beruf schon aufreibend genug.

Aber so wie es derzeit aussah, würden sich weder die Mordfälle noch die Turbulenzen in ihrem Gefühlsleben so schnell aufklären.

Kate Busch gähnte und schaute auf die große pinkfarbene Wanduhr, die in ihrer Küche hing. Sie wollte mit ihrem Mountainbike zu ihren Eltern fahren und auf dem Hinweg noch einmal den Tatort auf dem Waldfriedhof in Gerlingen anschauen. Vielleicht fand sie dort den entscheidenden Hinweis, der zur Aufklärung der Mordfälle führen würde.

Kate Busch verdrückte schnell eine Banane und schlüpfte in ihr Fahrradoutfit.

Auf dem Fahrrad genoss sie die morgendlichen Sonnenstrahlen, die sich durch den Nebel drückten.

Den steilen Anstieg im Greutterwald meisterte sie noch ohne große Probleme, aber als sie sich das Lindentalsträßchen schwer atmend im kleinsten Gang hinaufwuchtete und dabei von mehreren Joggern überholt wurde, ärgerte sie sich über ihre mangelnde Fitness. Oben angekommen, hielt sie kurz an dem kleinen Soldatenfriedhof, auf dem Fritz von Graevenitz begraben war, an.

Als sie am Schloss Solitude vorbeiradelte, bemerkte sie ein frischverliebtes Paar, das eng umschlungen, die Sonne genießend auf einer Bank saß und sich küsste. Sie seufzte voller Neid über das zur Schau gestellte Liebesglück.

Am Waldfriedhof lehnte sie ihr Mountainbike an den Friedhofszaun und schloss es ab.

Kate Busch fluchte, als sie zum Tatort lief und zwei Teenager sah, die sich in das Gebüsch, in dem Niklas Weimer tot aufgefunden worden war, schlugen und kichernd wahrscheinlich nach Blutspuren Ausschau hielten. Sie ärgerte sich darüber, dass sie nicht schon früher noch einmal am Tatort vorbeigegangen war. Selbst wenn sie jetzt einen Zigarettenstummel oder einen Messingknopf fand, konnte sie sich nicht sicher sein, ob das Spurenmaterial vom Täter oder von einem Schaulustigen stammte.

Sie wartete, bis sich die Teenager verzogen hatten, bevor sie den rückwärtigen Platz der Aussegnungshalle, den Container, das Gebüsch und das Metalltor des Nebeneingangs akribisch absuchte. Wie ein Spürhund scannte sie jeden Quadratzentimeter ab. Vor dem rückwärtigen Teil der Aussegnungshalle fand sie einen schwarzen Stofffetzen aus Nylon.

»Bingo«, murmelte sie, hob den Fetzen mit einem Papiertaschentuch auf und steckte ihn in eine Asservatentüte, die sie für solche Fälle immer bei sich trug.

Wenn ich schon hier bin, kann ich mir auch noch die Grabstätte von Sophie Landmann anschauen, dachte sie und lief zu der Stelle, an der Sophie Landmann bestattet war.

Ein kleines Rosenstöckchen in einem schwarzen Plastiktopf und eine mit Herbstblumen frisch bepflanzte Schale standen auf dem Grab. Neben dem Holzkreuz lag ein rot bemaltes, steinernes Herz. Kate Busch war sich ziemlich sicher, dass das Herz von Lydia Mannteufel stammte. Ein älteres Ehepaar, das zwei Grabstellen weiter an einem Blumengesteck herumnestelte, starrte sie unverhohlen an. Kate Busch lächelte die beiden so lange freundlich an, bis sie betreten zu Boden schauten. Die hielten sie wahrscheinlich für eine Ex-Geliebte von Sophie Landmann.

Kate Busch ging mit schnellen Schritten zum Haupteingang des Friedhofs zurück und schloss ihr Mountainbike auf. Die kräftezehrende Fahrt über das Schloss Solitude und die Suche nach Beweismitteln hatten sie hungrig gemacht. In Gedanken versunken fuhr sie langsam durch die Unterführung am Waldfriedhof, die zu den Sportplätzen der KSG führte.

»Achtung«, rief plötzlich eine weibliche Stimme.

Kate Busch bremste stark und wäre vor Schreck fast von ihrem Mountainbike gefallen. Verdutzt schaute sie auf und blickte direkt in die blaugrauen Augen von Lydia Mannteufel.

»Entschuldigung«, murmelte sie verlegen. »Ich habe Sie gar nicht kommen sehen.«

»Fast hätten Sie Ihre Hauptverdächtige über den Haufen gefahren«, sagte Lydia Mannteufel trocken.

Dann lächelte sie und sagte: »Sind das die neuen Ermittlungsmethoden der Polizei?«

Kate Busch spürte, wie ihr die Röte ins Gesicht schoss.

»Nein, natürlich nicht«, erwiderte sie leise. »Eigentlich wollte ich nur eine Spazierfahrt zu meinen Eltern machen.«

Kate Busch wäre am liebsten sofort auf ihr Fahrrad gestiegen und davon geradelt. Die ganze Situation war ihr äußerst peinlich. Aber irgendetwas hielt sie zurück. Sie spürte dasselbe Knistern wie damals, als sie sich an der Haustür von Lydia Mannteufel verabschiedet hatte.

Lydia Mannteufel berührte Kate Busch sanft an der rechten Schulter und sah sie prüfend an. Kate Busch wich ihrem Blick aus und schaute verlegen auf den Boden. Lydia Mannteufel räusperte sich.

»Was für ein Zufall, dass wir uns hier treffen«, sagte sie. »Darf ich Sie etwas fragen?«, fügte sie nach kurzem Zögern hinzu.

Kate Busch nickte leicht mit dem Kopf. »Ja klar. Ich weiß aber nicht, ob ich Ihre Frage beantworten kann.«

»Das macht nichts. Ich wollte Sie eigentlich nur fragen, warum Sie gestern so abweisend zu mir waren. Was habe ich Ihnen denn getan?«

»Ähm«, antwortete Kate Busch und fuhr sich mit der Hand über ihre trockenen Lippen.

»Es ist mir etwas peinlich. Aber ich habe geträumt, dass Sie mich umbringen wollten«, platzte es aus ihr heraus.

»Was, ich? Aber warum denn? Ich habe doch gar keinen Grund dazu«, sagte Lydia Mannteufel perplex und schaute Kate Busch ungläubig an.

»Es war ja nur ein Traum«, verteidigte sich Kate Busch. »Als ich bei Ihnen ankam, war der Traum für mich noch so real. Deshalb war ich so distanziert.«

Lydia Mannteufel fing an zu lachen. »Glauben Sie wirklich, dass ich Sie umbringen würde?«

Sie hielt kurz inne und fügte leise hinzu: »Kate, wenn ich nicht deine Hauptverdächtige wäre, hätte ich dich doch schon längst zum Abendessen eingeladen. Da ist doch etwas zwischen uns. Du fühlst es doch auch, oder etwa nicht?«

Kate Busch schluckte und sagte mit heiserer Stimme: »Wir müssen vernünftig sein. Sie sind eine Hauptverdächtige in zwei Mordfällen und ich bin die ermittelnde Beamtin. Ich kann mir diese Gefühle nicht leisten.«

»Mensch Kate, du glaubst doch nicht im Ernst, dass ich Niklas Weimer umgebracht habe, oder?«, fragte Lydia Mannteufel mit einem flehentlichen Unterton.

»Ich möchte es nicht glauben, aber ich weiß es nicht sicher«, gab Kate Busch leise zurück.

Lydia Mannteufel beugte sich zu Kate Busch, nahm ihren Kopf in beide Hände und küsste sie sanft. Kate Busch gab ihre Zurückhaltung auf und erwiderte den Kuss leidenschaftlich. Dann zog sie sich brüsk aus der Umarmung zurück und atmete tief durch.

»Ich kann und darf das nicht. Das weißt du ganz genau. Mach es uns doch nicht schwerer, als es sowieso schon ist.«

»Tut mir leid«, antwortete Lydia Mannteufel zerknirscht. »Es ist wohl besser, wenn wir jetzt beide unser Sportprogramm durchziehen.«

Sie hielt kurz inne und fügte dann beiläufig hinzu: »Getrennt.« Dabei zuckten ihre Mundwinkel verräterisch, als sie versuchte, ein breites Grinsen zu unterdrücken.

Kate Busch musste gegen ihren Willen lachen.

»Also dann«, sagte sie und schwang sich auf ihr Mountainbike. Zwei Herzen schlugen in ihrer Brust. Sie fuhr die Panaromastraße wie in Trance hinunter. An der Chinakurve, die so hieß, weil hier in den 1960er Jahren an einem Haushaltswarengeschäft an der Burgklinge eine Leuchtschrift mit der Bezeichnung China-Club angebracht war, wäre sie fast geradeaus in die Leitplanken gefahren. Kate Busch fuhr erschrocken zusammen. Ein Unfall hätte ihr gerade noch gefehlt.

Als Kate Busch durch den Nebeneingang in den kleinen Speisesaal des Bistros trat, saßen ihre Eltern und ihr Bruder schon an einem großen Eichentisch.

»Hi Mum, hi Dad, hi Georg«, begrüßte sie ihre Familie und setzte sich zu ihnen an den Tisch.

»Du bist spät dran, Kate«, sagte ihre Mutter vorwurfsvoll und musterte sie streng.

»Tut mir leid«, antwortete Kate Busch. »Ich war noch kurz auf dem Waldfriedhof und wollte mir noch einmal den Tatort anschauen.«

Wie ein Pawlowscher Hund, der auf sein Stichwort gewartet hatte, stellte ihr Bruder seine obligatorische Frage nach dem Stand der Ermittlungen.

»Frage nicht«, wehrte Kate Busch ihn matt ab. »Diese Mordfälle kosten mich noch den letzten

Nerv. Es gibt zu viele Verdächtige und wir kommen einfach nicht weiter.«

»Ich dachte immer, eure Hauptverdächtige wäre diese Grabrednerin, die Ex-Freundin der Ermordeten. So behauptet es zumindest der Dorfklatsch«, murmelte Georg Busch zwischen zwei Bissen Lasagne.

Kate Busch spürte, wie ihr die Hitze ins Gesicht schoss. Sie fuhr sich mit beiden Händen über das Gesicht, um ihre Gefühlsregungen zu verbergen.

»Schluss jetzt mit dem Gerede über Kates Arbeit«, rief ihre Mutter, der die Verlegenheit ihrer Tochter nicht entgangen war, ihren Sohn zur Ordnung. »Lasst uns über etwas anderes sprechen. Kate hat schon genug um die Ohren.«

Kate Busch sah ihre Mutter dankbar an und schaufelte sich eine große Portion Lasagne auf ihren Teller.

**

Lydia Mannteufel schaute immer wieder ungeduldig auf die Küchenuhr. Es war schon 19:30 Uhr und Wolle war immer noch nicht da. Ihre gute Laune, die sie seit der zufälligen Begegnung mit der Kriminalkommissarin innehatte, verflog zunehmend. Hatte Wolle es sich vielleicht anders überlegt? Wusste er, dass sie die Hauptverdächtige in zwei Mordfällen war und hatte er deshalb kalte Füße bekommen?

Lydia Mannteufel nippte an einem Glas Rotwein, das sie sich zur Entspannung eingeschenkt hatte, und wendete die angebräunten Kartoffeln in der Pfanne. Gerade, als sie zum Telefon gehen und Wolfgang Mücke anrufen wollte, klingelte es an der Haustür.

»Sorry«, entschuldigte sich Wolfgang Mücke noch ganz außer Atem. »Ich habe gerade die Sportschau im Fernsehen angeschaut und dabei die Zeit ganz vergessen.«

Mit seinem jungenhaften Gesicht, in verwaschenen Jeans und einem roten Hoody sah er wie ein großer Lausbub aus. Er grinste und küsste Lydia Mannteufel auf beide Wangen.

»Lange nicht gesehen«, sagte er und reichte ihr eine Schachtel Pralinen.

Lydia Mannteufel nahm die Pralinen entgegen und führte ihn in die Küche. Wolfgang Mücke sog den Bratenduft, der sich in der Küche breit gemacht hatte, genüsslich ein und nickte anerkennend.

»Genau das, was ich nach meinem Fernsehsport jetzt gebrauchen kann.«

Lydia Mannteufel lud die Bratkartoffeln und die Steaks auf zwei große Teller und reichte sie Wolfgang Mücke.

»Komm, lass uns ins Wohnzimmer gehen. Dort ist es gemütlicher.«

»Wow, nicht schlecht«, sagte Wolfgang Mücke anerkennend. »Hier würde es mir auch gefallen. Ich wusste gar nicht, dass das Geschäft mit den Toten so einträglich ist.«

Lydia Mannteufel verzog leicht das Gesicht. Sie erinnerte sich daran, dass Wolfgang Mücke schon während des Studiums die Fähigkeit besessen hatte, mit seinen Äußerungen von einem Fettnäpfchen in das andere zu tappen. Anscheinend hatte er diese Untugend immer noch nicht abgelegt.

»Ja, es könnte schlechter gehen«, sagte sie und stellte den Wein und die Gläser zu den Servietten und dem Besteck auf den Esstisch.

»Mmh, das schmeckt wie bei Muttern«, seufzte Wolfgang Mücke nach ein paar Bissen zufrieden. Er blickte Lydia Mannteufel erwartungsvoll an und sagte: »Lydia, du hast mich doch sicherlich nicht nur eingeladen, um mir deine Kochkünste vorzuführen, oder? Was gibt es denn so Geheimnisvolles, das du mir nicht am Telefon erzählen wolltest?«

Lydia Mannteufel senkte ihren Blick und zog mit ihrer Gabel kleine Rauten auf dem beigen Tischtuch.

»Na komm schon, heraus mit der Sprache. So schlimm wird es schon nicht sein«, sagte Wolfgang Mücke aufmunternd.

Lydia Mannteufel legte ihre Gabel auf den Tisch und bedachte Wolfgang Mücke mit einem ernsten Blick. »Du hast wahrscheinlich schon gehört, dass ich verdächtigt werde, Sophie Landmann und Niklas Weimer umgebracht zu haben«, sagte sie leise.

Wolfgang Mücke nickte.

»Ja, so wird es in Gerlingen herumgetratscht. Als ich davon hörte, konnte ich es nicht glauben.«

Lydia Mannteufel lächelte bitter.

»Sag das bitte der Polizei. Die sind fest davon überzeugt, dass ich beide ermordet habe. Die haben mich nur noch nicht festgenommen, weil ihnen die Beweise fehlen.«

»Die spinnen doch. Warum solltest du Sophie umbringen? Du hast doch gar keinen Grund dafür.«

»Ich bin ja so froh, dass wenigstens du mir glaubst. Du kannst dir gar nicht vorstellen, wie ich mich fühle, wenn ich im Ort unterwegs bin. Die Leute starren mich an, als ob ich Jack the Ripper höchstpersönlich wäre.«

»Das glaube ich sofort«, sagte Wolfgang Mücke und verzog angewidert seinen Mund. »Mir ist nur nicht ganz klar, wie ich dir helfen soll.«

Lydia Mannteufel seufzte und sagte: »Ich glaube nicht, dass du mir dabei helfen kannst. Eigentlich habe ich dich auch wegen einer anderen Sache gebeten bei mir vorbeizukommen.«

Wolfgang Mücke sah sie neugierig an.

»Bei was soll ich dir denn helfen? Planst du einen Banküberfall?«

Lydia Mannteufel lachte.

»Mensch Wolle. Du bist unmöglich. Ich möchte dich bitten, möglichst unauffällig eine Kontenabfrage bei Jan Möller durchzuführen.«

Wolfgang Mücke runzelte die Stirn und fuhr sich mit beiden Händen über seine langen, blonden Haare.

»Wozu brauchst du denn diese Info? Du weißt schon, wenn das herauskommt, bin ich meinen Job los.«

»Ja, das ist mir schon klar«, sagte Lydia Mannteufel leicht zerknirscht.

»Mein Onkel hat bei Jan Möller Geld angelegt, das er jetzt wiederhaben möchte. Jan Möller weigert sich aber es zurückzuzahlen. Ich würde gerne wissen, ob er in finanziellen Schwierigkeiten steckt.«

Wolfgang Mücke fuhr sich nachdenklich über sein Kinn.

»Morgen kann ich auf jeden Fall nichts tun«, sagte er zögerlich. »Sonntags komme ich so gut wie nie ins Büro. Außerdem protokolliert das EDV-System jede Kontenabfrage. Es würde bestimmt jemandem auffallen, wenn ich sonntags eine Abfrage machen würde.«

Lydia Mannteufel sah ihn hoffnungsvoll an und schwieg.

»Aber am Montagvormittag könnte ich mir sein Konto, sofern es bei unserer Bank geführt wird, mal anschauen.«

»Mensch Wolle, das wäre echt super. Lass uns darauf etwas trinken.«

Lydia Mannteufel stand auf und ging zu ihrer gut sortierten Bar.

»Wenn du willst, könnte ich dir einen einundzwanzigjährigen Glenlivet aus Schottland anbieten.«

»Da höre ich mich nicht nein sagen«, sagte Wolfgang Mücke breit grinsend. Er stand auf, nahm das Whiskyglas entgegen und fläzte sich genüsslich in den knarzenden Schaukelstuhl.

Wolfgang Mücke schwenkte das dickwandige Glas leicht im Kreis, schnupperte daran und ließ einen kleinen Schluck des Alkohols auf seiner Zunge zergehen.

»Mmh, das tut gut«, murmelte er verzückt und stellte das Whiskyglas auf den Boden. Er blickte Lydia Mannteufel, die es sich auf dem schwarzen Ledersofa gemütlich gemacht hatte, an.

»Bis wann brauchst du denn die Infos über Jan Möller? Ich könnte sie dir am Montag während meiner Mittagspause vorbeibringen. Sollen wir uns bei dir treffen?«

»Gerne. Kannst du so gegen halb eins vorbeikommen?«

»Gebongt«, sagte Wolfgang Mücke und nahm noch einen Schluck aus seinem Whiskyglas. Versonnen starrte er in die hellgoldene Flüssigkeit, die ihn an ihre trinkfreudigen Studententage erinnerte.

»Weißt du noch, wie wir zusammen mit Sophie im dritten Semester an einem lauen Sommerabend heimlich in das Höfinger Freibad eingestiegen sind und eine textilfreie Beachparty gefeiert haben?«

»Na klar«, antwortete Lydia Mannteufel und fing lauthals an zu lachen.

»Der Alkohol floss in Strömen und Sophie hat damals eine flammende Rede über gleichgeschlechtliche Liebe und die Lage der Frau in Afrika gehalten. Sie wollte nach ihrem Studium den Juwelierladen ihrer Eltern übernehmen, verkaufen und mit dem Geld in Malawi eine Kommune gründen.«

»Manchmal frage ich mich, wo und wann unsere ganzen Ideale und weltverbesserischen Vorstellungen auf der Strecke geblieben sind«, sagte Wolfgang Mücke mit einem wehmütigen Unterton.

»Ich denke, spätestens als wir selbst für unseren Lebensunterhalt sorgen mussten und die Welt des Konsums entdeckt haben«, antwortete Lydia Mannteufel und gähnte.

Wolfgang Mücke sah auf seine Armbanduhr.

»Schon so spät«, sagte er erstaunt. »Ich habe mich morgen früh mit einem Kumpel zum Angeln verabredet. Ich muss langsam wieder los.«

»Schade«, sagte Lydia Mannteufel. »Der Abend war trotz des ernsten Hintergrunds sehr schön. Wir sollten uns öfter treffen und über vergangene Zeiten plaudern.«

»Da hast du recht. Lass uns zum Abschluss noch einen Schluck auf Sophie und den Weltfrieden trinken.«

Lydia Mannteufel erhob sich unsicher von ihrem Sofa und schwankte zum Schaukelstuhl. Sie trank ihr Glas in einem Schluck leer und umarmte Wolfgang Mücke.

»Nur keine Bange Lydia, das wird schon wieder«, sagte Wolfgang Mücke zuversichtlich und strich ihr sanft über das Haar.

Montag, zwei Wochen später

»Mensch Gerry, was ist denn mit deinem Ziegenbärtchen passiert? Hat es deiner australischen Bohnenzüchterin auch nicht gefallen?«, begrüßte Kate Busch ihren Kollegen gut gelaunt.

Gerald Waldner fuhr sich über sein glatt rasiertes Kinn.

»Sie fand es albern«, sagte er leicht verlegen.

»Gott sei Dank. Damit hat sie uns allen einen Gefallen getan.«

»Du hättest ja schon lange einmal etwas zu mir sagen können.«

»Ach Gerry. Ich wollte doch dein Selbstvertrauen nicht unterminieren. Schließlich warst du so stolz auf dein Bärtchen«, sagte Kate Busch und begann lauthals zu lachen, als sie Gerald Waldners waidwunden Blick sah.

»Okay, dann wäre das jetzt ja geklärt«, antwortete er leicht beleidigt.

Kate Busch seufzte und deutete auf die Liste, die auf ihrem Schreibtisch lag.

»Komm, lass uns die Liste von Melanie vom Café Auszeit noch einmal durchschauen. Vielleicht finden wir ein paar Ungereimtheiten in Jan Möllers Alibi. Jan Möller hat ausgesagt, dass er von 22 Uhr bis Mitternacht im Café Auszeit war.«

Gerald Waldner nahm seinen Schreibtischstuhl und setzte sich neben seine Kollegin.

Gemeinsam gingen sie die Liste durch. Zehn Personen konnten sich überhaupt nicht an Jan Möller erinnern. Melanie war Jan Möller erst kurz vor Mitternacht aufgefallen, weil er ihr unbedingt beim Aufräumen helfen wollte. Zwei Personen glaubten, Jan Möller zwischen 22 Uhr und 22:15 Uhr im Café gesehen zu haben, waren sich aber nicht sicher. Zwei weitere Personen gaben an, Jan Möller von 23:30 Uhr bis 24 Uhr gesehen zu haben.

»Hm«, murmelte Kate Busch enttäuscht. »Bleibt eigentlich nur Fritz Klausner übrig, der behauptet, Jan Möller von 21:30 Uhr bis 24 Uhr im Café Auszeit gesehen zu haben. Die Aussage passt aber nicht ganz mit Jan Möllers Angaben zusammen. Wenn du mich fragst, sollten wir diesem Klausner einmal auf den Zahn fühlen. Ich finde es komisch, dass er als Einziger angegeben hat, Jan Möller die ganze Zeit gesehen zu haben. Entweder möchte er sich nur wichtigmachen oder die Aussage ist mit Jan Möller abgestimmt.«

Gerald Waldner schüttelte den Kopf.

»Das glaube ich nicht. Wenn er gekauft gewesen wäre, hätte er doch seine Angaben mit denen von Jan Möller richtig abgestimmt. Durch die Diskrepanz von einer halben Stunde macht er sich doch eher unglaubwürdig.«

Kate Busch gähnte und streckte sich.

»Findest du?«, meinte sie ohne große Überzeugung und beugte sich wieder über die Liste.

»Da steht seine Adresse und Telefonnummer. Sollen wir bei ihm vorbeigehen oder ihn zuerst anrufen?«

»Eigentlich habe ich keine Lust, jetzt nach Gerlingen zu fahren. Ruf ihn doch mal an. Vielleicht geht er ans Telefon.«

Kate Busch zuckte mit den Schultern und wählte die Telefonnummer von Fritz Klausner.

»Der Teilnehmer ist gerade nicht erreichbar. Bitte hinterlassen Sie Ihre Nummer nach dem Signalton«, schallte es ihr aus dem Telefonhörer entgegen.

Kate Busch legte wieder auf.

»Er ist nicht zu Hause. Scheint so, als ob wir ihm einen Besuch abstatten müssen.«

»Das können wir doch morgen noch machen, oder?«

»Wenn du das der Freund bei der Lagebesprechung verklickerst, habe ich nichts dagegen«, sagte Kate Busch und lächelte süffisant.

»Auf einen Tag mehr oder weniger kommt es jetzt auch nicht mehr an«, brummelte Gerald Waldner und setzte sich wieder an seinen Schreibtisch.

**

Lydia Mannteufel fuhr erschrocken zusammen, als es an der Haustür klingelte. Sie hatte gerade daran gedacht, unter welch unterschiedlichen Umständen sie Sophie Landmann und Kate Busch kennen gelernt hatte. Auf Sophie war sie zum ersten Mal bei einer Vorlesung in der Uni aufmerksam geworden, in der sie mit Witz und Charme eine hinterlistige Frage des despotischen Professors Weitklau zum Thema zinssteigerungsbedingtes crowding out beantwortet hatte, worauf sogar dem Professor ein seltenes Lob über die Lippen gekommen war.

Sie hatte sich sofort in die samtige Stimme der cleveren Studentin verliebt, aber es hatte eine ganze Weile gedauert, bis Sophie Landmann von ihr Notiz genommen hatte. Und jetzt war sie der Kommissarin als Hauptverdächtige in zwei Mordfällen begegnet. Eine denkbar ungünstige Ausgangssituation, um sich zu verlieben.

Sie eilte zur Haustür und wartete angespannt auf Wolfgang Mücke, der ihr mit schnellen Schritten entgegen kam.

»Hallo Lydia«, begrüßte er sie hastig. In seinem anthrazitfarbenen Anzug, dem weißen Hemd und der rosa Krawatte wirkte er deutlich seriöser als am Samstagabend.

»Ich habe leider nicht viel Zeit. Ich muss gleich wieder zur Bank zurück«, sagte er und folgte Lydia Mannteufel ins Wohnzimmer. Er holte aus seiner schwarzen Ledertasche ein paar DIN-A4-Blätter heraus und legte sie auf den Esstisch.

»Und, hast du etwas herausgefunden?«, fragte Lydia Mannteufel hoffnungsvoll.

»Jan Möller hat sich wohl ein paar Mal kräftig mit Optionsscheinen verzockt«, antwortete Wolfgang Mücke. »An deiner Stelle würde ich versuchen, so schnell wie möglich an das Geld deines Onkels zu kommen. Wenn es überhaupt noch da ist.«

»Das habe ich mir fast schon gedacht«, sagte Lydia Mannteufel niedergeschlagen. »Ich habe nie verstanden, was Sophie an Jan Möller gefunden hat. Für mich war er immer nur viel Fassade und wenig Substanz.«

»Das hat mich auch überrascht. Aber irgendetwas muss sie ja toll an ihm gefunden haben, sonst hätte sie sich schon längst wieder von ihm getrennt.«

Wolfgang Mücke sammelte die Unterlagen wieder ein und packte sie in seine Aktentasche.

»Weißt du schon, wie du jetzt weiter vorgehst?«

Lydia Mannteufel zuckte mit den Schultern.

»Nein, ehrlich gesagt noch nicht. Ich muss erst einmal mit meinem Onkel darüber reden. Am liebsten würde ich Jan sofort zur Rede stellen.«

»Also ich weiß nicht, ob das so eine gute Idee ist. Überleg dir gut, was du tust.«

»Keine Angst. Ich werde das Geld schon noch auftreiben.«

»Okay, aber pass bloß auf dich auf«, sagte Wolfgang Mücke und sah Lydia Mannteufel dabei besorgt an. »Ich muss jetzt leider wieder gehen. Ich habe noch einen wichtigen Kundentermin.«

Nachdem sich Lydia Mannteufel von Wolfgang Mücke verabschiedet hatte, nahm sie ihr Handy und rief ihren Onkel an.

»Hallo Onkel Paul. Ich habe gerade mit Wolfgang Mücke von der Volksbank gesprochen. So wie es aussieht, hat Jan Möller große finanzielle Probleme.«

Paul Winter seufzte. »So ein Mist«, sagte er. »Was soll ich jetzt tun?«

»Ich könnte ein Schreiben für dich aufsetzen, in dem du ihm androhst, ihn zu verklagen, wenn er dir das Geld nicht innerhalb einer Woche zurückzahlt. Wenn du damit einverstanden bist, könnte ich dir den Brief noch im Laufe des Tages zum Unterschreiben vorbeibringen.«

»Okay, dann machen wir das so«, antwortete Paul Winter kurz angebunden.

**

Im Besprechungszimmer des Polizeipräsidiums schauten sich die Teilnehmer der Soko ratlos an. Kate Busch blickte auf ihre Uhr und schüttelte ungläubig den Kopf. Es war schon 10 Minuten nach 16 Uhr und die sonst überpünktliche Erste Kriminalhauptkommissarin war immer noch nicht erschienen.

»Fritz, weißt du eigentlich, was mit der Freund los ist?«, fragte Gerald Waldner seinen Kollegen.

»Keine Ahnung. Mir hat sie nichts gesagt.«

»Vielleicht ist ihr ein Mexikaner dazwischengekommen und sie hat dabei unsere Besprechung vergessen«, spottete Kate Busch.

»Das glaube ich nicht. So etwas würde unsere Chefin nie tun«, sagte Lena Leuchtle entrüstet.

»Was würde ich nie tun?«, fragte Karin Freund, die beim Hereinkommen die letzten Wortfetzen gehört hatte, streng.

»Ach nichts«, sagte Gerald Waldner beiläufig. »Wir haben uns nur gerade gefragt, ob du vielleicht unsere Besprechung vergessen hast.«

Karin Freund schüttelte pikiert den Kopf.

»Wie kommst du denn darauf«, raunzte sie Gerald Waldner an. »Ich hatte gerade noch ein wichtiges Gespräch mit dem Polizeipräsidenten. Das kann ich beim besten Willen nicht einfach so abbrechen.«

Karin Freund blickte ungeduldig in die Runde und fragte: »Was gibt es Neues?«

»Ich habe gerade die Ergebnisse der KTU von der Untersuchung von Niklas Weimers Wagen bekommen«, sagte Fritz Wange. »In dem Wagen wurden nur DNA-Spuren von Niklas Weimer gefunden.«

»Hat jemand Informationen, die uns im Fall weiterbringen?«, fragte Karin Freund leicht ungehalten.

Nina Herzog, heute ganz in kanariengelb gekleidet, klimperte vergnügt mit ihren silbernen Mondohrringen und sagte: »Rosemarie Landmann und ihren Ehemann können wir von der Liste der Verdächtigen streichen. Die beiden waren zum Zeitpunkt des Mordes an Niklas Weimer mit Bekannten bei einer Veranstaltung im Theaterhaus.«

»Kate und ich haben die Liste mit den Aussagen der Mitarbeiter und Gäste des Cafés Auszeit noch einmal durchgeschaut«, meldete sich Gerald Waldner zu Wort. »Bis auf Fritz Klausner kann niemand bestätigen, dass Jan Möller in der von ihm genannten Zeit im Café war.«

»Habt ihr Herrn Klausner denn schon befragt?«, hakte Karin Freund nach.

Gerald Waldner schüttelte den Kopf. »Wir haben ihn leider noch nicht erreicht.«

»Dann sorgt bitte dafür, dass ihr bis zur nächsten Lagebesprechung morgen Nachmittag eine Aussage von ihm bekommt.«

»Geht klar«, murmelte Gerald Waldner kleinlaut und vermied den Augenkontakt mit Kate Busch, die das Unheil hatte kommen sehen.

Kate Busch kramte in ihrer Handtasche und legte eine Tüte mit einem schwarzen Stofffetzen auf den Tisch.

»Ich war am Sonntagvormittag noch einmal auf dem Friedhof in Gerlingen und habe bei der Aussegnungshalle diesen Stofffetzen gefunden. Vielleicht hat er etwas mit unserem Mordfall zu tun.«

»Okay«, sagte Karin Freund unbeeindruckt. »Dann gib ihn nachher bei der Kriminaltechnik ab. Vielleicht können die etwas damit anfangen.«

Gerald Waldner schaute Kate Busch vorwurfsvoll an und zischte: »Warum hast du mir nichts davon erzählt?«

»Sorry«, antwortete Kate Busch und zuckte entschuldigend mit den Schultern. »Ich habe es vergessen.«

»Die Wasserschutzpolizei und das Schifffahrtsamt konnten uns auch nicht weiterhelfen«, berichtete Fritz Wange. »Zum fraglichen Zeitpunkt war auf dem Neckarabschnitt kein Schiff unterwegs.«

»Na ja, einen Versuch war es wert«, murmelte Karin Freund und schaute verdrossen in die Runde.

»Hat sonst noch jemand etwas, das uns weiterhelfen könnte?«

Lena Leuchtle meldete sich zu Wort.

»Ich sollte die Briefzustellerrunde von Niklas Weimer abklären. Niklas Weimer hat täglich Postsendungen in der Innenstadt von Gerlingen ausgetragen. Dabei kam er auch beim Juwelier Schaller und beim Büro von Jan Möller vorbei. Außerdem hat er als Vertretung ab und zu auf der Schillerhöhe und dem Oberen Schlossberg Post ausgetragen.«

»Hm, das hilft uns jetzt aber nicht wirklich weiter«, bemerkte Kate Busch enttäuscht.

»Na ja, so würde ich das nicht sehen«, warf Gerald Waldner ein. »Schließlich sind dadurch alle unsere Hauptverdächtigen noch im Rennen.«

»Ja, schon. Aber es wäre doch schöner gewesen, wenn wir jemanden hätten ausschließen können«, gab Kate Busch leicht gereizt zurück.

»Fritz und ich haben einen Zeugenaufruf in verschiedenen Zeitungen platziert«, sagte Gabriele Manninger. »Der Artikel müsste morgen in den Printausgaben erscheinen, online erscheint er schon heute Abend. Außerdem haben wir einen Termin bei der Sendung »Aktenzeichen XY« bekommen. Die Fälle könnten Ende Januar ausgestrahlt werden.«

»Sehr gut Gabriele«, bemerkte Karin Freund mit einem schmalen Lächeln. Sie seufzte und sagte: »Wir kommen einfach nicht weiter. Ich glaube, jetzt wird es Zeit, über die Staatsanwaltschaft beim Ermittlungsrichter einen Beschluss für eine Speichelprobe bei unseren Hauptverdächtigen zu beantragen. Wenn wir Glück haben, gibt es eine Übereinstimmung mit dem sichergestellten Genmaterial an den beiden Tatorten. Ansonsten können wir nur darauf hoffen, dass sich jemand auf unseren Aufruf in der Presse meldet.«

Karin Freund wandte sich an Fritz Wange und sagte: »Fritz, mach unseren Kollegen von der Spurensicherung Druck. Sie sollen auf jeden Fall die DNA an dem Stofffetzen sofort mit den Ergebnissen vom Tatort am Neckar vergleichen.«

Fritz Wange nickte.

»Gerald und Kate, klärt das bitte mit dem Alibi von Jan Möller und der Aussage dieses Fritz Klausners. Und wenn ihr schon in Gerlingen seid, könnt ihr auch Speichelproben bei den Schallers, Jan Möller und Frau Mannteufel abnehmen.«

»Geht klar, machen wir«, sagte Gerald Waldner und setzte sich aufrecht hin, um seinen schmerzenden Rücken zu entlasten.

»Also gut, dann treffen wir uns morgen Nachmittag wieder um 16 Uhr«, sagte Karin Freund.

»Kate, was hältst du von einer kleinen Nachbesprechung beim Griechen um die Ecke?«, fragte Gerald Waldner seine Kollegin.

»Gerne«, sagte Kate Busch. »Hat deine australische Bohnenzüchterin heute Abend keine Zeit für dich?«

»Ach weißt du, mir ist der Spatz in der Hand lieber als die Taube auf dem Dach.«

Dienstag, 15 Tage später

Es war kurz nach 9 Uhr. Jan Möller rutschte nervös auf dem schwarzen Ledersessel in seinem Büro hin und her und tippte wie ein Wahnsinniger auf der Tastatur seines Computers. Er fluchte lauthals und fuhr sich immer wieder fahrig über seine lockigen Haare.

»Das gibt es doch nicht, das kann doch nicht sein«, brüllte er ungläubig, als er den freien Fall der Aktienindizes auf seinem Monitor live mitverfolgte.

Die asiatischen Börsen hatten mit einem dicken Minus vorgelegt und der Dax und der Euro Stoxx 50 vollzogen die Abwärtsbewegungen nach.

Jan Möllers Magen krampfte sich zusammen, kleine Schweißperlen bildeten sich auf seiner Stirn, sein Mund fühlte sich trocken an. Er schloss die Augen und lockerte seinen Krawattenknoten. Er musste jetzt cool bleiben und durfte nicht die Nerven verlieren. Er atmete tief ein und aus. Dann öffnete er die Augen wieder, tippte in rasender Geschwindigkeit einen Verkaufsauftrag nach dem anderen in die Ordermaske und transferierte die Verkaufserlöse von seinem Verrechnungskonto bei der Volksbank Strohgäu auf ein Nummernkonto auf den Kaimaninseln. Er wusste, dass ihm nicht mehr viel Zeit blieb.

**

Kate Busch saß neben Gerald Waldner im Auto und gähnte herzhaft. Die beiden Polizisten waren auf dem Weg zu Fritz Klausner, mit dem sie sich um 10 Uhr in dessen Wohnung treffen wollten.

»Mann, bin ich froh, wenn das ganze Theater endlich vorbei ist«, murmelte sie.

»Frag mich erst. Ich hoffe, dass wir die Fälle bis Weihnachten gelöst haben, damit ich meine Bohnenzüchterin in Australien besuchen kann.«

»Das sind ja tolle Aussichten«, sagte Kate Busch voller Neid und dachte an ihr nicht existentes Liebesleben. Sie schloss die Augen und ließ sich die Sonnenstrahlen auf das Gesicht scheinen.

Gerald Waldner parkte in der Tiefgarage am Gerlinger Rathaus und berührte seine Kollegin sanft an der Schulter.

»Aufwachen Kate, wir sind schon da.«

Kate Busch schreckte aus ihrem leichten Schlaf empor und rieb sich müde die Augen. Der feuchtfröhliche Ausklang beim Griechen hatte ihr mehr zugesetzt, als gedacht.

»Was würde ich jetzt für einen doppelten Espresso geben«, seufzte sie und schaute ihren Kollegen treuherzig an. »Können wir nicht noch einen kleinen Abstecher ins Café Auszeit oder in die Bäckerei Wagner gegenüber machen?«

»Mensch Kate, dafür haben wir jetzt keine Zeit«, sagte Gerald Waldner ungnädig. »Wir sind sowieso schon spät dran. Wenn wir Pech haben, ist unser Vogel vielleicht schon ausgeflogen.«

»Ist ja gut. War ja nur so eine Idee«, brummelte Kate Busch enttäuscht und setzte sich langsam in Bewegung.

»Also hier wollte ich auch nicht wohnen«, kommentierte Gerald Waldner den etwas heruntergekommenen Zustand des Mehrfamilienhauses in der Amtshausstraße, in dem Fritz Klausner wohnte. »Da muss man ja aufpassen, dass man nicht vom herunterbröckelnden Putz erschlagen wird«, fügte er hinzu, als er den schwarzen Klingelknopf neben einem verblassten Namensschild drückte.

Ein mittelgroßer Mann, Anfang vierzig, mit einem graumelierten Vollbart öffnete die Haustür und geleitete sie unwillig in seine Wohnung.

Gerald Waldner schaute sich im notdürftig aufgeräumten Wohnzimmer neugierig um. Auf der angejahrten Couch stapelten sich zentimeterweise Werbeprospekte von diversen Discountern und Pizzalieferdiensten.

Fritz Klausner begrüßte die beiden Polizisten mit einem feuchten Händedruck.

Der scheint wohl etwas nervös zu sein, dachte Kate Busch und lächelte den Mann freundlich an.

»Wir haben gestern Abend miteinander telefoniert«, sagte Gerald Waldner und fuhr sich kurz über sein glatt rasiertes Kinn. »Wir würden gerne von Ihnen wissen, von wann bis wann Sie Jan Möller am Freitagabend vor zwei Wochen im Café Auszeit gesehen haben.«

Auf der Stirn von Fritz Klausner bildeten sich kleine Schweißtropfen, die er verstohlen mit der rechten Hand wegwischte. Er schaute die beiden Kommissare unsicher an. »Warum wollen Sie das denn wissen?«, fragte er mit heiserer Stimme.

»Reine Routine«, wiegelte Gerald Waldner ab. »Bitte beantworten Sie einfach meine Frage.«

Fritz Klausner starrte angestrengt zum Fenster hinaus und antwortete nach einer gefühlten Ewigkeit: »Ich kann mich nicht mehr so genau daran erinnern, aber ich glaube, es war von halb zehn bis Mitternacht.«

»Was nun?«, fragte Kate Busch schroff.

Fritz Klausner senkte den Blick und biss sich auf die Lippen.

»Ähm, ich weiß es nicht mehr so genau«, murmelte er. »Ist das denn so wichtig?«

»Komisch ist es schon«, sagte Gerald Waldner. »Jan Möller hat nämlich angegeben, dass er erst ab 22 Uhr im Café Auszeit war.«

Fritz Klausners Gesichtsfarbe ähnelte zusehends einem feuerroten Luftballon.

»Genau kann ich das nicht mehr beschwören«, murmelte er fast unhörbar. »Ich war der Meinung, dass Jan Möller schon früher im Café war.«

Er schaute verstohlen auf seine Armbanduhr und fragte: »Sind wir jetzt fertig? Ich muss jetzt gehen. Ich habe noch einen wichtigen Termin in Leonberg.«

»Ach, wo müssen Sie denn hin?«, fragte Kate Busch.

»Zum Arbeitsamt«, gab Fritz Klausner kurz angebunden zurück.

»Na, dann wollen wir Sie nicht länger aufhalten«, sagte Gerald Waldner. »Falls wir Sie noch einmal befragen müssen, melden wir uns wieder bei Ihnen.«

»Der war ja ganz schön nervös«, bemerkte Kate Busch achselzuckend, nachdem sie sich von Fritz Klausner verabschiedet hatten und Richtung Tiefgarage liefen.

»So ganz echt scheint der mir nicht zu sein«, sagte Gerald Waldner zustimmend. »Vielleicht sollten wir ihm noch einmal auf den Zahn fühlen.«

»Wenn wir jetzt in Amerika wären, könnten wir ihn an einen Lügendetektor anschließen.«

»Träum weiter«, sagte Gerald Waldner trocken.

Kurz bevor sie an der Tiefgarage angelangt waren, drehte sich Kate Busch zu ihrem Kollegen um und beglückte ihn mit einem filmreichen Augenaufschlag.

»Und?«, fragte sie ihn mit sanfter Stimme. »Haben wir jetzt noch genügend Zeit für einen Espresso? Wir könnten ja in die Bäckerei Wagner gehen. Die haben auch eine Siebträgermaschine.«

Gerald Waldner schaute kurz auf seine Armbanduhr und willigte widerstrebend ein.

»Aber danach müssen wir unbedingt die Speichelproben bei den Schallers, Frau Mannteufel und Jan Möller abholen und zu unseren Kriminaltechnikern bringen«, mahnte er.

»Ja natürlich«, sagte Kate Busch aufgeräumt. »Ich hoffe nur, dass wir auch alle antreffen. Ich habe es langsam satt, den Leuten hinterherzulaufen.«

**

Lydia Mannteufel bretterte die Panoramastraße mit ihrem Mountainbike hinunter und summte dabei gut gelaunt vor sich hin. Sie durchfuhr mit über 50 Stundenkilometern die Tempo 30 Zone in der Hauptstraße, bremste am Kreisverkehr vor dem Rathaus kurz ab, schlängelte sich in der Kirchstraße geschickt an den Autos und Fußgängern vorbei, bog in die Schulstraße ein und stellte ihr Fahrrad direkt vor Jan Möllers Büro ab. Von außen sah sie durch die leicht verschmutzte Fensterscheibe, dass Jan Möller an seinem Schreibtisch saß.

Lydia Mannteufel zog den Brief aus ihrer Sportjacke und ging zur Eingangstür von Jan Möllers Büro. Sie öffnete die Tür und blieb wie angewurzelt stehen. So derangiert hatte sie Jan Möller noch nie gesehen. Seine coole, selbstbewusste Fassade schien in sich zusammengebrochen zu sein. Sein Haar war zerzaust, seine Krawatte hing schief an seinem Hemd herunter und sein roter Kopf deutete auf großen Ärger oder einen zu hohen Blutdruck hin. Jan Möller blickte gehetzt auf, als er Lydia Mannteufel an der Tür stehen sah.

»Was willst du denn jetzt hier? Du hast mir gerade noch gefehlt«, herrschte er sie wütend an.

Lydia Mannteufel zuckte erschrocken zurück. Ihr kam es vor, als wäre sie geradezu in das Zentrum eines Wirbelsturms hineingeraten. Sie gab sich einen Ruck, ging zum Schreibtisch und legte das Schreiben ihres Onkels auf den Tisch.

»Was soll ich damit?«, schrie Jan Möller sie an, nahm den Brief in die Hand und zerfetzte den Briefumschlag.

»Das ist das Schreiben meines Onkels, in dem er dir eine Frist zur Rückzahlung seines Geldes setzt.«

»Da kann er lange darauf warten«, sagte Jan Möller höhnisch und warf den Brief in den Papierkorb.

»Okay«, sagte Lydia Mannteufel leise und zog sich langsam zur Eingangstür zurück. »Wenn du das Geld nicht zurückzahlen willst, verklagt dich mein Onkel eben.«

»Nur zu, nur zu«, ätzte Jan Möller und durchbohrte Lydia Mannteufel mit seinen kalten, dunkelblauen Augen. Lydia Mannteufel wandte rasch ihren Blick ab und löste sich aus ihrer kurzen Erstarrung.

»Wir hören noch voneinander«, verabschiedete sie sich hastig und verließ das Büro so schnell sie konnte. »Mann oh Mann, der hat sie doch nicht mehr alle«, schimpfte sie lauthals, als sie sich auf ihr Mountainbike schwang.

**

Kate Busch hatte gerade ihr Portemonnaie aus der Jackentasche gezogen, um ihren Espresso zu bezahlen, als ihr Handy klingelte.

»Nicht jetzt«, grummelte sie, als sie auf dem Display die Nummer ihres Kollegen sah.

»Hallo Fritz, was gibt´s?«, meldete sie sich ungehalten.

»Ich wollte euch nur Bescheid geben, dass es eine Übereinstimmung zwischen der DNA des Stofffetzens auf dem Friedhof und dem Genmaterial, das unsere Kriminaltechniker in der Nähe des Theaterschiffs gefunden haben, gibt.«

»Oh, super«, sagte Kate Busch erfreut. »Jetzt müssen wir nur noch die passende Person dazu finden. Wir sind gerade auf dem Weg zu Jan Möller wegen der Speichelprobe. Außerdem wollen wir ihn mit der Aussage von Fritz Klausner konfrontieren. Anschließend gehen wir zu den Schallers und zu Frau Mannteufel.«

»Alles klar. Ich melde mich, wenn es etwas Neues gibt«, sagte Fritz Wange und beendete das Gespräch.

Kate Busch steckte ihr Handy wieder in ihre Tasche und bezahlte.

»Schau mal, das ist doch Jan Möller«, sagte sie, als sie auf den Gehweg trat und Jan Möller in seinem schwarzen Mercedes AMG an ihnen vorbeirasen sah.

»Na ja, dann müssen wir eben unser Glück bei den Schallers versuchen. Die müssten jetzt eigentlich in ihrem Laden sein«, erwiderte Gerald Waldner ungerührt.

**

»Was für eine Schnapsidee«, stöhnte Lydia Mannteufel, als sie sich schweißgebadet die Panoramastraße hinaufquälte. Sie hatte ihren Fitnesszustand deutlich überschätzt, aber absteigen und schieben kam für sie nicht in Frage. Das wäre heute nach der unerfreulichen Begegnung mit Jan Möller schon der zweite Misserfolg.

Lydia Mannteufel biss die Zähne zusammen und beschleunigte ihren Tritt. Sie kam sich vor wie ein Radrennfahrer bei der Tour de France, der die Straßenkehren bis zur Bergankunft in Alpe d'Huez zählte. Sie ging aus dem Sattel, um die steile Chinakurve besser bewältigen zu können. Der schöne Jan konnte sie mal und das Geld für ihren Onkel würde sie schon noch von ihm zurückholen.

Lydia Mannteufel nahm das röhrende Geräusch eines aufgemotzten Sportwagens wahr, das immer lauter wurde. Wahrscheinlich wieder so ein Spinner, der sich für einen begnadeten Rennfahrer hielt und die Panoramastraße mit einer Teiletappe der Rallye Monte Carlo verwechselte, dachte sie genervt.

Sie befand sich genau in der Mitte der Chinakurve, als sie das ohrenbetäubende Geräusch des Sportwagens direkt hinter sich hörte und gleichzeitig einen heftigen Stoß an ihrem Hinterrad spürte. Obwohl sich alles in Sekundenbruchteilen abspielte, kam es ihr wie eine Ewigkeit vor.

Sie nahm wahr, wie sie mit ihrem Mountainbike in die Mitte der Straße geschoben wurde und in hohem Bogen über eine Leitplanke flog, vorbei an einer Frau mit einem Dackel, die auf halber Höhe einer Fußgängertreppe stand.

Das konnte es jetzt doch nicht gewesen sein, war ihr letzter Gedanke, bevor sie auf dem Teerbelag des Gehwegs unterhalb der Treppe hart aufschlug.

Sieglinde Unverzagt löste sich aus ihrer Erstarrung und beruhigte ihren wild kläffenden Dackel Waldi IV, der um ein Haar von der wie eine Bombe neben ihm einschlagenden Radfahrerin getroffen worden wäre.

»Ganz ruhig Waldi IV«, sprach sie besänftigend auf ihren Dackel ein und beugte sich über die blonde Frau, die reglos vor ihr auf dem Boden lag. Sie spürte einen schwachen Pulsschlag, als sie ihre Finger an den Hals der Frau legte.

Sieglinde Unverzagt nestelte umständlich ihr Handy aus ihrer Jackentasche und wählte mit zitternden Fingern den Notruf.

»Wir brauchen einen Notarzt in der Panoramastraße an der Einmündung zur Burgklinge in Gerlingen. Eine Fahrradfahrerin wurde von einem schwarzen Mercedes gerammt und liegt jetzt vor mir am Treppenaufgang zur Panoramastraße. Sie ist bewusstlos. Ich weiß nicht, wie schwer verletzt sie ist«, sagte sie aufgeregt, als sich die Leitstelle gemeldet hatte.

Sie beendete das Telefonat, nahm ihren Dackel an die kurze Leine und setzte sich auf die unterste Treppenstufe neben die bewusstlose Radfahrerin, um dort auf den Notarzt zu warten.

Für ihren Geschmack hatte sie in der letzten Zeit zu viele aufregende Dinge erlebt. Zuerst der tote Mann auf dem Waldfriedhof und jetzt dieser Unfall mit Fahrerflucht. Sieglinde Unverzagt seufzte schwer. Vielleicht war es doch keine so gute Idee gewesen, sich einen neuen Hund anzuschaffen, dachte sie und sah ihren treuherzig blickenden Dackel zweifelnd an.

**

Jan Möller legte eine Vollbremsung hin, nachdem er das Mountainbike von Lydia Mannteufel aus dem Weg geräumt hatte. Der Anflug eines schlechten Gewissens ließ ihn nur kurz zögern, bevor er wieder

beschleunigte, um die Unfallstelle und das schockge-
frorene Gesicht einer austrainierten Mittvierzigerin
samt Dackel rasch hinter sich zu lassen.

»Geschieht der Schlampe recht«, stieß er zwischen
zusammengebissenen Zähnen hervor. Wenn sie und
ihr Onkel nicht gewesen wären, hätte er noch etwas
mehr Zeit gehabt, um seine Flucht zu planen. Er
wischte sich den Schweiß von der Stirn und hielt
sein Fahrzeug, das in jeder Kurve wegen des hohen
Tempos auszubrechen drohte, mühsam auf Kurs. Er
hatte nichts mehr zu verlieren und wollte nur noch
weg. Am besten auf die Kaimaninseln.

Jan Möller drosselte das Tempo und reihte sich
zähneknirschend im Kreisverkehr auf der Gerlinger
Höhe ein, um über das Mahdental auf die A 8 Richtung Frankreich zu fahren. Er ließ das Fenster auf
der Fahrerseite einen Spalt herunter und lauschte
angestrengt, nahm jedoch nur die üblichen Ver-
kehrsgeräusche wahr.

Jan Möller spürte, wie sich sein zusammenge-
presstes Zwerchfell langsam entspannte und sich
sein Atem normalisierte. Die Bullen schienen ihn
noch nicht zu verfolgen. Er fluchte leise, als er an die
Frau mit ihrem Dackel dachte, die ihn an der Chinakurve gesehen hatte. Wenn er Glück hatte, war alles
zu schnell gegangen und sie hatte sich weder seinen
Autotyp noch die Farbe seines Fahrzeugs merken
können. Na ja, das konnte er jetzt auch nicht mehr
ändern.

Er fluchte, als sich vor ihm im Kreisverkehr auf
Leonberger Gemarkung Richtung Ramtel ein roter
Kleinwagen mit einer grauhaarigen Fahrerin, Typ
pensionierte Lehrerin, einreihte.

»Reiß dich zusammen. Du darfst jetzt nicht die Nerven verlieren«, ermahnte er sich und schaltete das Autoradio ein.

**

»Du Gerry, was meinst du? Soll ich Fritz anrufen und ihm sagen, dass uns Jan Möller durch die Lappen gegangen ist?«, fragte Kate Busch ihren Kollegen, als sie zum Juweliergeschäft der Schallers liefen.

Gerald Waldner blieb unschlüssig stehen.

»Es ist wahrscheinlich besser, wenn du ihm kurz Bescheid gibst«, sagte er nach kurzem Nachdenken und setzte sich wieder in Bewegung.

Kate Busch zog ihr Handy aus der Tasche und wählte die Nummer von Fritz Wange

»Hallo Fritz, hier ist Kate«, meldete sie sich. »Stell dir vor, Jan Möller ist direkt vor uns in seinen aufgemotzten Mercedes gestiegen und davongerast. Ich glaube, das mit der Speichelprobe wird heute nichts mehr.«

»Ist er zufällig mit einem schwarzen Mercedes weggefahren?«

»Ja, warum fragst du?«

»Uns wurde gerade ein Unfall mit Fahrerflucht aus Gerlingen gemeldet. Das Fluchtauto ist laut einer Augenzeugin ein schwarzer Mercedes.«

»Das kann doch nicht wahr sein«, rief Kate Busch ungläubig und schüttelte den Kopf.

»Der Unfall ist im oberen Bereich der Panoramastraße geschehen«, sagte Fritz Wange. »Fahrt bitte sofort vorbei und befragt die Augenzeugin. Vielleicht kann sie bestätigen, dass der Unfallwagen Jan Möller gehört. Melde dich, wenn du mit ihr gesprochen hast.«

»Okay, geht klar«, sagte Kate Busch und beendete das Telefonat.

»Was war denn das?«, fragte Gerald Waldner neugierig.

»Wir müssen die Panoramastraße hochfahren. Da gab es einen Unfall mit Fahrerflucht. Es könnte Jan Möller gewesen sein«, gab Kate Busch kurz angebunden zurück und rannte zu ihrem Auto.

»Komm schon«, trieb sie ungeduldig ihren Kollegen an, der ihr mit einem kleinen Abstand folgte.

»Mach mal halblang Kate«, antwortete Gerald Waldner keuchend. »Den Fahrer kriegen wir sowieso nicht mehr. Der ist jetzt eh schon über alle Berge.«

Kate Busch raste zum Unfallort. Sie sprang aus dem Wagen und lief zum Treppenabgang. Mit einem kurzen Blick erhaschte sie die leblose Gestalt, neben der der Notarzt kniete. Ihr Magen krampfte sich zusammen, als sie erkannte, dass es sich dabei um Lydia Mannteufel handelte.

»Wie geht es ihr?«, fragte sie den Notarzt, der Lydia Mannteufel gerade untersuchte.

»Sie ist bewusstlos und hat eine schwere Kopfverletzung. Wahrscheinlich hat sie sich auch das Schlüsselbein gebrochen. Mehr kann ich derzeit noch nicht sagen. Wenn der Krankenwagen da ist, bringen wir sie ins Krankenhaus nach Leonberg.«

»So ein Mistkerl«, fluchte Kate Busch. »Wenn ich den erwische, drehe ich ihm den Kragen um.«

Gerald Waldner legte ihr besänftigend die rechte Hand auf die Schulter und sagte: »Keine Sorge, den kriegen wir schon noch.«

Er wandte sich zu der etwas abseits stehenden Frau, die ihren Dackel streichelte.

»Sie sind doch Frau Unverzagt? Haben Sie den Unfall gesehen?«, fragte er sie.

Sieglinde Unverzagt nickte. »Ja«, sagte sie. »Als ich mit meinem Dackel die Treppe hinaufgestiegen bin, habe ich gesehen, wie ein schwarzer Mercedes das Mountainbike dieser Frau gerammt hat, kurz angehalten hat und dann mit hoher Geschwindigkeit davongefahren ist.«

»Konnten Sie das Autokennzeichen erkennen oder haben Sie vielleicht gesehen, wer das Auto gefahren hat?«

Sieglinde Unverzagt schüttelte bedauernd den Kopf.

»Leider nicht«, sagte sie und blickte zu ihrem Dackel, der still, wie eine Statue, neben ihr stand.

»Können Sie mir dann vielleicht sagen, ob ein Mann oder eine Frau das Auto gefahren hat?«

Sieglinde Unverzagt schloss kurz die Augen, um sich den Unfall noch einmal zu vergegenwärtigen. Sie öffnete die Augen wieder und sagte bestimmt: »Das war ein jüngerer Mann.«

»Kam er Ihnen bekannt vor?«

Sieglinde Unverzagt schüttelte wieder den Kopf.

»Nein, leider nicht.«

»Schade«, sagte Gerald Waldner enttäuscht.

Er drehte sich zu seiner Kollegin um, die während der Befragung kreidebleich neben ihm gestanden und immer wieder zu dem Notarzt hinüber geschaut hatte.

»Der Beschreibung nach könnte es Jan Möller gewesen sein«, sagte er. »Was sollen wir als Nächstes tun?«

Kate Busch riss sich aus ihren sorgenvollen Gedanken und gab ein wütendes Schnauben von sich.

»Ruf Fritz an und sage ihm, dass er Jan Möller zur Fahndung ausschreiben soll. Am besten soll er gleich das MEK auf ihn hetzen.«

»Okay, mache ich«, sagte Gerald Waldner und rief umgehend ihren Kollegen an.

»Alles klar, Fritz«, beendete er das Telefonat und wandte sich wieder an Kate Busch, die ungeduldig mit den Füßen scharrte.

»Fritz hat gesagt, dass wir das Büro von Jan Möller durchsuchen sollen. Vielleicht finden wir dort irgendeinen Hinweis, dass er seine Freundin und Niklas Weimer umgebracht hat. Außerdem findet um 18 Uhr eine Soko-Besprechung im Polizeipräsidium statt. Wenn es gut läuft, können wir die Mordfälle vielleicht noch heute abschließen. Ich rufe schnell noch meinen Bekannten an, der hat einen Schlüsseldienst.«

Kate Busch stöhnte und fuhr sich mit der Hand über das Gesicht.

»Also gut, dann fahren wir zu Jan Möllers Büro«, sagte sie leise und ging langsam die Treppe hinauf zu ihrem Wagen.

Ein großer, dicklicher Mann stand vor der Tür von Jan Möllers Büro, als die beiden Kommissare in der Schulstraße parkten. Gerald Waldner stieg aus dem Auto und ging auf den dicklichen Mann zu.

»Hallo Fred, kannst du die Eingangstür knacken?«, fragte er ihn.

Der große, dickliche Mann machte eine abschätzige Handbewegung.

»Die Tür ist ein Witz und das bei einer Vermögensverwaltung«, sagte er verächtlich, öffnete die Tür in wenigen Sekunden und ließ sich den Auftrag quittieren.

Gerald Waldner und Kate Busch betraten das Büro und sahen sich interessiert um.

»Alles vom Feinsten«, bemerkte Kate Busch, als sie sanft über die Originaldrucke von Rizzi und die Mahagoniregale strich. »So eine Vermögensverwaltung scheint ein einträgliches Geschäft zu sein.«

»Wart´s ab«, knurrte Gerald Waldner. »Jan Möller wäre nicht der Erste, bei dem der Schein trüge.«

Während Kate Busch ein paar Aktenordner zum Glastisch trug und sich auf einen der beigen Ledersessel setzte, ließ sich Gerald Waldner mit einem behaglichen Seufzer auf dem Schreibtischstuhl nieder und durchforstete die Schubladen des Schreibtischs.

»Viel hat der ja nicht in seinem Schreibtisch aufbewahrt«, kommentierte er die magere Ausbeute seiner Durchsuchung und hob einen USB-Stick in die Höhe.

»Ich probiere es zuerst einmal mit seinem PC. Vielleicht ist er nicht passwortgeschützt.«

Er schaltete den PC ein und verzog das Gesicht, als die Anmeldemaske erschien und er ein Passwort eingeben sollte.

»Ich glaube, wir versuchen es gleich mit dem Stick. Das dauert sonst zu lange«, sagte er.

Kate Busch hievte sich aus ihrem Sessel, nahm den Stick entgegen und steckte ihn in ihr Tablet, das sie aus ihrer Tasche gezogen hatte.

»Der smarte Herr Möller scheint es mit der Datensicherheit nicht so genau zu nehmen«, bemerkte sie schadenfroh, als die Dateien des Sticks auf dem Bildschirm ihres Tablets erschienen.

»Ach, schau mal. Da ist ja auch Lydia Mannteufels Onkel gespeichert.«

Sie klickte auf die Datei mit Paul Winters Name. Neben dem eingescannten Vertrag waren einige

Kontoauszüge abgespeichert. Sie klickte auf den letzten Kontoauszug.

»Das gibt es doch nicht. Das ganze Geld ist weg«, rief sie überrascht aus.

»Das kann doch nicht sein«, sagte Gerald Waldner ungläubig. »Irgendwohin muss er das Geld doch überwiesen haben.«

»So wie es aussieht, auf ein Konto auf den Kaimaninseln«, sagte Kate Busch. Sie öffnete eine Datei mit dem Namen »private Vermögensverwaltung« und ging die darin gespeicherten Depotabrechnungen durch.

»Seine eigenen Bankgeschäfte hat er über die hiesige Volksbank abgewickelt. Dabei scheint er mit seinen Geldgeschäften nicht so erfolgreich gewesen zu sein. Vielleicht hat er deshalb das Geld seiner Kunden veruntreut.«

»Wundern würde es mich nicht«, sagte Gerald Waldner mit wachsendem Unbehagen. »Komm, lass uns zur Volksbank gehen. Die Filiale ist doch direkt neben dem Rathaus. Die können uns vielleicht mehr zu Jan Möllers Vermögensverhältnissen sagen.«

»Gute Idee. Vorher sollten wir aber noch bei den Schallers vorbeigehen wegen der Speichelproben. Nicht dass wir am Schluss ganz ohne Proben dastehen. Nachdem schon Jan Möller geflüchtet ist und Frau Mannteufel im Krankenhaus liegt.«

Die junge, blonde Assistentin öffnete zaghaft die Bürotür des Filialleiters der Volksbank Region Strohgäu.

»Herr Mücke. Hier sind zwei Polizisten, die Sie sprechen möchten.«

Wolfgang Mücke blickte erstaunt von seinem Schreibtisch hoch, stand auf und führte die beiden

Kommissare zu einer eleganten, schwarzen Sitzgruppe aus Leder.

»Was kann ich für Sie tun?«, fragte er die beiden Kriminalbeamten neugierig, nachdem sie auf dem Ledersofa Platz genommen hatten.

»Wir haben ein paar Fragen zu einem Kunden von Ihnen. Wir ermitteln in zwei Mordfällen und müssen in diesem Zusammenhang die Vermögensverhältnisse von Jan Möller überprüfen. Können Sie uns etwas über die Finanztransaktionen von Jan Möller, die er über ihre Bank abgewickelt hat, sagen?«

Wolfgang Mücke lehnte sich lässig auf seinem Ledersessel zurück und grinste die beiden Kommissare an.

»Ich würde Ihnen liebend gerne helfen, aber ohne richterlichen Beschluss darf ich Ihnen keine Auskunft geben.«

»Das kann ich verstehen«, gab Gerald Waldner mit mühsam unterdrücktem Zorn zurück. »Aber wir haben jetzt keine Zeit für Spielchen. Es ist Gefahr im Verzug. Herr Möller hat bei seiner Flucht mit dem Auto eine Frau lebensgefährlich verletzt und wir gehen davon aus, dass er zwei Menschen ermordet hat.«

Wolfgang Mückes lockere Haltung war mit einem Mal verflogen. Er setzte sich aufrecht hin und fuhr sich mit der Hand über die Stirn.

»Oh Gott, hoffentlich ist Lydia nichts passiert«, stammelte er.

»Meinen Sie Frau Mannteufel? Wie kommen Sie denn jetzt auf Frau Mannteufel?«, fragte Kate Busch mit hochgezogenen Augenbrauen.

Wolfgang Mücke biss sich auf die Lippen und sagte zögerlich: »Lydia hatte mich gebeten, bei uns ein paar Nachforschungen über Jan Möller anzustellen. Dabei habe ich herausgefunden, dass Jan Möller finanzielle Probleme hat und diese Info habe ich an Lydia weitergegeben.«

»Mann oh Mann«, raunzte Gerald Waldner und schüttelte verärgert den Kopf. »Es wäre besser gewesen, wenn Sie mit Ihren Informationen direkt zu uns gekommen wären. Bankgeheimnis hin oder her. Frau Mannteufel liegt jetzt schwer verletzt im Krankenhaus in Leonberg.«

»So ein Mist«, murmelte Wolfgang Mücke schuldbewusst und stand schwerfällig auf, um die ausgedruckten Kontoauszüge, die er in der untersten Schreibtischschublade eingeschlossen hatte, zu holen.

»Hier sind alle Unterlagen«, sagte er und legte die Kontoauszüge auf den Besprechungstisch. »Jan Möller hatte ein paar Fehlspekulationen mit Optionsscheinen. Sein Depot war ziemlich in den Miesen.«

Die beiden Kommissare blätterten die Kontoauszüge durch und schüttelten unisono die Köpfe.

»Können Sie uns sagen, ob Jan Möller seine Vermögensverwaltung auch über Ihre Bank abgewickelt hat?«, fragte Gerald Waldner.

»Nein, das hat er nicht«, antwortete Wolfgang Mücke bestimmt. »Jan Möller hat mir mehrmals unmissverständlich klar gemacht, dass unsere Bank für seine Vermögensverwaltung viel zu provinziell sei.«

Er grinste schadenfroh und sagte: »Im Nachhinein können wir darüber wahrscheinlich froh sein.«

Kate Busch griff nach den Kontoauszügen. »Sie haben doch sicher nichts dagegen, wenn wir die mitnehmen? Den richterlichen Beschluss reichen wir dann nach.«

»Kein Problem. Ich hoffe, es hilft Ihnen, diesen Mistkerl zu überführen.«

»Ich bin mal gespannt, ob das ausreicht, um Jan Möller ins Gefängnis zu bringen«, sagte Gerald Waldner mit einem zweifelnden Unterton, als sie wieder im Auto saßen und zum Präsidium zurückfuhren.

»Da sehe ich keine Probleme«, gab Kate Busch im Brustton der Überzeugung zurück. »Sein Alibi ist nicht wasserdicht und er hatte finanzielle Probleme.«

»Das stimmt. Aber ohne ein Geständnis oder DNA-Spuren von ihm am Tatort sind das reine Indizien.«

»Papperlapapp«, wischte Kate Busch die Einwände ihres Kollegen energisch beiseite. »Es ist doch nur noch eine Frage der Zeit, bis Jan Möller gefasst wird und wir ihm die beiden Morde nachweisen können.«

»Na hoffentlich. Schließlich möchte ich mich auch mal wieder den schönen Dingen des Lebens widmen«, sagte Gerald Waldner und fing an zu grinsen.

»Ja, ja. Nicht dass sich deine Australierin einen anderen Bohnenzüchter angelt, wenn du sie zu lange warten lässt.«

Kate Busch lehnte sich auf dem Beifahrersitz zurück und seufzte, als ihre Gedanken zu Lydia Mannteufel zurückkehrten. Sie musste heute Abend unbedingt im Krankenhaus nachfragen, wie es ihr ging.

Als Gerald Waldner und Kate Busch das Besprechungszimmer im Polizeipräsidium betraten, herrschte eine angespannte Atmosphäre. Auf dem Tisch stand unberührt eine Kirsch-Mohn-Torte, die Lena Leuchtle gebacken hatte.

»Haben wir etwas verpasst?«, fragte Gerald Waldner vorsichtig in die Runde.

Karin Freund begrüßte die beiden mit einem ungeduldigen Kopfnicken und klopfte mit dem Kugelschreiber an ihr Wasserglas, sobald sie Platz genommen hatten. Im Raum wurde es schlagartig so still, dass man eine Stecknadel hätte fallen hören.

»Es gibt Neuigkeiten«, eröffnete Karin Freund die Besprechung. »Unsere Kollegen vom MEK haben Jan Möller auf der A 8 in Karlsruhe gestellt und festgenommen. Bei der ersten Vernehmung hat Jan Möller zugegeben, Kundengelder aus seiner Vermögensverwaltung veruntreut zu haben. Gleichzeitig hat er jedoch vehement bestritten, die beiden Morde an Sophie Landmann und Niklas Weimer verübt zu haben.«

»Das war ja klar«, bemerkte Kate Busch mit einem verächtlichen Schnauben. »Sobald wir das Ergebnis der DNA-Analyse haben, wird ihm sein ganzes Leugnen nichts mehr nützen.«

»Wir können die Mordfälle erst abschließen, wenn wir belastbare Beweise haben«, sagte Karin Freund mit einem mahnenden Unterton.

»Hat er wenigstens den Unfall mit Fahrerflucht zugegeben?«, fragte Gerald Waldner.

Karin Freund schüttelte den Kopf.

»Bisher noch nicht. Aber wenn er es war, müsste der Unfall an seinem Auto Spuren hinterlassen haben.«

Karin Freund wandte sich an Fritz Wange, der sehnsüchtig die jungfräuliche Kirsch-Mohn-Torte anstarrte.

»Fritz«, sagte sie, »was stand denn sonst noch auf unserer To-do-Liste?«

Fritz Wange zuckte ertappt zusammen und schaute kurz auf das Whiteboard.

»Gerald und Kate sollten die DNA-Proben von den Schallers, Jan Möller und Frau Mannteufel besorgen«, las er vor.

»Die Speichelproben vom Ehepaar Schaller haben wir bei der Kriminaltechnik abgegeben«, antwortete Gerald Waldner prompt. »Bei Frau Mannteufel konnten wir noch keine Probe abnehmen und bei Jan Möller gehe ich davon aus, dass das die Kollegen vor Ort tun.«

Karin Freund blickte ungeduldig auf ihre Cartieruhr.

»Ich muss gleich weg«, sagte sie. »Heute können wir sowieso nichts mehr tun. Wir müssen abwarten, was die Auswertungen der Proben ergeben. Ich schlage vor, dass wir uns morgen um zehn Uhr wieder zu einer Lagebesprechung treffen.«

»Und was ist mit meiner Torte? Soll ich die wieder mit nach Hause nehmen?«, fragte Lena Leuchtle enttäuscht.

»Natürlich nicht«, antwortete Fritz Wange wie aus der Pistole geschossen und griff sich das bereitliegende Küchenmesser, um die Torte anzuschneiden.

»So ein gutes Stück können wir doch nicht verkommen lassen.«

Mittwoch, 16 Tage später

Kate Busch fühlte sich wie gerädert, als sie in ihr Auto stieg. Die Mitteilung des diensthabenden Arztes im Leonberger Krankenhaus, den sie gestern Abend noch angerufen hatte, ging ihr nicht aus dem Kopf. Der Neurologe hatte sie in einem barschen Tonfall darauf hingewiesen, dass die Patientin wegen ihres schweren Schädel-Hirn-Traumas bis auf weiteres nicht vernehmungsfähig sei und sie gebeten, von weiteren Rückfragen vorläufig abzusehen. Kate Busch schluckte, als sie an das Gespräch zurückdachte. Sie hatte erst gar nicht versucht, den abweisenden Arzt davon zu überzeugen, dass sie nicht nur ein dienstliches Interesse am Wohlbefinden von Lydia Mannteufel hatte.

Auf der Fahrt ins Präsidium fiel ihr ein Ausspruch ihrer Oma ein und sie begann zaghaft zu lächeln. Die größten Katastrophen entstünden im Kopf, hatte ihre Oma gesagt und die Realität wäre meistens nur halb so schlimm, wie das Schreckensszenario, das wir uns in unserer Phantasie ausmalen würden.

»Hoffentlich stimmt das auch diesmal«, murmelte Kate Busch, als sie ihren Wagen auf dem Parkplatz des Präsidiums abstellte.

»Ich habe leider keine guten Nachrichten«, eröffnete Karin Freund schlecht gelaunt die Lagebesprechung. »Die DNA-Proben vom Ehepaar Schaller und von Jan Möller stimmen nicht mit den DNA-Spuren, die wir an beiden Tatorten gefunden haben, überein.«

»Das kann doch nicht wahr sein«, rief die ganz in flaschengrün gekleidete Nina Herzog und schüttelte ungläubig den Kopf, so dass die roten Apfelohrringe, die sie heute trug, wild hin und her flogen.

»So wie es aussieht, bleibt uns von unseren ursprünglichen Verdächtigen nur Frau Mannteufel übrig«, sagte Karin Freund mit grimmigem Gesichtsausdruck.

»Wenn der DNA-Abgleich bei ihr nicht erfolgreich ist, müssen wir unsere Ermittlungen ausweiten und im Umfeld der Ermordeten nach weiteren Tatverdächtigen suchen.«

»Fritz, wir haben doch nichts übersehen, oder?«, wandte sie sich stirnrunzelnd an ihren Mitarbeiter.

Fritz Wange ging seine Unterlagen durch und schaute zur Sicherheit nochmals auf das Whiteboard. Er schüttelte resigniert den Kopf.

»Nein«, sagte er. »Bis auf Lydia Mannteufel können wir die restlichen Verdächtigen ausschließen, weil sie ein Alibi haben, wie Rosemarie Landmann und ihr Ehemann, oder ihre DNA nicht mit der Spurenlage am Tatort übereinstimmt.«

»So ein Mist«, schimpfte Nina Herzog und zog eine Schnute. »Hoffentlich ist es Lydia Mannteufel. Ich habe echt keine Lust, noch einmal ganz von vorne anzufangen.«

Gerald Waldner betrachtete aus den Augenwinkeln Kate Busch, deren versteinerte Miene Bände sprach. Sie hatte ihre Hände zu Fäusten geballt und ihre Gesichtsfarbe wechselte, ähnlich wie bei einem Chamäleon, von feuerrot zu kalkweiß.

Karin Freund fuhr sich mit der rechten Hand über ihr Doppelkinn.

»Wir müssen noch mehr über Niklas Weimer herausfinden«, sagte sie nach einer kurzen Pause. »Gerald und Kate, ihr schaut euch noch einmal in seiner Wohnung um. Vielleicht findet ihr weitere Hinweise auf denjenigen, den er erpressen wollte.«

»Geht klar«, erwiderte Gerald Waldner prompt, während Kate Busch nur stumm nickte.

Karin Freund wandte sich an Fritz Wange: »Fritz, du besorgst die richterliche Anordnung für die DNA-Probe von Lydia Mannteufel. Nach meinem letzten Kenntnisstand ist sie noch nicht vernehmungsfähig. Ohne ihre Einwilligung können wir ihre DNA nur mit einer richterlichen Anordnung bestimmen lassen.«

»Okay«, sagte Fritz Wange und notierte sich seinen Auftrag.

»Wir treffen uns heute Abend wieder um 18 Uhr. Bis dahin müsste Fritz die richterliche Anordnung besorgt und Gerald und Kate die Wohnung von Niklas Weimer nochmals gründlich durchsucht haben.«

**

Kate Busch saß stumm auf dem Beifahrersitz und schaute blicklos aus dem Fenster auf die an ihr vorüberziehende Umgebung. Sie fühlte sich wie eine ausgequetschte Zitrone.

Immer wieder zog sie ihr Handy aus der Jackentasche, warf einen Blick auf das Display und steckte es wieder ein.

»Noch keine Neuigkeiten?«, fragte Gerald Waldner vorsichtig.

»Nein«, sagte Kate Busch kurz angebunden und starrte wieder aus dem Fenster. Schweigend fuhren sie zu Niklas Weimers Wohnung.

»Der hat mir gerade noch gefehlt«, stöhnte Kate Busch, als sie den Hausmeister Ernst Jung bei der Kehrwoche vor dem Mehrfamilienhaus, in dem Niklas Weimer wohnte, bemerkte.

»Haben Sie den Mörder von Niklas Weimer schon gefunden?«, fragte der Hausmeister die beiden Polizisten neugierig, als sie aus dem Auto stiegen.

»Nein«, sagte Gerald Waldner betont freundlich. »Aber vielleicht können Sie uns bei unseren Ermittlungen weiterhelfen.«

»Was wollen Sie denn wissen?«, fragte der Hausmeister aufgeregt.

»Sind Ihnen vielleicht in letzter Zeit unbekannte Personen aufgefallen, die Herrn Weimer besucht haben?«, fragte Gerald Waldner.

Der Hausmeister dachte angestrengt nach. »Nein, eigentlich nicht«, sagte er nach einer Weile sichtbar enttäuscht. »Aber ich bin ja hier auch nur der Hausmeister und nicht die Stasi.«

Kate Busch presste ihren Kiefer fest zusammen, um nicht das auszusprechen, was ihr auf der Zunge lag.

»Komm, lass uns in die Wohnung von Niklas Weimer gehen«, sagte sie gereizt. »Das bringt uns hier nicht weiter.«

»Mensch Kate, du kannst doch deine schlechte Laune nicht an dem Hausmeister auslassen«, sagte Gerald Waldner vorwurfsvoll, als sie die Treppe zur Wohnung von Niklas Weimer hinaufstapften.

»Ach komm, der wäre doch zigfacher Mitarbeiter des Monats bei der Stasi geworden, so neugierig wie der ist«, gab Kate Busch aufgebracht zurück. »Solche Leute gehen mir einfach auf die Nerven.«

»Na ja, mein Fall ist er auch nicht«, sagte Gerald Waldner achselzuckend.

»Eben«, schnaubte Kate Busch.

Sie entfernte das Polizeisiegel und schloss die Wohnungstür von Niklas Weimers Appartement auf.

Die Wohnung verströmte einen verlassenen Geruch. Leicht muffig und überheizt. Kate Busch stürzte zur Balkontür und öffnete sie. Sie atmete erleichtert aus.

Gerald Waldner ging zu dem Holzregal, das neben dem Fernseher stand, und zog ein braunes Lederalbum heraus.

»Da schau her«, sagte er und fing an zu grinsen, »unser Briefträger hat Briefmarken gesammelt. Welch ausgefallenes Hobby.«

»Die müssen wir jetzt aber nicht alle durchschauen, oder?«

»Nein. Ich glaube nicht, dass wir dort einen Hinweis auf seinen Mörder finden.«

Gerald Waldner blätterte das Album gemächlich durch und stellte es wieder ins Regal zurück.

Kate Busch seufzte. »Ich glaube nicht, dass wir hier etwas finden, das uns weiterbringt. Wenn wir uns beeilen, können wir nachher noch ins Café Auszeit gehen und eine Kleinigkeit essen.«

Eine Stunde später setzte sich Gerald Waldner frustriert auf die Couch im Wohnzimmer. Obwohl sie die ganze Wohnung akribisch durchsucht hatten, waren sie auf nichts gestoßen, das sie bei der Klärung des Mordfalls weitergebracht hätte.

Kate Busch ließ sich neben Gerald Waldner auf die Couch fallen und sagte: »Wenn wir im Keller auch nichts finden, können wir einpacken. Das wird unserer Chefin gar nicht gefallen.«

Sie fing an zu gähnen und machte die Augen zu.

Gerald Waldner griff sich die Zeitschrift, die auf dem Couchtisch lag, und blätterte sie gelangweilt durch.

Plötzlich straffte sich sein Körper und er stieß Kate Busch unsanft an.

»Was ist denn?«, knurrte Kate Busch wenig erfreut über die Störung ihrer Siesta.

»Schau mal«, sagte Gerald Waldner aufgeregt und zeigte auf ein Foto in der Zeitschrift. »Das ist die Vereinszeitung des Gerlinger Briefmarkenvereins und da ist ein Bild von der Jahreshauptversammlung des Vereins.«

Neugierig geworden, sah sich Kate Busch das Foto genauer an. »Da ist Niklas Weimer«, sagte sie und deutete auf den Ermordeten. »Aber wer ist der Mann direkt neben ihm und warum ist sein Kopf mit einem schwarzen Filzstift umkreist?«

»Den Typ kenne ich. Das ist Norbert Wagner, der Vorsitzende des Vereins«, sagte Gerald Waldner. »Keine Ahnung, warum Niklas Weimer ihn eingekreist hat.«

»Kennst du den genauer?«

»So wirklich auch nicht. Er ist ab und zu im Café Auszeit und spielt Darts. Ich weiß nur, dass seine Frau sich von ihm hat scheiden lassen und jetzt mit einer anderen Frau zusammenlebt. Das hat ihn ziemlich mitgenommen. Seither ist er nicht so gut auf die gleichgeschlechtliche Liebe zu sprechen. Soviel ich weiß, hat er auch schon auf Online-Dating-Portalen versucht, eine neue Partnerin zu finden, aber der Erfolg war bisher wohl eher bescheiden.«

Kate Busch sah sich das Foto von Norbert Wagner genauer an. »Verstehe ich gar nicht«, sagte sie überrascht. »So schlecht sieht der doch gar nicht aus.«

»Hast du Interesse?«

»Nicht wirklich.«

Kate Busch sah auf ihre Armbanduhr. Es war kurz nach 13 Uhr. Ihr Magen knurrte. Sie stand auf und stellte sich ans Wohnzimmerfenster.

»Was machen wir jetzt?«, fragte sie. »Sollen wir uns den Vereinsvorsitzenden näher anschauen? Weißt du zufällig, wo der wohnt?«

»Er hat mir mal erzählt, dass er im Stöckach wohnt. Da hat er für sich und seine Frau ein super modernes Haus gebaut. Viel Glas und Beton und alles miteinander vernetzt.«

Gerald Waldner runzelte die Stirn.

»Ich weiß nicht, ob es so eine gute Idee ist, einfach bei Norbert Wagner vorbeizugehen und ihn zu befragen. Eigentlich haben wir keinerlei Anhaltspunkte, dass er mit den Morden etwas zu tun haben könnte.«

»Das weiß ich auch«, gab Kate Busch gereizt zurück. »Hast du vielleicht eine bessere Idee? Das Foto hier ist das Einzige, was wir bei unserer Durchsuchung gefunden haben, das aus dem Rahmen fällt.«

Gerald Waldner strich sich ratlos über das Kinn. Er zog sein Handy aus der Hosentasche und wählte die Nummer von Fritz Wange.

»Hallo Fritz«, meldete er sich. »Das einzig Interessante, das wir bei der Durchsuchung von Niklas Weimers Wohnung gefunden haben, ist ein Foto auf dem Niklas Weimer den Vereinsvorsitzenden des Gerlinger Briefmarkenvereins, einen gewissen Norbert Wagner, mit einem Filzstift umkreist hat. Meinst du, wir sollten bei ihm vorbeigehen? Er wohnt auch in Gerlingen.«

»Hm. Viel ist das gerade nicht«, sagte Fritz Wange enttäuscht. »Aber so wie es aussieht, müssen wir uns im Moment an jeden Strohhalm klammern. Ihr könnt ja mal bei ihm vorbeigehen und ihn befragen. Vielleicht ist er zu Hause. Gebt mir bitte Bescheid, wenn ihr fertig seid.«

»Okay, geht klar«, sagte Gerald Waldner und beendete das Telefonat.

»Und? Sollen wir jetzt bei ihm vorbeigehen?«

Gerald Waldner nickte.

»Okay«, sagte Kate Busch. »Aber zuerst gehen wir etwas essen.«

Kate Busch bestellte gerade ein Hühnchen süß-sauer beim Inhaber des Asia-Imbisses in der Hauptstraße, als ihr Handy summte. Sie nahm es aus der Tasche und warf einen Blick auf das Display. Lydia Mannteufels Onkel hatte ihr eine SMS geschickt. Sie überflog schnell den Inhalt und seufzte erleichtert auf.

»Was ist?«, fragte Gerald Waldner neugierig.

»Eine SMS von Lydia Mannteufels Onkel. Sie ist bei Bewusstsein und es geht ihr den Umständen entsprechend gut.«

»Das ist doch zur Abwechslung mal eine gute Nachricht.«

»Stimmt, und zur Feier des Tages lade ich dich jetzt zum Essen ein.«

»Ein Jammer, dass das Essen hier so billig ist«, sagte Gerald Waldner und bestellte sich eine Ente mit Reis und Gemüse.

Kate Busch stellte sich mit ihrem Essen an den wackligen Stehtisch neben dem Imbissstand und schaufelte es hastig in sich hinein.

»Mal ehrlich«, kam es undeutlich aus ihrem Mund, nachdem sich ihr Kollege zu ihr gesellt hatte, »glaubst du wirklich, dass dieser Norbert Wagner etwas mit den beiden Morden zu tun hat?«

»Keine Ahnung. Ich weiß nur, dass uns so langsam die Verdächtigen ausgehen.«

»Und was ist mit Lydia Mannteufel?«

Gerald Waldner fuhr sich langsam mit der Serviette über den Mund, bevor er antwortete.

»Ehrlich gesagt kann ich es mir mittlerweile nicht mehr vorstellen, dass sie die beiden umgebracht haben soll. Warum sollte sie das tun? Den Mord an ihrer Ex-Geliebten im Suff hätte ich vielleicht noch nachvollziehen können. Aber die Verdeckungstat an Niklas Weimer traue ich ihr einfach nicht zu, obwohl sie dafür kein hieb- und stichfestes Alibi hat.«

Kate Busch kaute nachdenklich an einem Brokkolistrunk und seufzte.

»Endgültige Gewissheit werden wir erst nach der Auswertung ihrer DNA-Probe haben.«

»Komm, lass uns gehen«, sagte Gerald Waldner. »Vielleicht ist Norbert Wagner zu Hause. Heutzutage hat ja jeder einen Telearbeitsplatz.«

»Das wäre doch auch etwas für uns. Stell dir vor, wir befragen unsere Verdächtigen von zu Hause aus per Videokonferenz.«

Gerald Waldner lachte. »Ja klar und du sitzt in deinem Schlafanzug mit einer Tasse Cappuccino auf dem Sofa und markierst die taffe Polizistin. Träum weiter Kate.«

»Ach Gerald, du hast so gar keinen Sinn für die angenehmen Seiten des Berufsalltags.«

»Stimmt«, gab Gerald Waldner trocken zurück und nahm ihre leeren Pappkartons, um sie in den Papierkorb zu werfen.

Gerade als Gerald Waldner ihren Wagen am Straßenrand in der Nähe von Norbert Wagners Haus parkte, begann sein Handy zu klingeln. Er warf Kate Busch einen genervten Blick zu und nahm den Anruf entgegen. Die nette Rothaarige vom Reisebüro war am Apparat und teilte ihm mit, dass die Fluggesellschaft seinen Flug nach Sidney storniert habe. Gerald Waldner fluchte.

»Sorry Kate«, sagte er und zuckte entschuldigend mit den Schultern. »Das muss ich jetzt unbedingt klären. Wenn du willst, kannst du ja schon mal vorgehen und schauen, ob Norbert Wagner zu Hause ist.«

Kate Busch nickte und stieg aus. Sie schaute schaudernd auf das monströse Haus, das ungemütlich vor ihr stand.

Das konnte nur das Werk eines durchgeknallten Architekten sein, dachte sie und ging langsam auf das massive, schwarze Metalltor zu, das ihr das Gefühl vermittelte, unerwünscht zu sein. Eine Kamera folgte unerbittlich jeder ihrer Bewegungen. Sie drückte vorsichtig auf den messingfarbenen Klingelknopf und schrak zusammen, als ein schriller, sirenenartiger Ton erklang.

»Jesses«, stammelte sie. »Das ist nichts für schwache Nerven.«

Es dauerte eine Weile, bis eine barsche Stimme aus dem Lautsprecher der Klingelanlage tönte: »Was wollen Sie? Ich kaufe nichts.«

Wie kann ein so gut aussehender Mann so unfreundlich klingen, ging es Kate Busch durch den Kopf. Kein Wunder, dass ihn seine Frau verlassen hat.

»Entschuldigen Sie bitte die Störung«, sagte sie betont freundlich. »Mein Name ist Kate Busch. Ich bin von der Kriminalpolizei und habe ein paar Fragen zu einem Vereinskollegen von Ihnen.«

»Und warum kommen Sie damit gerade zu mir?«, fragte die Stimme abweisend.

Kate Busch versuchte sich ihre zunehmende Gereiztheit nicht anmerken zu lassen. Ihr war bewusst, dass Norbert Wagner jede ihrer Gefühlsregungen auf seinem Bildschirm sehen konnte.

»Wir führen Ermittlungen zum Tod von Niklas Weimer durch und wir glauben, dass Sie uns dabei weiterhelfen können.«

»Wieso gerade ich? Ich kannte Niklas Weimer nur flüchtig von unseren Vereinstreffen. Privat hatte ich nichts mit ihm zu tun. Nicht so ganz meine Liga, wenn Sie verstehen was ich meine«, kam es überheblich aus dem Lautsprecher.

Arroganter Schnösel, dachte Kate Busch genervt und blickte bemüht lächelnd in die Kamera.

»Ich wäre Ihnen trotzdem sehr verbunden, wenn Sie meine Fragen beantworten könnten.«

»Und wenn nicht? Was passiert dann?«, kam es barsch zurück.

»Dann schicken wir Ihnen eine Vorladung und Sie müssen zu uns ins Polizeipräsidium nach Ludwigsburg kommen. Es würde Ihnen und uns eine Menge Zeit ersparen, wenn Sie meine Fragen jetzt beantworten würden.«

»Also gut, wenn es unbedingt sein muss«, sagte die Stimme aus dem Lautsprecher ungnädig.

Kate Busch schaute nervös auf ihre Armbanduhr. Gerald Waldner telefonierte bestimmt schon seit fünf Minuten mit dem Reisebüro. Sie überlegte kurz, ob sie auf ihn warten sollte, entschied sich aber dagegen. Wenn Norbert Wagner schon dazu bereit war, mit ihr zu sprechen, würde sie die Gunst der Stunde nutzen.

Als ein leises Summen ertönte, drückte sie leicht gegen das schwarze Metalltor, das sich problemlos öffnete. Sie ließ es einen kleinen Spalt offen, damit ihr Kollege, wenn er sein Telefonat beendet hatte, nachkommen konnte.

Das Wohnhaus von Norbert Wagner sah von nahem noch abschreckender aus. Kleine, schießschartenartige Fenster wechselten sich mit einer grauen Betonfassade ab. Die Fläche vor dem Haus war vollständig mit grauen Granitplatten bedeckt. Bäume oder Blumen gab es auf dem gesamten Grundstück keine. Kate Busch fröstelte, als sie sich der dunkelgrauen Haustür näherte, die keinen Einblick in das Innere des Hauses gewährte. Oh Gott, dachte sie. Wie kann man nur in so einer trostlosen Umgebung wohnen? Wie anders war dagegen doch das Haus von Lydia Mannteufel, das aus jeder Ritze Wärme und Gemütlichkeit auszustrahlen schien.

Ein großer, schlanker Mann mit dunkler Hornbrille, der einen schwarzen Jogginganzug trug, öffnete ruckartig die Eingangstür. Er baute sich vor Kate Busch auf und starrte sie unfreundlich an.

»Also, was wollen Sie jetzt von mir wissen? Machen Sie es kurz, ich habe nicht viel Zeit«, sagte Norbert Wagner mit einem gereizten Unterton und strich sich ungeduldig eine schwarze Haarsträhne aus der Stirn.

»Können Sie mir sagen, in welchem Verhältnis Sie zu Niklas Weimer standen?«, fragte Kate Busch.

»Wir waren beide Mitglied beim Briefmarkenverein in Gerlingen. Ich kannte ihn nur von unseren Vereinstreffen und hatte ansonsten nichts mit ihm zu tun.«

»Wo waren Sie am Freitagabend vor zwei Wochen ab 21 Uhr und am Mittwochabend vor einer Woche zwischen 19 und 23 Uhr?«

»Das geht Sie überhaupt nichts an. Warum wollen Sie das überhaupt wissen?«

»Reine Routine«, wiegelte Kate Busch ab. »Wir haben in der Wohnung von Niklas Weimer ein Foto von Ihnen gefunden, auf dem Ihr Kopf umkreist ist. Können Sie sich vorstellen, warum er das getan hat?«

Norbert Wagner fuhr sich mit der Hand über sein glatt rasiertes Kinn. »Woher soll ich das denn wissen?«, antwortete er genervt. »Vielleicht war er neidisch, weil ich der Vereinsvorsitzende bin und er nur ein unbedeutendes Mitglied.«

Warum dauerte das bei Gerald so lange, dachte Kate Busch und trat nervös von einem Bein auf das andere. Sie wusste nicht, was sie jetzt tun sollte. Schließlich hatten sie gegen Norbert Wagner nichts in der Hand.

»Herr Wagner, können Sie mir bitte sagen, was Sie am Freitagabend vor zwei Wochen und am Mittwochabend vor einer Woche gemacht haben?«, wiederholte sie ihre Frage. »Wenn Sie sich weigern, meine Frage zu beantworten, muss ich Sie zur Vernehmung ins Polizeipräsidium mitnehmen und eine DNA-Probe bei Ihnen veranlassen.«

Kate Busch hoffte, dass Norbert Wagner ihren Bluff nicht sofort durchschauen würde. Ihr schien es, als ob er unter seiner braungebrannten Maske etwas blasser geworden sei.

Norbert Wagner sah sie geringschätzig an wie ein lästiges Insekt, dessen Leben er mit einem Fußtritt auslöschen könnte, und zuckte betont lässig mit den Schultern.

»Mir ist zwar schleierhaft, warum Sie unbedingt wissen wollen, wo ich an den zwei Abenden war, aber da das anscheinend so wichtig für Sie ist und ich das nicht auswendig weiß, muss ich erst in meinem Terminkalender nachschauen.«

Er gab Kate Busch mit einem kurzen Handzeichen zu verstehen, dass sie ihm ins Innere des Hauses folgen sollte. Kate Busch warf einen hektischen Blick über ihre Schulter Richtung Gartentor. Von Gerald Waldner war immer noch nichts zu sehen.

Sie bekam ein mulmiges Gefühl in der Magengegend, als Norbert Wagner die Haustür fest zudrückte.

»So ein Mist«, dachte sie. Falls Norbert Wagner wirklich der Mörder war, saß sie jetzt ganz schön in der Falle.

»Puh«, stöhnte Gerald Waldner erleichtert, als er das Telefonat mit der Dame vom Reisebüro beendet hatte. Seinem Urlaub in Australien stand jetzt nichts mehr entgegen. Wegen der ungünstigen Flugzeiten musste er zwar einen Urlaubstag mehr opfern, aber das konnte seine Vorfreude nicht trüben. Er schaute auf seine Armbanduhr und fuhr erschrocken zusammen. Das Telefonat hatte ziemlich lange gedauert. Er stieg hastig aus dem Auto und lief mit kurzen, schnellen Schritten auf das Gartentor zu, das Kate Busch für ihn offen gelassen hatte.

Ohne auf die triste Umgebung zu achten, rannte er über die grauen Granitplatten zur Eingangstür. Kurzatmig blieb er vor der Haustür stehen und überlegte kurz, was er tun sollte. Aus dem Inneren des Hauses drang kein Geräusch nach außen.

Er fuhr sich unschlüssig über seine Stoppelhaare. Vielleicht war seine Kollegin gerade dabei, das Alibi von Norbert Wagner zu knacken und er würde sie durch seine unbedachte Handlung nur stören. Sollte er klingeln oder auf sie warten?

Kate Busch war Norbert Wagner in sein Wohnzimmer gefolgt und hatte sich interessiert in dem überdimensionierten Raum umgesehen. An den weiß gestrichenen Wänden hingen verschiedene Kunstdrucke von Monet, Renoir und van Gogh. Neben dem obligatorischen offenen Kamin befanden sich eine Sitzgruppe aus grauem Leder und ein gläserner Couchtisch.

An der Südseite des Zimmers standen ein Billardtisch und eine Wurlitzer Musikbox.

»Nicht schlecht«, murmelte Kate Busch, ging auf den Billardtisch zu und strich sanft über den Korpus aus massivem Kirschbaumholz.

Voller Besitzerstolz stellte sich Norbert Wagner neben sie und sagte: »Wenn Sie wollen, können wir eine Partie spielen.«

Kate Busch schüttelte den Kopf.

»Vielleicht ein andermal. Jetzt würde ich gerne von Ihnen wissen, wo sie am Freitagabend vor zwei Wochen ab 21 Uhr und am Mittwochabend vor einer Woche zwischen 19 und 23 Uhr waren?«

»Keine Zeit für Spielchen?«, sagte Norbert Wagner und verzog spöttisch seinen Mund. »Sie können sich ja schon einmal auf die Couch setzen, während ich mein Handy aus dem Büro hole.«

»Okay«, sagte Kate Busch, ging langsam zu der Sitzgruppe zurück und setzte sich.

»Und? Können Sie mir jetzt sagen, wo sie an den beiden Abenden waren?«, fragte sie Norbert Wagner, als er mit seinem Handy zurückgekommen war.

Norbert Wagner schaute in seinem digitalen Terminkalender nach und schüttelte kurze Zeit später den Kopf.

»Nein. In meinem Kalender habe ich nichts vermerkt. Dann war ich wahrscheinlich zu Hause. Allein.«

»Hm, das ist schlecht«, murmelte Kate Busch unschlüssig.

Sie wurde einfach nicht schlau aus dem Mann. Zuerst hatte er sich extrem unfreundlich verhalten und nun schien er anstandslos bereit dazu zu sein, ihre Fragen zu beantworten. Verdammt, dachte sie. Langsam könnte ihr Kollege mal auftauchen.

Sie zögerte kurz und sagte dann: »Wenn Sie nichts dagegen haben, würde ich gerne mit Ihnen ins Präsidium fahren und einen DNA-Test durchführen. Nur zur Sicherheit, um auszuschließen, dass Sie etwas mit unseren Mordfällen zu tun haben.«

Norbert Wagner blickte sie mit ausdrucksloser Miene an und nickte dann kaum wahrnehmbar.

»Okay. Geben Sie mir fünf Minuten. Ich muss mich nur noch kurz umziehen.«

Gerald Waldner trat ungeduldig von einem Bein auf das andere. Er hatte keine Lust mehr, länger zu warten und beschloss, einmal um das Haus herum zu gehen. Vielleicht konnte er einen Blick auf seine Kollegin und Norbert Wagner erhaschen. Falls das nicht klappte, konnte er immer noch klingeln.

Langsam schlich er von einem Fenster zum anderen und versuchte vergeblich durch die viel zu kleinen Fensterscheiben, die zudem noch mit blickdichten Vorhängen abgeschirmt waren, in das Innere des Hauses zu schauen.

»Seltsam«, murmelte er. Der Mann war anscheinend paranoid oder hatte etwas zu verbergen.

Er ging um die Südseite des Hauses herum und blieb plötzlich stehen. Keine fünf Meter von ihm entfernt sah er, dass die Terrassentür einen Spalt geöffnet war.

» Bingo.«

Das war seine Chance, sich unbemerkt Zutritt zum Haus zu verschaffen. Vorsichtig pirschte er sich an die geöffnete Tür heran und versuchte, einen Blick ins Wohnzimmer zu werfen.

»Typisch Kate«, murmelte er grinsend, als er seine Kollegin zusammengesunken, scheinbar vor sich hindösend, im Sessel neben dem Kamin bemerkte.

Plötzlich erstarrte er, als er sah, wie sich Norbert Wagner, mit einem Baseballschläger in der Hand, langsam auf Kate Busch zubewegte.

»Oh mein Gott, Kate«, entfuhr es ihm.

Er zwängte sich durch die Terrassentür und stürzte ins Wohnzimmer. Mit einem klassischen Touchdown riss er Norbert Wagner, der, von Kate Busch unbemerkt, hinter ihrem Sessel angekommen war und mit seinem Baseballschläger zu einer Ausholbewegung ansetzen wollte, zu Boden.

Kate Busch sprang erschrocken auf und drehte sich um.

»Ich glaube, Herr Wagner wollte gerade mit seinem Baseballschläger ein paar Trockenübungen an dir durchführen«, sagte Gerald Waldner, der den japsenden Norbert Wagner fest im Griff hatte, lakonisch.

»Oh, das war knapp«, flüsterte Kate Busch sichtlich mitgenommen. »Künftig gibt es keine Alleingänge mehr, das verspreche ich dir.«

»Die Botschaft hör ich wohl, allein mir fehlt der Glaube«, zitierte Gerald Waldner kopfschüttelnd Johann Wolfgang von Goethe.

Donnerstagvormittag, 17 Tage später

Kate Busch öffnete vorsichtig die Tür des Krankenzimmers, in dem Lydia Mannteufel lag. Obwohl sie gestern nach der Festnahme von Norbert Wagner und der anschließenden Vernehmung erst spät nach Hause gekommen war und kaum geschlafen hatte, fühlte sie sich befreit. So, als ob eine große Last von ihr abgefallen wäre.

Sie setzte sich auf den weißen Plastikstuhl, der neben dem Bett von Lydia Mannteufel stand, und schaute Lydia Mannteufel prüfend an.

»Hallo Lydia, wie geht es dir?«

»Frage nicht«, antwortete Lydia Mannteufel mit einem matten Lächeln. »Mir tut alles weh. Der Arzt hat gesagt, ich hätte eine Gehirnerschütterung, etliche Prellungen und mein rechtes Schlüsselbein sei gebrochen. Ansonsten wäre alles prima.«

»Das sieht man«, gab Kate Busch trocken zurück, als sie das geschwollene Gesicht von Lydia Mannteufel, das mit Blutergüssen übersät war, betrachtete. »So wie du aussiehst, könntest du glatt die Hauptrolle in einem Horrorfilm übernehmen.«

»Vielen Dank für deine einfühlsamen Worte. Da fühlt man sich doch gleich viel besser«, erwiderte Lydia Mannteufel mit sanftem Spott und stöhnte leise, als sie ihren Kopf leicht bewegte.

»Gott sei Dank ist dein Unfall noch einigermaßen glimpflich ausgegangen. Ich hätte es mir nie verzeihen können, wenn dir etwas Schlimmeres passiert wäre.«

Lydia Mannteufel räusperte sich. Das Sprechen strengte sie an.

»Darfst du mir jetzt sagen, wer Sophie umgebracht hat?«

Kate Busch lehnte sich auf ihrem Stuhl zurück und seufzte.

»Norbert Wagner hat deine Freundin getötet. Er wohnt in Gerlingen. Kennst du ihn?«

»Nein«, sagte Lydia Mannteufel kaum wahrnehmbar.

»So wie es aussieht, wart ihr einfach zur falschen Zeit am falschen Ort. Norbert Wagner war zufällig in der Nähe des Theaterschiffs, als ihr dort herausgekommen seid. Er war angetrunken und zornig, weil ihn sein Date versetzt hatte. Seine Frau hatte ihn wegen einer anderen Frau verlassen. Sein Online-Date war nicht erschienen und dann kamt ihr im entgegen, zwei Frauen, gutaussehend, wahrscheinlich lesbisch und deshalb unerreichbar für ihn. Da brannten ihm die Sicherungen durch. Als du außer Sichtweite warst, hat er Sophie Landmann angepöbelt und sie in seiner aufgestauten Frustration in den Neckar gestoßen. Den wohl einzigen Zeugen des Mordes, Niklas Weimer, der versucht hatte, ihn zu erpressen, hat er ebenfalls umgebracht.«

Kate Busch verzog grimmig den Mund, als sie daran dachte, dass sie den Täter viel früher hätten ermitteln können, wenn sie Niklas Weimer die eingeforderte Belohnung zugesagt hätten. Stattdessen war ein zweiter Mord geschehen, den sie nur durch Zufall, gepaart mit Intuition, aufgeklärt hatten.

Lydia Mannteufel schluckte mehrmals. Tränen liefen ihr über das Gesicht.

»Arme Sophie«, flüsterte sie. »Was würde ich darum geben, wenn ich die Zeit noch einmal zurückdrehen könnte.«

Kate Busch strich ihr sanft über das Haar.

»Das Leben ist nicht immer fair. Manchmal wünschte ich mir, ich hätte die Fähigkeit, die Menschheit vor sich selbst zu bewahren. Wahrscheinlich bin ich deshalb zur Polizei gegangen, um wenigstens die Übeltäter ihrer gerechten Strafe zuzuführen.«

Lydia Mannteufel gab keine Antwort. Sie lag mit geschlossenen Augen, blass und in sich gekehrt, in ihrem Krankenbett.

Als Kate Busch schon dachte, dass sie eingeschlafen war, öffnete Lydia Mannteufel die Augen und fragte leise: »Habt ihr auch herausgefunden, wer die anonymen Briefe an mich geschickt hat?«

Kate Busch schnaubte, verärgert über ihre Unfähigkeit, dem Übeltäter auf die Schliche gekommen zu sein.

»Das war Jan Möller.«

»Ehrlich?«, sagte Lydia Mannteufel sichtlich überrascht. »Das hätte ich ihm gar nicht zugetraut. Wo er doch sonst so darauf bedacht war, sich nicht die Finger schmutzig zu machen.«

»Ich glaube, er wollte dir eins auswischen. Vielleicht ging er auch davon aus, dass du Sophie umgebracht hast. So wie es scheint, hat er sie wirklich geliebt.«

Lydia Mannteufel stöhnte auf beim Versuch den Kopf zu schütteln.

Kate Busch nahm Lydia Mannteufels Hand und verschränkte ihre Finger ineinander. Sie zögerte kurz und sagte dann: »Da ist noch etwas, was ich dir sagen muss.«

Lydia Mannteufel seufzte abgrundtief.

»Hast du denn gar kein Mitleid mit mir?«

Kate Busch lachte kurz auf, bevor sie in ernstem Tonfall fortfuhr: »Jan Möller hat sich mit Optionsscheinen verspekuliert und wollte mit dem Geld seiner Kunden verschwinden. Er war gerade am Abhauen, als er dich über den Haufen fuhr. Das Geld deines Onkels hat er auf ein ausländisches Nummernkonto transferiert. Wir müssen noch klären, wie viel Geld überhaupt noch da ist.«

»Frau oh Frau, ich fasse es nicht. Bist du jetzt mit deinen Hiobsbotschaften endlich fertig?«, murmelte Lydia Mannteufel erschöpft.

Kate Busch nickte und erhob sich.

»Ich lasse dich jetzt schlafen«, sagte sie. »Morgen komme ich wieder vorbei.«

Lydia Mannteufel schloss die Augen und antwortete kaum hörbar: »Ist das eine Drohung oder ein Versprechen?«

***

Danksagung

Ich danke allen, die mich bei der Arbeit an diesem Roman unterstützt haben. Besonders bedanken möchte ich mich bei Birgit Feulner, die mir aufgrund ihrer Tätigkeit als Kriminaloberkommissarin beim Kriminaldauerdienst Stuttgart alle Fragen rund um die Polizeiarbeit geduldig und fachkundig beantwortete. Etwaige Fehler sind der dichterischen Freiheit geschuldet. Ein herzliches Dankeschön geht auch an Cornelia Fritsch, die mir wertvolle Hinweise und Tipps zur Entwicklung meines Plots, zur Beschreibung meiner Protagonisten und generell zur Veröffentlichung des Romans gegeben hat. Danke auch an Evi Klein, die dem Notarzt Stefan Bartels seinen pfälzischen Zungenschlag verliehen hat, und an Gabriele Haupt, die einige Fehler im Manuskript entdeckt hat.

Die im Roman genannten Lokale gibt es unter diesen Namen nicht.